Berna González Harbour • Goyas Ungeheuer

In der Malerei gibt es keine Regeln,
und der Zwang oder die unterwürfige Verpflichtung,
alle den gleichen Weg einschlagen zu lassen,
ist ein großes Hindernis.

Francisco de Goya y Lucientes
(Madrid, 1792)

Er ist sehr arrogant und malt wie ein Verrückter,
ohne jemals etwas, das er gemalt hat, korrigieren zu wollen.

Leandro Fernández de Moratín
(Bordeaux, 1825)

I.
Dragona

Album Y Nummer 1

Es geschah in den frühen Morgenstunden, als die Betrunkenen sich der Kälte beugten und die Wohlhabenden noch nicht gemerkt hatten, dass sie unter die Armen geraten waren. In völligem Rausch drängten wir uns fröstelnd aneinander. Lauter und lauter wurden unsere Stimmen, ein leidenschaftlicher Gesang in der Dunkelheit. Um unsere Schultern lagen zerschlissene Umhänge und auf unseren Gesichtern sprossen nach den vielen durchfeierten Tagen Bärte. Die Augen hatten wir weit geöffnet, um dem Schlaf nicht zu erliegen. Die Menge ließ sich vom Rhythmus leiten und folgte singend dem Tempo, das der Mann mit der Gitarre vorgab. Es war nicht sicher, ob es sehr spät oder sehr früh war.

Der Festzug – wenn man diese Menschenansammlung überhaupt noch so nennen konnte – war so gut wie vorbei und wir wussten nicht mehr, wie oder warum wir an diesem kalten Morgen in Madrid zusammengekommen waren.

Die Nacht war schwarz. Einige Nachzügler stießen auch jetzt noch hinzu, angezogen von der Musik und der angenehmen Wärme unserer Körper. Uns störte all dies nicht und wir nahmen die Neuankömmlinge mit in den Kreis auf. Sie machten nicht den Eindruck, als wollten sie uns zum Schweigen bringen und schienen sich auch am Gestank von verfilzter Wolle, Schweiß und altem Wein nicht zu stören.

Und dann sah ich ihn. Einen Mann, abseits in der Dunkelheit, der uns nicht aus den Augen ließ. Auch ich hatte viel getrunken, doch der Anblick dieses sonderbaren Beobachters ließ mich auf einen Schlag nüchtern werden. Korpulent, elegant, Koteletten an beiden Wangen: Das konnte nur er sein. Es war offensichtlich, dass er nicht zu uns gehörte. Doch was um Himmels Willen hatte ihn dann hergeführt? Er kam sicher nicht für einen Spaziergang auf diese abgelegene Wiese, und zu stehlen gab es bei uns auch nicht wirklich etwas. Er schien einzig gekommen zu sein, um uns zuzuschauen. Ich beschloss, niemanden auf ihn aufmerksam zu machen, aber dennoch wachsam zu bleiben.

Einzig der Mann an der Gitarre war noch einigermaßen bei Sinnen, doch in Anbetracht seiner Blindheit sagte ich auch ihm nichts.

Wir taten nichts Unrechtmäßiges, doch sollte dieser Eindringling zu den Großen und Mächtigen gehören, war er hier nicht willkommen. Nicht im Madrid dieser Morgenstunden, die uns ganz allein gehörten.

Wenn wir uns eines im Leben verdient hatten, dann war es das hier – ein gemeinsamer Rausch bis zum Sonnenaufgang, ohne jegliche Überwachung. Bevor das Tageslicht uns daran erinnern konnte, dass wir schleppen, kehren und gehorchen mussten, um über die Runden zu kommen. Ich würde nicht zulassen, dass uns jemand diese Stunden nimmt.

Ich wusste, wer er war. Die Arroganz, die er ausstrahlte, war unverkennbar.

Es war der 15. Mai 1823.

Und auch wenn es scheint, als habe sich dies vor vielen Jahren zugetragen, passiert es doch in Wirklichkeit heute.

1

María nahm gleich zwei Stufen auf einmal. Sie trug ein lässiges T-Shirt, Jeans und bequeme Schuhe. Als sie den Platz erreichte, hielt sie kurz inne, um sich zu orientieren. Der Wohnblock lag direkt vor ihr – wie befürchtet am oberen Ende einer steil ansteigenden Straße. Gelbe Fassade, leicht heruntergekommene Eingangspforte, schöne Aussicht. Auf der linken Seite eine Dönerbude und auf der rechten ein chinesischer Imbiss. Langsam kam sie wieder zu Atem. Auch wenn sie fit war, hatte der Aufstieg von den Ufern des Manzanares sie ziemlich geschlaucht. Mit den Händen in den Hosentaschen schaute sie sich um. Ein Mann wühlte in einem überquellenden Mülleimer nach etwas, das er vielleicht noch brauchen konnte. Er schien nicht sonderlich arm zu sein, aber die Abfalleimer Madrids gehörten längst nicht mehr nur den Bettlern und dem Recyclinghof, sondern auch den Senioren und Kleinstverdienern, die mit den herausgefischten Schätzen ihre Rente aufbessern oder dubiose Geschäfte machen wollten. María ließ ihren Blick weiter umherschweifen. Es war Sonntag und deshalb kaum Verkehr auf der Straße. Zwei Afrikaner saßen im Gras, neben ihnen ein beeindruckender Haufen Handtaschen, die sie später sicher auf der *Gran Vía* verkaufen würden.

Martín hatte sie um ein Treffen auf diesem Platz gebeten, aber es war ihr ein Rätsel, was genau er hier im Viertel vorhatte. Madrids eitelster Polizist war erst vor kurzem nach Carabanchel gezogen, zusammen mit seinem durchtrainierten Körper, flotten Haarschnitt und Hipster-Bart. Zwar herrschte hier auch eine gewisse Weltoffenheit, doch dieser Teil Madrids war dann doch etwas rückständig. Einer dieser Orte, wo die Frauen morgens noch in Morgenmantel und Hausschuhen Brot holen gingen und die Männer abgenutzte und ausgeleierte Unterhemden trugen.

„Netter Basar!“, sagte eine Stimme hinter ihr, die deutlich an sie gerichtet war. María wirbelte herum, und siehe da, sie hatte richtig gehört.

„Luna!“ Der nicht mehr so ganz junge Journalist kam aus einem Taxi gestiegen und glättete die Falten seines weißen Hemdes. Hinter ihm folgte Esteban, viele Jahre lang Marías Stellvertreter auf der Wache und enger Freund von Luna. Martín hatte anscheinend beschlossen, sie alle mit einem Wiedersehen zu überraschen. „Richtig schön, euch zu sehen!“

„Comisaria!“, kam es von Esteban pflichtbewusst.

„Die Comisaria kannst du dir sparen.“ María hatte die Hände aus den Hosentaschen genommen, aber nicht für eine formelle Begrüßung, sondern für eine herzliche Umarmung, die dieses Mal keiner von ihnen verweigerte. Als sie den brillanten Journalisten und ihren ehemaligen Kollegen das letzte Mal gesehen hatte, hatten sie sich nach einem komplizierten Einsatz ein Bett geteilt und dabei nichts als Unterwäsche getragen. Die üblichen Formalitäten waren also ziemlich überflüssig, vor allem angesichts Marías Suspendierung und des noch laufenden Disziplinarverfahrens.

„Das reicht, das reicht, du erdrückst mich ja!“ Luna befreite sich aus der Umarmung.

„Ich freu mich, dich zu sehen, Comisaria.“ Auch Esteban trat einen Schritt zurück.

María steckte die Hände wieder in die Hosentaschen und

schaute die beiden glücklich an. Trotz ihrer eigenen Suspendierung, Lunas Vorruhestand und Estebans Versetzung in eine andere Abteilung waren alle drei halbwegs guter Dinge. Sie lebten noch, und das sollte vorerst reichen.

„Du siehst gut aus", bemerkte Luna, „der Zwangsurlaub scheint dir zu bekommen."

„Man tut, was man kann", erwiderte María trocken.

„Also, wo wird hier Ramadan gefeiert?", scherzte er. Der Rollladen der Dönerbude wurde geräuschvoll nach oben gefahren und die beiden Afrikaner machten sich auf den Weg runter zum Fluss, die Handtaschen in eine Decke gewickelt.

„Hey, nicht so laut", zischte María.

„Wen kümmert's schon?"

„Mich kümmert's. Jetzt, wo ich hier wohne."

Die drei hatten nicht bemerkt, dass Martín hinter ihnen aufgetaucht war. Auch er hatte an diesem Sonntag seine Uniform gegen Jeans und ein enganliegendes T-Shirt eingetauscht, unter dem sich durchtrainierte Brustmuskeln und Bizeps abzeichneten.

„Mann, siehst du schwul aus", kam es von Luna. „Wie viele Stunden hast du im Fitnessstudio verbracht?"

„Ach, fahr zur Hölle."

Esteban lachte still in sich hinein. Weil Martín bei der Polizei über ihm stand und weil er die Anweisung hatte, auf politische Korrektheit zu achten, sagte er nichts dazu. Doch im Grunde dachte er dasselbe wie Luna: dass Martíns zahllose Freundinnen ihn zwar deutlich als Heterosexuellen kennzeichneten, dass er es aber allmählich mit den Bauchmuskeln, Proteinshakes und der Bartpflege übertrieb. Wenn man dieses verfilzte Gestrüpp, das jeden Morgen entwirrt und mit Gel in Form gebracht werden musste, überhaupt Bart nennen konnte.

María lächelte. Auch wenn sie sich lange nicht gesehen hatten, fühlte es sich an, als wäre es erst gestern gewesen.

„Also, zeigst du uns nun deine Wohnung?"

„Die muss erst einmal warten." Martín runzelte die mit Feuchtigkeitscreme gepflegte Stirn. Er hatte sein neu geerbtes Apartment als Vorsatz genommen, um sie alle zusammenzubringen, aber aus irgendeinem Grund wurde die Wohnungsbesichtigung spontan verschoben. „Dafür lade ich auf ein Bier ein."

„Bekommen wir hier denn überhaupt irgendwo Alkohol?", fragte Luna, der erst in Richtung Dönerbude und dann zum chinesischen Imbiss blickte. „Oder wollen wir etwa Shisha rauchen?"

„Extra für dich habe ich mir was ganz Besonderes einfallen lassen", lachte Martín. „Wie wär's mit der Kneipe Doña Urraca?"

Das nach der kastilischen Königin benannte Lokal lag direkt hinter der *Calle Doña Berenguela,* deren Namensgeberin ebenfalls Königin von Kastilien gewesen war. Tatsächlich waren einige der Straßen hier nach Königinnen benannt, die mit Luna nur allzu gern in den Krieg gegen die Mauren gezogen wären. Bevor Martín all ihre Namen runterrasseln konnte, war es dann doch besser, einfach mitzugehen.

„Hört sich doch gut an", sagte Esteban heiter.

„Doña Urraca passt", erwiderte Luna trocken. „Doña Urraca im Herzen von Marrakesch."

„Du übertreibst mal wieder, Luna. Das nennt sich kultureller Austausch." Martín wurde langsam ungeduldig. „Oder hast du etwa noch nie davon gehört, dass Menschen aus verschiedenen Kulturen friedlich zusammenleben?"

„Austausch? Für mich riecht es hier nach Pisse“, schnaubte Luna. „Und damit wir uns verstehen, ich will einen *carajillo,* einen Kaffee mit Kognak.“

Die vier betraten lachend die Kneipe. Es war das erste Mal, dass sie seit dem unerwarteten Tod ihres Chefs, Comisario Carlos, zusammengekommen waren. In der Freude über ihr Wiedersehen lag eine gewisse Nostalgie, der aber keiner nachgeben wollte. Schließlich musste es weitergehen, und in den vergangenen Monaten war so einiges passiert: Martín war umgezogen und María war aus Soria zurückgekehrt, um sich auf das Disziplinarverfahren vorzubereiten. Sie hatten sich alle vermisst und wollten sich nun einfach gegenseitig auf den neusten Stand bringen.

Die Kellnerin kam zu ihrem Tisch. Trotz der Hitze hatte sie ein schwarzes Tuch um Kopf und Schultern geschlungen, das gerade noch ihr hübsches, ungeschminktes Gesicht zeigte. Sie stellte drei Gläser Bier und Lunas *carajillo* auf den dunklen Holztisch.

„Das mit dem kulturellen Austausch glaubst du doch wohl selbst nicht“, grummelte Luna, sobald die Kellnerin weg war, und hob seine Tasse zum Prost.

„Du bist so altmodisch“, sagte María, „mit deinem Kognak um ein Uhr mittags, wie so ein typischer alter Spanier.“

„Ach, altmodisch? Und was ist mit den enthaupteten Schafen? Hm? Das war doch genau hier im Viertel, wo gestern ein paar Schafe mitten auf der Straße geköpft wurden, oder nicht? Ist das auch kultureller Austausch?“

Marías Augen verengten sich und sie funkelte Luna an. Er hatte nicht nur fürchterlich veraltete Ansichten, sondern konnte einem auch gewaltig auf die Nerven gehen. Selbst die nostalgische Freude dieses Nachmittags konnte das nicht völlig überdecken. Außerdem wollte sie viel lieber hören, was Martín zu sagen hatte. Warum hatte er sie herbestellt und warum wollte er ihnen die Wohnung plötzlich nicht mehr zeigen? Esteban war auch keine große Hilfe.

„Das ist normal am Ende vom Ramadan", erklärte er. „Die Schafe werden durch einen Schnitt am Hals getötet und die Reste bleiben dann einfach auf der Straße liegen."

„Könnten wir bitte über was anderes sprechen?" Auch Martin klang langsam genervt.

„Was zum Teufel willst du überhaupt, Luna?", fragte María. „Wir sind doch wegen Martín hier."

Luna blieb störrisch. „Fakt ist, dass hier im Viertel für den Ramadan Schafe geopfert wurden. Das kam gestern in den Nachrichten. Stimmt doch, oder, Martín?"

„Das waren nicht einmal Schafe, Mann, das haben deine Journalisten-Kollegen nur wieder in den falschen Hals bekommen. Das waren Hähne. Und ich will echt nicht darüber sprechen."

„Hähne?" Luna wurde plötzlich ernst. Er hatte in der Vergangenheit schon mal über schwarze Magie berichtet, wenn auch nur ungern. Noch heute lief ihm ein Schauer über den Rücken, wenn er von Ritualen hörte, die Federn, Schnäbel und Blut beinhalteten. „War da auch eine Art Schale bei?"

Martín nickte. María beobachtete ihn. Er wirkte beunruhigt und schien es fast zu bereuen, dieses Wiedersehen organisiert zu haben, nun, da er aus irgendeinem Grund seinen Plan hatte ändern müssen. Außerdem war er von dem Thema eindeutig nicht begeistert. María konnte das gut nachvollziehen. Es war eine Sache, Fälle mit Kollegen zu besprechen, doch wenn man solche Diskussionen vom Beruflichen ins Private verlagerte, ging es meistens schief.

„Können wir bitte das Thema wechseln?“, drängte er erneut.

Dieses Mal mit Erfolg.

Er und sein Stiefbruder hatten je eine Hälfte der Wohnung ihrer Großmutter geerbt, und Martín hatte schließlich beschlossen, sein geliebtes Orcasitas zu verlassen, um näher am Stadtzentrum zu wohnen. Er hatte die Wohnung komplett entrümpelt, das Bad renoviert und eine neue Küche eingebaut, und nun war er guter Dinge. Luna schrieb, mal wieder, an den letzten Seiten eines neuen Buches. Esteban, unerschütterlich wie eh und je, unterstützte weiterhin den neuen Chef J. S., auch wenn eine gewisse Unzufriedenheit immer wieder durchschien. Und María? Alle wollten mehr über den Stand ihres Disziplinarverfahrens hören. Was war ihr Plan? Hatte sie einen guten Verteidiger? War sie zuversichtlich?

Sie fasste ihre Strategie kurz zusammen. Sie wollte aufs Ganze gehen. Nie würde sie ihren Job als Polizistin aufgeben.

Und Tomás? Wie ging es Tomás?

Sie waren gerade mit der dritten Runde fertig – Luna war direkt vom Kaffee mit Kognak zu Wermut übergegangen – und die Kellnerin hatte ihnen die vierte Portion *patatas bravas* gebracht, als die Frage alle verstummen ließ. Sie galt der Comisaria.

Doch dieses Mal war sie es, die das Thema wechselte.

„Und was wissen wir sonst noch so über diese Hähne?“

2

Angeschlagen, aber nicht in die Knie gezwungen. Seit ihrer Suspendierung sagte sie sich das jeden Morgen – mehr zur Stärkung ihrer Willenskraft als aus purer Überzeugung – während sie auf den Ausgang ihres Disziplinarverfahrens wartete. María setzte sich mal wieder vor den großen Stapel Anklagepapiere, die ihr gemäß Organgesetz 4/2010 des spanischen Gesetzblattes Gehorsamsverweigerung vorwarfen. Dazu kam die mutmaßliche unerlaubte Offenlegung von Unterlagen.

Optimisten waren der Ansicht, dass sie mit einer Anklage wegen grober Fahrlässigkeit davonkommen könnte, wenn sie aus der „Gehorsamsverweigerung" irgendwie „Ungehorsam" machen könnte.

Pessimisten hingegen rieten ihr, zu warten, dass sich J.S. selbst etwas zu Schulden kommen lassen würde. Im Moment ging es jedenfalls ums bloße Überleben. Beziehungsweise ging es darum, *ihn* zu überleben. Ein kleiner, aber feiner Unterschied, den sie sich immer wieder in Erinnerung rufen musste.

Sie würde nicht nachgeben, bis alle Anschuldigungen gegen sie fallen gelassen werden würden. Alles andere bedeutete den Sieg von Lügen und Verzweiflung.

Weil María Ruiz, Comisaria der Nationalen Polizeibehörde, sich einfach nur um die Fälle gekümmert hatte, die ihr zugeteilt worden waren, einen nach dem anderen, ohne sich von ihrem Ziel abbringen zu lassen. Wenn sie einen Fehler gemacht hatte, dann nur den, starr geradeaus geschaut zu haben ohne auf mögliche Gefahren in ihrer Umgebung zu achten. Sie wurde angeklagt, weil sie eine dieser Gefahren übersehen hatte: den neuen Chef der Madrider Polizei. Er hatte sie zuerst festgenommen und später vom Dienst suspendiert, da sie sich über seine Anordnungen hinweggesetzt hatte.

„Gehorsamsverweigerung."

María schaute sich dieses Wort noch einmal genau an und versuchte, sich in den Anwalt hineinzuversetzen, den sie bald kennenlernen würde.

Gehorsamsverweigerung war eine schwerwiegende Anschuldigung, die vorsätzlichen Ungehorsam gegenüber der rechtlichen Hierarchien bedeutete. Und es stimmte, dass sie ihrem Chef mit Absicht den Gehorsam verweigert hatte und – hätte sie dieselben telepathischen Fähigkeiten gehabt wie Professor X aus *X-Men* – ihn sogar ausgeschaltet hätte.

Heute musste sie all ihre Selbstbeherrschung aufbringen, um ihre immer wieder aufkochende Wut im Zaum zu halten. Was nun zählte, war, die feinen Unterschiede zwischen den Tatbeständen „Gehorsamsverweigerung" und „Ungehorsam" zu verstehen. Und zwar bis ins kleinste Detail.

María würde ihren Anwalt am Vormittag zum ersten Mal treffen. Sie hatte weder Kaffee trinken noch essen gehen wollen, wie von ihm vorgeschlagen, sondern entschieden, direkt zu ihm ins Büro zu kommen. Ohne Umschweife. Schließlich blieben ihnen nur noch fünfzehn Tage, um eine gute Verteidigung aufzubauen. Sie nahm ihr Handy und die Akten, verstaute alles in einer großen Tasche und ging zum zigsten Mal zu der Kommode, in der sie sonst immer ihre Pistole versteckt hatte. In den ersten Wochen hatte sie noch die Schublade geöffnet und mit ihrer Hand reflexartig hineingegriffen, nur um festzustellen, dass das Fach genauso leer war wie die andere Seite ihres Betts.

Gelegentlich vergaß ihre Hand diese Tatsache noch immer und öffnete die Schublade. Das Fehlen ihres Dienstausweises und der Pistole wurden ihr schmerzlich bewusst. Und jetzt hatte sie nicht einmal mehr Tomás.

In solchen Momenten hielt sie einige Sekunden lang ihre rechte Hand mit der linken fest, bis die Fingerknöchel ganz weiß wurden, um das Gefühl der Leere zu unterdrücken. Wie auch genau in diesem Moment. Wenig später machte sie sich auf den Weg, denn Vicente Velázquez, Anwalt für Polizei- und Ordnungsrecht, erwartete sie schon. María brauchte all ihre Energie, um sich dem Disziplinarverfahren in Ruhe widmen zu können, doch eine Sache gab es auf dem Weg zu seinem Büro noch zu erledigen.

Martín saß am Schreibtisch und füllte gerade polizeiliche Formulare aus, als María anrief. Eigentlich freute es ihn immer, den Klingelton zu hören, den er auf seinem Handy für sie eingestellt hatte. Aber gleichzeitig machte es ihn auch nervös, da es ihn jedes Mal daran erinnerte, dass sich sein Leben durch nur einen Anruf schlagartig ändern könnte. So war das eben mit María Ruiz. Ein Wirbelsturm, der einen mächtig aufrütteln konnte. Und er wusste natürlich, dass ihre Suspendierung nicht bedeutete, dass sie völlig untätig zu Hause saß.

„Hallo, Martín."

„Hallo", antwortete er knapp und wartete auf das, was unweigerlich kommen würde.

Dieses Mal hatte er sie weder „Chefin" noch „Ruiz" genannt, was María etwas zu überraschen schien. Nach einer kurzen Pause fuhr sie fort.

„Geht's dir gut?"

„Ja", erwiderte er kurz angebunden, „warum?"

„Gestern schienst du ein wenig besorgt zu sein, keine Ahnung warum, aber irgendwie hab ich das Gefühl, dass etwas passiert ist." María in Version Mensch? Martín erhob sich von seinem Schreibtisch und ging zu der Tür, die ins Treppenhaus führte. Eine Kollegin holte sich dort gerade einen Kaffee vom Automaten, bevor sie an ihren Arbeitsplatz zurückkehrte.

„Aber … Chefin", er konnte Marías Lächeln bei dieser Anrede am Ende der Leitung förmlich hören, „solltest du nicht gerade bei deinem Anwalt sein?"

„Ich steh quasi vor seiner Tür. Aber vorher wollte ich dich noch kurz anrufen."

„Kümmere dich um deine eigenen Angelegenheiten, Ruiz, wir sprechen später."

„Warte, Martín … warte. Sind es diese toten Hähne, die dich beunruhigen?"

„María … Ich kann hier nicht darüber reden."

„Was ist denn los?"

Martín schwieg. War das María in Zivil oder María, die Polizistin? Inzwischen stand bereits eine andere Kollegin am Kaffeeautomaten, also ging er durch die Tür ins Treppenhaus. Doch hier gab es nirgendwo einen Ort, an dem man in Ruhe telefonieren konnte; seine Chefs waren ganz in der Nähe und außerdem musste er noch Unmengen an Papierkram erledigen. Er hatte keine Zeit, mit ihr zu sprechen.

„Interessierst du dich wirklich für ein paar tote Hähne, Ruiz?"

„Ich interessiere mich für dich. Mir kannst du nichts vormachen. Als du mich in deine neue Wohnung eingeladen hast, strahltest du noch vor Glück, und gestern hast du es dir dann einfach so mir nichts, dir nichts anders überlegt. Irgendetwas ist passiert, und wenn es an diesen toten Hähnen liegt, interessiert mich das natürlich."

„Das ist eine hässliche Angelegenheit, Ruiz."

„Ich weiß nicht warum, aber hässliche Angelegenheiten scheinen in letzter Zeit mein Spezialgebiet zu sein."

Martín gab nach. María in Zivil oder María, die Polizistin, eigentlich war das völlig egal. Sie war eben Ruiz. Sie verabredeten sich für abends bei ihm um die Ecke, um über alles zu reden. Er hatte letzte Nacht kaum geschlafen und war eigentlich nicht in der Stimmung, so spät noch groß etwas zu unternehmen, aber er wusste auch, dass er heute Nacht wieder keinen Schlaf finden würde.

Das Treffen mit dem Anwalt war eine reine Formalität. Als María das Büro verließ, war ihr mehr danach wegzulaufen, als die Unterlagen zu holen, um die der Anwalt sie gebeten hatte. Deshalb schleuderte sie, als sie zu Hause ankam, ihre Tasche in die Ecke, schmiss Blazer und hochhackige Schuhe direkt hinterher, sodass sich ein etwas wackeliger Haufen bildete, und zog sich rasch Jeans, T-Shirt und Sneakers über. Schnellen Schrittes ging sie in die Tiefgarage und entfernte das Vorhängeschloss von ihrem Fahrrad, mit dem sie in letzter Zeit regelmäßig die neuen Radwege Madrids unsicher machte. Sie schaute nach, ob sie Portemonnaie und Handy eingesteckt hatte und schwang sich auf den Sattel.

María hatte festgestellt, dass ein Leben ohne Job ihr nicht nur die Arbeitszeit ersparte, sondern auch die Tasche für den ganzen

Kram, den sie normalerweise benötigte: Pistole, Dienstausweis, Akten, Berichte oder Bücher mit Informationen zu den Fällen, an denen sie gerade arbeitete, und in letzter Zeit auch medizinische Fachliteratur zum Thema Wirbelsäulenverletzungen. Was brauchte sie mehr außer zwei Rädern an einer ölverschmierten Kette, zwei bewegungsfreudigen Beinen, einem Handy und 20 Euro für den Fall der Fälle?

Manchmal schien es María, als ob ihre Suspendierung sich auf jedes einzelne ihrer Neuronen auswirkte, die sonst stets in Alarmbereitschaft waren. Anfangs hatten sie protestiert und nach ihrer üblichen Routine verlangt, doch mittlerweile waren sie schon viel ruhiger geworden. Nach dem Tod von Carlos und der Lösung des letzten Falles hatte María etwas Zeit in Soria verbracht, einer Kleinstadt nördlich von Madrid. Dort war sie noch offiziell im Dienst gewesen, bis klar wurde, dass Suspendierung auch wirklich Ende bedeutete und sie nicht mehr auf die Wache kommen sollte. Erst danach war sie nach Madrid zurückgekehrt, wo sie jeden Tag radelte, um den Kopf freizubekommen und begann, sich langsam aber sicher an die Einsamkeit zu gewöhnen. Sie glaubte, oder wollte jedenfalls glauben, dass ihre Freunde auf sie warten würden, dass ihr Team in gewisser Weise immer ihr Team bleiben würde, und dass sie von Zeit zu Zeit ihre Mutter und ihre Geschwister besuchen könnte, die froh waren, dass sie eine Weile lang gezwungen war, die Dinge ruhiger angehen zu lassen. Auch Tomás schwirrte in ihrem Kopf herum und sie dachte oft an ihn, während sie schwitzend in die Pedale trat. Doch wenn es um ihn ging, konnte sie nicht viel tun, auch wenn die Versuchung stets da war. Deshalb probierte sie, ihre übereifrigen Gehirnzellen zu beruhigen, indem sie beim Radfahren

Autos und stylische Jogger mit Schrittzählern am Arm hinter sich ließ. All das erinnerte sie ein bisschen an die künstlich heile Welt von *The Truman Show.* Sie nahm die Parks voller rumänischer Kindermädchen und Boule spielender Rentner in den besser gestellten Gegenden der Stadt nur flüchtig wahr, bevor sie den bevölkerungsreichen Süden erreichte, der den Manzanares überblickte. Mit seinen Graffiti, den Scherben und überquellenden Mülltonnen, wo der Geruch von Joints und Urin in der Luft lag, wo es heiß war und die Mücken stachen, aber wo es auch mehr Leben, mehr Lärm, mehr Welt gab. Ihr gefiel es hier.

An der *Puente de Segovia* stieg María vom Fahrrad. Ihr blieb noch genügend Zeit, um die Gegend zu erkunden und sich im *Parque Caramuel* etwas umzusehen, bevor Martín kam. Sie schloss ihr Fahrrad an ein Geländer, trank einen Schluck Wasser aus einem kleinen Brunnen und trocknete sich das Gesicht mit den Ärmeln ihres Shirts ab. Sie suchte nach der Treppe, die sie zu der Stelle führen würde, wo jemand auf so grausame Art und Weise ein paar Hähne getötet hatte, dass damit bestimmt keine Suppe gekocht werden sollte. Sie hatte weder herausfinden können wie viele noch um welche Art von Tieren es sich genau handelte – im Internet kursierten die unterschiedlichsten Versionen. Fest stand, dass alles auf eine Art Ritual hindeutete. Die Tat hatte sich nachts ereignet, als sich die ganze Stadt bei den Feierlichkeiten zum Fest von San Isidro, dem Schutzheiligen Madrids, vergnügt hatte. Morgens hatten ein paar Kinder die Vögel entdeckt und waren schreiend zu ihren Eltern gerannt, die wiederum die Polizei benachrichtigt hatten. Da alle Nachbarn einen Blick auf den Tatort hatten werfen wollen, hatte die Stadtverwaltung die toten Tiere entfernen lassen und nun war nichts mehr zu sehen.

María war im Park angekommen und sah, dass das Café, das ihr am Sonntag aufgefallen war, geöffnet hatte. Bevor sie den Tatort genauer unter die Lupe nahm, würde sie eine Kleinigkeit essen.

„Was kann ich dir bringen?"

Der Kellner hatte einen ausländischen Akzent, der nach Deutschland klang, und Dreadlocks bis zur Hüfte. Wahrscheinlich waren die einmal blond gewesen und würden es nach einer ausgiebigen Dusche auch wieder sein. María bemerkte eine kleine Anstecknadel an seinem T-Shirt mit dem Schriftzug: „Ich bin Hausbesetzer" und warf einen Blick in die handgeschriebene Mittagskarte.

„Eine Cola und ein Käsesandwich, bitte."

„Jetzt ist nicht die Uhrzeit für Sandwiches", erwiderte er, „jetzt ist Kaffee- und Kuchenzeit."

María betrachtete ihn. Er war eindeutig Ausländer, aber verhielt sich schon wie ein waschechter spanischer Kellner. Barsch und aufdringlich.

„Und wo steht das?"

„Hier." Er tippte an seine Schläfe. Die Dreadlocks hatte er mit einem Stirnband aus Stoff gebändigt, das María am liebsten sofort in den nächsten Waschsalon gebracht hätte. „Aber weil du es bist, mache ich dir ein Sandwich."

Dieses Mal erwiderte María nichts. Sie wusste, dass sie ihm laut Madrider Verhaltenskodex für den Umgang mit Kellnern wahrscheinlich dafür danken sollte, dass er ihr genau das bringen würde, was sie bestellt hatte, und nicht das, was seine Majestät für angemessen hielt. Doch sie war zu erschöpft vom Fahrradfahren und dem üblichen Großstadtwirrwarr. Es dauerte nicht lange, bis er mit einem trockenen Sandwich zurückkam, das in zwei ungleiche Hälften geschnitten und mit einer einzigen dünnen Käsescheibe belegt war, bei der sich niemand die Mühe gemacht hatte, die Rinde zu entfernen. Die Cola schwappte aus dem Glas mit Eiswürfeln und besprenkelte den Tisch mit dunklen Tropfen. Es wäre natürlich viel zu einfach gewesen, das Glas nicht so vollzugießen.

„Soll ich dir was sagen?", fragte der Deutsche, offenbar fest entschlossen, die Wünsche seiner Kundin zu ignorieren.

Nein, aber du wirst es garantiert trotzdem tun, dachte María und schluckte die Bemerkung herunter.

„Was denn?"

„Dein Gesicht kommt mir bekannt vor."

Auch das war hier nicht ungewöhnlich. Nach dem schlechten ersten Eindruck wurden die Kellner plötzlich freundlich und zeigten statt Gleichgültigkeit großes Interesse.

„Ich bin zum ersten Mal hier." María ging auf ihn ein. Schließlich wollte sie etwas von ihm.

„Komisch, ich könnte schwören, dass ich dich schon einmal gesehen habe. So ein hübsches und interessantes Gesicht wie deines vergisst man nicht so schnell."

So einen Idioten ohne Einfallsreichtum hätte ich sicher auch nicht vergessen, dachte María, nahm einen Bissen vom Sandwich, trank einen Schluck Cola und sagte: „Kann ich dich etwas fragen? Vielleicht kannst du mir helfen."

Der Deutsche verschränkte die Arme, seine Sternstunde schien endlich gekommen zu sein.

„Was willst du wissen?"

„Stimmt es, dass hier letztes Wochenende ein paar Tiere getötet wurden?"

„Das stimmt."

„Hier in diesem Park?"

„Korrekt."

Der Kellner war nun merklich wortkarger und wollte sich wichtig tun, indem er sie zappeln ließ. Gleichzeitig machte er aber auch keine Anstalten, sich von ihrem Tisch zu entfernen. Er wartete eindeutig auf weitere Fragen. María widmete sich unbeeindruckt ihrem Essen, bis er schließlich fragte: „Und was genau willst du wissen?"

„Waren es Lämmer oder Hähne? Ich habe beides gehört."

„Weder noch."

„Sondern?"

„Darf ich fragen, warum dich das so interessiert?"

María betrachtete ihn genauer. Der Mann wirkte auf einmal ernst und wachsam. Sie bemerkte, dass er die Stirn runzelte. Er nahm einen Lappen aus seiner Tasche, den María gerne zu seinem Stirnband in die imaginäre Waschmaschine gesteckt hätte, und fing an, den Tisch abzuwischen. Sie ahnte, dass er Tieropfer genauso verabscheute wie sie selbst.

„Wegen der Tiere." Das war zwar nicht gelogen, aber sie musste auch nicht unbedingt weiter ins Detail gehen. „Und aus Neugier."

„Es sind schon ein paar Tierschützer dagewesen. Es scheint, als ob es in Madrid noch weitere solcher Fälle gegeben hat."

Endlich holte der Kellner etwas weiter aus. Es waren weder Lämmer gewesen, wie einige böse Zungen im Viertel behauptet hatten, um die Tat auf den Ramadan zu schieben, noch Hähne, wie von den Kindern schreiend verkündet worden war, die die Gräueltat entdeckt und in ihrem Leben außer auf einer Packung Cornflakes noch nie einen Hahn gesehen hatten. Es waren Truthähne gewesen. Drei tote Truthähne mit halb geschlossenen Augen, aufgerichtetem Schnabel und schräg nach oben gereckten Flügeln, als wollten sie abheben. Ihre Körper waren noch weich und warm gewesen, sodass einige gemurmelt hatten: „Man sollte sie rupfen und braten. Oder einfrieren. Sie wären das perfekte Festmahl für Weihnachten."

„Ihr habt sie angefasst?"

„Mein Chef schon. Ich hab nur Fotos gemacht."

María legte den Rest ihres Sandwiches beiseite – das Toast-auf-Toast, das übriggeblieben war, nachdem sie die einsame, dünne Käsescheibe aufgegessen hatte. Der Kellner hatte sein Handy hervorgeholt und zeigte ihr die Fotos.

Drei Truthähne mit schwarzen Federn lagen in einer unnatürlichen Haltung auf dem Boden, die Beine und Füße unter sich gefaltet und die Flügel weit nach oben gereckt. Die Schnäbel waren in die entgegengesetzte Richtung gekrümmt und schienen fast aus dem Bild zu fallen.

Ihre geschlossenen Augen wirkten so entkräftet, dass man nur Mitleid haben konnte. Das Ganze sah mehr nach einem detailreich ausgearbeiteten Stillleben als nach einem Schauplatz des Grauens aus. Dass alle drei Tiere dieselbe Position einnahmen, konnte kein Zufall sein.

„Warum hast du Fotos gemacht?"

„Keine Ahnung. Ihr Spanier seid sehr grausam. Das Einzige, was ich an Spanien nicht mag, ist die Tierquälerei. Manchmal gehe ich sogar auf Demos."

María zog es vor, nicht mit Verallgemeinerungen über die Deutschen zu antworten, denn der Mann hatte recht. Trotzdem war das hier etwas völlig anderes: Drei tote Truthähne in einer so gezwungen wirkenden Haltung mitten auf einem öffentlichen Platz deuteten eher auf ein Ritual oder eine gezielte Botschaft hin, bei dem Tiere als Opfer dienten. Sie ging die Fotos noch einmal durch.

„Waren da auch Schalen? Für das Blut?“

„Nein, das war alles“, erwiderte der Kellner erstaunt. „Warum fragst du?“

„Ist es nicht möglich, dass jemand die Schalen bereits weggeräumt hatte, als du die Truthähne gesehen hast? Ich habe gehört, dass das Blut der Tiere in einer Schale gesammelt wurde. Dann sähe das alles ganz nach schwarzer Magie aus.“

„Schwarze Magie? Du hast ja gar keine Ahnung, wovon du sprichst, Mädchen.“

María hob die Augenbrauen. Der Deutsche war wieder zum unfreundlichen spanischen Kellner geworden und es galt zu warten, bis er sich dazu herabließ, sie aufzuklären.

„Es war ein Tierserienmörder. Spanien ist voll davon. Die Stierkämpfer gehören auch dazu. Und wer Tiere töten kann, der kann auch Menschen töten.“

María bedankte sich für die Informationen und bat um die Rechnung. Sie gab dem Kellner ihre Telefonnummer, damit er ihr die Fotos schicken konnte, und wartete, bis er sie auf WhatsApp hinzugefügt hatte.

„Willst du mal mit zu einer Demo kommen?“, fragte er. „Ich glaube, wir haben viel gemeinsam. Wenn du magst, gebe ich dir gerne Bescheid.“

María wurde sich plötzlich ihres Zustands bewusst. Der einzige Nachteil am Fahrradfahren war es, dass sie danach immer völlig zerzaust war. Doch so war es ihr ein Leichtes, sich mit der Sorte junger Menschen anzufreunden, die sich nicht um ihr Aussehen scherte, dafür aber alles für die Umwelt und gegen den Kapitalismus tun würde. Eine Dusche bei Martín würde das sicher ändern – wenn er sie denn heute in seine Wohnung lassen würde. Jetzt bezahlte sie jedenfalls erst einmal und verabschiedete sich.

„Man sieht sich."

3

Normalerweise freute sich María immer auf die Treffen mit Martín, denn sie verstanden sich hervorragend. Auch wenn bei ihm immer das Risiko bestand, dass sie auf Tomás zu sprechen kamen, was sie lieber vermeiden würde – gerade heute. Tomás war zwar aus dem Koma erwacht, allerdings hatten die Ärzte nur mit den Schultern gezuckt, als María gefragt hatte, ob er für immer in einem kraftlosen Körper mit schmerzenden, widerspenstigen Gliedern leben müsse. „Man kann nie wissen", war die Antwort. „Er ist am Leben und das ist die Hauptsache." Von einer Rückkehr in die IT-Abteilung der Polizei war keine Rede gewesen, und was die Fortsetzung seiner privaten Beziehungen anging, so schien es unangebracht, auch nur darüber nachzudenken.

Aber natürlich hatte sie darüber nachgedacht.

Sie beide hatten es getan.

Sie waren, nachdem Tomás aus dem Koma erwacht war, eine Weile lang wieder ein Paar gewesen. Sie waren sogar zusammen verreist, hatten hoffnungsvolle Blicke und Zärtlichkeiten ausgetauscht und auch ihr Verlangen nacheinander wieder entfacht, was jedoch immer in nervösem Lachen geendet hatte. Aber die Dinge hatten eine Wendung genommen, über die sie nicht sprechen wollte.

„Comisaria!"

„Martín!"

Die beiden umarmten sich innig. Das war der Vorteil davon, suspendiert zu sein – María war niemandes Chefin mehr und damit zweifelsohne etwas menschlicher geworden. Martín hingegen war angespannt, als hätte er es eilig.

„Wo kommst du denn her?“, fragte er in Anspielung auf ihr zerzaustes und völlig verschwitztes Äußeres.

„Ich bin mit dem Fahrrad gefahren. Kann ich mich kurz bei dir frisch machen?“

„Dafür ist jetzt keine Zeit, Ruiz“, murmelte Martín, der, ohne María Zeit für eine Antwort zu lassen, auf sein Handy starrte, eine Nachricht las und plötzlich bleich wurde. „Los, komm mit!“

María schwieg. Nicht aus Enttäuschung, dass Martín auch heute keine Besucher in seiner Wohnung haben wollte, sondern weil er einen merklich unruhigen und nervösen Eindruck machte. Da war keine Spur des üblichen Leuchten auf dem Gesicht, das sie so schätzte. Schnellen Schrittes ging er los. María folgte ihm.

„Was ist denn passiert?“

Doch Martín schwieg. Er starrte nur auf sein Handy und ging zügig weiter. Auf den Stufen, die den Park vom Manzanares trennten, nahm er zunächst zwei, und schließlich drei auf einmal. Am Fuße der Treppe angekommen, bog er nach rechts.

„Kannst du mir bitte wenigstens sagen, was passiert ist?“

„Folg mir einfach. Ich erklär alles später.“

Sie gingen weiter die Straße entlang. María konnte nicht sagen, ob sie einen Verbrecher jagten oder selbst aus dem Viertel flohen, doch sie folgte wortlos. Jedes Mal, wenn er auf sein Handy schaute, beschleunigten sich seine Schritte. Den letzten Teil der Strecke legten sie rennend zurück.

„Hier ist es.“ Endlich hielt er an. Martín bückte sich und stützte seine Arme auf den Oberschenkeln ab, um tief Luft zu holen. Es war heiß und er war mittlerweile genauso verschwitzt wie María, die nicht nur völlig aus der Puste, sondern auch verwirrt war.

„Wir müssen suchen."

„Aber was genau suchen wir denn, Martín?"

„Eine Baustelle. Wir suchen eine Baustelle."

María sah sich um. Sie befanden sich zwischen der Kapelle San Isidro und dem gleichnamigen Park. Mehrere junge Männer warteten auf beiden Seiten der Straße zwischen unzähligen leeren Parkplätzen und kämpften darum, für ein bisschen Trinkgeld den ankommenden Autos beim Einparken zu helfen, was bei all den leeren Parkplätzen völlig überflüssig war. Die Straße führte leicht bergauf und María erspähte weiter oben einen Betonmischer auf dem Gehweg.

„Da, eine Baustelle." María wies mit dem Finger darauf.

„Nein, komm mit." Martín starrte weiter auf sein Handy. Er fing an, den Hügel zu erklimmen, bog aber kurz vor der Kapelle rechts ab, wo der Abhang die Friedhofsmauer traf. „Hier ist es. Scheiße."

Vor ihnen tat sich ein Sumpf auf. Und direkt in der Mitte war ein kleiner Hund, der bis zum Hals im Morast steckte. Es war ein ungewöhnlicher Anblick, denn von der Dürre, die im Mai die Parks von Madrid austrocknete, war hier nicht viel zu erkennen. Die Schläuche, die der Bewässerung des Friedhofrasens dienten, waren beschädigt und das Wasser floss in Strömen nach unten. Die Mauer machte genau an dieser Stelle eine Biegung, sodass ein Gemisch aus Sand, Erde und Wasser die Talmulde in eine Art Staudamm verwandelt hatte. Der Hund, ein kleiner schwarzer Foxterrier, war beim Versuch, den Hang neben der Friedhofsmauer zu erklimmen, mitgerissen worden.

Er war bis zu den Ohren mit Schlamm beschmiert und versuchte, seine Schnauze über Wasser zu halten. Er gab ein kurzes, aber verzweifeltes Jaulen von sich, den Blick starr auf einen Punkt rechts am oberen Ende des Hangs gerichtet, den sie nicht sehen konnten. Er war noch am Leben, aber wenn sie nicht sofort etwas unternahmen, würde er bald ertrinken.

„Der Arme, wie ist er denn bloß da hingekommen?", stieß María verzweifelt hervor.

„Oder wie wurde er dahin gebracht?", entgegnete Martín. „Das hier ist kein Zufall."

Sie versuchten, den Hund zu erreichen, aber auch sie versanken im Schlamm und kamen nicht voran. Martín probierte, sich dicht an der Wand entlang zu hangeln, aber sie war glatt und schmutzig und hatte keine Risse oder Pflanzen, an denen er sich hätte festhalten können. Auf einmal wurde der Hund ganz still, der Kopf noch über der Oberfläche, der Körper gefangen im Schlamm. Wahrscheinlich versuchte er, sich mit den Beinen nach oben zu stemmen, einen festen Punkt zu finden, von dem aus er seinen Oberkörper hochdrücken könnte, der wegen des ganzen Schlamms in seinem Fell immer schwerer wurde. Dabei starrte er weiterhin unentwegt nach oben, so konzentriert, dass er gar nicht auf die beiden Menschen achtete. Es war, als ob er immer noch vorwärts kommen wollte, anstatt zu einer sicheren Stelle zurückzukehren. Mittlerweile war selbst seine Schnauze mit Schlamm beschmiert und auch den Körper konnte er nicht mehr bewegen. Gleichzeitig fixierte er mit seinem Blick immer noch diesen einen Punkt weiter oben. Martín schien verzweifelt nach einem Weg zu suchen, den Hund zu retten. Er blickte sich hektisch um, erspähte eine herumliegende Plastiktüte, riss sie auf und breitete sie etwas unbeholfen auf dem Schlamm aus. Er versuchte draufzutreten, denn würde die Tüte sein Gewicht irgendwie halten können, bestand eine Chance, den Hund zu erreichen. Auch María suchte die Umgebung nach etwas ab, das ihnen im Schlamm Halt geben könnte. Sie hatte auch überlegt, ihren Gürtel abzunehmen, um das Tier einzufangen, aber das war unmöglich. Nur in Comics wussten Hunde, wie sie sich mit Hilfe eines Seils aus Gängen und Brunnen herausziehen konnten, als wären sie Menschen.

Martín sank langsam mit der Plastiktüte unter den Füßen ein, als ihnen beiden klar wurde, dass der Foxterrier bereits tot war. Vor Angst gestorben. Sein Kopf schaute gerade noch so aus dem Schlamm hervor. Wenigstens war er nicht ertrunken. Kurze Zeit später verschwand er ganz, verschlungen vom Morast. Sein winziger Körper hatte keine Spuren im Schlamm hinterlassen. Er war noch ein Welpe gewesen.

Die beiden retteten sich aufs Trockene und sanken zu Boden.

„Erzählst du mir vielleicht jetzt endlich mal, was los ist?", wollte María wissen.

Martín rang noch immer nach Atem. Er stand auf, aber nur, um sein Handy wütend zu Boden zu werfen. María hatte ihn noch nie so aufgebracht erlebt.

„Was ist denn los, Martín? Hat das irgendwas mit diesen Truthähnen zu tun?"

„Was für Truthähne?"

„Na, die Lämmer, die eigentlich Hähne waren, sich zuletzt aber als Truthähne entpuppt haben."

„Woher weißt du das nun wieder?"

„Mann, du kennst mich doch."

Martín sah sie überrascht an. In seinem Zustand schien er eine solche Flut an Informationen nicht verarbeiten zu können. María hob sein Handy vom Boden auf und gab es ihm zurück, ohne auf den Bildschirm zu schauen. Beide waren von Kopf bis Fuß mit Schlamm bedeckt, und in diesem Moment bemerkte sie, dass Martín weinte. Plötzlich verstand sie, was los war.

„Scheiße. Das war dein Hund!"

„Er war erst vier Monate alt", sagte Martín, in Tränen aufgelöst wie ein kleines Kind. „Wer tut denn so etwas?"

María umarmte ihn. Dann nahm sie seine Hand und zog ihn auf die Straße.

„Ich glaube, du schuldest mir jetzt eine Dusche. Und frische Klamotten. Und danach erzählst du mir alles."

Der im Schlamm versunkene Hund war nur die letzte in einer ganzen Reihe von Absurditäten, die Martín seit seinem Einzug widerfahren waren: die Schockierendste davon war die toten Truthähne, die vor seiner Haustür zur Schau gestellt worden waren. Die Grausamste der Tod seines Hundes. Die Nachrichten, die ihn zum Tatort geführt hatten, die Unerklärlichste. Weder María noch Martín glaubten an wilde Verschwörungstheorien, aber eben auch nicht an solche fatalen Zufälle. Insbesondere, wenn diese so kurz aufeinander folgten. Sie hatten beide gesehen, wie der Hund, den er morgens in seiner Wohnung zurückgelassen hatte, ohne Halt in einem Sumpf aus Sand und Schlamm versunken war, den irgendein Geisteskranker durch das Beschädigen der Wasserschläuche erschaffen hatte. Es war kein Unfall. Es war kein Versehen. Es war keine Drohung. Und es ging auch nicht lediglich um die Opferung der drei Truthähne im Park.

„Wir sind verrückt geworden", murmelte María, mehr zu sich selbst als zu Martín.

„An was denkst du gerade?", fragte er.

Sie dachte an den deutschen Kellner mit den Dreadlocks und den Tierserienmörder, von dem er gesprochen hatte, aber das konnte einfach nur Schwachsinn sein. Wäre sie doch nur in Soria geblieben, statt in diese Stadt der Verrückten zurückzukehren. Aber das sprach sie nicht laut aus. Stattdessen fragte sie zurück: „Und warum wolltest du uns nicht deine Wohnung zeigen? Hattest du Angst?"

„Das hat damit nichts zu tun. Ich habe die Wohnung nur zur Hälfte von meiner Großmutter geerbt, die andere gehört meinem Stiefbruder. Der ist am Wochenende überraschend aufgetaucht. Er will seinen Anteil an dem Geld, und zwar sofort. Wir haben uns gestritten, deshalb ist er jetzt eingezogen, und ich will nicht noch mehr Ärger." Er sprach leise, fast etwas hektisch, und machte keinen Versuch, sein Unbehagen zu verbergen. „Darum können wir auch nicht lange bleiben."

In seiner Wohnung angekommen, hatte Martín sie direkt ins Badezimmer gelotst. Nachdem er sich in seinem Zimmer umgezogen hatte, war er schnell zum Bad zurückgekehrt, um ihr frische Klamotten zu bringen, und wartete ungeduldig auf sie.

„Heute willst du mir die Wohnung wohl auch nicht zeigen, was?", fragte María, als sie ihn merklich angespannt im Flur vorfand.

„Ein anderes Mal, María, ich versprech's dir. Wir müssen gleich wieder los. Zieh das hier an."

María zog Martíns Hose und T-Shirt an, aber als er sah, wie ihr zierlicher Körper in den für einen großen, muskulösen Mann gedachten Klamotten versank, musste er lachen. „Moment. Warte kurz."

Kurz darauf kam er mit einem kurzen Rock und einem Tank-Top zurück. María hob skeptisch eine Augenbraue, aber zog beides an. Es passte perfekt.

„Und wo hast du dieses Outfit her?"

Martín errötete. Er bandelte immer mit mehreren Frauen gleichzeitig an und hatte sich nie auf eine von ihnen festgelegen können, aber dass nun eine dieser Frauen ihre Kleidung in Martíns Wohnung gelassen hatte, deutete darauf hin, dass er María etwas verschwieg.

„Hier stimmt doch etwas nicht", sagte María. „Ich weiß nicht, ob du deinen Stiefbruder vor mir versteckst oder vielleicht doch eine heimliche Geliebte irgendwo hier in dieser riesigen Wohnung gefesselt hast. Irgendetwas verheimlichst du jedenfalls."

„Komm schon", sagte er ungeduldig, während er die Schlüssel holte. „Lass uns was essen gehen."

Diesmal wollten sie zum *Paseo de Extremadura,* kamen aber nicht sehr weit. Sie waren kaum losgegangen, als aus der entgegengesetzten Richtung mehrere Polizeiautos und Krankenwagen mit lauten Sirenen kamen. María und Martín brauchten sich nicht anzuschauen. Sie drehten sofort um und liefen dem Lärm nach. Sie kannten diese Geräusche sehr gut, und wenn sie sich nicht irrten, deuteten sie daraufhin, dass sich möglicherweise ein Mord ereignet hatte.

Alles, aber wirklich alles, fing wieder von vorne an.

4

Die Polizeiwagen standen mit blinkenden Lichtern aber ohne Sirenen am Ufer des Manzanares und versperrten die Sicht auf den Tatort. Es war bereits dunkel und die wenigen Passanten und Radfahrer, die noch unterwegs waren, näherten sich schweigend dem Absperrband.

„Da liegt eine tote Frau", sagte einer.

„Es ist nicht sicher, dass sie tot ist. Und übrigens scheint sie noch sehr jung zu sein, fast noch ein Mädchen", erwiderte ein anderer. Wie immer in solchen Situationen akzeptierten die Schaulustigen jedes Gerücht als Wahrheit.

Martín und María gingen schnurstracks weiter.

„Ich bin von der Mordkommission", sagte Martín. María schwieg. „Ich wohne hier in der Gegend, vielleicht kann ich helfen."

Die Polizisten schenkten ihm keine große Aufmerksamkeit und ließen ihn passieren. María folgte ihm. Ihr Anwalt hätte dem sicher nicht zugestimmt. Sein erster Rat war es gewesen, ruhig zu bleiben, sich von jeglichen polizeilichen Aktivitäten fernzuhalten und die Zwangspause als Urlaub anzusehen. Urlaub, was für ein überladenes Wort, hatte sie gedacht.

Sie erreichten den Tatort an einer der Stauanlagen des Manzanares. Eine tote Frau stand an das Geländer gefesselt. Eine Schelle um ihren Hals hielt sie aufrecht und ihre Hände waren hinter dem Rücken gefesselt. Ihr Kopf war zur Seite gedreht, soweit es die Halsschelle zuließ. Sie war sehr jung mit blassem Gesicht, die Augen waren nach oben verdreht, der Mund ausdruckslos geöffnet. Ihr schwarzes Haar, lockig und dicht, hatte sich aus dem Band gelöst, das es zusammengehalten hatte. Ihre Füße, ebenfalls gefesselt, blitzten nackt unter einem langen Rock hervor. Die Frau war attraktiv und strahlte, selbst im Dunkeln stehend, noch ein gewisses Leuchten aus.

Die Leiche befand sich in dem für Passanten unzugänglichen Bereich der Mauer, die beide Wehre in der Mitte des Flussbetts miteinander verband. Die Form des Geländers, an das sie gefesselt war, ähnelte einem Kreuz. Wie jemand diese Frau mit so vielen Utensilien an einem öffentlichen und doch unzugänglichen Ort im Zentrum von Madrid hatte foltern können, war eine Frage, die María und Martín noch nicht beantworten konnten. Noch unvorstellbarer war es, wie jemand so grausam sein konnte, einem anderen Menschen dieses Leid überhaupt zuzufügen. Dort, am Ufer des Manzanares, wo üblicherweise die Madrider ihre Fahrräder anschlossen oder die Enten vor fröhlichen Kinderaugen füttern, hatte der Täter – oder waren es mehrere gewesen? – eine Art Schafott nachgebildet und eine fast filmisch anmutende, mittelalterliche Schreckensszene nachgestellt.

María ging einen Schritt zurück. Die Spurensicherung hatte begonnen, Fingerabdrücke zu nehmen, und die Ermittler der Mordkommission, der sie vor ihrem Exil in Soria ebenfalls angehört hatte, sahen sich um, fotografierten und liefen den engen Tatort auf und ab. Glücklicherweise ohne sie zu bemerken. Martín meldete sich freiwillig, bei der Ermittlung zu helfen, aber ihm wurde gesagt, dass nur noch der Tod des Opfers durch einen Arzt bestätigt werden musste und es vorerst nichts weiter zu tun gab.

María ging in Richtung Ufer. In Gedanken vermaß sie das Gelände und kam zu dem Schluss, dass der Mörder nur auf dem Wasserweg hatte fliehen können. Vielleicht war er sogar von dort gekommen. Wegen des hohen Polizeiaufgebots war es zu riskant, sich das Flussufer genauer anzusehen, aber sie erinnerte sich, dass man auf vielen Abschnitten über rostige Leitern zum Flussbett gelangen konnte. Wenn man vom Manzanares sprach, waren Flussbett und Wasserlauf zwei verschiedene Dinge, besonders im Sommer, wenn nur ein dünnes, schmutziges Rinnsal die Mücken der Gegend anzog. Sie wusste, dass die Bürgermeisterin von Madrid die Wehre geöffnet hatte, um den natürlichen Verlauf des Flusses wiederherzustellen, auch wenn er kaum mehr Wasser führte. Es sollte nicht schwer sein, den ungefähren Wasserstand jenes Montagnachmittags herauszufinden. Wenn sich alles so zugetragen hatte, wie sie vermutete, war der Täter im Dunkeln auf einem Boot oder Lastkahn mit all seinen Utensilien angekommen, hatte der noch lebenden Frau oben die Halsschelle angelegt und die Hände zusammengebunden, und war anschließend wieder verschwunden. Das war eine Möglichkeit. Aber wann hatte er sie dann getötet? Beziehungsweise wann war sie gestorben?

Und konnte es wirklich sein, dass ihn niemand dabei gesehen hatte?

Eine zweite Möglichkeit war, dass sie auf andere Weise hergekommen waren, doch dann wäre der Widerstand des Mädchens, falls sie denn welchen geleistet hatte, oben viel auffälliger gewesen. Und die Frage, wie und wann er sie getötet hatte, beantwortete das auch nicht. Man musste auf Zeugen warten. Und auf die Obduktion, die weitere Informationen liefern würde – die zeitliche Abfolge, Anzeichen von Gewalt, in welchem Zustand sich das Mädchen zuvor befunden hatte. Die Warnung des deutschen Kellners mit den Dreadlocks ließ sie nicht los: „Wer Tiere töten kann, der kann auch Menschen töten."

„Vergiss es, Ruiz. Das hat nichts miteinander zu tun", sagte sie zu sich selbst.

Sie war so weit gegangen, dass sie die Polizeiabsperrung nicht mehr sehen konnte.

„Wo willst du hin?" Martín war ihr gefolgt.

„Komm mit!"

Sie hatten die Stauanlage hinter sich gelassen und liefen noch immer am Flussufer entlang, weg vom Tatort. Endlich fand María, wonach sie suchte, raffte ihren Rock hoch und ging auf die Leiter zu, die zum Flussbett führte.

„Bist du verrückt?"

„Klar, das weißt du doch."

Sie stieg die Stufen hinunter und er folgte ihr. Das letzte Stück mussten sie herunterspringen, da die Leiter für Boote gedacht war und das Wasser nicht einmal hoch genug stand, um die unterste Stufe zu erreichen. Sie begannen, den Fluss hinabzulaufen. Wie vermutet war das Flussbett am Ufer trocken. Als sie sich dem Tatort wieder näherten, blieb María stehen.

„Nach was suchst du?"

„Er kann nur über den Fluss geflohen sein."

„Aber hör mal, es gibt kaum Wasser. Wir sind nicht im Dienst, wir sind nicht bewaffnet, selbst wenn wir ihn finden, können wir nichts tun. Und wenn du erwischt wirst, hast du noch ganz andere Probleme."

María schwieg. Sie ging langsam weiter am Ufer entlang, ohne die blauen Lichter, die sich dort oben drehten, aus den Augen zu lassen. Zwar war noch kein Polizist die Leiter beim Tatort hinuntergestiegen, aber dann und wann spähte ein Beamter hinab zum Fluss. Im Dunkeln waren María und Martín nicht zu sehen.

Endlich war sie am Ziel angekommen. Ihre Turnschuhe, gerade erst vom Schlamm befreit, waren schon wieder schmutzig.

„Hier", sagte sie zu Martín.

„Was ist denn?"

María holte ihr Handy hervor und leuchtete die Wand an. Eine Wolke von Stechmücken schwirrte im Lichtkegel umher. Dahinter stand zwischen zwei Stufen der Leiter in frischer schwarzer Farbe geschrieben:

PR LIBERAL

María machte mehrere Fotos von dem Graffito und dem schlammigen Boden. Es waren keine Fußabdrücke zu sehen, und auch wenn es welche gegeben hätte, waren sie wahrscheinlich schon von der Strömung weggespült worden. Plötzlich kam eine Stimme von oben.

„Ist da jemand?"

María schaltete ihr Handy aus und begann zu rennen. Martín folgte ihr. Loyal gegenüber seiner ehemaligen Chefin zu sein war eine Sache, aber er durfte sich auf keinen Fall in das rechtliche Chaos verwickeln lassen, in dem sie sich befand. Er hatte ohnehin schon genug Probleme.

Luna hatte seit mehreren Tagen versucht, den Termin im *Café Comercial* hinauszuzögern, aber es war ihm einfach keine Ausrede mehr eingefallen. Er trug ein makellos weißes Hemd, eine gestreifte Hose und Mokassins aus glänzendem Leder, sein Bart war ordentlich getrimmt und die Haare nach hinten gegelt. Er lächelte in Erinnerung an etwas, das seine ehemaligen Kollegen bei der Zeitung *El Diario* immer zu ihm gesagt hatten: „Wenn Luna glänzende Schuhe trägt, ist die Welt in Ordnung. Daran sieht man, dass er sein Leben im Griff hat."

An dem Spott seiner Kollegen war etwas Wahres dran.

In seinem langen Leben hatte es schon viele Höhen und Tiefen gegeben, und die weniger glücklichen Zeiten hatte er in Gesellschaft von ziemlich viel Alkohol und einer allgemeinen Vernachlässigung seines Äußeren überstanden. Was Andere dachten, war ihm dann herzlich egal. Doch seine Arbeit hatte er nie vernachlässigt, und dank seines sechsten Sinnes hatte er sich bis jetzt stets über Wasser halten können. Gott sei Dank.

Auch in den guten Zeiten trank er, da gab es nichts zu leugnen, aber wenigstens schaffte er es dann, seine Schuhe auf Hochglanz zu bringen.

Luna setzte sich blendend gelaunt an die Bar des Cafés, während er auf seinen alten Freund wartete, der ihn unbedingt hatte treffen wollen. Aus unerfindlichen Gründen war Jacinto Fernández der Meinung, dass ein Journalist mit mehr als vierzig Jahren Berufserfahrung eine wunderbare Ergänzung für die Kommunikationsabteilung der BBVA-Bank wäre, bei der Jacinto arbeitete.

Wie gewöhnlich bestellte Luna einen *carajillo*. Zuerst hatte er es für Wahnsinn, einen Witz oder einfach einen Akt des Mitleids seines Freundes gehalten, der selbst in den Vorruhestand treten wollte. Nichts lag seiner Berufung ferner, als auf die dunkle Seite überzulaufen, die Informationen lieber tröpfchenweise durchsickern ließ, statt sie klar zu kommunizieren. Leidenschaftliche

Journalisten wussten, dass sich unternehmensinterne Kommunikationsabteilungen zur Kommunikation verhielten wie die Orwellschen Ministerien für Liebe und Überfluss zur Liebe und zum Überfluss: Es war ein Widerspruch in sich. Eine Möglichkeit, sich über andere lustig zu machen. Informationen zu verheimlichen. Einfluss auszuüben.

Sein Instinkt hatte also ganz klar nein gesagt. Sein Konto jedoch …

Sein Konto sagte etwas anderes. Es sehnte sich förmlich nach einem geregelten Einkommen. Von der freiberuflichen Zusammenarbeit mit *El Diario* hätte er eigentlich gut leben sollen, nachdem er von seinem Chef auf die Straße gesetzt worden war, aber das hatte sich leider schnell erledigt. Zwar gab es immer wieder Nachfragen zu Artikeln und Recherchen, aber die Bezahlung war lächerlich und wurde von Jahr zu Jahr immer schlechter, während die jungen Leute, die gerade von der Uni kamen, dieselbe Arbeit sogar kostenlos anboten. Er hatte einige erfolgreiche Reportagen auf der Webseite der Zeitung veröffentlicht, wie eine Serie über Unternehmerinnen, die beim Publikum gut angekommen war, weil er sich natürlich die attraktivsten und vollbusigsten Frauen herausgesucht hatte. Als meistgelesene Serie der Zeitung hatte sie ihm einen ordentlichen Batzen Geld eingebracht, doch der Gedanke, seinen Lebensunterhalt mit der Bedienung der niederen Instinkte seiner Leser zu verdienen, verursachte ihm Übelkeit. Der Artikel war zwar gut geschrieben, doch die meisten guckten sich wahrscheinlich nur die Fotos an. Und wenn es um niedere Instinkte ging, hatte er schon genug mit seinen eigenen zu tun.

Er hatte ein paar Bücher veröffentlicht, doch auch in dieser

Hinsicht konnte er sich nichts vormachen. Mit denen konnte er gerade mal ein paar Löcher in seinem Geldbeutel stopfen und einige feuchtfröhliche Nächte in Madrids Bars verbringen, die er dann am liebsten direkt wieder vergessen würde.

Die Aussicht auf ein geregeltes Einkommen, das seinen näherrückenden Lebensabend finanzierte, hatte definitiv ihren Reiz.

Jacinto war endlich gekommen und sie setzten sich an einen Tisch im hinteren Teil des Lokals. Das alte *Café Comercial* hatte nach einer Renovierung neu eröffnet und war so sauber und ordentlich wie nie zuvor, mit modernen Tischen und Stühlen und einem glänzenden Boden, auf den die Stammkundschaft sicher nicht mehr ihre schmutzigen Servietten und Zahnstocher werfen durfte. Die Kellner aber waren noch dieselben.

„Hast du drüber nachgedacht? Kann ich auf dich zählen?"

„Bis wann gibst du mir noch Zeit zum Überlegen?"

„Verdammt, ich hab doch gesagt, dass es eilig ist. Mein Chef drängt schon. Was meinst du, wie schnell sich jemand anderes bewirbt, wenn du die Chance nicht ergreifst? Jemand, der deutlich weniger Gehalt verlangt?"

Luna hatte niemandem von Jacintos Angebot erzählt. Er hatte darüber nachgedacht, es als Druckmittel für Neuverhandlungen mit seinem Chef bei *El Diario* zu nutzen, was er aber immer noch nicht getan hatte. Irgendwas sagte ihm außerdem, dass keine Zeitung der Welt auch nur annähernd bereit wäre, die 5000 Euro pro Monat zu zahlen, die er bei der Bank bekommen würde.

„Eine Frage hätte ich noch … Ich nehme an, dass ich nebenbei nicht schreiben darf?"

„Was denkst du denn? Natürlich musst du ein Geheimhaltungsabkommen unterzeichnen. Das ist doch klar."

„Und was ist mit Reportagen zu anderen Themen? Einem Verbrechen?"

„Hast du noch alle Tassen im Schrank, Luna? Über wie viele Verbrechen hast du denn in letzter Zeit berichtet? Du selbst hast mir doch tausend Mal in tausend verschiedenen Bars vorgeheult, dass sie dich nur noch für Reportagen über Frauen mit großer Oberweite haben wollen."

„Und Bücher? Auch keine Bücher?"

„Ach, hör doch auf."

Jacinto hatte Recht und Luna wusste das natürlich. Kein Abend in fröhlicher Runde war vergangen, ohne dass Luna über das Ende des „wahren Journalismus" gejammert hatte. Wechselte er jetzt die Seiten, würde er den Journalismus also eigentlich gar nicht aufgeben, weil es ihn ja schon längst nicht mehr gab. Er war verschwunden. Vorbei. Game over. Mist.

Luna spürte sein Handy in der Hosentasche vibrieren. Eine neue Nachricht. Nein, drei sogar. In kurzer Abfolge. Eine war von einem seiner Kontakte bei der Polizei: „Mord am Manzanares. Irgendein Gothic-Ritual. Das interessiert dich sicher."

Die andere war von seinem Chef: „Ein Mädchen wurde tot bei der *Puente de Segovia* gefunden. Gefoltert. Ganz große Sache. Können wir auf dich zählen? Das Internet ist am Brodeln. Wir brauchen sofort einen Bericht!"

Die dritte war von María Ruiz: „Bist du online?"

Luna sah Jacinto an und stand auf. Er tat, als wolle er seinen Geldbeutel herausnehmen, aber sein Freund wies ihn mit einer verständnisvollen, wenn auch müden, Geste ab.

„Entschuldige. Es hat einen Mord gegeben. Eine junge Frau."

„Luna ..."

Aber Luna ließ ihm keine Zeit, den Satz zu beenden. Wenn er schon zur Bank wechselte, sollte er sich doch wohl wenigstens einen letzten Wunsch erfüllen dürfen. Schließlich konnten selbst Insassen des Todestraktes ihre Henkersmahlzeit wählen, bevor es auf den Stuhl ging, und für Luna war es nun einmal dieses tote Mädchen. Irgendein Gothic-Ritual oder so was Ähnliches.

Das Taxi setzte Luna vor der Polizeiabsperrung ab. Einige Passanten lungerten noch immer am Tatort herum, denn zu diesem Zeitpunkt hatten sich bereits Einzelheiten des makabren Verbrechens herumgesprochen. Luna hatte seine Kontaktperson angerufen und wusste bereits, dass das Mädchen an Hals, Händen und Füßen an das Geländer gekettet worden war und er ahnte, dass der Polizeichef bald eintreffen würde. Jetzt war die beste Gelegenheit, sich zum Tatort zu schleichen.

Er suchte nach einem bekannten Gesicht und wurde fündig.

In Madrid wurde in diesen Wochen das Fest zu San Isidro gefeiert und die gesamte Polizei war im Dauereinsatz, um Terroranschläge zu verhindern. Die Angriffe mit Lastwagen und Messern auf Partys und Konzerten in Nizza, Paris und Manchester hatten die Politiker und hohen Funktionäre in Panik versetzt. Sicher würde es also angesichts dieses Mordes ein ganzes Aufgebot an Uniformen geben. Er hatte augenscheinlich nichts mit Terrorismus zu tun, aber offenbarte eine unbegreifliche Handlungsfreiheit des Täters direkt vor den Augen der Öffentlichkeit und mitten in den Feierlichkeiten.

Luna erblickte den Polizeichef in der Menge und rief Esteban an.

„Was wisst ihr?"

„Die Wahrheit und exklusiv für dich? Nichts", erwiderte Esteban ehrlich.

„Kommen die Täter wirklich aus der Gothic-Szene?"

„Wir wissen genauso viel wie du, Luna, mehr kann ich dir im Augenblick auch nicht sagen. Eine gefesselte tote Frau mitten im Zentrum von Madrid ist alles, was wir haben."

„Und woran ist sie gestorben?"

„Das wissen wir noch nicht. Sie kann unmöglich tot dorthin geschleppt worden sein. Es ist aber genauso undenkbar, dass sie noch lebend mit Gewalt zum Tatort gebracht wurde."

„Kann es sein, dass sie sich gar nicht gewehrt hat? Dass es eine Art Opferritual war?"

„Ich weiß es nicht, verdammt noch mal. Es ist noch zu früh. Bald wissen wir mehr."

„Wo bist du gerade?"

„Auf der Wache. Am Tatort sind schon zu viele von uns."

„Und Ruiz?", erkundigte sich Luna.

„Keine Ahnung, warum willst du das wissen?", fragte Esteban.

„Einfach nur so."

„Veräppeln kann ich mich selbst."

„Ich schwöre es. Sie hat mir nur eine Nachricht geschrieben."

„Ich hoffe, dass sie sich nicht einmischt. Nicht zum jetzigen Zeitpunkt."

„Mach dir keine Gedanken. Das wird sie schon nicht."

Sie beendeten das Gespräch mit dem Wissen, sich gegenseitig etwas vorgemacht zu haben. Sie kannten María nur zu gut und waren sich im Klaren darüber, dass sie wahrscheinlich ganz in der Nähe war. Beide wussten, dass sie ihren Feind – den neuen Polizeichef – von ihr fernhalten sollten.

María und Martín waren verschwitzt und erschöpft wieder an Martíns Haustür angekommen. So langsam machte sich die Anstrengung des Tages bei María bemerkbar: Erst war sie auf dem Fahrrad quer durch Madrid geradelt, dann auf der Suche nach Martíns Hund durch die Gegend geirrt und schließlich die vielen Kilometer zum Tatort erst hin- und wieder zurückgerannt. Sie zitterte. Er ebenfalls.

„Mann, bin ich fertig." Martín strich sich schnaufend die Haare von den Schläfen zurück.

María bekam die Worte des deutschen Kellners einfach nicht aus dem Kopf, auch wenn sie sich strikt weigerte, solche wilden Spekulationen für voll zu nehmen.

„Wer Tiere tötet, der kann auch Menschen töten."

Solche haarstäubenden Fälle gibt es nicht, sagte sie sich, auch wenn die ermordete junge Frau, die toten Truthähne und die Nachrichten auf Martíns Handy, die sie zu seinem Foxterrier geführt hatten, das Gegenteil zu behaupten schienen.

„Zeig mir mal dein Handy."

„Lass gut sein, María. Für heute reicht es."

„Wer hat dir die Nachrichten geschickt?"

„Ich hab keinen blassen Schimmer."

„Und wie ist dein Stiefbruder so drauf?"

Martín war von der Frage überrascht und es war offensichtlich, dass er nicht darauf eingehen wollte. Er kenne ihn kaum, sagte er, habe ihn nur einmal an Weihnachten getroffen. Aber es sei natürlich das gute Recht des Stiefbruders, seinen Anteil des Erbes einzufordern. Es sei Martíns eigener Fehler gewesen, dass er die Bedingungen des Erbes vorab nicht richtig geprüft hatte. Doch angeblich hatte das nichts mit alledem zu tun.

„Warum fragst du?"

„Am Samstag ist dein Stiefbruder bei deinem Umzug aufgetaucht und auf einmal passieren die merkwürdigsten Dinge."

„Mein Stiefbruder?! Er ist vielleicht ein Arschloch, aber doch kein Killer! Wir wissen nicht einmal, ob die tote Frau am Fluss etwas mit den anderen Vorfällen zu tun hat. Ich denke, wir sollten erst einmal abwarten."

In diesem Moment hörten sie Stimmen, die sich ihnen näherten. Ein dunkelhaariger, gutaussehender Kerl, noch durchtrainierter als Martín, an seiner Seite eine junge Frau. Beide schienen high zu sein.

„Hallo, Brüderchen, du bist ja doch zu Hause! Das hier ist Mariló. Und wer ist deine Freundin? Willst du uns nicht vorstellen?", fragte er.

„María, Pedro. Pedro, María", sagte Martín widerwillig. María lächelte amüsiert über die leicht absurde Situation. Die Person, die bis vor einer Minute noch ihr Hauptverdächtiger gewesen war, hatte sich spontan als unreifer Junge entpuppt, der ganz eindeutig nicht die hellste Kerze auf der Torte war.

„Wollt ihr nicht hochkommen und einen mit uns rauchen?" Pedro holte einen riesigen Joint aus seiner Tasche.

Seine Freundin lachte. „Lass uns auf dein Zimmer gehen", sagte sie und zog ihn am Ärmel. Martín war sein Missmut deutlich anzusehen. Es dauerte eine Weile, bis die beiden endlich verschwunden waren. Auf *sein* Zimmer gehen? Seins? Martín war irritiert. Hatte er etwa im letzten Monat wochenlang jeden Tag nach der Arbeit die Wohnung renoviert, nur damit sein Stiefbruder eines der Zimmer für sich beanspruchen konnte? Doch er war zu aufgewühlt, um weiter darüber nachzudenken.

„Ich geh schlafen, María. Wir reden morgen." Er eilte seinem Stiefbruder hinterher. María hatte eigentlich noch etwas länger mit ihm reden wollen, doch ihr blieb nur, allein auf dem Gehweg zurückzubleiben und sich zu verabschieden. Sofern es möglich war, jemandem Auf Wiedersehen zu sagen, der bereits verschwunden war. Sie konnte nur abwarten.

5

Marías Nacht verlief unruhig. Nachdem sie aus Martíns Haustür getreten war, war sie mit ihrem Fahrrad im Schlepptau U-Bahn gefahren, um den Tatort so weit wie möglich zu umgehen. Sie fühlte sich ausgelaugt, als sie zu Hause ankam. Seltsamerweise hatten weder Luna noch Esteban auf ihre Nachricht reagiert. Etwas sagte ihr, dass sie ihr dieses Mal nicht helfen würden, sondern sich zu ihrem Schutz gegen sie verbündet hatten. Aber es spielte keine Rolle. Sie würde auch ohne die beiden zurechtkommen.

Nachdem sie sich im Bett nur unruhig hin und her gewälzt hatte, stand sie schließlich wieder auf, um die Nachrichten zu überfliegen und sich im Internet über schwarze Magie und Tier- und Menschenopfer schlauzulesen. Auch wenn es noch nicht abschließend bestätigt worden war, handelte es sich bei der ermordeten Frau höchstwahrscheinlich um eine Studentin, die gerade ihren Abschluss gemacht hatte. Im Netz wurde spekuliert, dass sie entweder der Fakultät für Medizin oder Geschichtswissenschaften angehört hatte. Ihr Alter wurde auf zweiundzwanzig bis fünfundzwanzig Jahre geschätzt und so wie es aussah, kam sie entweder aus Saragossa, Cuenca oder Madrid. Es blieb abzuwarten.

In Lunas Artikel im *El Diario* war zu lesen, dass die Polizei ein Ritual aus der Gothic-Szene vermutete. Auch wenn das die derzeitige Hypothese der Polizei war, hielt María es für eine ziemlich vage Spekulation. Da verkaufte jemand das Fell, bevor er den Bären erlegt hatte.

Während einer weiteren schlaflosen Stunde schrieb sie Luna erneut, aber wieder kam keine Antwort. Als sie nachschaute, ob die zwei blauen Häkchen ihr bestätigten, dass er die WhatsApp-Nachricht gelesen hatte, schrieb ihr jemand anderes: „Bist du wach? Hast du Zeit?"

Es war Nora, eine Journalismus-Studentin, die mit Luna befreundet war. Sie arbeitete seit einiger Zeit für eine hippe digitale Zeitung und hatte María schon einmal bei einem anderen Fall geholfen. „Geholfen" war eigentlich eine Untertreibung. Nora hatte ihr Leben riskiert, um einem Mafioso in ein Bordell zu folgen, was so gefährlich war, wie es klang. María hätte es sich niemals verziehen, wenn etwas schiefgegangen wäre. Nora war eine clevere junge Frau, die das, was der alte Luna nicht schaffte, mit der für ihre Generation typischen Kühnheit erreichte.

„Ja", antwortete María, „soll ich dich anrufen?"

„Über WhatsApp ist besser."

Es war drei Uhr morgens, und ein Gespräch könnte unangenehm werden, wenn eine der beiden Gesellschaft hatte. Bei ihr war das schon länger nicht mehr der Fall gewesen, aber Nora? War sie bei Luna? Wieder musste María schmunzeln. Luna gab nie Details aus seinem Privatleben preis, aber es war klar, dass er und Nora mehr als nur beruflich auf einer Wellenlänge waren. Jedenfalls von Lunas Seite aus. Dass sie ihr geschrieben hatte, kurz nachdem María eine Nachricht an Luna geschickt hatte, deutete darauf hin, dass er in der Nähe war und sein Handy unbeaufsichtigt gelassen hatte.

„Weißt du etwas über diese Studentin?", tippte María, nur um die Nachricht direkt wieder zu löschen. Nicht so voreilig … Sie erinnerte sich daran, dass es nicht immer gut war, mit der

Tür ins Haus zu fallen. Sie musste es sachte angehen. „Wie geht es dir?"

„Bin am Boden zerstört."

María merkte auf. „Kanntest du sie?"

„Eine Freundin von Freunden. Diese geisteskranken Arschlöcher. Wollen wir losziehen und ihnen die Eier abschneiden?"

Das war die Art von Nachricht, die sie wahrscheinlich besser nicht beantwortete. Wenn sie bei ihrem Disziplinarverfahren verurteilt werden sollte, würde María das Urteil definitiv anfechten. In dem Fall würde ein Richter außerhalb der Polizei übernehmen und es wäre gut möglich, dass man ihr Telefon dann unter die Lupe nahm. Es galt also, Vorsicht walten zu lassen. Sie zögerte. Ja, nein, ja, nein.

„Absolut." Es war schließlich nur so eine Redensart, die niemand wortwörtlich nehmen würde. „Was weißt du über sie?"

„Sie war studentische Hilfskraft an der Fakultät für Kunstgeschichte. Ihre erste Arbeitsstelle. Ein Prof war von ihr besessen und hat sie belästigt."

„Kennst du ihren Namen?"

„Sara. Sara irgendwas."

„Und der Professor?"

„Weiß ich noch nicht. Wenn ich es herausgefunden habe, sag ich dir Bescheid."

„Woher kam sie? Wo hat sie gewohnt?"

„Ich glaube, sie hat in irgendeinem besetzten Haus gewohnt, vielleicht in El Patio oder in La Quimera. Das finde ich sicher schnell heraus."

„O. k., pass auf dich auf."

„Sag mal …"

„Ja?“

„Wurdest du nicht vom Dienst suspendiert? Luna hat erzählt, dass sie dich ziemlich fertig gemacht haben.“

„Das klärt sich schon. Aber berichte auf gar keinen Fall auf deiner Webseite darüber.“

„Keine Sorge. Ich greife niemals Frauen an, die selbst Opfer sind.“

María musste wieder schmunzeln. Nora war ein *destroyer*, stets bereit, auf ihrer Webseite brisante Dokumente zu veröffentlichen. Wie den Bericht über den neuen Polizeichef, den Luna oder die Tageszeitungen nicht offenzulegen gewagt hatten. Ihre Berichterstattung schien keine Tabus zu kennen, außer einem: Frauen, die angegriffen wurden. Letztendlich war Nora Romantikerin, eine Journalistin aus Leidenschaft, und das gefiel María. Da war noch so viel Freiheit. Die Freiheit derjenigen, die sich noch ausschließlich an ihren Prinzipien orientierten … So viel Unverfrorenheit.

Sie verabschiedeten sich, bis sie etwas Neues erfahren würden.

María wusste, dass sie versuchen sollte, zu schlafen, doch vorher musste sie noch etwas im Internet recherchieren.

Die Fakultät für Kunstgeschichte befand sich auf dem Gelände der *Universidad Complutense* und war leicht zu finden. Es war gefühlte Jahrhunderte her, dass María in der Universitätsgegend gewesen war, abgesehen von sporadischen Besuchen am Institut für Rechtsmedizin, das sie in dieser schweren Zeit ziemlich vermisste. Klare Hinweise, eindeutige Spuren, die Flugbahnen von Pistolenkugeln, Anzeichen von Strangulation, die Gerinnung von Wunden, die unterschiedlichen Grautöne der Haut oder die in Zähnen, Tätowierungen oder Piercings der Toten verborgenen Geheimnisse – all dies waren handfeste Beweise. Sie wurde melancholisch.

Ihre schönsten Erinnerungen reichten noch weiter zurück, als sie selbst unweit von hier Psychologie studiert hatte. Das waren noch Zeiten gewesen, als ihre einzigen Sorgen die anstehenden Prüfungen waren und man von einer glücklichen Zukunft ohne jegliche Todesfälle oder Enttäuschungen träumte. Als nach stundenlangen Lerngruppensitzungen Einsamkeit entspannend war und man Freundschaften für unzerstörbar hielt, die früher oder später dann aber doch endeten.

María stellte ihr Fahrrad ab und erklomm die Stufen zum Eingang. Drinnen standen mehrere junge Leute schweigend in einer Ecke vor brennenden Kerzen um ein Foto des toten Mädchens. Einige von ihnen weinten. Sie näherte sich der Gruppe. Es schien kein Professor unter ihnen zu sein.

Die junge Sara lächelte auf dem Foto etwas an, das auf dem Bild nicht zu sehen war. Sie war von rechts durch eine Lichtquelle, möglicherweise ein offenes Fenster, beleuchtet. Der Rest lag im Schatten. Ihr schwarzes Haar war gelockt, eine dieser halblangen Löwenmähnen ohne Stufen oder Strähnen, von Natur aus anmutig und unmöglich zu bändigen. Als würde das Mädchen sie selbst schneiden und es jedes Mal gut aussehen. Sie hatte einen hellen Teint, dunkle Augen, eine gerade Nase und war ausgesprochen attraktiv. Das Bild ließ vermuten, dass sie eine starke Persönlichkeit gehabt hatte. „Zweiundzwanzig Jahre alt", stand auf einem Schild geschrieben. „Deine Freunde werden dich nie vergessen" auf einem anderen.

María schaute auf die Gesichter dieser improvisierten Totenwache. Verstört, wütend, still in ihrer Trauer. Mehrere junge Frauen weinten unaufhörlich und trösteten sich gegenseitig mit Umarmungen oder hielten sich an den Händen, um sich Halt zu geben. Vermutlich gab es hier keine Antworten, sondern nur Fragen. Sie entfernte sich vorsichtig. Jenseits dieser Ecke ging das Leben weiter und die Stille verblasste in der üblichen Hektik; Studierende und Dozierende hasteten zu ihren Kursen, aus der Cafeteria kam Lärm. In diese Richtung lenkte sie ihre Schritte.

Sie bestellte einen Kaffee. Auch an der Speisekartentafel hing ein Foto des Mädchens und darunter waren mehrere Schriftzüge zu sehen: „Hurensöhne", „Scheiß Geisteskranke", „Wir wollen die Wahrheit".

Die Köche hatten sich nicht getraut, die heutige Speisekarte auf die Tafel zu schreiben und teilten sie nur mündlich mit. Bohnen oder Salat, Rinderlende oder Schweinebraten. Beim Kauen spürte man die Traurigkeit zwischen den Zähnen. María beobachtete ein paar Dozenten, denen von einigen Studierenden vernichtende Blicke zugeworfen wurden. Endlich nahm sie den Mut zusammen, sich einer der Gruppen zu nähern.

„Kanntet ihr sie?", fragte María.

„Natürlich."

„Und habt ihr eine Ahnung, was passiert sein könnte?"

„Wer will das wissen?"

Die Studierenden sahen sie feindselig an, verschlossen wie Austern, so wie das eben nur junge Menschen sein konnten, die glaubten, gegen das Leid des Erwachsenenlebens immun zu sein.

„Ich bin Polizistin." María zögerte, aber erinnerte sich schließlich an das, was Nora gesagt hatte, und fuhr fort: „Aber vor allem bin ich eine Freundin von Freunden."

„Die Polizei ist schon hier gewesen", entgegnete einer von ihnen. „Und wir wollen nicht noch mehr von der Sorte."

Sie blieben misstrauisch. Es stimmte, mit ihren Jeans, dem lässigen T-Shirt und dem zerzausten Haar sah María wie eine gewöhnliche Zivilistin aus. Aber sie wusste auch, wie man Ruhe ausstrahlte, und das würde ihr in dieser Situation vielleicht helfen.

„Wenn du willst, sieh mich nicht als Polizistin, sondern einfach als die Freundin einer gemeinsamen Freundin. Einer Freundin von Sara."

„Welche Freundin?", fragte ein anderer misstrauisch.

„Eine Journalistin."

Das war ein Fehler gewesen. Wenn Menschen, die von einem Verbrechen betroffen waren, jemandem weniger vertrauten als der Polizei, dann waren das Journalisten. Es würde schwer werden, das wieder gerade zu biegen.

„Wir wollen auch keine Journalisten. Schöner Schwachsinn, den ihr da erzählt, Gothic-Ritual, ihr habt ja keine Ahnung", sagte eine von ihnen. „Haben Sie nichts Besseres zu tun, als uns zu belästigen? Lassen Sie uns in Frieden."

„Man muss ganz schön dreist sein, um so etwas zu behaupten", sagte ein anderer. „Sara war die liebenswerteste Person überhaupt. So lieb, dass sie von dem Arschloch, das sie eingestellt hat, belästigt wurde. Er hat sie ausgenutzt."

„Und er hat nicht einmal den Mut gehabt, heute zu kommen", fügte ein anderer hinzu.

„Vielleicht ist er bereits verhaftet worden."

„Und wie heißt dieser Professor?" María hatte kurz gezögert, die Frage dann aber doch gestellt. Entweder würden sie sie wegjagen, oder es ihr einfach sagen.

„Lassen Sie uns gefälligst in Ruhe."

Der Kreis der Freunde verschloss sich ihr gegenüber, sie hatte kein Glück gehabt. Ohne Marke war es schwierig, an die Leute ranzukommen.

Sie verließ die Cafeteria und wanderte durch die Gänge der Fakultät. Nora hatte ihr geschrieben, sie hatte immer noch nichts Neues in Erfahrung bringen können. Also beschloss sie, Martín anzurufen.

„Weiß man schon etwas?"

„Wo bist du?", antwortete Martín mit gesenkter Stimme.

„Ist doch egal. Kennst du den Namen des Professors?"

„María, du darfst dich nicht einmischen. Nicht jetzt." Martíns Stimme bebte, schließlich war sie die längste Zeit seine Vorgesetzte gewesen. Sein distanzierter Tonfall ließ darauf schließen, dass Esteban ihm eine Lektion erteilt hatte.

„Das ist allein mein Problem, Martín. Vergiss das nicht."

„Es ist auch unser Problem, Chefin. Hast du daran noch nicht gedacht?"

María verstummte. Sie musste an Carlos denken, ihren Mentor und Freund, der an einem Herzinfarkt gestorben war, und versuchte sich vorzustellen, wie er reagiert hätte. Da er ihr gegenüber immer loyal gewesen war, hätte er ihr diese Informationen wahrscheinlich nicht vorenthalten. Oder vielleicht hätte er es gerade wegen dieser Loyalität, die auch Martín gerade bewies, getan.

María war wütend, auch auf Carlos, der sich selbst nach seinem Tod immer noch mit den anderen zu verbünden schien. Wenn ein gewisser jemand glaubte, sie würde einfach still dasitzen, dann hatte er sich gehörig geirrt, auch wenn er bereits unter der Erde lag! Aber heute hatte sie keine andere Wahl, als sich geschlagen zu geben und nach Hause zu fahren. Sie musste noch die Unterlagen für den Anwalt vorbereiten. Allein der Gedanke daran brachte sie zum Gähnen. Zuvor beschloss sie jedoch, einen Ort zu besuchen, der immer bereitwillig Informationen preisgab: die Bibliothek.

Es war schon eine Weile her, dass sich Luna eine Quelle aus seiner Vergangenheit zu Nutze gemacht hatte. Vor langer Zeit – es schien schon Jahrhunderte zurückzuliegen – war eine ausgeblutete Ziege auf dem Friedhof *La Almudena* in Madrid gefunden worden. Der Fall hätte wahrscheinlich als kleine Anekdote zum Thema Okkultismus in Spanien geendet, wäre nicht eine Woche später eine junge Frau vom selben Ort geflohen. Ihrem Bericht nach zufolge wäre sie beinahe von ein paar Verrückten umgebracht worden, weil diese versucht hatten, ihr Schmetterlingsflügel anzulegen und ihr ein Stilett in den Hals zu stoßen. Zuerst hatte ihr niemand geglaubt, doch Luna vervollständigte seine Reportage mit Hilfe einer Expertin für Okkultismus, die ihm verraten hatte, dass sie in ihrer Freizeit schwarze Magie praktizierte. Die besagte Dame war eine Art Medium mit kubanischen oder haitianischen Wurzeln, die einen stets von der Seite betrachtete und sich bei jeder neuen Verkündung freute wie ein kleines Kind. Annabella Dellamare kannte all die Gruppierungen der Stadt, die irgendwas mit schwarzer Magie zu tun hatten und die sich damals auf einige wenige Umhertreiber, Afrikaner oder – wie sie oft sagte – Madrider Snobs beschränkt hatten, die nichts Besseres zu tun hatten. Diejenigen, die damals auf dem Friedhof das Mädchen angegriffen hatten, gehörten zu einer dieser Gruppen und waren ihrer Meinung nach „vollkommen dilettantisch“. Luna hatte sie als „zuverlässige Quelle“ in die Ermittlungen aufgenommen. Als er diese Anmerkung erneut las, musste er schmunzeln. Wie sehr sich Journalisten doch bemühten, ihre wahren Quellen zu verbergen. Das Wort „zuverlässig“ passte gut, auch wenn es auf den ersten Blick etwas weit hergeholt wirkte für diese exzentrische Dame mit langen, schwarz lackierten Fingernägeln, tätowierten Augenbrauen und viel Make-up. Auch bei einigen anderen Angelegenheiten hatte sie ihm geholfen und war deshalb auch dieses Mal seine erste Wahl. Luna schaute in seinen alten Terminkalendern nach, die er sorgsam und geordnet inmitten des üblichen Papierchaos aufbewahrte, und beschloss, ihr einen Besuch abzustatten. Wenn Annabella immer noch dort residierte, wo er sie das letzte Mal gesehen hatte, müsste er nur einen kleinen Spaziergang über die *Plaza Mayor* machen. Er erinnerte sich noch genau an die kleine Gasse, in der sie Passanten für Geld die Karten legte. Für ihn hatte sie es ein paar Mal „der Freundschaft wegen“ umsonst getan.

Das Schild am Eingang enttäuschte ihn nicht: „Schlankheitsmassagen, Pediküre, Kosmetik, Depressionshilfe. Wir legen auch Karten“. Was für eine großartige Frau Annabella doch war. Nach ihrer Zusammenarbeit hatte er nur einmal kurz bei ihr vorbeigeschaut, aber danach war es ihm einfach nicht mehr in den Sinn gekommen. Obwohl sie eine gute Quelle gewesen war.

Als er auf die Klingel drückte, musste er an Jacinto und das Angebot der BBVA-Bank denken und daran, was diese Leute sagen würden, wenn sie ihn hier sähen. Aber diesen Besuch könnte man vielleicht auch als einen weiteren Gang seiner Henkersmahlzeit werten. Quasi der Aperitif vor dem letzten Mittagessen à la carte, das der Verurteilte ausgewählt hatte und das er bis zum letzten Atemzug ausdehnen wollte, um es so lang wie möglich genießen zu können.

Ein Mädchen in Pantoffeln und einem zartrosa Morgenmantel öffnete die Tür.

„Verzeih bitte die Störung. Ist Annabella zu sprechen?", erkundigte sich Luna höflich.

„Mama!", rief das Mädchen mit kräftiger Stimme.

„Was ist?", kam es aus der Wohnung zurück.

„Hier ist jemand für dich."

„Wer?"

„Wer sind Sie?", erkundigte sich das Mädchen.

„Luna, ein alter Freund."

Annabella erschien im Pyjama, einem ebenfalls rosafarbenen Ensemble mit Spitze, das sie mit hochhackigen Hausschuhen und einer Schleife auf der imposanten Hochsteckfrisur kombiniert hatte. Ihr Gesicht schien nicht gealtert zu sein, oder war einfach mit der gesamten Farbpalette von L'Oreal bedeckt.

„Verzeih bitte den Überfall, aber ... erinnerst du dich an mich? Luna, der Journalist? Komme ich ungelegen?"

„Ganz und gar nicht, mein Lieber!" Das Medium freute sich, ihn zu sehen. „Wie viele Jahre ist das schon her! Gott, ich hoffe, ich bin nicht so sehr gealtert wie du. Ganz offenbar kümmert sich niemand um dich, habe ich recht? Soll ich dir die Karten legen? Du siehst schlecht aus, Schätzchen."

„Mama, bitte, der arme Mann", protestierte die Tochter.

„Du hältst dich da raus."

Luna wusste nicht, ob er lachen oder weinen sollte. Es stimmte:

Er machte keinen Sport, trank mehr als er bereit war, zuzugeben und vermied weder gesättigte noch ungesättigte Fettsäuren, wo auch immer der Unterschied lag. Okay, er war vielleicht nicht besonders gut gealtert, aber wenn es etwas gab, das bei ihm noch in Topform war, dann war es sein journalistischer Instinkt. Und der war gerade wieder angesprungen.

Annabella brachte ihn in den kleinen Raum, in dem sie arbeitete. Luna konnte keine großen Veränderungen feststellen. Der runde Tisch, auf dem sie schon damals ihre Karten ausgelegt hatte, war immer noch von einem langen Läufer bedeckt, dessen Fransen bis auf den Boden hingen. Auf der anderen Seite stand die Liege für Massagekunden. Die beiden setzten sich in die zwei Sessel und blickten auf die Regale voller Fotos, Krimskrams und Enzyklopädien, die ihr höchstwahrscheinlich ein Hausierer aufgeschwatzt hatte. Bei Menschen wie ihr konnte sich so mancher gewiss eine goldene Nase verdienen.

„Bist du wegen des toten Mädchens hier?"

Luna wollte eigentlich erst ein bisschen Smalltalk machen, aber Annabella kam direkt zur Sache.

„Woher weißt du das?"

„Also Luna, du weißt doch, dass ich so etwas wie eine Hexe bin", lachte Annabella. „Wie geht es dir?"

„Ganz o. k., und dir?"

„Ebenfalls. Meine Tochter hilft mir und das Geschäft läuft nicht schlecht. Wir waren in der Krise die Einzigen, die ihren Umsatz sogar gesteigert haben. Wir und die Friseursalons." Sie zeigte auf die Liege. Luna hatte dort auch schon einmal gesessen und die Karten hatten ihm einen kleinen Geldsegen, überraschende Wendungen, sowie Höhen und immer wiederkehrende

Tiefen in seinem Liebesleben versprochen. Letztere kannte er sehr gut.

„Du hast also von dem Verbrechen gehört?“, fragte er.

„Das, was in der Zeitung zu lesen war. Aber wenn du wissen willst, ob es sich um Hexerei handelt, muss ich dich leider enttäuschen.“

„Ein Opferritual?“

„Jedes Verbrechen ist eine Art Opferritual. Um das zu beurteilen, bräuchte ich mehr Details.“

Luna brachte sie auf den neuesten Stand: Erst waren die drei toten Truthähne im *Parque Caramuel* aufgetaucht, die ganz offenbar Teil eines solchen Rituals gewesen waren. Und am nächsten Tag folgte die tote Frau am Damm des Manzanares.

„Und deutet alles auf eine echte oder eine inszenierte Folterung hin?“, wollte Annabella wissen.

„Was willst du damit sagen?“

„Dass ich die Geschichte mit der Folter nicht schlucke. Nicht, weil ich ein bisschen Hexe bin, sondern allein von der Logik her. Eine Folter dauert mehrere Stunden oder sogar Tage. Man erscheint nicht wie durch Zauberei im Herzen Madrids und stirbt plötzlich durch Folter. Es ist klar, dass es eine Inszenierung ist, Schätzchen, eine Komposition. Die ganze Sache ist überaus merkwürdig.“

„Und die Truthähne?“

„Die sind vielleicht Teil der Inszenierung. Irgendjemand wollte die Aufmerksamkeit auf sich ziehen.“

Annabella überraschte ihn wieder einmal mit ihrer Kombinationsgabe. Sie hätte eine gute Polizistin abgegeben.

„Gehen wir mal davon aus, dass es sich um eine Inszenierung

handelt. Wer könnte denn mit der Ästhetik von Opferritualen und Folter spielen wollen?“

„Ich habe keine Ahnung, Schätzchen. Aber die Tat erinnert mich an die Inquisition.“

„Hast du etwa damals schon gelebt?“, scherzte Luna.

„Nein, aber du mit Sicherheit“, entgegnete sie schlagfertig. Beide lachten laut. Luna erinnerte sich, dass sie immer schon auf einer Wellenlänge gewesen waren, und konnte plötzlich nicht verstehen, warum er sie damals nicht mehr besucht hatte. Sie hatte immer noch das gewisse Etwas.

„Beantworte mir bitte noch eine Frage: Gibt es in Madrid neue Gruppen in der Gothic-Szene, Totenanbeter oder Hexenzirkel oder so etwas? Sozusagen Neueinsteiger in deiner Zunft?“

„YouTube ist voll davon, Schätzchen, viele, bei denen sich ein paar Schrauben gelockert haben. Sie sind in der Krise leicht durchgedreht.“

„Aber du gehörst nicht dazu, oder?“

„Ich bin authentisch, das weißt du.“ Sie reckte stolz den Kopf, wobei sich ihr Dutt um keinen Millimeter bewegte. „Aber in Ordnung. Ich werde mich ein bisschen umhören. Und was nun? Soll ich dir die Karten legen?“

Luna war versucht, einzuwilligen. Aber eigentlich wollte er gar nicht hören, was sie zu sagen hatten. Wer brauchte schon die Sterne, um zu wissen, was zu tun war?

6

Für umfassende Erkenntnisse von der Obduktion war es noch zu früh, aber vierundzwanzig Stunden sollten mehr als genug sein, um die Todesursache zu bestimmen. Also übte María ein wenig Druck auf ihre Freunde am Institut für Rechtsmedizin aus. Sara Muñoz, gebürtig aus Saragossa, war gefesselt worden und im Stehen gestorben, erstickt durch die schwere Schelle um ihren Hals. Anscheinend hatte niemand sie oder ihren Mörder gesehen, was bei all den Utensilien genauso unrealistisch schien, wie dass es sich bei dem Täter um eine einzelne Person handelte.

Es war nicht schwer, sich vorzustellen, wo die Halsschelle hergekommen war. Wenn nicht aus der Folterabteilung eines mittelalterlichen Museums, dann mit Sicherheit aus einem Sexshop. Aber das würde sich leicht überprüfen lassen.

Außerdem ließ sich daraus schließen, dass das Ziel des Verbrechens nicht Sadismus oder geteiltes sexuelles Vergnügen war, sondern eine Zurschaustellung von Macht und Grausamkeit mitten im Herzen von Madrid. Geschlechterspezifische Gewalt, sicher, aber in einem völlig neuen Ausmaß.

Dass die Tat während der Feierlichkeiten zu Ehren von San Isidro stattgefunden hatte, könnte ein wichtiges Indiz sein. Und auch das Graffito – „PR LIBERAL" – könnte mit dem Verbrechen in Verbindung stehen und eine Art Code darstellen.

María kannte eine Zeitung namens *PR Noticias,* und es wäre ein Leichtes herauszufinden, ob es auch eine namens *PR Liberal* gab. In den zahlreichen Artikeln, die das Internet bevölkerten, war dieses Detail zudem nicht zu finden, was darauf hindeutete, dass die Polizei den Schriftzug noch nicht bemerkt hatte. Oder dass er doch nicht mit dem Verbrechen zusammenhing. Oder dass man dem Täter keine Hinweise geben wollte. Alles war möglich und nichts konnte ausgeschlossen werden.

María nahm ihr Handy und sah sich die Fotos an. Die beiden Wörter – „PR LIBERAL" – waren zwischen zwei Stufen der Leiter gemalt, und sie konnte nicht sicher sein, ob die Farbe frisch gewesen war. Vielleicht sollte sie die Polizei darauf hinweisen, denn María hatte ein bisschen recherchiert und einige interessante Dinge herausgefunden. So war die verstorbene junge Frau studentische Hilfskraft an der Fakultät für Kunstgeschichte gewesen, während es sich bei „PR Liberal" um eine Legende handelte, die der Künstler Goya für eines seiner Werke ausgewählt hatte. Es gehörte zu einer Sammlung von Gemälden, die gefolterte Menschen zeigten, die gegen die Gesetze der Heiligen Mutter Kirche verstoßen hatten. Goya hatte Misshandlungen, Vergewaltigungen, Strafvollstreckungen und sogar Kannibalismus verewigt. Die Vorstellung, dass es heute Menschen gab, die jene Verirrungen reproduzieren oder darstellen wollten, welche das Malergenie in seinen Zeichnungen anprangerte und nur für sich selbst angefertigt hatte, war mehr als surreal. Sie musste dringend mit dem Professor sprechen, der Sara eingestellt und sie belästigt hatte. Dank Nora hatte sie nun auch endlich einen Namen: Salas.

Nun galt es, seine Konten, Onlineaktivitäten, Gewohnheiten und letzten Schritte näher unter die Lupe nehmen. Sie wusste, dass es nur einen Menschen gab, der solche dunklen Geheimnisse aufdecken konnte. Der in der Lage war, verschlossene Räume zu betreten, Passwörter problemlos zu knacken, Verbindungen zwischen Webseiten in den Tiefen des Internets herzustellen und Mauern zu erklimmen, die für alle anderen unsichtbar waren. Und das war Tomás.

Tomás Gutiérrez, mehrfach ausgezeichneter Profi der IT-Abteilung der Polizei, war so gut darin, Informationen aus dem Netz zu ziehen, dass er mehr Hacker als Informatiker war. Er war bei der Festnahme eines Verbrechers schwer verletzt worden, hatte aber auf wundersame Weise überlebt und war seither vom Dienst freigestellt. Praktisch für immer – er war dauerhaft körperlich behindert.

María erinnerte sich an ihre letzte gemeinsame Reise. Nachdem er aus dem Koma erwacht war, hatten sie eine barrierefreie Hütte auf einer kleinen Insel in Frankreich gefunden und gemeinsam – Tomás, seine beiden Hunde, sein intelligenter Rollstuhl und sie – alle Buchten abgeklappert, in denen man baden konnte, waren mehrmals im Spa gewesen und hatten sich mit Massagen verwöhnen lassen. Aber vor allem hatten sie sich Nacht für Nacht den Sonnenuntergang über dem Atlantik angesehen, bei dem sich die mächtige Sonne auf der Wasseroberfläche spiegelte und sich ihre Strahlen in den Wellen, die die kleine Île d'Oléron umspülten, brachen.

Ein beinahe unberührter Fleck Natur in Frankreich, ohne WLAN, ohne Netz und mit wenigen Straßen. Ständig blieben sie mit Tomás' Rollstuhl auf den Wegen stecken, da die Inselbewohner beschlossen hatten, sich nicht von der Hektik der restlichen Welt mitreißen zu lassen, sondern weiterhin gemütlich auf den holprigen Straßen entlangzuschleichen, welche die Dörfer und Häfen mehr trennten als miteinander verbanden. Sie hatten über jede Kleinigkeit gelacht und einander tief in die Augen geblickt. María konnte sich kaum an eine glücklichere Zeit erinnern, und in diesen Momenten schienen ihr Disziplinarverfahren und der Schatten ihres neuen Chefs unendlich weit entfernt.

Heute wünschte sie sich, Tomás wiederzusehen, sein freundliches Gesicht und seine klaren Augen vor sich zu haben, aber nach ihrer Rückkehr aus Oléron hatte er sie um Zeit und Abstand gebeten; hatte ihr mit seiner immer noch langsamen und schwerfälligen Stimme gesagt, er würde nie wieder gesund werden.

„Lass uns ab jetzt nur Freunde sein", war das Letzte, was er zu ihr gesagt hatte. Oder versucht hatte zu sagen.

Jedes Mal, wenn sie sich daran erinnerte, empfand sie Wut, aber auch Mitgefühl und Traurigkeit. Für sich selbst und für ihn. Tomás hatte sie einfach aus seinem Leben ausgeschlossen. Tür zu. Es ist nicht das erste Mal, dass dir das passiert, Ruiz, sagte sie zu sich selbst, gedemütigt.

Heute wusste sie, dass sich an der Situation nichts ändern würde. Aber sie war überzeugt davon, dass, wenn überhaupt irgendjemand in der Lage war, Professor Salas genauer zu überprüfen, es Tomás war. Dass er mit seinen zwei noch funktionierenden Armen, seinem etwas langsamen aber wachen Verstand und mithilfe eines Internetzugangs zu allem fähig war. Vielleicht war es auch nur eine faule Ausrede, ein Trick, um ihn anzurufen, ihm zu schreiben, ohne nur Stille als Antwort zu bekommen. Um ihn noch einmal in Versuchung zu führen.

Bevor sie irgendetwas in diese Richtung unternahm, stand sie auf und lief in ihrer Wohnung umher. Ihr Blick fiel auf die Akten für ihr Disziplinarverfahren und ihren Laptop, auf dessen Bildschirm ein leeres Dokument geöffnet war, in das sie lediglich die Überschrift geschrieben hatte: „Anschuldigungen". Von nichts kam nichts. Sie schaute auf ihr Handy. Eine Nachricht ihres Anwalts: „Haben Sie schon etwas?“, fragte er.

Definitiv nicht.

Sie seufzte und beschloss, drei Dinge zu tun: Zuerst schickte sie die Fotos des Graffitos und der Truthähne an Esteban. Text: „Vielleicht sind sie euch nützlich“. Sie hatte allerdings die Vermutung, dass Martín ihm die Nachrichten bereits von seinem Handy aus geschickt hatte.

María suchte in ihren Kontakten nach Tomás. Die Vorstellung, dass er sie erneut zurückweisen würde, machte sie nervös und sie drosselte ihre sonst übliche Eile. Nach einer kleinen Pause schrieb sie: „Hast du vom Mord am Manzanares gehört? Tut mir leid, wenn ich mich schon wieder melde, aber nur du kannst mir helfen.“

Anschließend holte sie die Kleidung von der Wäscheleine. Der Rock und das T-Shirt, die Martín ihr geliehen hatte, waren bereits trocken, und ob er wollte oder nicht würde sie ihm die Kleidung heute zurückgeben. Mit jeder Stunde, die nach einem Mord verstrich, stieg die Wahrscheinlichkeit, dass er nie aufgeklärt werden würde. Es musste also schnell gehen.

Professor Salas war seit Saras Tod nicht mehr in den Unterricht zurückgekehrt. Die Tür zu seinem Büro war bereits am Morgen des Mordes, Stunden nach dem Fund der Leiche, beschmiert worden und das Schloss war Klebstoff zum Opfer gefallen. Der Dekan persönlich hatte ihn angerufen und ihm nahegelegt, sich doch ein paar Tage freizunehmen, bis sich die Dinge geklärt hätten. María hatte das durch ein bisschen Herumschnüffeln in der Fakultät herausgefunden. Der Sekretär, von dem sie es wusste, hatte ihr allerdings keine weiteren Informationen gegeben. Die Universität hatte sich in dichtes Schweigen gehüllt. Selbst Nora hatte nicht mehr herausfinden können.

María wusste, dass man den Professor befragt hatte, aber sie wusste auch, dass offiziell nichts gegen ihn vorlag. Auch die Fakultät hatte noch nicht wieder zur Ruhe gefunden. Der Altar mit der improvisierten Totenwache für Sara wuchs stetig weiter und zog aufgewühlte Studierende an. Es gab immer mehr Kerzen, die dem Ort den Duft des Todes verliehen. Zudem standen dort mehrere Fotos, Plüschtiere und Schilder mit Widmungen, und einige ihrer Kommilitonen verbrachten Tag und Nacht dort und hatten den Ort so in eine ständige Mahnwache verwandelt. In der Mitte hing ein riesiges Transparent mit den Worten: „Wir wollen die Wahrheit. Nein zum Femizid. Männer = Mörder. #forSarademonstra@ction.“

María notierte sich den Hashtag. Wenn sie eine Demonstration organisiert hatten, musste sie das wissen. Also schaute sie auf Twitter nach. Für den Hashtag gab es bereits einen langen Thread mit Kommentaren und sie hoffte, dass die Polizei ihn auch verfolgte. Und wenn Tomás ihr antwortete, wäre dies ein guter Anfang für ihre Recherche. Aber die Nachricht auf WhatsApp war noch nicht einmal als gelesen markiert, und im Moment konnte sie nicht sagen, ob er eine neue Nummer oder sie einfach blockiert hatte. Seine Stille schmerzte, als würden ihr spitze Fischgräten in der Luftröhre stecken. Doch es musste weitergehen. Sie wusste, was zu tun war, das hatte er ihr beigebracht. Sie setzte sich auf eine nahe gelegene Treppe und erstellte mit ihrem Handy ein neues Twitter-Profil, von dem aus sie dem Hashtag folgen konnte. Name? Sie wollte nicht ihren eigenen benutzen und so wählte sie einen, den nur sie und Tomás verstehen würden: „Oleroy“ – eine Anspielung auf ihre letzte gemeinsame Reise. Beschreibung: „Wir alle sind Sara. Schluss mit den Morden.“ Profilfoto: das der toten Studentin, das im Netz kursierte.

Warum nicht? Sie behauptete nichts, was nicht der Wahrheit entsprach, und über das Profil konnte sie retweeten, Direktnachrichten schreiben oder Kommentare posten. Nach ein paar Retweets hatte sie bereits mehrere Follower. Wer weiß, vielleicht nahmen auch andere Polizisten getarnt an diesem Online-Protest teil.

María-Oleroy las den Thread weiter. Unter dem Hashtag waren schon einige sexistische Kommentare zu finden, die sie sich später noch mal genauer ansehen würde. Schließlich wusste man nie, ob der Täter auch ein falsches Profil hatte, um die Ermittlungen im Auge zu behalten. Aber jetzt gerade suchte sie nach einer bestimmten Information, und hatte sie auch schon gefunden: Die Demonstration sollte am nächsten Tag vor dem Haus des Professors stattfinden, man plante einen großen und lautstarken Protest. In der *Calle Santa Engracia* an der Ecke *Cuatro Caminos.*

María spürte, wie sich ihr Nacken verkrampfte. Der Professor war noch nicht einmal verhaftet worden und wurde bereits von den Studierenden verurteilt. Sie erwogen nicht einmal die Möglichkeit, dass der Fall auf offiziellem Wege gelöst werden könnte. Sie glaubten nicht an die Arbeit der Polizei. Nur an ihre eigene Rechtsprechung.

„Sollten wir nicht den Ausgang der Ermittlungen abwarten?“, wagte sie zu fragen.

Was folgte, war ein wahrhaftiger Shitstorm in Form von

wütenden Emojis und voreiligen Urteilssprüchen gegen diesen Eindringling, der sich dem allgemeinen Willen widersetzte.

„Bist du etwa für die chauvinistische Polizei?". „Stehst du auf der Seite der Mörderpolizei?". „Willst du, dass noch mehr Morde passieren?"

Und das waren noch die harmloseren Antworten. María wusste, dass sie als Oleroy-Wir-alle-sind-Sara nicht zu viel Aufmerksamkeit auf sich lenken durfte, also antwortete sie nicht darauf. Aber in ihrem Inneren traf sie diese Ablehnung gegenüber der Polizei hart. Bullen waren eben immer noch Bullen.

Als Oleroy schwieg sie also. Aber als María Ruiz konnte sie etwas unternehmen. Da sie den Namen und die Adresse des Professors hatte, wollte sie ihn aufsuchen.

Sie erreichte die *Calle Santa Engracia.* Vier Eingänge kamen aufgrund ihrer Nähe zum Viertel *Cuatro Caminos* in Frage und sie fand seinen Namen an einem Briefkasten direkt beim zweiten Haus. Auch ein Graffito in der Nähe hatte ihr geholfen: „Hurensohn." Professor Salas lebte in einem stattlichen Gebäude mit einem eleganten Eingang, gut bewässerten Zimmerpflanzen und einem altmodischen Portier. Das kam ihr nun zugute.

In Madrid gab es nichts Einfacheres, als ein Wohnhaus mit diesen Portiers zu betreten: Die Haupttüren waren stets offen, weil sie davor standen und Wache hielten, aber es war leicht, den richtigen Moment abzupassen, wenn sie mit den Müllcontainern beschäftigt waren, einem älteren Nachbarn halfen oder einem ahnungslosen Besucher Auskunft gaben. Außerdem waren sie immer eine recht zuverlässige Informationsquelle.

Doch heute zog es María vor, auf solche Informationen zu

verzichten und stattdessen darauf zu warten, dass der Portier mit einem jungen Mann auf der Suche nach irgendwas ins Plaudern kam. Sie betrat zügig das Gebäude, murmelte „Guten Morgen", und ging die Treppe hinauf in Richtung des gesuchten Apartments 2.C., als hätte sie es schon ihr ganzes Leben lang getan. Sie nahm dabei zwei Stufen auf einmal, denn sie wollte nicht riskieren, dass der Portier sie vor dem Aufzug abfing.

Als sie an der Wohnungstür ankam, schnappte sie nach Luft. Sie musste ihre nervöse Atmung wieder beruhigen und sich überlegen, was sie überhaupt sagen oder wie sie sich vorstellen wollte. Aber ihr fiel nichts ein. Also klingelte sie einfach.

Professor Salas öffnete die Tür, ohne vorher durch den Spion zu schauen. Er war unrasiert, die Augen waren mit dunklen Ringen unterlegt, das kurze, glatte Haar war zerwühlt. Er hatte die Tür so schnell geöffnet, als hätte er auf jemanden gewartet, und schaute María für ein paar Sekunden an, ohne zu reagieren. Erst langsam schien ihm klar zu werden, dass sie nicht der Mensch war, den er sich erhofft hatte – wer auch immer das sein mochte. Und er begann, die Tür wieder zu schließen.

„Warten Sie", sagte María schnell, „haben Sie kurz Zeit?"

„Wer sind Sie?", fragte er, die Tür nur noch einen Spalt breit geöffnet.

„Das ist etwas schwer zu erklären. Mein Name ist María Ruiz."

„Sind Sie von der Polizei?"

Ihre Antwort war entscheidend, das wusste sie, aber sie wollte ihn nicht anlügen.

„Eine Polizistin, die nicht mehr auf die Wache darf. So wie ein Professor, der nicht mehr an die Universität darf."

Er zögerte noch immer, aber hatte die Tür immerhin nicht geschlossen. „Ich versuche nur, die Wahrheit herauszufinden."

„Ich habe sie nicht getötet." Der Mann hatte wässerige Augen und sein Gesicht war angespannt. Er schaute nach hinten, schien aber allein in der Wohnung zu sein. „Jemand will mir etwas anhängen."

„Darf ich reinkommen?" María hob ihre Hände, um ihm zu zeigen, dass sie unbewaffnet war. „Ich kann Ihnen versichern, dass ich harmlos bin. Ich will nur die Wahrheit. Ich möchte nur reden."

Er machte einen Schritt zurück und María trat ein. Es war gewagt, ohne Waffe und ohne irgendjemandem Bescheid zu geben in die Wohnung zu gehen, aber in Anbetracht der Entwicklungen war sie bereit, das Risiko einzugehen. Salas war groß; so groß, dass es ihm etwas unangenehm zu sein schien und er eine leicht gekrümmte Haltung einnahm. Sein T-Shirt war zerknittert, was zu dem unordentlichen Zustand seiner Wohnung passte. Sie gingen ins Wohnzimmer.

„Ich war schon bei der Polizei. Zwölf Stunden lang war ich auf der Wache. Und sie haben mich ohne Anklage wieder gehen lassen."

„Trotzdem sind Sie der Hauptverdächtige."

„Ich habe nichts getan. Ich habe sie geliebt, mein Gott! Meine Sara." Der Mann schluchzte und verbarg das Gesicht in den großen Händen. Er war dünn und drahtig, was der Anspannung seines Körpers einen noch größeren Ausdruck verlieh.

Schweigend betrachtete María ihn genauer. Es war ihr suspekt, dass der Professor die Studentin als sein Eigentum, „seine Sara", bezeichnete, auch wenn er damit nur betonen wollte, wie sehr er sie mochte. Männer, die ihre Freundin oder Ehefrau töteten, fühlten sich oft in ihrer Tat bestätigt, gerade weil sie das Gefühl hatten, sie zu besitzen. Sie dachte nach.

„Wie lässt sich Ihre Beziehung beschreiben?"

„Wir waren in gewisser Weise zusammen, wenn es das ist, was Sie meinen. Ich liebte sie und sie liebte mich." Er begann wieder, zu schluchzen. Er hatte keinen Grund, ihr zu vertrauen, schien aber dankbar, dass jemand bereit war, ihm zuzuhören. „Aber wir waren kein Paar, denn ... Nun, vielleicht wären wir das gewesen, aber sie war sehr jung und hatte noch andere Männer und ich bin ... verheiratet. Gott, die haben mein Leben zerstört."

„Wohl eher Saras Leben", konterte María.

Sobald der Satz ihre Lippen verlassen hatte, bereute sie es schon. Ruhig Blut, María, das hier ist kein Verhör, sondern nur ein Gespräch, sei vorsichtig.

„Meine Frau hat mich verlassen. Als Sie klingelten, dachte ich, sie sei es – wie naiv von mir –, aber sie war es nicht. Zudem wurde ich von der Fakultät suspendiert." Salas weinte weiter, in seinem Drama versunken, die Hände zu Fäusten geballt und die Lippen zusammengepresst. „Die haben mein Leben zerstört."

„Wer? Wer hat Ihr Leben zerstört?"

„Diejenigen, die mich hassen. Dieses verdammte Land mit seinem neidvollen Pack. Die Universität ist der giftigste Ort, den man sich vorstellen kann."

„Schlimmer als die Polizei?" María hatte sich die Bemerkung nicht verkneifen können, aber er hatte sie gar nicht gehört, sondern redete einfach weiter.

„Wenn man eine Stelle angeboten bekommt, fangen sie an, einen zu hassen. Wenn man Artikel veröffentlicht, hassen sie einen weiter. Wenn man einen Vertrag bekommt, machen sie einem das Leben zur Hölle. Und jetzt das."

Der Mann war komplett in seinem Selbstmitleid versunken und versuchte, aus dem akademischen Neid der anderen Fakultätsmitarbeiter eine Verschwörungstheorie zu stricken. Sie musste ihn wohl oder übel ausreden lassen. María wusste, dass Täter oft verworrene Geschichten erfanden, um andere für ihre Tat verantwortlich zu machen. Sie hätte ihn am liebsten gefragt, wo er die Halsschelle gekauft hatte, warum er sich für den Manzanares entschieden hatte und wie lange Sara hatte leiden müssen. Jedoch fiel ihr wieder ein, dass sie ihn das nicht fragen konnte, da er ein mutmaßlicher Mörder war und sie sich ganz allein in seiner Wohnung befand.

„Wer hasst Sie?", fragte sie. Salas schüttelte den Kopf. „Und mit wem hatte Sara noch eine Beziehung?"

„Ich weiß es nicht. Mit vielen und mit niemandem."

„Sie sagten, sie hatte noch andere Männer. Wer waren diese Männer?"

„Ich schwöre, ich weiß es nicht. Das habe ich auch den anderen Polizisten gesagt. Sie verstehen sicher, dass man nicht wissen will, wen die zweiundzwanzigjährige Geliebte sonst noch fickt, wenn man offiziell kein Paar ist. Ich wollte es jedenfalls nicht wissen. Es hat gereicht, dass ich davon wusste."

María schwieg einen Moment lang. Ihr war eine Idee gekommen, die etwas riskant war. Sie beschloss, ihn damit zu konfrontieren. „PR Liberal. Klingelt da bei Ihnen was?"

„Wie bitte?" Der Professor starrte sie an als versuche er angestrengt, sich von seinem Selbstmitleid zu lösen. Sie wiederholte, deutlicher: „P, R, Liberal. Sagt Ihnen das etwas?"

„Ob es mir etwas sagt? Natürlich tut es das. Es steht für *Por Liberal,* beziehungsweise ‚weil sie liberal war', eine von Goyas Bildlegenden in seinem ‚Album der Inquisition', Album C." Salas Lippen zitterten leicht, er strich sich die Haare zurück. „Aber was hat das mit dieser Sache zu tun?"

„Es stand in der Nähe der Leiche. Haben Sie es geschrieben?"

„In der Nähe der Leiche? Wie soll ich das denn bitte gewesen sein? Sie haben mir nicht einmal Fotos von Sara gezeigt. Ich habe das studiert! Das ist das Thema meiner Diplomarbeit! Und der Titel eines Artikels, den ich kürzlich über Goyas Zeichnungen geschrieben habe: ‚Por liberal?' Auf der Zeichnung ist eine gefesselte Frau zu sehen, die gefoltert wird, wahrscheinlich wegen Ehebruchs. Damals befand sich Spanien im Krieg, die Inquisition drohte erneut auszubrechen und die Hoffnung der Liberalen schwand. Das Album ist von enormer Bedeutung, denn darin hat Goya das gezeichnet, was er sah und erlebte, ohne sich nur dem Willen seiner Auftraggeber zu beugen. Er stellte die Rückständigkeit da, den Hass und den Aberglauben, alles, was Spanien an seiner Entwicklung hinderte. Die Ungerechtigkeit, den Machtmissbrauch. Aber sagen Sie mir doch bitte endlich, was das mit dem Mord an meiner Sara zu tun hat."

María wusste nicht, inwieweit sie ihm vertrauen konnte, aber sie hatte kein weiteres Ass im Ärmel. Er war sichtlich nervös. Vielleicht würde sie nun einfach nur seine Verschwörungstheorie befeuern, oder aber einen wirklichen Fortschritt bei den Ermittlungen erzielen. Sie holte ihr Handy hervor und zeigte ihm das Bild mit dem Graffito.

„Mein Gott, das bestätigt doch genau das, was ich die ganze Zeit gesagt habe! Es war ein Akt des Neides, des Hasses."

„Wollen Sie mir sagen, dass es ein Verbrechen gegen Sie war, und nicht gegen Sara?"

„Gegen uns beide. Indem sie Sara töteten, wussten sie, dass sie auch mir schaden würden. Unserer gemeinsamen Arbeit. Sie hat mir bei meiner Forschung geholfen und sich auch selbst mit dieser Periode der spanischen Malerei beschäftigt." Der Professor sah nicht mehr niedergeschlagen aus, sondern war plötzlich ganz aufgeregt in Anbetracht der Möglichkeit, seiner Verschwörungstheorie ein weiteres Detail hinzuzufügen. „Haben Sie die Leiche gesehen? Haben Sie gesehen, wie Saras Körper aussah?"

Sie zögerte. Wenn sie so tat, als hätte sie es nicht gesehen, würde er es ihr wahrscheinlich nicht abkaufen. Also sagte sie die Wahrheit.

„Ja, ich habe es gesehen."

„Sie meinen: ‚Ich sah es.' Verzeihen Sie bitte, ‚ich sah es' ist eine weitere Bildlegende von Goya." Seine Augen leuchteten. „Aber *ich sah es nicht,* ich weiß nur, was die Presse erzählt hat. Und was mir die Polizei gesagt hat. Aber warten Sie kurz … Sah sie so aus?" Salas zog hektisch ein Buch aus einem Regal und blätterte mit sicheren Händen durch die abgegriffenen Seiten, bis er fand, was er suchte. „Sah sie so aus?" Er zeigte auf eines der Bilder.

Weil sie liberal war? (1810-1811)

María starrte von der Zeichnung zu Salas. Er war offensichtlich gespannt auf ihre Reaktion, aber sie wollte es ihm nicht zu leicht machen. Das Bild gab exakt wieder, was sie am Manzanares Damm mit ihren eigenen Augen gesehen hatte: Eine Frau wie Sara Muñoz war an eine Art Schafott gekettet, der Mund halb geöffnet, der Blick ins Nichts gerichtet. Ihrem Schicksal ergeben. Aber die Zeichnung war zwischen 1810 und 1811 entstanden und das Verbrechen war gestern geschehen. Hatte der

Mörder Goyas Zeichnung nachstellen wollen, so hatte er sein Ziel mit schockierender Genauigkeit erreicht. Und wenn dieser Mörder jetzt vor ihr stand? Sie wagte nicht, darüber nachzudenken, ob sie es mit einem Verrückten zu tun hatte oder einem Albtraum, aus dem sie mit ihren spärlichen Informationen nicht erwachen konnte. Sie war noch nie mit einem so ausgeklügelten Verbrechen konfrontiert worden, bei dem die Inszenierung ein wichtiger Teil der Tat war. Eigentlich glaubte sie auch nicht an solche Verbrechen. Sie kamen in den Filmen von John Malkovich und Quentin Tarantino vor, aber passten überhaupt nicht nach Madrid, das mit einem Fuß in der Gegenwart und mit dem anderen in der Vergangenheit stand. Wo man auf der einen Seite in den Straßen noch Schuhputzern begegnen konnte und wo hochrangige Politiker anlässlich des Festes des Stadtpatrons, San Isidro, mit Frauen in traditionellen Kostümen tanzten, und wo auf der anderen Seite auch einmal im Jahr eine der größten Pride Paraden von Europa gefeiert wurde. Ein Gegensatz so allgegenwärtig wie die ewige Diskussion über die Bauarbeiten auf der größten Einkaufsstraße der Stadt, der *Gran Vía*. So kompliziert wie die Frage, ob eine Politikerin ihres Amtes enthoben werden durfte, weil sie im Supermarkt zwei Anti-Aging-Cremes gestohlen hatte. In Madrid blieb irgendwie alles gleich, und doch konnte einen die Stadt immer wieder überraschen.

Und da war Goyas Zeichnung, vor zwei Jahrhunderten entstanden und identisch mit der Szene, die Saras Leben beendet hatte. Darunter, in der linken Ecke, die Worte: PR Liberal. Handelte es sich hierbei um die Zeichnung eines zukünftigen Verbrechens oder um ein Verbrechen, das die Zeichnung nachahmte? Entweder litt jemand an einer solch schweren psychischen Störung, dass es für sie nur schwer zu begreifen war, oder aber jemand spielte mit ihnen. Und zwar mit ihnen allen. Jemand, der Goyas Zeichnungen, die von seinem Zeitgeschehen inspiriert worden waren, nachahmen oder zur heutigen Wirklichkeit machen wollte. Oder beides gleichzeitig. Eine Gegenüberstellung von Verbrechen zu verschiedenen Zeiten. Wiederholtes Leid. Imitiertes Leid.

Nach ein paar weiteren Fragen beschloss sie, dass es Zeit war zu gehen.

„Was denken Sie? Sah die Leiche so aus oder nicht? Bitte sagen Sie es mir, lassen Sie mich nicht weiter im Dunkeln tappen", flehte der Professor. Aber María war bereits aufgestanden und zur Tür gegangen. Sie zögerte und drehte sich um.

„Ich werde Ihnen nur noch eine Sache sagen, und selbst das sollte ich wahrscheinlich besser lassen: An Ihrer Stelle würde ich mich morgen nicht hier in der Wohnung aufhalten. Es wird gegen Sie protestiert werden."

Der Professor schwieg und war wie gelähmt, aber als sie gerade gehen wollte, kam er mit dem Buch in der Hand auf sie zu.

„Nehmen Sie es mit, tun Sie mir den Gefallen. Wenn der Mord so aussah wie auf diesem Bild, wird es Ihnen von Nutzen sein."

María sagte nichts, nahm nur das Buch entgegen und ging. Sie war sicher, dass sie irgendwann zu dieser Wohnung zurückkehren würde.

7

Das Fahrrad hatte mal wieder die Aufgabe, sie Richtung Süden zu bringen. Ohne auf Grün zu warten, fuhr María über die Kreuzung, die sie vom Madrider Fahrradring trennte, der um die ganze Stadt führte. Sie raste über die Bremsschwellen, die Beine durchgedrückt um den Aufprall abzufedern, den Hintern vom Sattel gehoben und die Arme angespannt, und klingelte unentwegt die geistesabwesenden Fußgänger an, die sich auf den Radweg verirrt hatten. Sie hatte die Strecke in den letzten Wochen schon so oft zurückgelegt, dass sie mit geschlossenen Augen hätte fahren können, wären da nicht die Rentner gewesen, die die Breite des Radwegs dem Bürgersteig vorzogen und starrköpfig alle Hinweisschilder ignorierten.

Schließlich erreichte sie den Ring. Auf den ersten Kilometern ging es stetig bergab und sie konnte sich hinabgleiten lassen, ohne in die Pedale treten zu müssen. Meistens dachte sie dabei noch nicht an den beschwerlichen Rückweg.

Im Moment war einfach alles kompliziert. Sie hatte dem Anwalt die Kontaktdaten ihres Vorgesetzten in Soria gegeben, einem Regierungsbeauftragten, der wusste, dass etwaige Regelverstöße ihrerseits stets der Aufklärung eines Falls dienten. Das könnte helfen.

Der Mord vom Manzanares wurde mit jedem Tag undurchsichtiger, da weder die Polizei noch sie selbst – und sich außerhalb dieser Gruppe zu sehen, bereitete ihr immer noch Kopfschmerzen – irgendwelche Anhaltspunkte hatten. Die absurde Theorie der Nachahmung eines Werkes von Goya schien weder Hand noch Fuß zu haben und ein Verdacht reichte nicht aus.

Esteban und Martín waren ihr gegenüber verschlossen, und von Tomás hatte sie auch noch nichts gehört.

Am Tag zuvor hatte sie Martín Rock und T-Shirt zurückbringen wollen, doch er war nicht zu Hause gewesen. So hatte sie die Kleidung seinem gutgelaunten Stiefbruder überreicht, der sie prompt zu einem Joint mit seiner Freundin eingeladen hatte, woraufhin sie vorgegeben hatte, in Eile zu sein. Danach war sie ein bisschen im *Parque Caramuel* herumgelaufen, doch der Deutsche mit den Dreadlocks war nirgends zu sehen gewesen und sie hatte nicht nach ihm fragen gewollt.

Deshalb würde sie es heute noch einmal versuchen. Sie hatte einen Plan, für den sie im besten Fall Hilfe von dem Kellner bekäme. Sie durchquerte den *Casa de Campo*, den größten öffentlichen Park der Stadt, und ließ alle hinter sich zurück, die es nicht eilig hatten. Am Flussufer schloss sie ihr Fahrrad an und nahm, wie immer in letzter Zeit, auf der Treppe zwei Stufen auf einmal, bis sie die Terrasse vom *Parque Caramuel* erreichte. Heute hatte der deutsche Kellner Dienst.

„Wusste doch, dass du zurückkommst", sagte er selbstgefällig, „ich wollte dich schon anrufen."

„Was ist passiert?", erkundigte sich María.

„Nichts ist passiert. Ich wollte dich einfach nur wiedersehen. Und wie es aussieht, ging es dir ähnlich."

„Bringst du mir einen Kaffee?"

Sie setzte sich an einen der Tische, ignorierte das Kompliment und wartete auf den Milchkaffee, den der Deutsche in einer viel zu vollen Tasse vor sie stellte, sodass die Zuckertüte und der Löffel im Unterteller schwammen. Je nach Sichtweise hatte der Kellner in Madrid entweder gar nichts oder zu viel gelernt. Er war sich seiner so sicher, dass es ihm an Charme nicht mangelte.

„Hast du noch etwas über die Truthähne herausfinden können?“, fragte María.

„Ne. Da redet jetzt eh keiner mehr drüber“, antwortete er. „Nach dem Mord am Manzanares hat man die Tiere vergessen. Ich nehme an, du hast davon gehört?“

„Natürlich, die arme Frau“, erwiderte María. „Weiß man schon etwas?“

„Man munkelt, es sei ihr Professor gewesen. Keine Ahnung, ob das stimmt.“

Das war auch besser so. María ließ ihn fortfahren. Er schilderte detailliert, wie das Mädchen vorgefunden worden war, wie sie angekettet gewesen war, und dass er nicht an die Theorie des kriminellen Professors glaubte, weil er fest davon überzeugt war, dass es wieder sein Tierserienmörder gewesen war. Und dass alles mit den toten Truthähnen angefangen hatte. Zum Glück wusste er nichts vom Tod von Martíns Hund, dachte sie.

„Ist es nicht ein wenig beleidigend für eine junge Frau, dass du sie als Tier bezeichnest?“ María versuchte, nicht zu forsch rüberzukommen.

„Wir Menschen sind nur eine Spezies innerhalb der Tierwelt. Deshalb habe ich dir ja auch gesagt, dass jeder, der Tiere tötet, auch Menschen töten kann.“

Ein Tierschützer mit Leib und Seele also. María erinnerte sich daran, dass unweit vom *Parque Caramuel,* in einem anderen Stadtteil, ein Satiriker „quacktholische“ Hochzeitszeremonien zwischen Menschen und ihren Haustieren abhielt, ganz nach dem Motto: ‚Im Gegensatz zu Gott existiert meine Ente wirklich.‘ Das war das Gute daran, wieder in Madrid zu sein. Selbst das Verrückteste erschien hier normal und ließ die Anzahl der Möglichkeiten ins Unendliche wachsen.

Dieses Mal widersprach sie dem Deutschen nicht, denn sie hatte bemerkt, dass er die gleiche Anstecknadel wie beim letzten Mal trug.

„Bist du ein Hausbesetzer?“ Sie zeigte darauf.

„Ich unterstütze die Bewegung. In Zukunft, wenn das Privateigentum abgeschafft wurde, werden wir alle Hausbesetzer sein. Und zwar ganz legal.“

„Achso?“, erwiderte María.

„Ich sehe schon, du interessierst dich für meine Welt. In Barcelona hab ich in Ca La Trava gewohnt, dem besetzten Haus in Travessera de Gràcia. Das war eine richtig gute Zeit. Hier wohne ich mit ein paar Kollegen zusammen, bin aber wahrscheinlich schon in allen besetzten Häusern der Stadt gewesen. Möchtest du welche kennenlernen?“

„Sehr gerne.“ Nichts würde sie lieber tun.

„Ich habe in allen Freunde: in der Quimera, der Enredadera, um nur ein paar zu nennen … Passt dir heute Nachmittag?“

„Was ist denn mit der Dragona, kennst du die auch?“

„Ja, warum?“

„Ich hab gehört man versucht gerade, sie zu räumen.“

„Moment mal, du bist doch nicht etwa von der Polizei?“

María war in ihrer gesamten Polizeilaufbahn nie Mitglied des Geheimdienstes gewesen und konnte sich auch nicht erinnern, jemals irgendeine komplexe Undercover-Aktion durchgeführt zu haben. Doch ihre derzeitige Situation ließ ihr nicht gerade viel Spielraum. Ermitteln hieß eben ermitteln.

„Sehe ich für dich aus wie eine Polizistin?“ María breitete die Arme aus. Sie trug ein verschwitztes T-Shirt, kurze Hosen, Sneakers, und ihre Beine waren von der halsbrecherischen Fahrt durch die Brombeersträucher im *Casa de Campo* ganz zerkratzt.

„Man kann nie wissen. Ehrlich gesagt siehst du wie eine Journalistin aus oder, keine Ahnung, eine Lehrerin. Ich würde sagen, du bist einfach eine etwas sonderbare Frau. Ja, du bist einfach interessant.“ Der Deutsche schien gerne zu spekulieren. „Vielleicht eine Drehbuchautorin oder Schriftstellerin? Genau, ich finde, du bist Drehbuchautorin.“

„Ich bin Psychologin.“ Das war keine Lüge. Manche Berufe blieben, selbst nachdem man sie schon aufgegeben hatte. Sie war Psychologin, so wie Ärzte oder Journalisten bis zum Ende Ärzte oder Journalisten blieben, auch wenn sie nicht mehr praktizierten.

„Ich sag ja du bist interessant!“

Sie konnte beinahe sehen, wie die Selbstbestätigung ihn ein paar Zentimeter wachsen ließ.

María lächelte. Sie hatte nichts gegen Hausbesetzer, nur gegen Mörder. Sie trank ihren Kaffee aus und bezahlte. Am Nachmittag würden sie gemeinsam zur Dragona gehen, wo Sara Muñoz laut Nora vor ihrem Tod gelebt hatte.

Die Dragona war ein außergewöhnliches Gebäude, weit entfernt von der Innenstadt und an einem der monumentalen Eingänge des Friedhofs *La Almudena* gelegen. Das hohe und einsame Haus war so alt wie der Friedhof selbst, wurde aber schon seit vielen Jahren nicht mehr von dem städtischen Bestatter genutzt, sodass es noch schneller gealtert war als die Säulen und Statuen, die der Gegend den Stil des neunzehnten Jahrhunderts aufdrückten. Vor einem Jahrhundert am Stadtrand von Madrid angelegt, war der Friedhof inzwischen von Tausenden Gebäuden umgeben, die über die Jahrzehnte ohne viel Aufsehen aneinandergebaut worden waren, um Arbeiter und Einwanderer aus dem ländlichen Spanien aufzunehmen, die es in die Stadt verschlagen hatte.

Nachdem sie die U-Bahn-Station verlassen hatten, mussten María und der Deutsche noch eine Weile laufen. Auf den ersten Blick lag alles nahe beieinander, aber während sie gingen, schienen sich das Haus und der Friedhof immer weiter wegzubewegen. Die von größer werdenden Pappeln gesäumte Allee verzerrte ihre Perspektive. Sie brauchten mehr als eine halbe Stunde, um ihr Ziel zu erreichen.

Weiße Laken mit schwarzen Slogans hingen von den Fenstern, und an der Fassade mahnten Graffiti, dass die Bewohner Widerstand leisten würden, sollte die Polizei wiederkommen. Die Sicherheitskräfte hatten das Gebäude vor wenigen Monaten geräumt und einige der Bewohner festgenommen, doch die Übriggebliebenen waren zurückgekehrt. Ihnen war bewusst, dass nach dem Austausch des Schlosses und der Tür alles wieder von vorn beginnen würde. Der Deutsche hatte ihr erzählt, dass sich drinnen eine Art Begegnungszentrum mit Konzertsaal und Bio-Garten befand, und dass er bislang nur einmal hier gewesen war. Um an einem Seminar zum Thema Stierkampf teilzunehmen, meinte er sich zu erinnern.

Sie schauten sich das Haus eine Weile von außen an, bevor sie sich der Tür näherten. Ein Junge in Sweatshirt kam mit hochgezogener Kapuze und mit vor Kälte zusammengepressten Lippen heraus. Als sie durch die Tür gingen, die mit Holzbrettern verstärkt war und deren Scharniere neu aussahen, begriffen sie, warum. Draußen herrschte die übliche Maihitze, aber hinter der Tür wurde es plötzlich sehr kalt, was wahrscheinlich daran lag, dass die Bewohner im Frühling die Fenster und Türen aus Angst vor der Polizei geschlossen hielten und die Winterluft eingeschlossen hatten. Am Eingang pinnten gerade zwei Mädchen einen Zettel an ein Korkbrett und entfernten die Flyer vergangener Aktivitäten. Sie trugen ausgebeulte Hosen und abgetragene Pullover, die vielleicht schon mehrere Generationen gekleidet hatten.

„Was genau hast du vor? Willst du dich für ein Event anmelden?", fragte der Deutsche leise.

María zuckte die Achseln. Für sie als Psychologin wären viele Workshops passend gewesen, aber eigentlich hatte sie nur ein bisschen herumschnüffeln wollen.

„Sollen wir mal schauen, was am schwarzen Brett hängt?"

Sie gingen zu der Pinnwand. Der Zettel, den die Mädchen gerade angebracht hatten, kündigte ein Wohltätigkeitskonzert zum Schutz von Frauen an.

„Können wir euch helfen?" Die Mädchen kamen zu ihnen.

„Meine Freundin hier wollte euch gerne kennenlernen. Ich war schon einmal hier, aber sie noch nie", sagte der Deutsche.

„Nun, das ist alles, was es derzeit gibt." Sie zeigten auf die Pinnwand, die den Eindruck eines verwaisten schwarzen Brettes nach Schuljahresende machte. „Wir sind im Moment etwas dünn besetzt. Einige von uns sind wegen des Hausräumungsverfahrens noch immer in Haft, deswegen passiert nicht viel Neues. Aber der Rest ist trotzdem hier."

María hörte den Flur hinab noch weitere Stimmen.

„Findet gerade eine Versammlung statt?", fragte María.

„Ja, wir bereiten die Mahnwache vor. Für Sara. Kommt gern rein, wenn ihr wollt."

María ging auf den Raum zu und blieb kurz vor der Tür stehen, während der Deutsche die beiden Mädchen fragte: „Sara Muñoz?"

„Ja. Sie ist bereits das 27. Opfer. Seid ihr nicht wegen ihr hier?"

Er sah sie erstaunt an und folgte María, die er mit leiser Stimme fragte: „Was für ein Zufall! Wusstest du das?" Doch sie hatte ihn schon nicht mehr gehört, weil sie das Zimmer neben dem Eingang betreten hatte, in dem die Hausbesetzer die Küche eingerichtet hatten. Der Raum hatte hohe Decken, war sehr kalt und es roch nach gekochtem Gemüse. Es kam nur wenig Licht von draußen herein und María fragte sich unweigerlich, ob das Gebäude früher eine Art Leichenkühlhaus gewesen war, als es noch dem Bestatter gehört hatte. Zwei ältere Jungen schrubbten Töpfe in großen Becken, in denen früher vielleicht die Leichen gewaschen worden waren. In einem Eisentopf, unter dem ein Feuer mit Holzkohle gemacht worden war, rührte ein anderer das Essen für die Mahnwache an. Es roch nach Kartoffeln und Möhren mit Salz, was einem nicht gerade das Wasser im Munde zusammenlaufen ließ.

Der Koch war noch sehr jung. Er hatte ein blasses Gesicht mit einzelnen Bartstoppeln und Akne auf der Stirn, schmutzige Fingernägel und keine Schuhe. María bemerkte die Gelassenheit, mit der er einen Klumpen Kohle ins Feuer warf, um es weiter zu schüren. Der Eintopf dampfte, kochte aber nicht. Der kalte, düstere Raum glich einer Höhle, in der man unweigerlich zur Feuerstelle gelockt wurde.

„Wenn ihr die Versammlung sucht, die ist dort drüben", sagte einer der Jungen und deutete den dunklen Flur hinab. María wäre lieber in der Nähe des Feuers geblieben. In ihrer kurzen Hose und dem Spagetti-Top wurde ihr langsam kalt. Außerdem hätte sie gerne mit dem ernsten Jungen gesprochen, der den Eintopf umrührte. Er sah nicht älter aus als fünfzehn.

Doch sie gingen in den Raum, in dem die Versammlung stattfand. Sieben oder acht Personen saßen in einem Kreis auf alten, schiefen Stühlen. Alle trugen den gleichen Anstecker: Stoppt Femizide. Sie sprachen über verschiedene Aktionen, Einschüchterungsversuche, Hungerstreiks, das Heteropatriarchat und das Zeltlager an der *Puerta del Sol* mitten in Madrid. Die Jungs, die die Töpfe geschrubbt hatten, schlossen sich schweigend dem Stuhlkreis an. Der Deutsche meldete sich zu Wort und begann, seine Theorie des Tierserienmörders zu erläutern, und die anderen hörten aufmerksam zu und trugen etwas bei.

María schaute in den Flur hinaus. Der Junge rührte wahrscheinlich immer noch die Suppe um. Da der Deutsche ganz vertieft in die leidenschaftliche Verteidigung seiner Serienmördertheorie war, wollte sie sich die Gelegenheit nicht entgehen lassen, unbemerkt in die Küche zu schlüpfen.

„Das sieht lecker aus", sagte sie.

„Bist du von der Polizei?", fragte der Junge, ohne vom Topf aufzusehen.

Zwar hatte er sie überrumpelt, aber María versuchte, einen neutralen Gesichtsausdruck zu bewahren. Aus irgendeinem Grund wollte sie ihn aber auch nicht anlügen.

„Ich will dir nichts vormachen. Ich bin auf der Suche nach dem Mörder. Das ist alles, was mich interessiert."

„Also bist du Polizistin?"

„Ich bin die Freundin einer Freundin von Sara Muñoz. Belassen wir es dabei."

Der Junge sah sie ernst mit seinen dunklen Augen an. Er hatte eine schlecht zusammengenähte Wunde an der Schläfe.

„Sie hat hier gewohnt. Kanntest du sie?", fragte María.

„Niemand wohnt hier. Eigentlich ist es nur ein Begegnungszentrum, aber ja, sie hat hier manchmal übernachtet. Sie war ein guter Mensch, Saramú." Seine Gesichtszüge verhärteten, er presste die Lippen zusammen und rührte kräftiger.

María hätte ihn gerne gefragt, wo er wohnte, woher er kam und warum er nicht zu Hause oder in der Schule war, aber sie musste vorsichtig sein. Er wirkte zu klug, als dass sie ihn gleich in die Defensive drängen sollte.

„Warum machst du das Essen?"

„Ich mag es. Eigentlich wechseln wir uns ab, aber mir macht es am meisten Spaß, deshalb koche oft ich."

„Und was ist mit der Versammlung?"

„Die anderen werden mir schon davon berichten. Bei Versammlungen verliert man immer so viel Zeit."

María betrachtete eine Weile die Suppe, die langsam vor sich hinköchelte. Der Junge gab etwas Salz und einige Lorbeerblätter hinzu, die er, wie er sagte, von Bäumen im *Parque del Retiro* gepflückt hatte, und rührte alles mit einem großen Holzlöffel um. Er hatte seine Gelassenheit zurückgewonnen.

„Soll ich dir helfen?", bot María ihm an.

„Ja." Er gab ihr einen Krug. „Füll den mit dem Schlauch auf."

María ging zu dem Waschbecken, auf das er gezeigt hatte. Aus einem alten Schlauch, der aus dem Fenster hing, floss ununterbrochen ein Rinnsal kalten Wassers.

„Habt ihr eine saubere Zapfquelle?“

„Das Wasser kommt aus dem Kanal. Die Korrupten haben sich zwar daran bereichert, aber es gibt keine Hinweise darauf, dass sie es hinterher auch noch vergiftet haben.“

María unterdrückte ein Lächeln und füllte den Krug. Durch den Spalt im Fenster kam angenehm warme Luft herein, für die sie dankbar war. Sie hielt ihm den Behälter hin.

„Wenn du helfen willst, gib nach und nach unter ständigem Rühren Wasser hinzu. Ich komme gleich wieder.“

Der Junge verschwand. María sah sich plötzlich in der Rolle einer Beiköchin in einem besetzten Haus und musste schmunzeln. Wenn die Polizei gerade jetzt zur Räumung der Dragona kommen sollte, wäre das schwer zu erklären. Aber sie spielte ihre Rolle mit Überzeugung und rührte um, während sie das Wasser aus dem alten Krug und etwas Salz hinzugab. Das Feuer brannte zwar, war aber nicht heiß genug, um das Wasser zum Kochen zu bringen.

Nach einigen Minuten kehrte der Junge zurück.

„Entschuldige.“, sagte er. „War nicht leicht zu finden.“

In den Händen hielt er ein Notizbuch, das von einem schwarzen Gummiband zusammengehalten wurde. Auf der Vorderseite stand ein Name: Saramú. María nahm es entgegen und versuchte dabei, genauso gelassen auszusehen wie der Junge, obwohl es in ihr im Gegensatz zum Kochtopf über dem Feuer brodelte.

„Ihr Tagebuch?“, fragte sie.

„Ihr Kalender. Sie hat mir auch immer beim Kochen geholfen

und ich weiß nicht warum, aber ich vertraue dir irgendwie. Du bist die Erste, die gekommen ist, um den Mörder zu fassen."

María fragte lieber nicht, warum. Auch nicht, was Sara Muñoz sonst noch hier gelassen hatte oder ob sie sich einmal ihr Zimmer oder besser ihren Unterschlupf anschauen könnte.

„Wie heißt du?"

„Eloy. Und du?"

„María. María Ruiz. Und hast du auch einen Nachnamen, Eloy …?"

„Nein. Nur Eloy. Ich hoffe, er hilft dir." Er zeigte auf den Kalender. „Aber du hast ihn nicht von mir."

Der Deutsche kam mit einigen Versammlungsteilnehmern zurück. María steckte sich den Kalender schnell in den hinteren Hosenbund und griff nach dem Holzlöffel, um weiter zu rühren.

„Was machst du da?", fragte der Deutsche.

„Das siehst du doch. Ich helfe beim Kochen." Sie schaffte es, ihre Aufregung zu verbergen.

Wenig später verabschiedeten sich die beiden von der Gruppe. Sie versprachen, an der Mahnwache an der *Puerta del Sol* teilzunehmen. Oder es immerhin zu versuchen.

„Sehen wir uns dort wieder?", fragte María Eloy-ohne-Nachnamen.

„Ich schätze mal." Er zuckte mit den Schultern. „Man sieht sich." Sie verließen das Haus. Der Deutsche prahlte von seinem überzeugenden Vortrag über die Tiermörder-Theorie. María tat, als höre sie begeistert zu, während sie mit den Gedanken ganz beim Kalender war, der dort steckte, wo sonst immer ihre Pistole gewesen war. Waffe gegen Waffe. Das Buch war eine vielversprechende neue Quelle. Sie war noch immer gut in Form, was man bei ihrem zerzausten und verschwitzten Zustand gar nicht vermuten würde. Sie wirkte eher wie jemand, der bereit für eine Dusche war, als für eine Anhörung vor Gericht. Aber sie spürte an ihrem Rücken das Tagebuch von Saramú. Mariá empfand es als Essenz des Lebens und der Gerechtigkeit. Es war ein bestätigendes Gefühl.

II.
Eloy

Später erinnerte ich mich an andere Male, die sich vor vielen Jahren zutrugen. Jener Mann, jener Eindringling im Festumzug, hatte auch damals schon auf uns gelauert. Er hatte uns beobachtet und so genau beäugt, als sei er gerade dabei, auf dem Markt das frischeste Gemüse auszuwählen. Als würde er zwischen all den Wildtieren auf dem Feld das beste Exemplar zum Erschießen wählen.

Ich erinnerte mich genau an das erste Mal: Es war bei einem Festzug auf derselben Wiese, am selben Datum. Doch nach so vielen Nächten und Trinkgelagen war ich nicht sicher, weshalb und mit wem ich damals dort gewesen war. Alles, was ich noch wusste, war, dass es sich vor dem Krieg zugetragen hatte, und dass die Stimmung ausgelassen gewesen war, weil es eben keine bessere Medizin gegen unsere Sorgen gab, als für kurze Zeit bei einem gemeinsamen Wein die drohenden Gewitterwolken zu vergessen. Danach hatte sich alles geändert. Es war nicht mehr möglich, all das Leid, das wir erfahren hatten, zu vergessen.

Ich erinnerte mich noch an die Sehnsucht, an all die Hormone, die wie eigenständige Lebewesen auf der Wiese getanzt hatten. Ich erinnerte mich auch, wie die Männer den Frauen Wein eingeschenkt hatten und wie die Sonnenstrahlen über unsere Haut geflossen waren. Wie ein Elixier, so stark wie Musik oder das Wissen, selbst dann noch in den Morgengrauen tanzen zu können, wenn die sorglose Menge sich längst zerstreut hatte. Madrid lag damals wie heute mit seiner halbvollkommenen, verlockenden Schönheit auf der anderen Seite des Flusses.

Und damals wie heute hatte ich einen Mann bemerkt, der uns nicht beobachtete, weil er sich unseren Feierlichkeiten anschließen wollte. Doch was genau sein Ziel sein könnte, war mir ein Rätsel. War er ein Voyeur, ein Spion, ein Sittenrichter, oder einfach jemand, der sich für überlegen hielt, eine Art Wächter, ein Jäger? Vielleicht hätte ich damals etwas unternehmen sollen, aber ich tat es nicht. Auch beim zweiten Mal verlor ich ihn wieder aus den Augen, und doch konnte ich spüren, dass er noch immer dort drüben im Schatten lauerte.

Trotz der vergangenen Jahre, die uns beide sichtlich verändert hatten, konnte ich ihn immer noch an seiner überheblichen Haltung erkennen. Damals hatte er mir schon nicht gefallen. Es bedurfte einer Menge Hochmut, uns auf diese Art zu beobachten, von seinem Wachturm aus über uns zu urteilen. Ich hatte darüber nachgedacht, ihn zur Rede zu stellen, aber ich wollte mich wie alle anderen einfach gehen lassen. Also tat ich genau das. Ich war jung und die Stadt schien uns zu schützen.

Danach war es noch weitere Male geschehen.

Ich hätte gleich beim ersten Mal handeln sollen.

Es war der 15. Mai 1788, und wie auch im Jahr 1823, so könnte es heute noch geschehen.

Fünfunddreißig Jahre waren vergangen und weitere zweihundert hätten vergehen können, aber er würde derselbe bleiben.

So wie auch ich.

8

Der Kalender von Saramú, wie Sara Muñoz' engste Freunde sie nannten, war voller Notizen, Abkürzungen und Termine. Unordentlich und an vielen Stellen durchgestrichen. Es würde schwierig sein, dem Ganzen einen Sinn zu entnehmen, und María wusste, dass sie nicht viel Zeit hatte, bevor sie den Kalender der Polizei übergeben musste. Sie konnte nur versuchen, diesen Zeitpunkt hinauszuzögern. Der Junge hatte ihr vertraut, einfach so, bedingungslos. Dieses Vertrauen wollte sie bewahren, solange sie konnte.

María hatte sich von dem Deutschen verabschiedet und war statt mit ihrem Fahrrad mit der U-Bahn nach Hause gefahren, um sich das Notizbuch so schnell wie möglich genauer ansehen zu können. An Abendessen war gar nicht erst zu denken.

Der Name Salas tauchte nur an ein paar Stellen auf. Wahrscheinlich hatte Sara dem Professor so nahe gestanden, dass Terminplanungen unnötig gewesen waren – sie hatten sich immer an der Uni gesehen. Dafür wurde ein anderer Mensch umso öfter erwähnt. Mit ihm hatte sich Saramú meist zwischen anderen Terminen in verschiedenen Cafés in Madrid verabredet. Sein Name war Yago.

Mit Salas hatte sie zwar keine Verabredungen gehabt, doch es gab Zusammenfassungen und Notizen von Arbeitstreffen mit ihm. Sie hatten gemeinsam an der Katalogisierung von Goyas Zeichnungen gearbeitet, die als Vorbereitung für seine Werke galten oder die Welt darstellten, wie der Maler sie gesehen hatte.

Salas hatte María bei ihrem kurzen Besuch erklärt, dass im Gegensatz zu den Auftragsarbeiten, bei denen sich Goya nach den Wünschen seiner Kunden richten musste und die meist der Dekoration von Palästen und Herrenhäusern der Madrider Aristokratie dienten, also nicht für die breite Öffentlichkeit gedacht waren, die Zeichnungen in diesen Alben frei jeglicher Zwänge waren. Daher spiegelten sie seine wahre Identität als Maler wieder: sein eigenes Denken, seinen individuellen Blick auf die Welt, der oft kritisch, manchmal belustigend, manchmal übertrieben, manchmal ganz simpel war. Sein Entsetzen angesichts der tagtäglichen Brutalität und Intoleranz. Seine Verspottung des Klerus. Seine Besessenheit von der unter der Bevölkerung sehr verbreiteten Hexerei. Sein Schmerz angesichts des Machtmissbrauchs. Das war der wahre, vom Instinkt getriebene Goya, der Wegbereiter, das Genie, von dem Salas trotz seiner Trauer mit leuchtenden Augen berichtet hatte. María behielt all dies im Hinterkopf, während sie Saras Notizen durchging, ohne sie jedoch genau entschlüsseln zu können. Sie sah sich noch einmal die Zeichnung der gefolterten Frau an und erinnerte sich an etwas anderes, das Salas ganz zum Schluss zu ihr gesagt hatte.

„Sara wollte nur, dass jene Zeichnung, nein, dass *all diese* Zeichnungen ausgestellt werden. Sie spiegeln Goyas Inneres wider, und alle haben ein Recht darauf, sie zu sehen“, hatte Salas gesagt.

„Und wo sind diese Zeichnungen jetzt?“, hatte sie gefragt.

„Goya hinterließ rund tausend von ihnen, und das Prado-Museum hier in Madrid besitzt etwa die Hälfte. Der Rest ist über die ganze Welt verteilt. Aber sie sind meist in schlechtem Zustand und sie auszustellen, wäre zu riskant. Meine Sara hat das nicht verstanden.“

María verstand es ebenfalls nicht, genau wie vieles andere in

Saras Kalender. Nur die Termine mit diesem Yago konnte sie nachvollziehen. Zunächst einmal pro Woche, später öfter. An so unterschiedlichen Orten wie Serrano, Neptun und Sol.

Serrano, Neptun, Sol.

Was hatte das zu bedeuten? Hatte es überhaupt etwas zu bedeuten? Carlos, Carlos, Carlos.

Sie wiederholte den Namen ihres verstorbenen Freundes und Chefs, für den Fall, dass er sie doch irgendwie hören könnte. Wenn er nur hier wäre. Aber ihr Mentor war einfach so verschwunden, ohne ihr eine Kapsel mit seinem Instinkt oder seinem Mut zu hinterlassen. Oder wenigstens eine Gebrauchsanweisung. Was würdest du mit diesem Kalender tun, Herr Comisario? Wie würdest du nach diesem Yago suchen? Wie würdest du die Liste der Zeichnungen, die Saramú aufgeschrieben hat und die an Goyas *Caprichos y Disparates* erinnern, interpretieren, insbesondere wenn später etwas davon die Inszenierung ihres eigenen Todes sein könnte?

Sie holte ihr Handy hervor. Tomás hatte ihre WhatsApp-Nachrichten immer noch nicht gelesen. Auch ihre Freunde machten sich rar und keiner von ihnen hatte sie nach dem Mord angerufen, alle waren ihr ausgewichen. Sie öffnete Twitter mit ihrem Oleroy-Profil und las die neuen Machosprüche über das Mordopfer, die keinerlei Informationen enthielten. Sie suchte nach Yago. Sie suchte nach Saramú. Sie suchte nach Sara Muñoz. Nichts. Nichts. Nichts. Nichts.

War es möglich, dass Sara, eine *Millenial* durch und durch, keinen Twitter-Account gehabt hatte? Alle Wege schienen in Sackgassen zu enden, alle Straßen waren versperrt. Und doch hatte sie den Kalender. Sie hatte die Hilfe des Jungen. Sie hatte

Kontakt zum Professor. Sie hatte eine seltsame Kette von miteinander verbundenen Ereignissen: die Opferung der Truthähne, der Tod von Martíns Hund und der Mord an Sara Muñoz, der eine Zeichnung nachstellte, mit der Goya zwei Jahrhunderte zuvor die spanische Inquisition kritisiert hatte. Lies weiter. Lies weiter. Lies weiter, hätte Carlos gesagt.

Statt zu Abend zu essen, machte sie sich eine Kanne Kaffee.

Es gab viel zu lesen, nicht nur den Kalender. Denn in diesem hatte Sara an einigen Stellen einen Blog erwähnt. María hatte eine lange Nacht vor sich. Und wenn sie ihre Erkenntnisse schon nicht mit ihrem alten Team teilen konnte, so konnte sie immerhin Nora vertrauen.

Luna erwachte wie betäubt und weit später als der Tag selbst. Es gab eine Zeit, in der sie unter Kollegen gescherzt hatten, dass der Tag erst dann richtig begann, wenn die Journalisten aufwachten. Aber die Wahrheit war, dass heutzutage das Gute, das Böse, die Verbrechen und die Tage im Allgemeinen begannen, ohne auf einen alten Mann wie ihn zu warten. Jemand war heute Morgen – oder war es bereits Nachmittag? – fest entschlossen, ihn zu erreichen. Es war sein Chef, wenn man ihn angesichts der wenigen Aufträge, die er Luna gab, noch so nennen konnte. Er ließ mit seinen Anrufen nicht locker, bis Luna endlich dranging.

„Was ist passiert?"

„Wie, was ist passiert? Wo bist du gewesen?"

„Ich schlafe schlecht, das weißt du doch."

„Es ist elf Uhr, verdammt nochmal."

Luna setzte sich im Bett auf. Nora war gestern Abend noch unerwartet vorbeigekommen und jetzt wusste er nicht einmal mehr, wann und warum sie gegangen war, nur, dass außer einer Pizzaschachtel und einem Haufen leerer Dosen auf dem Tisch jegliche Spur von ihr fehlte.

„Kennst du commando.net?"

„Wie bitte?"

„Na, commando.net! Eine anonyme Nachrichten-Webseite. Internet. 21. Jahrhundert. Schon mal davon gehört?"

Luna richtete sich weiter im Bett auf und versuchte, wieder zu vollem Bewusstsein zu kommen. Mit seiner freien Hand glättete er das zerzauste Haar, nahm eine Zigarette vom Couchtisch und zündete sie an.

War das nicht die Website von Nora? Was war passiert?

„Sehr lustig! Was ist damit?"

„Die haben eine große Story zu Sara Muñoz veröffentlicht." Die Chefs von heute nannten es immer eine „große Story", nicht Exklusivbericht oder Reportage oder Artikel oder sonst einen Begriff des traditionellen Pressejargons. Auch der Wortschatz war verarmt, reduzierte alles auf eine scheiß „Story".

„Ich will, dass du verdammt noch mal dein Gehirn einschaltest, anstatt nur schläfrig rumzuliegen."

Bei dieser Lautstärke war Luna nun vollständig wach und ließ den Zorn seines Chefs über sich ergehen, auch wenn sich alles in ihm dagegen sträubte. Das Angebot der BBVA-Bank spielte dabei auch eine Rolle, das gab er zu. Sein Ego fühlte sich etwas besser, aber nicht geschmeichelt genug.

„Wenn du so weitermachst, lege ich sofort auf. Wer hat denn einen Exklusivbericht über den Mord veröffentlicht? Und das lange vor den anderen?"

„Ja, nachdem ich dir den Tipp gegeben habe."

„Und die Gothic-Hypothese?“

„Ach, hör doch auf mit diesem Gothic-Scheiß. Du bist nicht in Form, Luna, so einfach ist das. Wie es aussieht, hatte Sara Muñoz einen Blog, der möglicherweise der Schlüssel zu diesem Fall ist. Den ersten Eintrag hat sie am Sonntag veröffentlicht, kurz bevor sie starb. Aber gestern kam ein zweiter dazu.“

„Ich kann dir nicht folgen. Du sagst es ja selbst. Ich bin nicht in Form“, antwortete Luna wütend.

„Verdammt, Luna. Es sieht so aus, als hätte Sara die Blogeinträge vorprogrammiert. Der erste wurde veröffentlicht, als sie noch am Leben war, und die anderen werden sicher nach und nach erscheinen. Das steht alles auf diesem verdammten commando.net. Schnallst du es?“

„Nein.“

„Der Blog heißt blogdeyago.com. Soll ich dir das auch noch buchstabieren?“

Luna brauchte Kaffee. Einen ganzen Liter. Dazu am besten noch Antidepressiva, Magensäureblocker, Alka-Seltzer, Paracetamol, Beta-Blocker, Cholesterintabletten und einen Crash-Kurs zum Thema Blogging. Einen weiteren über junge, rücksichtslose Chefs, die keinen Respekt vor den Verdiensten der Älteren der Branche hatten. Und einen Kurs über die neue Generation von Frauen, um zu verstehen, wie es möglich war, dass Nora, mit der er gestern Abend zu Hause auf der Couch ausgiebig über den Fall geplaudert hatte – auch wenn er sich nicht genau daran erinnern konnte – ohne Vorwarnung eine solche Exklusivmeldung veröffentlicht hatte. Während er tief und fest geschlafen hatte. Wenn der Crash-Kurs auch noch Beratung für verletzten Stolz beinhalten würde, umso besser.

Er legte auf. Eigentlich hatte er seinem Chef noch sagen wollen, dass er sich verpissen soll. Er hievte sich aus dem Bett und schlurfte in die Küche, wo er lustlos die Kaffeekanne anstarrte und beschloss, lieber in ein Café zu gehen. Aber vorher hockte er sich vor seinen alten Computer und schaltete ihn ein. Normalerweise nutzte er die Zeit, in der das alte Ding hochfuhr – an manchen Morgen noch langsamer als sein Kopf – um sich anzuziehen, aber heute nervte ihn das Warten doppelt. Als der Computer sich endlich dazu herabließ, Google zu öffnen, suchte er nach commando.net – eine Webseite, die er beim ersten Treffen mit Nora mit einem herablassenden Lächeln bedacht hatte, und die doch viel mehr gelesen wurde, als er gerne zugegeben hätte. Diese verdammten Studierenden.

Da war es. Saras Vermächtnis. Eine Geschichte, die im Moment noch unverständlich war, aber Hinweise für die Klärung des Falls geben könnte.

Der erste Eintrag auf blogdeyago.com sprach von einem nächtlichen Festzug und einem Mann, der die Betrunkenen beobachtete. Am 15. Mai 1823. Dem Fest zu San Isidro.

Der zweite handelte davon, dass derselbe Beobachter 1788 das Gleiche schon einmal bei einem Volksfest getan hatte.

In beiden Fällen war sich der Protagonist der Anwesenheit des Mannes bewusst und empfand diese als ungebetenes Eindringen. Das Fest zu Ehren des Madrider Schutzheiligen hatte erst vor Kurzem stattgefunden. Das war also ein wichtiges Detail.

Die beiden konfusen Texte hatten noch zwei weitere Gemeinsamkeiten: Sie bezogen sich auf eine Vergangenheit, die sich in der Gegenwart spiegelte, und außerdem schien der Erzähler, oder die Autorin selbst, etwas wirr im Kopf zu sein. Fünfunddreißig Jahre waren zwischen den beiden Szenarien vergangen, und weitere fünfunddreißig Jahre konnten vergehen, bevor das Ganze einen Sinn ergeben würde, dachte Luna.

Sein Instinkt riet ihm, Nora anzurufen, während sein Stolz das partout ablehnte. War sie gestern etwa zu ihm gekommen, um ihn abzulenken? Wenn dem so war, dann war es schon demütigend genug, dass sie damit erfolgreich gewesen war. Zusätzlich zu einigen anderen unglücklichen Vorkommnissen, bei denen ihm der Alkohol im Bett einen Streich gespielt hatte, ergab dies ein sehr unangenehmes Bild für ihn. Ihm war klar, dass er nicht in Noras Liga spielte. Sie war ihm eine Nummer zu groß und zu schlagfertig. Aber vor allem sah sie gut aus. Sehr sogar. Wie auch immer. Ver-giss-es.

Er runzelte die faltige Stirn. Sobald er wieder nüchtern war, würde er Jacinto anrufen, um das Angebot der Bank anzunehmen. Er räusperte sich, denn seine belegte Stimme schlief noch. Er musste wohl warten, bis seine zivilisiertere Seite aufwachte, um ihn aus dieser verzwickten Lage herauszumanövrieren. Aber er war fest entschlossen, alles aufzugeben. Er würde nicht mehr schreiben und recherchieren, denn diese verdammte Zeitung hatte seine harte Arbeit eindeutig nicht verdient.

Er schaute gezwungen ruhig auf sein Handy. Weder irgendwelche Noras oder Saras, noch deren Blogs, verdienten es, dass er seine Quellen um Informationen bat, wenn er im Gegenzug nur Erniedrigung erfuhr. Trotzdem las er seine neuen Nachrichten. Nicht weiter nachzuforschen war eine Sache, nicht auf die Nachrichten seiner Freunde zu antworten eine ganz andere. Er besann sich auf die vermeintlichen Grundlagen des guten Benehmens, an die er nicht wirklich glaubte, und rief Comisaria Ruiz an.

„Na endlich!“ Direkt im Angriffstonfall.

„Entschuldige bitte, dass ich mich so spät melde. Ich hab eben erst gesehen, dass du mir geschrieben hast.“

Luna versuchte es mit seiner weichsten Stimme, um so unschuldig wie ein Lämmchen zu klingen.

„Das glaubst du doch wohl selbst nicht. Willst du mich etwa auch aus der Sache raushalten?“

„Ich bin doch selbst draußen, Ruiz.“

„Seit wann? Ich hab ein paar deiner Beiträge zum Mord gelesen.“

„Okay. Seit heute erst.“

„Seitdem du Noras Blog gelesen hast. Du bist eifersüchtig.“

María musste lachen. „Eifersüchtig und stinksauer. Deshalb rufst du mich an.“

Luna nickte und schluckte seine erste Antwort („Fahr zur Hölle“) und auch die zweite („Das ist mir scheißegal“) herunter. Er wusste, dass das nicht der Wahrheit entsprach, auch wenn er es sich nicht eingestehen wollte. So kam er schließlich bei der dritten Antwort an: „Erzählst du oder soll ich?“

So hatten ihre Gespräche in der Vergangenheit immer begonnen. Es war wie ein gemeinsamer Code und weckte bei beiden auch heute noch die gleiche kribbelnde Neugier auf die neuen Puzzleteile, die sie miteinander teilten. Es war ein Glücksgefühl auf Knopfdruck, das Vorspiel der gegenseitigen Unterstützung. Wie bei Kindern, die Abziehbilder austauschten, um ein Album zu füllen. María wollte die Wahrheit aufdecken, ohne zu früh zu viel öffentlich zu machen. Auch Luna wollte die Wahrheit, bloß, dass er sie als Journalist natürlich so schnell wie möglich mit dem Rest der Welt teilen wollte. Es gab jedoch Grenzen, die selbst ein Besäufnis unter Kollegen nicht überwinden konnte. Sie hatten gelernt, mit dieser Gegensätzlichkeit umzugehen und verstanden, dass im Zweifelsfall immer die Professionalität Vorrang hatte. Beide kannten die Spielregeln, daher war das Spiel fair. Indem er sich auf ihren alte Code berief, wollte Luna also weit mehr erreichen, als María nur positiv zu stimmen.

„Du gibst mir deine Informationen und ich dir meine." María klang schon deutlich freundlicher. Dreißig Minuten später trafen sie sich am Flussufer, an der Ecke der *Puente de Segovia*. Beide hatten ein Taxi genommen. Dieses Mal hatte María ihr Fahrrad zu Hause gelassen.

„Womit hab ich das verdient?" Luna schielte auf die Lokale in der Nähe. „Soll ich etwa auf dem Trockenen arbeiten?". Er war eindeutig mehr ein Freund der Theken als der Brückengitter. María lachte. Sie hatte absichtlich das Café des Deutschen mit Dreadlocks gemieden, dem sie beim diskutieren der Ermittlungen lieber nicht über den Weg laufen wollte, und ein anderes in der Nähe fiel ihr gerade nicht ein.

„Such dir was aus." Egal, welches Café, nur nicht das im *Parque Caramuel*, dachte sie insgeheim.

Also gingen sie in das erstbeste Lokal, das eher Kaschemme als gemütliches Café war. Luna hatte nicht gefrühstückt und bestellte zwei Milchkaffees, zwei Gläser Wasser und Churros. Alles im Doppelpack. María nahm einen Espresso mit einem Schuss Milch, einen *Cortado*. Der Spielautomat in der Ecke des Raumes war so laut, dass sie Schwierigkeiten hatten, sich zu verstehen.

„Du hattest anscheinend eine kurze Nacht." Nicht nur Lunas große Bestellung, auch seine tiefen Augenringe ließen darauf schließen. Aber María sagte es mit einem gewissen Funken Spott in den Augen, der den Journalisten ärgerte.

„Wie ich sehe, bist du bestens über meine Nacht informiert. Sagst du mir, was ihr ausheckt?"

„Aushecken? Wer heckt hier etwas aus?"

Es war eine dumme Frage und Luna war sich dessen bewusst. María heckte nie irgendetwas aus, sie spielte immer mit offenen Karten. Wenn sie sich überhaupt was zu Schulden kommen ließ, dann nur, dass sie nicht genug nachdachte. Da waren keine verborgenen Absichten. Er hatte also ein Minenfeld betreten, fuhr aber trotzdem fort.

„Na, ihr beiden. Nora und du."

„Nora und ich?"

„Ja, Nora und du."

„Ach, hör schon auf, Luna, wir sind keine Kinder. Du weißt doch: Du ermittelst, ich ermittle."

„Ich bin mir sicher, dass du ihr von dem Blog erzählt hast. Ich kenne alle Informationen der Polizei und die tappen im Dunkeln. Dieser Tipp kann nur von dir kommen."

„Ich bin auch bei der Polizei, schon vergessen?" Ruiz' Gesichtsausdruck verhärtete sich. „Und ich tappe nicht im Dunkeln."

Luna schwieg. Er war sich nicht nur sicher, dass Ruiz Nora die Informationen zugespielt hatte, sondern auch, dass Nora zu ihm nach Hause gekommen war, um ihn abzulenken und ihn gleichzeitig auszuquetschen.

Aber es war falsch, María deswegen Vorwürfe zu machen, wenn es eigentlich ganz allein seine Schuld war. Sie war eben Polizistin und er hatte sie in die Enge getrieben.

„Davon bin ich überzeugt." Luna senkte den Kopf. Er schob

die Churros beiseite, ohne sie angerührt zu haben, kippte den zweiten Kaffee hinunter und spülte je zwei Aspirin mit einem Glas Wasser hinterher. Er war durstig. Der Spielautomat warf lärmend einen Haufen Münzen aus und der Gewinner, ein kleiner Asiate, hob sie gleichgültig auf.

„Sollen wir gehen? Uns an die Arbeit machen?“, fragte Luna.

„Warte.“ María war plötzlich aufgefallen, dass sie gestern nicht zu Abend gegessen hatte und sie wickelte die beiden Churros in eine Serviette, bevor sie ihm nach draußen folgte. Sie setzten sich auf eine Parkbank. Luna erzählte, was er herausgefunden hatte: Gelegentlich wurden auf Friedhöfen oder in Parks von Madrid Spuren schwarzer Magie entdeckt – tote Hähne oder Ziegen, deren Blut mit Kaninchenknochen oder Ähnlichem vermengt worden waren – um eine verlorene Liebe zurückzugewinnen, negative Energien auf einen Feind zu lenken oder eine Glückssträhne herbeizuführen. Vor einigen Jahren hatte eine Gruppe versucht, ein Mädchen auf dem Friedhof *La Almudena* zu töten, aber sie war entkommen. Die Polizei hatte ihr nie wirklich geglaubt, sondern sie für verrückt erklärt; für genauso irre wie ihre angeblichen Mörder.

María horchte auf, als sie von dem Friedhof hörte und fragte sich, ob es eine Verbindung zu Saramú und dem besetzten Haus gab, aber sie wollte Luna nicht sofort all ihre Informationen geben. Sammelkarten werden immer gegen gleichwertige Sammelkarten getauscht. Sie ließ ihn weiterreden.

Die toten Truthähne im *Parque Caramuel* könnten Teil eines solchen Rituals gewesen sein, aber Luna, oder seine Quelle, glaubte, dass diese Tat als Indiz nicht ausreichte. Doch durch den Tod der jungen Studentin waren alle Hypothesen möglich. Laut Luna glaubten einige bei der Polizei, dass es sich um Anhänger der Gothic-Szene handelte, die sich in der Gegend aufhielten und von Tod, Teufel und Ziegen besessen waren.

Luna verzog das Gesicht und hielt beide Hände abwehrend vor sich, als wolle er den bloßen Gedanken daran von sich weisen. Es fiel ihm leicht, nicht an Gott zu glauben, aber der Teufel war ein ganz anderes Kaliber, der verdiente Respekt. Da konnte man nicht vorsichtig genug sein. Jedenfalls, so sagte er, habe ihm seine Quelle mehr über diese Gothic-Banden erzählt, die ihre Zeit mit Leichen und Dämonen verbrachten, Tätowierungen mit drei Sechsen auf den Armen hatten und Kleidung, Make-up und Nägel in schwarz trugen und sogar das Weiß ihrer Augen durch eine besondere Tätowiertechnik schwärzten. Dabei wurde ein dunkles Pigment in den Augapfel injiziert, bis alles Weiß weg war. Er fragte María, ob sie so was schon mal gesehen habe, oder gespaltene Zungen, spitze Eckzähne, Hörner und was sonst noch so angeblich in den Kreisen gesehen wurde.

„Mein Gott. Da würde ich ja am liebsten gleich wieder zurück nach Soria. Hast du so was denn schon mal gesehen?"

„Zum Glück nicht." Luna machte ein angewidertes Gesicht. „Nur auf Bildern. Den Umgang mit denen überlasse ich dir."

„Ich werde mich ein bisschen umhören." María dachte an den Deutschen. Eine solche Bande wäre ihm nicht entgangen, nicht wegen der geschwärzten Augen, sondern wegen ihrer Bereitschaft, Tiere zu opfern.

„Auf jeden Fall glaubt meine private Quelle, dass diese Hirnentleerten alles tun würden, um wie Leichen auszusehen, aber dass sie niemals selbst jemanden töten würden. Ihnen gefällt die Ästhetik, aber das war's dann auch schon. Harmlose Dämonen."

„Die Quelle ist deine Hexe, nicht wahr?“

Diesmal musste Luna nicht nur schmunzeln, sondern errötete auch leicht. „Woher weißt du das?“

„Wir kennen uns jetzt ein Weilchen, Luna, ich glaube, ich weiß ein bisschen was über dich. Vielleicht sogar eine Menge.“

„Nun, das scheint mir nicht so zu sein, Ruiz.“

„Was meinst du damit?“

„Nein, jetzt bist erst einmal du dran.“

„Was?“

„Jetzt bist du dran. Was hat es mit diesem Blog auf sich? Erzähl es mir und ich sage dir, was du nicht über mich weißt.“

María stand neugierig von der Bank auf, aber sie hatte keine andere Wahl, als ihre stillschweigende Übereinkunft zu achten. Das waren die Spielregeln. Sie lehnte sich an das Geländer vor ihm und kam direkt zum Punkt: Sara schien einen Blog gestartet zu haben. María hatte den Kalender der Studentin zugesteckt bekommen, in dem Termine und der Name der Webseite standen: blogdeyago.com. Der Beschreibung nach hatte jemand die Anwesenheit einer verdächtig aussehenden Person bemerkt, die ihn und andere Menschen beobachtete und berichtete über die Geschehnisse. Die aufeinanderfolgenden Einträge hatten etwas Verträumtes, Nostalgisches an sich. María wusste immer noch nicht, wer dieser Yago war, der dem Blog seinen Namen gab, und war zu dem Schluss gelangt, dass er vielleicht Sara Muñoz’ Alter Ego sein könnte, mit dem sie über ihre Ängste redete und der eine Geschichte erzählte, deren Ende sie nicht kannte. Dagegen sprach, dass sie mehrere Treffen mit diesem Yago in ihren Kalender eingetragen hatte. Sie wusste immer noch nicht, ob das etwas mit ihrer Ermordung zu tun hatte, aber Fakt war, dass sich auf der Wiese neben der Kapelle San Isidro oder in der Umgebung in nur wenigen Tagen äußerst seltsame Vorfälle ereignet hatten, mindestens drei.

„Drei?“, fragte Luna überrascht.

„Ja, klar.“

„Die Hähne …?“

„Truthähne“, korrigierte María.

„Okay. Die Truthähne waren der erste Vorfall, Sara Muñoz der zweite, und was noch?“

„Hat Martín es dir etwa nicht erzählt?“

Luna schüttelte den Kopf und María schwieg. Sie war schließlich Martíns Kollegin und nicht Lunas, und vielleicht war selbst diese Frage schon zu viel gewesen. Aber auf jeden Fall bestätigte sich das, was sie befürchtet hatte, nämlich, dass Martín etwas vor der Polizei verheimlichte. Denn wenn Esteban von dem Vorfall mit dem Hund gewusst hätte, wäre auch Luna darüber informiert gewesen.

„Nun …“ Sie zog es vor, das Thema zu wechseln. „Auf jeden Fall ist es wichtig, dass sie uns Hinweise hinterlassen hat. Wir müssen diesen Yago finden. Verstehst du? Und herausbekommen, warum diese Blogbeiträge geschrieben wurden. Wohin sie uns führen wollen.“

Luna antwortete nicht, nickte nicht, verneinte nicht. Sein Stolz war verletzt und gleichzeitig versuchte er, die einzelnen Teile zusammenzufügen. Er hatte das Gefühl, dass die imaginären Abziehbilder ihres gemeinsamen Spiels nicht ganz fair gehandelt wurden.

„Ich weiß nicht, warum ihr mich nicht ernst nehmt“, sagte er, fast wie zu sich selbst.

María verstummte und Luna wandte sich ihr zu. „Weder du noch Nora habt das Wichtigste erkannt."

„Was meinst du damit?"

„Dieser Schwachsinn mit dem Blog … Du raffst es einfach nicht, verdammt."

Ein süffisantes Grinsen breitete sich auf seinem Gesicht aus.

„Was raff' ich nicht?"

„Das Mädchen war Goya-Expertin, oder nicht?"

„Korrekt."

„Es gibt mindestens zwei Gemälde von Goya, auf der die Wiese neben der Kapelle San Isidro, die *Pradera,* zu sehen ist." Er stand stolz auf und wies auf die Umgebung. „Siehst du? Jenseits dieser aufeinander gestapelten Wohnungen gibt es die Wiese noch immer. Goya hat sie verewigt. 1788 und 1823. Man sollte ab und an mal ins Museum gehen, Kleine."

„Und was jetzt?" Sie hatte die Bezeichnung „Kleine" überhört. Genau wie Carlos spielte Luna sich gerne als ihr Beschützer auf. Und sie hasste es.

„Die zwei Blogeinträge beschreiben im Detail diese beiden Bilder. Du wirst sehen. Schau mal in deinem Gerät nach." Er wies auf ihr Handy. „Das erste ist eines der schwarzen Gemälde, der *pinturas negras,* die Goya in seinen letzten Lebensjahren an die Wände seines Landhauses gemalt hat, als Alter, Taubheit und politischer Frust ihn schon verrückt gemacht hatten. Und das zweite weist auf dieselbe Szene hin, aber fünfunddreißig Jahre zuvor, mit all den Farben und der Lebensfreude von Madrid."

„Bist du sicher? Woher weißt du das?", fragte María skeptisch.

„Ich bin kein Idiot. Ich sage doch, dass es dir guttun würde, ab und an mal ins Prado-Museum zu gehen."

„Willst du sagen, *ich* bin eine Idiotin?"

„Ich will sagen, Comisaria, dass du dich nicht für eine Journalistin halten solltest. Meine Reportagen haben so Einiges an Beachtung bekommen. Ich habe in meiner Anfangszeit sogar für das Feuilleton geschrieben."

„In der Steinzeit?"

„Ach, du kannst mich …"

María lachte und winkte ab.

„Und Yago?"

„Der ist wahrscheinlich nur ein Hirngespinst." Luna tat ganz sachlich. „Aber das müssen wir uns natürlich noch einmal genauer anschauen. Bisher haben wir nur die Beschreibung von zwei Meisterwerken, keinen Tatort."

María suchte die beiden Gemälde, die Luna erwähnt hatte, auf ihrem Handy. Er hatte recht. Auf den ersten Blick schienen die Blogtexte diese Szenen genau zu beschreiben. Zwei gegensätzliche Eindrücke des gleichen Festes in Madrid, schwarz und weiß, Tag und Nacht, Gott und Mephisto zu Besuch bei den gebeutelten Bewohnern der Hauptstadt. Mittendrin der Krieg, die Rückkehr in die Vergangenheit, das Ende der Hoffnung. María schüttelte verwirrt den Kopf und dachte nach. Warum hatte Saramú das geschrieben und wer war dieser Mann, dieser Yago, der dem Blog seinen Namen gab und mit dem sie sich so oft getroffen hatte? Er war sicher kein Hirngespinst.

„Und was jetzt?", fragte Luna. „Sagst du mir, warum du mir das nicht früher erzählt hast?"

„Und sagst du mir auch, warum du seit Sonntag nicht auf meine Nachrichten antwortest?"

„Estebans Anweisungen, Ruiz, er und seine Leute sind sich

sicher, dass du alles nur schlimmer machst, wenn du jetzt im Alleingang ermittelst. Und da stimme ich ihnen voll und ganz zu. Das macht einfach keinen guten Eindruck."

„Und seit wann befolgst du seine Anweisungen?"

„Seitdem du dich in Gefahr begibst."

Sie schwiegen und schauten auf den Fluss. Der Ort, der Tage zuvor noch voll von Polizisten, Blaulicht, Scheinwerfern und Absperrungen gewesen war, war heute wieder eine normale, belebte Ecke von Madrid. Dorfleben unter Millionen von Nachbarn, ein Gefühl, das man in vielen Straßen, Stadtvierteln und Parks spüren konnte, aber nirgends so sehr wie am Ufer des Manzanares, wo das Altertümliche dieser Stadt offensichtlich war. Madrid war nicht Paris und der Manzanares nicht die Seine. Die Brücken und Skulpturen waren zwar elegant, manchmal sogar imposant, aber letztendlich offenbarten die Moskitos und dieses Rinnsal von einem Fluss allen die traurige Wahrheit. Warum sollten sie sich etwas vormachen? Und das hatte auch etwas durchaus Anmutiges.

María dachte darüber nach, als sie schweigend die Promenade entlanggingen. Sie hatten beide viel zu verarbeiten und mussten nun die ausgetauschten Informationen in ihr eigenes Puzzle einfügen. Also verabschiedeten sie sich – als Freunde.

„Ignoriere mich nie wieder, Ruiz. Ich halte immer zu dir."

„Ach, Luna, gibt es doch zu: Du hältst nicht mir, sondern deinen Lesern die Treue. Wirst du denn über die Goya-Gemälde schreiben?"

„Darüber muss ich noch nachdenken. Du musst zugeben, dass es aus journalistischer Sicht unwiderstehlich ist."

„Das könnte den Täter verschrecken."

„Und warum hast du es dann Nora erzählt? Wenn sie es ist, wird der Mörder nicht verschreckt, oder was?“

Das hatte María nicht kommen sehen. Ertappt. Wenn sie genau darüber nachdachte, hatte sie es Nora nicht gesagt, damit sie die Informationen veröffentlichte, sondern vielmehr um ein Zeichen zu setzen. Nicht für den Täter. Aber für alle anderen. Sie wollte Respekt.

9

Die Wiese von San Isidro (1788)

Die beiden Gemälde zeigten dieselbe Szene einer Wallfahrt, auf derselben Wiese, während der gleichen Feierlichkeiten, wobei fünfunddreißig Jahre dazwischen lagen. Das ältere der beiden Bilder strotzte nur so vor Lebensfreude, ein Fest der Sinnlichkeit und Lust, mit leuchtenden Farben und jungen Gesichtern, die sich auf der Wiese tummelten, um ausgiebig miteinander zu feiern. Das andere hingegen war eine düstere Wandmalerei, die eindeutig arme Leute zeigte – einige trugen Umhänge und schienen zu singen, um ihre Traurigkeit zu verbergen. Oder sie sangen, während sie gleichzeitig weinten.

Auf dem älteren Gemälde lag das Leben noch vor diesen herausgeputzten Frauen mit den tiefen Ausschnitten, die schicke Hüte oder Mantillas trugen und von Sonnenschirmen beschattet wurden, die sie wie vorüberflatternde Schmetterlinge schützten. Die Männer trugen Dreispitze, Knickerbocker und bunte Schärpen. Sie waren wie die schönsten Frauen herausgeputzt – Metrosexuelle waren kein neues Phänomen, doch damals bezeichnete man sie einfach als *afrancesados.*

Auf dem anderen Gemälde jedoch schienen die Protagonisten das Leben irgendwo zurückgelassen zu haben, oder vielleicht auch nirgendwo. Die Kinder des Elends und des Krieges, der ab 1820 in Madrid vorherrschte, als das Gemälde entstanden war, drängten sich unter schwarzen Umhängen und Hüten, um sich gegenseitig zu wärmen, und die wenigen Gesichter, die man erkennen konnte, gehörten zu ausgezehrten, gebeutelten Betrunkenen, die von Armut und schlimmen Schicksalen gezeichnet waren. Hier gab es keine Farben mehr, nur noch Dunkelheit. Keine Wärme, nur noch Kälte.

María war in den Prado gegangen, um sich diese Gemälde genauer anzuschauen. Sie lauschte dem Audioguide, mit dem sie ihre doch beträchtliche Wissenslücke zu füllen versuchte und wechselte immer wieder die Stockwerke, um die beiden Werke miteinander zu vergleichen. Das Polizeileben ließ einem für so was keine Zeit, dachte sie. Oder vielleicht war sie ja selbst dran schuld.

Auf dem älteren der beiden Bilder, einem kaum 44 x 94 Zentimeter großen Ölgemälde, das anscheinend der Entwurf für einen nie vollendeten Wandteppich war, hatte Goya aus der Perspektive der Hügelspitze gemalt. Er hatte sich enorme Mühe gegeben, die Gesichter im Vordergrund genau darzustellen, während der Rest eine verschwommene Menschenmenge war, die bis hinunter zum Fluss reichte. Der Fluss. Schon wieder der Fluss. Welches Geheimnis lag an diesen Ufern verborgen, die schon damals von Madrids Trockenheit gelblich gefärbt worden waren und heutzutage als Tatort für den Mord an Sara Muñoz gewählt worden waren? Bereits in der Vergangenheit wölbte sich die *Puente de Segovia*, oder eine Vorgängerin der heutigen Brücke, über den Manzanares. Im Hintergrund hatte Goya die detailgetreue Arbeit der Gesichter im Vordergrund wieder aufgegriffen, indem er die Skyline von 1788 genau nachgezeichnet hatte: Mit dem königlichen Palast und der Kuppel der Basilika *San Francisco el Grande*, die über dem fast bäuerlich anmutenden Madrid emporragten. Ohne die vier Türme von Real Madrid, ohne den *Torre Picasso,* ohne das *Edificio España* und sein Pendant, den *Torre de Madrid,* und natürlich ohne all die modernen Gebäude, die seitdem dicht gedrängt errichtet worden waren, ein Überbleibsel des jahrzehntelangen sozialen Wohnungsbaus oder von nachlässiger Stadtplanung zu Gunsten der Neureichen. Alle Blasen, nicht nur die Immobilienblase, hatten ihre Spuren in der Hauptstadt hinterlassen, aber die Blase jener Zeit – am Ende des 18. Jahrhunderts – war auf der Leinwand explodiert und hatte ausschließlich Lebensfreude, Hoffnung und eine heitere Unbeschwertheit hinterlassen. Das war die Zeit von König Carlos III.

María las noch einmal die beiden Blogeinträge. Nur sie hatte momentan Zugriff auf die Originalnotizen aus Saramús Kalender und vieles davon verstand sie nicht, aber was sie eindeutig zuordnen konnte, war der Titel, den sie den Einträgen gegeben hatte, Album Y, und der Name des Blogs, blogdeyago.com, den sie sofort in einer Internet-Suchmaschine gefunden und Nora mitgeteilt hatte. Es gab auch Notizen zu Teil 1 und Teil 2, die teilweise mit den veröffentlichten Beiträgen übereinstimmten, und auch etwas weniger präzise Anmerkungen für die Teile 3, 4, 5 und 6. Der Rest war ihr ein Rätsel. Es könnte also vier weitere vorprogrammierte Einträge geben. Doch María musste sich eingestehen, dass der Kalender, von den beiden veröffentlichten Beiträgen einmal abgesehen, voller zusammenhangsloser Sätze, Notizen und einzelner Wörter war, die sie im Moment noch nicht verstand. Ohne auf die posthume Veröffentlichung zu warten, würde das nur jemand wie Tomás enthüllen können.

Tomás, Tomás, Tomás. Zu viel Ruhe für seinen aktiven Geist. Zu viel Verzicht für seine schnellen Finger, die vor seinen Beinen, seinem Rumpf, seiner Wirbelsäule und dem Rest seines Körpers aufgewacht waren. Viel zu jung, um mit dem Kämpfen aufzuhören. Ruhig Blut, Ruiz.

Sie könnte sein Schweigen respektieren oder, da er ihre Nummer blockiert zu haben schien, seine Eltern anrufen. Und genau das tat sie auch, in einem Korridor des Museums, bevor eine Wärterin sie zurechtweisen konnte.

Die Wallfahrt zu San Isidro (1820-1823)

„Hier ist María, ich möchte eine Nachricht für Tomás hinterlassen. Ich muss mit ihm sprechen."

Das war alles, was sie sagen konnte, bevor der Anrufbeantworter sie mit einem plötzlichen Piepton unterbrach, der so laut war, dass sogar die Wärterin ihn hören konnte. María steckte ihr Handy wieder ein und setzte ihre Mission fort. Zurück ins Erdgeschoss. Zum Saal mit Goyas schwarzen Gemälden, den *pinturas negras.*

Die zweite Version der Pilgerfahrt, die zwischen 1820 und 1823 entstanden war, ähnelte ihrem eigenen Gemütszustand. Es handelte sich um ein 140 x 438 Zentimeter großes Ölgemälde aus der *Quinta del Sordo,* der Villa des Tauben, Goyas letztem Haus in Madrid vor seiner Verbannung ins Exil nach Bordeaux, das er mit finsteren, grausamen Gemälden von Tod, Krieg und der gnadenlosen Natur des Menschen dekoriert hatte. In ihnen waren die Spanier unfähig, sich zu versöhnen, sich zu verständigen, waren ignorant, gaben sich der schwarzen Magie hin und schlugen mit Knüppeln aufeinander ein. Ein Großteil jener Stimmung war heutzutage noch zu spüren.

Auf einem ungefähr gleichgroßen Gemälde richtete sich ein Ziegenbock an ein Publikum ähnlich dem des düsteren Gemäldes der Wiese. Er sah aus wie Satan, der die aufmerksame und verängstigte Bevölkerung belehrte. María lief es beim Anblick seiner riesigen Hörner und seines schwarzen Umhangs kalt den Rücken runter. Sie dachte an Lunas Hinweis über schwarze Magie. Auch ihr war der Teufel zuwider und sie wich ein paar Schritte zurück. Als sie sich umdrehte, stand sie dem Gott Saturn gegenüber, der seinen blutenden Sohn verschlang, sein Schlund so schwarz wie der Hintergrund um ihn herum. Goya musste wahnsinnig gewesen sein, all dies nicht nur zu malen, sondern auch noch sein Haus damit zu schmücken. Manche der Gemälde waren direkt auf den Wänden verewigt worden, ohne dass Goya die Möglichkeit gehabt hatte, die Bilder wie jeder Normalsterbliche abzuhängen, wenn er sie nicht mehr sehen wollte. Und noch verrückter musste jemand sein, der diese Gemälde heute in einer finsteren Reihe von Morden wieder zum Leben erwecken wollte. Wie mit dem Tod Saramús, unter der möglichen Beteiligung ihres Chefs und Goya-Experten Professor Salas, wenn dieser nicht selbst der Mörder war.

María setzte sich auf eine der Bänke in der Mitte des Raumes und hatte erst mal genug von Kunst, die sie im Moment nicht verstand, und dem Mordfall selbst, der noch viel schwieriger zu entschlüsseln war. Entmutigt ließ sie ihren ziellosen Blick durch den Raum schweifen, ohne zu wissen, wie sie die vielen losen Enden verknüpfen sollte, als plötzlich ein weiteres Gemälde vor ihren Augen deutlich an Schärfe gewann. Es war eine vertikale Leinwand, nicht sonderlich groß, aber unter all den dunklen Gemälden in diesem Raum das hellste, und zeigte nur ein kleines Detail im unteren Teil: den im Schlamm versunkenen Kopf eines Hundes vor einem ockerfarbenen Hintergrund mit verschiedenen Schattierungen.

Hätte sie nicht vor einigen Tagen den letzten Atemzug von Martíns Hund selbst miterlebt, hätte sie nicht geglaubt, was sie nun dort auf einer Wand im Prado sah. Ein Hund hielt seinen Blick starr auf einen höher gelegenen Punkt gerichtet, der auf dem Gemälde aber gar nicht zu sehen war, und schien gerade im Schlamm zu versinken, ohne auch nur eine Pfote auf den Boden setzen zu können. Die Todesangst quälte ihn in den letzten

Minuten vor seiner Kapitulation. Genau wie den armen Welpen ihres Freundes.

Halbversunkener Hund (1820-1823)

Wahrscheinlich hatte sie dieses und die anderen Gemälde schon tausendmal gesehen, so wie man von anderen berühmten Bildern gehört hat, wie von Goyas *Nackte Maja* oder Diego Velázquez' *Las Meninas.* Aber nie hatte sie die flüchtigen oder starren, mutigen oder ängstlichen Blicke bemerkt, die sie jetzt umgaben, so wie sie einst Goya in seinem grausigen Landhaus umgeben hatten. Noch weniger hatte sie die Gemälde jemals mit dem kriminalistischen Interesse einer Polizistin betrachtet – auf der Suche nach Hinweisen zu drei Verbrechen, auf die angesichts all der Bilder, die den Raum füllten, weitere folgen könnten.

Wenn sie sich eingehend mit Goya beschäftigen wollte, war dies die beste Gelegenheit, ohne Arbeit, dafür aber mit umso mehr Freizeit. Aber wenn sie Saramús Notizen verstehen wollte, musste sie dringend mit Eloy sprechen. Schließlich war Sara das einzige Opfer mit Vor- und Nachnamen und Ausweis – auch wenn das dem Deutschen und anderen Tierschützern ungerecht vorkommen könnte. Wenn Eloy ihr diesen Kalender gegeben hatte, wusste er sicherlich noch mehr. Viel mehr.

Sie schaute sich erneut den halbversunkenen Hund an. Auch sie schaffte es nicht, in ihrem Leben Fuß zu fassen, ohne Arbeit, ohne Carlos und ohne Tomás. Und wenn es ein Bild gab, das darstellte, was sie manchmal empfand, wenn sie keinen Halt finden konnte, dann war es das dieses Hundes, dessen Pfoten verzweifelt versuchen mussten, den unter dem Schlamm verborgenen Boden zu erreichen.

Immerhin schaute er irgendetwas an, während sie selbst immer noch nicht wusste, worauf sie den Fokus legen sollte.

Sie erreichte die Dragona bevor sie alles, was sie im Prado gesehen hatte, sortiert hatte. Um zu wissen, was genau sie eigentlich suchte, hätte wahrscheinlich keine Zeit der Welt gereicht.

Taxis waren hier nicht gerne gesehen. Sie verließ die U-Bahn und nahm denselben Weg wie am Vortag über die lange Allee, auf der die Bäume mit jedem Schritt größer und der Friedhof immer weiter entfernt zu sein schienen. Sie wusste nun, dass *La Almudena* mit seinen 280 000 Gräbern einer der größten Friedhöfe Europas war, und dass seit seiner Eröffnung fünf Millionen Tote hinzugekommen sein mussten. Ein riesiges Massengrab im Zentrum von Madrid. Vielleicht machten sich die Toten über die Sicherheitskameras lustig, die an einigen Ecken installiert worden waren, denn dieser Ort war unmöglich unter Kontrolle zu bringen. Deshalb hatten sich Satanisten, Vandalen und Hausbesetzer diese stille Gegend ausgesucht.

Der Eingang des Hauses war nicht verschlossen. María drückte die Tür auf, die so hoch und schwer war wie die Metallplatten, mit denen die Fenster verschanzt waren, und bereute es direkt, keinen Mantel mitgenommen zu haben. Die Kälte ließ die Haare auf ihren nackten Armen, die an die Sommerhitze draußen auf der Straße gewöhnt waren, zu Berge stehen, und ihren Augen fiel es schwer, sich an die Dunkelheit zu gewöhnen. Bald erblickte sie die Gesichter der beiden, die am Tag zuvor die Versammlung geleitet hatten. Ein Mann und eine junge Frau. Sein struppiges, schulterlanges Haar lichtete sich vorne an der Stirn und an den Schläfen bildeten sich Geheimratsecken. Er trug ein Palästinensertuch um den Hals, ein ausgeblichenes T-Shirt und Haremshosen. Der Mann war kein Teenager mehr, im Gegenteil; er war vermutlich näher an der Vierzig als an der Dreißig. Die Frau war im gleichen Stil gekleidet – sie hätten ihre Kleidung locker tauschen können – aber sie trug zusätzlich eine lange, verfilzte Jacke, die ihr bis zu den Knien reichte. Sie war jung, blond, hatte zarte Gesichtszüge und weiße Zähne, die wie kleine Mosaiksteine ordentlich in einer Reihe standen. Sie hätte gut auf Madrids noble Einkaufsstraße *La Castellana* oder in eine Zahnarztpraxis gepasst. Ein gut proportionierter Körper und eine Selbstsicherheit, die auch auf ihren Mitstreiter ausstrahlte.

Beide erkannten sie wieder.

„Heute gibt es keine Versammlung“, sagte er.

„Ist Eloy da?"

Es war ein Risiko, die Aufmerksamkeit auf den Jungen zu lenken. Schließlich wusste sie nicht, welche Art von Beziehung die Hausbesetzer untereinander hatten, aber die Frage war gestellt, bevor sie groß darüber nachdenken konnte.

„In der Küche", antwortete das Mädchen ohne zu zögern und zeigte auf den Flur. Der Mann warf ihr einen kurzen, missbilligenden Blick zu, den die junge Frau sofort bemerkte. Ihr Gesicht verdunkelte sich, aber María tat so, als hätte sie es nicht bemerkt. Sie verzichtete auf weitere Erklärungen und ging in den Raum, der als Küche diente.

Der Junge war gerade dabei, große Stahltöpfe mit einem Metallschwamm zu schrubben. Von Zeit zu Zeit goss er das Schmutzwasser in die Spüle, bevor er die Töpfe mit einem Strahl aus dem Schlauch ausspülte. Er war allein, sein T-Shirt durchnässt.

„Haben sie dir heute die Arschkarte gegeben?" Sie versuchte, scherzhaft zu klingen und zeigte auf die Töpfe, aber der vertraute Ton verfehlte seine Wirkung. Es klang genau wie das, was es war, nämlich wie ein Vorwurf an die anderen Bewohner. Der Junge schrubbte weiter, ohne zu antworten, und erst, als er mit dem Topf fertig war, stellte er ihn auf die Abtropfschale, trocknete sich die Hände an seiner Hose ab, ging zu einem Stuhl in der Nähe, auf dem ein verblichener Pullover lag und reichte ihn María.

„Du zitterst", stellte er fest.

María nahm den Pulli dankend an. Er roch nach Schweiß, der noch älter war als das Kleidungsstück selbst, aber wenn sie Frieden schließen wollte, musste sie ihn tragen. Außerdem war ihr wirklich kalt. Als sie ihn überzog, fühlte er sich rau und kratzig an.

„Besser so?", fragte er und machte sich zurück an die Arbeit.

„Viel besser."

Sie nahm den Lappen, der ihr von den auf den Stühlen gestapelten Tüchern am brauchbarsten erschien, und begann, die Töpfe abzutrocknen, während er schrubbte.

Er sah nicht so aus, als hätte er in der Zwischenzeit geduscht. Seine abgetragenen Bermudas waren schmutzig; sein kurzärmeliges T-Shirt war bereits von den Schultern bis zur Hüfte, wo er sich die nassen Hände abtrocknete, durchnässt und dreckig. Inmitten dieser Notdürftigkeit vermittelte sein Gesicht jedoch eine Gelassenheit, die Marías Absicht, ihn weiter auszufragen, im Keim erstickte. Sie hatte viele Fragen an ihn, aber sie musste sich immer wieder in Erinnerung rufen, dass sie nicht einfach mit der Tür ins Haus fallen konnte, sondern sich ihm vorsichtig annähern musste. Also trocknete sie weiter ab. Erst als sie mit dem Aufhängen der Töpfe an den dafür vorgesehenen Haken fertig waren, fragte er: „Hat dir der Kalender genutzt?"

„Sehr", antwortete María knapp.

„Und hast du etwas herausgefunden?" Sie konnte einen gewissen Schmerz in seinem Tonfall vernehmen.

„Es ist kompliziert. Ich wüsste nicht einmal, wie ich erkennen soll, was mit Sicherheit wahr und was erfunden ist. Aber sie erwähnt einen gewissen Yago in ihren Notizen, den ich unbedingt kennenlernen muss. Der vielleicht der Schlüssel zu der Lösung des Falls ist. Dabei weiß ich nicht mal, ob er vielleicht an Saramús Tod beteiligt oder doch ein Freund von ihr war, also ist es noch zu früh, um dir etwas sagen zu können. Aber nicht, um dich um noch mehr Hilfe zu bitten. Sagt dir der Name etwas?"

Er verschränkte die Arme und runzelte die Stirn. Er schien immun gegenüber der Kälte, der Feuchtigkeit und seiner eigenen seltsamen Anwesenheit in diesem besetzten Haus zu sein, aber nicht gegenüber der Fragen. Er lehnte sich mit ernstem Gesicht an das Spülbecken. Mehrere Minuten vergingen, ohne dass er antwortete, und dennoch fühlte sich María nicht unwohl. Der Junge hatte ihr aus eigener Initiative geholfen und sie wollte ihn nicht drängen. Außerdem spürte sie, dass es bei ihm sowieso zu nichts führen würde.

„Ich kann dich dorthin bringen, wo er sich normalerweise aufhält", sagte er schließlich. „Aber es wird dir da nicht gefallen."

„Warum?"

„Wenn dir hier schon kalt ist, wirst du da wahrscheinlich erfrieren." Er wies auf den alten Gemeinschaftspulli der Hausbesetzer hin, der sich bereits gut an Marías Körper angepasst hatte. María schmunzelte. Eloys Abgeklärtheit war erstaunlich, aber sie machte gleichzeitig auch irgendwie traurig. Sie hätte gerne gewusst, wie alt er war, wie lange er sich in der Szene schon herumtrieb, warum er barfuß ging und warum er nicht zu Hause lebte und zur Schule ging wie die meisten Gleichaltrigen. Aber das waren Fragen, für die hier und jetzt kein Platz war.

„Ich werd's schon überleben", sagte sie, „mach dir um mich keine Sorgen."

„Es wird aber ein bisschen dauern. Hast du so viel Zeit?"

„Definitiv."

María hatte eigentlich ein Treffen mit ihrem Anwalt, aber

eine WhatsApp-Nachricht würde reichen, um es zu verschieben. Niemand sonst erwartete sie und nichts war jetzt wichtiger. Eloy hatte einen Wandschrank geöffnet und nahm ein paar Bananen heraus.

„Siehst du die Trinkflaschen da oben?“ Er zeigte auf einige verbeulte Metallflaschen, die auf einem Kühlschrank gestapelt lagen. „Kannst du ein paar davon mit Wasser füllen?“

„Lass mich dich einladen“, sagte María. „Wir können unterwegs etwas essen.“

„Ich esse nicht in Restaurants“, entgegnete Eloy. „Niemand sollte für irgendetwas Geld ausgeben müssen.“

María schwieg und begann, zwei der Flaschen zu füllen. Wenn sie etwas von Eloy wollte, musste sie nach seinen Regeln spielen. Kein Platz für Kapitalismus also. Sie hatte nicht vor, ihn zu fragen, wie er an sein Essen gekommen war. Er nahm zwei Rucksäcke, die so schmutzig und ausgeleiert waren wie seine Kleidung, teilte die Bananen, Kekse, Brot und Wasser zwischen ihnen auf und reichte ihr einen.

„Holst du dein Fahrrad?“

„Das hab ich nicht dabei“, antwortete María überrascht. Sie konnte sich nicht daran erinnern, dass er sie auf dem Fahrrad gesehen hatte.

„Wir haben genügend hier. Auf geht’s.“

Als sie das Gebäude verließen, blendete das Licht in ihren Augen und gab ihr das Gefühl zurück, nach dem sie sich in ihrem Urlaub von Madrid so sehr gesehnt hatte: Die Sonnenstrahlen schienen nicht nur auf ihre Haut, sondern ließen auch die Bäume, das Gras und die Häuser so hell erstrahlen, dass man

Lust bekam, hier draußen zu leben. Sie zog den Pullover aus und steckte ihn in den Rucksack. Sie fuhren ohne Helme auf rostigen alten Fahrrädern mitten auf der Straße, Eloy noch immer barfuß.

„Fahr mir einfach hinterher“, rief er ihr zu.

Sie wollte ihn nicht zurechtweisen, ihn bitten, sich rechts zu halten oder sich zu vergewissern, dass die Autos die vom Verkehrsministerium empfohlenen anderthalb Meter Mindestabstand einhielten. Eloy fuhr einfach weiter, als gäbe es keine wütenden Taxifahrer, schwarz qualmenden Motorräder, riesigen Busse oder verärgerten Fußgänger. Die Stadt gehörte ihm und der Rest war völlig egal. María hätte nicht gewusst, wo sie mit dem rostigen Rad hätte langfahren sollten, aber der Junge kannte offensichtlich den Weg und sie folgte ihm einfach. Sie überquerten die *Fuente del Berro* und steuerten auf den *Parque del Retiro* zu, den sie schon bald wieder hinter sich ließen, nachdem sie mit großer Geschicklichkeit etlichen Familien, Skateboardern und Pantomimen-Darstellern ausgewichen waren. María dachte einen Moment lang über den Eindruck nach, den sie vermitteln mussten. Eine Frau mit halblangen schwarzen Haaren, T-Shirt und Leinenhose, die mit einem ausgeleierten Rucksack auf einem klapperigen und eigentlich schrottreifen Fahrrad saß und einem verwahrlost aussehenden fünfzehnjährigen Hippie hinterherfuhr. Er könnte ihr Sohn sein. Der wäre jetzt genau in diesem Alter gewesen, wenn sie ihn nicht verloren hätte … Sie verdrängte den Gedanken mit derselben Entschlossenheit, mit der sie in die Pedale trat. In diesem Alter wollte ein Sohn wahrscheinlich sowieso nicht mit seiner Mutter durch Madrid radeln. Er würde es vorziehen, seine Zeit mit einer Polizistin zu verbringen, die langsam aber sicher selbst zum Hippie wurde. „Lass gut sein“, ermahnte sie sich selbst.

Bald erreichten sie die belebte *Carrera de San Jerónimo,* die sie blitzschnell überquerten, ohne die Polizisten zu beachten, die vor den Löwenfiguren der Abgeordnetenkammer Wache standen. Nachdem sie die *Plaza Mayor* und die Kathedrale hinter sich gelassen hatten, legten sie sich im abschüssigen Park *Campo del Moro* ordentlich in die Kurven. Zum Glück war María in Form. Sie hatte keine Ahnung, wohin Eloy sie führte, aber langsam sah sie sich in ihrer Annahme bestätigt, dass alle Straßen zum Manzanares führten. Der Junge hielt schließlich auf der Esplanade an. Hinter ihnen lag der Königspalast, vor ihnen der Fluss. Ein Anblick, mit dem sie sehr vertraut war. Er stieg vom Fahrrad ab und sie tat es ihm gleich.

„Und nun?“, fragte María. Sie bekam mal wieder keine Antwort. Er bestimmte den Redefluss und gab nur Auskunft, wenn er wollte.

„Wir schließen die Fahrräder zusammen an.“ Der Junge war völlig entspannt, als ob sie nicht eben noch den mürrischen Fahrern Madrids mit haarsträubender Geschwindigkeit ausgewichen wären. Dagegen war María völlig außer Atem, doch sie konnte nur die Zähne zusammenbeißen.

„Und jetzt?“

„Folg mir.“

Wenn sie dadurch Yago kennenlernen konnte, dann war das alles gerechtfertigt. Wenn nicht, wäre sie sehr versucht, Eloy an die Gurgel zu springen. Aber sie hatte keine Gelegenheit, den letzten Gedanken im Kopf weiter auszuspielen, weil Eloy auf eine Hecke in Ufernähe zusteuerte, als ob er etwas suchte.

„Hier wohnt Yago“, sagte er schließlich.

„In der Hecke?“ War sie mit einem Verrückten unterwegs oder ob gab es hier irgendwo einen versteckten Sinn?

„Warte.“

Der Junge begann, gegen die Buchsbaumsträuche zu drücken, ohne die Augen vom Boden zu nehmen, aber sie gaben nicht nach. María schaute sich um, aus Angst, dass sie Aufmerksamkeit auf sich zogen, doch niemand hatte sie bemerkt. So war Madrid eben. Man konnte sich als Satan verkleiden, sich vom Balkon stürzen oder vor dem königlichen Palast ein paar Buchsbäume schütteln, ohne dass es jemanden groß interessierte. In guten wie in schlechten Zeiten. Sie durchkämmten das Gebüsch mit einer Sorgfältigkeit, als hätten sie dort Cristiano Ronaldos *Ballon d'Or* Trophäe verloren, mit der er zum fünften Mal als Weltfußballer des Jahres ausgezeichnet worden war. Endlich fand Eloy, wonach er suchte.

„Es ist verschlossen.“ Er wies auf ein Eisengitter, das den Zugang zu einem unterirdischen Tunnel versperrte.

„Willst du mir sagen, *da* wohnt Yago? In der Kanalisation?“

„Kanalisation?“ Dieses Mal lächelte Eloy und antwortete: „Das da unten ist ein eigenes Reich, keine Kanalisation. Lass' uns einen anderen Eingang suchen.“

María hatte von dem Tunnelnetz gehört, das sich unter Madrid erstreckte, das berühmte andere Gesicht der Stadt. Natürlich wusste jeder, dass sich die Bourbonen vermummt durch die Tunnel aus dem Palast geschlichen hatten, um im *Casa de Campo* zu jagen, oder um sich in die Bordelle oder Klöster zu begeben, wo ihre Kammerdiener, Sekretäre oder Zuhälter Treffen mit Schauspielerinnen, Bardinnen, Huren oder Nonnen im passenden zarten Alter organisiert hatten. In Krisenzeiten hatten sie als Fluchtweg gedient, wie der Tunnel zwischen dem Königspalast und dem Vargas-Palast im *Casa de Campo*, den König Giuseppe Buonaparte hatte bauen lassen, weil er sich dort sicherer fühlte.

Um diese Tunnel rankten sich Gerüchte aller Art, aber María war Polizistin und wusste dank ihrer Kollegen in der entsprechenden Abteilung auch, dass heute alle diese unterirdischen Gänge versiegelt waren und streng bewacht wurden. Es war eine Frage der Sicherheit. Das dachte sie jedenfalls. Deshalb befand sich vor dem Eingang ein Eisengitter, das den Jungen jedoch nicht zu überzeugen schien.

Eloy suchte in anderen Hecken weiter. Das Gelände war blitzsauber. María ließ ihn einfach machen, ohne genau zu wissen, was sie überhaupt hätte beisteuern können. Wenn Yago ein Obdachloser war, der im Untergrund von Madrid lebte, verstand sie nicht, welche Beziehung er zu Saramú, einer Kunstabsolventin mit einem Job an der Universität, gehabt hatte. Allerdings war sie ja auch Hausbesetzerin in der Dragona gewesen. María wusste, dass ein Teil der neuen Stadtverwaltung von Madrid aus dem *Patio Maravillas* und anderen Besetzerbewegungen kam, aber dass sich in diesen unterirdischen Tunneln wirklich ein zweites Madrid verstecken sollte, wagte sie zu bezweifeln. Und doch stand sie nun hier; eine vom Dienst suspendierte Polizistin, die einem Straßenkind folgte. Welches sie gerade aus den Augen verloren hatte. Der Junge war über eine Hecke an einem Hang nach oben gesprungen und verschwunden. María rannte hektisch um den Hang herum und fand ihn, gelassen wie immer, vor einer Tür kniend, die hinter den Hecken versteckt lag.

„Hier entlang."

Die Tür war nicht neu, die Konstruktion davor allerdings schon. Bereits verschmutzte weiße Balken verliefen horizontal und vertikal vor einem halbkreisförmigen Bogen, der an den dort beginnenden Tunnel angepasst war. Die Tür hatte zwei Flügel, die durch einen einfachen Riegel zusammengehalten wurden. Sie war nicht einmal verschlossen.

Der Junge drückte dagegen und trat ohne zu zögern ein. María wusste, dass dies einer jener entscheidenden Momente war, in denen man noch anhalten und in sein ruhiges, geregeltes Leben zurückkehren konnte. Aber sie hatte ähnliche Situationen als Polizistin und als Psychologin oft genug erlebt und ging durch die Tür, ohne einen weiteren Gedanken an irgendwelche Konsequenzen zu verschwenden.

Sobald sie drinnen waren, schlossen sie die Tür hinter sich. Der sonnige Tag flutete den ersten Teil des Tunnels mit genügend Licht, sodass man ihn problemlos durchqueren konnte. Nachdem sie die tanzenden Schatten der Äste, die das Licht durch die Gitter warf, hinter sich gelassen hatten, tauchten sie in die Finsternis ein. Eloy ging ruhigen Schrittes voran, kümmerte sich nicht um die Dunkelheit, die sie umgab, und tastete nur von Zeit zu Zeit mit den Händen, um sich zu orientieren. Offensichtlich kannte er die engen Tunnel und sein junges Gedächtnis wusste, wo sie lang mussten. María folgte ihm und versuchte, nicht nachzudenken. Plötzlich zögerte Eloy und wurde langsamer. Nach einer scharfen Kurve nahmen sie einen abschüssigen Gang, in dem jeder noch verbleibende Lichtschimmer erlosch. Er führte nach unten in die Schwärze. Eloy hielt an. María öffnete und schloss mehrmals die Augen und merkte, dass es keinen Unterschied machte, denn in dieser Dunkelheit konnte sie rein gar nichts erkennen. Gleichzeitig bemerkte sie auch, wie ihr Geruchssinn schärfer wurde, vielleicht als Reaktion auf die temporäre Blindheit. Eloys Körper roch nach frischem jugendlichen Schweiß, der sich mit dem muffigen Geruch seiner ungewaschenen Kleider vermischte. Fast peinlich berührt nahm sie ihr eigenes Deodorant wahr, das hier in dem Tunnel, ein paar Meter unter all den verliebten Paaren und Kindern mit Rollern, fehl am Platz schien. Hier unten roch es wie in der Kanalisation.

„Warte“, sagte sie zu Eloy.

Sie schaltete ihre Handytaschenlampe ein. Das Licht fiel auf den schwarzen Boden, auf dem sich Pfützen gebildet hatten, was die hohe Luftfeuchtigkeit erklärte. Es tropfte von der Decke, wahrscheinlich aufgrund der übermäßigen Bewässerung der Gärten über ihnen. Sie hatte immer gehört, dass Madrid eine Stadt war, die in ihren Eingeweiden feuchter war als an der Oberfläche, und hier konnte sie das mit eigenen Augen sehen. María leuchtete mit ihrem Handy in die Dunkelheit. An einer Seite des Tunnels lag ein altes Kleidungsstück neben ein paar zerdrückten Weinkartons, und dahinter verlief sich der helle Schein in der dunklen Tiefe. Eloy zog das Tempo wieder an. Sie hielt mit ihm Schritt und versuchte, ihm den Weg zu leuchten.

Sie hatte Angst, dass sie sich verlaufen würden, doch der Tunnel ging nur noch geradeaus, es gab keine Abzweigungen mehr und Eloy hielt das Tempo ohne einen Hauch von Unsicherheit. Noch hätte sie gewusst, wie sie zurück gelangen konnte.

10

Professor Salas wusste, dass das Handy sein Schwachpunkt sein würde. Er hatte alle Unterhaltungen mit Sara gelöscht, mit Saramú, seiner leidenschaftlichen Prinzessin, seiner nachmittäglichen Geliebten, die, während sie sich im leeren Gebäude der Fakultät liebten, in der Lage war, mit ihrem Stöhnen die riesigen Fotokopierer zu übertönen, die im Sekundentakt Klausuren für die Studierenden ausspuckten. Er hatte das auch schon vor ihrem Tod getan, hatte die Nachrichten aus Angst vor seiner Frau gelöscht, aber er wusste, dass es für die Polizei nur eine Frage der Zeit war, sie wiederherzustellen. Sie hatten Saras Handy noch nicht gefunden, aber sobald sie es taten, würden seine Probleme nur noch größer werden. Es konnte ihn zwar nicht direkt mit ihrem Tod in Verbindung bringen, doch immerhin mit ihrer Person selbst. Mit ihr und ihren anderen Liebhabern. Dieser Gedanke verletzte ihn mehr als eine mögliche Verurteilung.

Er ging in seine Cloud, wo die alten Nachrichten noch gespeichert waren. Auch die mussten gelöscht werden.

„Ich will dich sehen. Ich will dich berühren. Ich will es wieder mit dir tun. Ich möchte noch einmal von vorne anfangen. Ich bin gerade erst von dir weg und möchte schon wieder in dich eindringen, in dir leben. Ich begehre dich so sehr, dass es schmerzt, meine Saramú."

Nachrichten wie diese waren dort noch zu lesen, genau wie seine schlechte Angewohnheit, ihr zu beruflichen Angelegenheiten zu schreiben, wenn sie die Verbindung zu ihm abgebrochen hatte oder nicht auf seine Nachrichten reagierte.

„Ich muss mit den Radierungen weitermachen, wir haben die neuen Alben, sie werden dir gefallen. Ich möchte, dass du dich allein auf die Inquisition konzentrierst. Das ist großartiges Material. Es wird eine fantastische Doktorarbeit werden."

Und wenn sie wieder aus der Versenkung hervorgekommen war und ihm geantwortet hatte, machte er für gewöhnlich weiter.

„Du bist meine *Maja.* Bekleidet oder nackt. Ich begehre dich auf ewig, komm mit mir, Saramú. Wir werden es gemeinsam tun. Aber wo bist du?"

Salas goss sich ein Glas Whisky ein und ging zum Fenster. Die Flasche war fast leer, doch er würde sicher nicht vor die Tür gehen und sich den Studierenden aussetzen, die dort lauthals Parolen skandierten. So konzentrierte er sich wieder auf sein Telefon.

Wenn er eines vergessen wollte, dann waren das ihre unzähligen Abweisungen, „Lass mich in Ruhe, ich brauche eine Pause. Wir reden am Montag, ich habe noch ein anderes Leben", die ihn in der Eintönigkeit des Wochenendes versinken ließen, an dem seine Frau darauf bestand, Gäste einzuladen, auf die er keine Lust hatte, weil er sich lieber allein einen Drink gegönnt und zum x-ten Mal die Nacktfotos von Sara auf seinem Handy angesehen hätte. Auch die waren immer noch in einem eigenen Ordner in der Cloud gespeichert. Oh, Saramú. Er weinte.

Aber da war noch mehr. Das, was niemand jemals herausfinden durfte, das, was allein in seinem Kopf existierte. Das Bild von ihr – gefoltert, erstickt durch eine Halsschelle, gefesselt wie jene Ehebrecherin, die Goya in dieser Anklage der Inquisition verewigt hatte – ließ in gleichermaßen Verzweiflung und Begierde fühlen. Und auch wenn die Ausführung einer solchen

Tat verboten war, so stand es ihm doch frei, sie sich vorzustellen. Es würde kein Zeugnis davon geben.

Er hatte das Bild in einem seiner Bücher nachgeschlagen und betrachtet. Er hätte sie am liebsten gestreichelt, berührt, ihre Brüste geküsst, ohne dass sie es hätte verhindern können, weil sie bewusstlos oder sogar tot an das Schafott gefesselt war. Er hätte ihr die Kleider ausgezogen und sie geliebt. Gleichzeitig wollte er sie retten, ihre Arme, ihre Beine, ihren schönen Hals befreien, um ihr mit einem warmen und erlösenden Kuss den Atem zurückzugeben. Sie am Leben zu erhalten.

Salas war betrunken. In seinem Kopf gab es nur noch den Wunsch, Saramú zu besitzen. Aber sie war tot, erstickt. Was war ihm entgangen, wie war es passiert, warum hatte er sie nicht schützen können? Er hätte es verhindern müssen.

Sie waren am Freitag wie üblich die noch ausstehenden Aufgaben für den kommenden Montag durchgegangen und dann hatte sie sich von ihm verabschiedet. Er hatte gesagt: „Ich werde das ganze Wochenende über an dich denken." Saramú hatte wortlos das Büro verlassen. Sie war in dem Wissen, ihn um den Finger gewickelt zu haben, hochmütig geworden. Er wiederum war sich bewusst gewesen, dass er sie nicht unter Druck setzten durfte, wenn er sie behalten wollte. Er schaute wieder aus dem Fenster. Die Studierenden saßen nun auf dem Bürgersteig und hatten Kerzen um Saramús Porträt angezündet. Der Portier schaute ihnen zu.

Würde ihm jemand glauben? Würde *irgendjemand* wirklich einem von Begierde getriebenen Wahnsinnigen glauben, wenn er sich für unschuldig erklärte, nicht nur gegenüber seiner geliebten Studentin, sondern auch gegenüber dem Vermächtnis des Genies, dem er sein Leben gewidmet hatte, dem großen Francisco de Goya y Lucientes? Konnte man einem Mann glauben, der die Vorlage des Verbrechens studiert hatte?

Niemand in der Welt würde ihm seine Unschuld abkaufen.

Das Geschehene war unerklärlich. Und der Whisky war mittlerweile leer.

11

María und Eloy liefen weiter durch den dunklen Tunnel, bis sie an seinem Ende ihr Ziel erreichten: einen großen, rechteckigen Raum mit hohen Decken. Ein Lichtstrahl fiel durch ein Gitter an der Decke. María schaltete die Taschenlampe ihres Handys aus. Ihre Augen hatten Schwierigkeiten, sich an die neuen Lichtverhältnisse zu gewöhnen. Die weiß getünchten Mauern wirkten nach den vielen dunklen Gängen deutlich einladender. Zum ersten Mal konnte sie sich eine ungefähre Vorstellung davon machen, wo sie sich gerade befanden. Es musste eine der riesigen Flutkammern sein, die während der Bauarbeiten des Tunnels für den Madrider Autobahnring angelegt worden waren, und die nun einige Obdachlose zu ihrem Zuhause gemacht hatten. Von den Tunneln, die hierher führten, hatte sie auf einer Konferenz über die neuen potenziellen Gefahren der Stadt erfahren, mit denen sich die Polizei auseinandersetzen musste. Dass sie tatsächlich als Unterschlupf genutzt wurden, war für sie jedoch neu.

Als sich ihre Augen an das Licht gewöhnt hatten, bemerkte sie, dass in einigen Ecken Pappkartons aufeinandergestapelt waren. Sie konnte auch mehrere Einkaufswagen erkennen.

Eloy ging sicheren Schrittes weiter. María wollte nicht auf die Kartons starren, die den Menschen, die den Untergrund zu ihrem heruntergekommenen Zuhause gemacht hatten, als eine Art Bett dienten. Es gab nicht viele dieser Stapel – sie zählte fünf oder sechs, während sie versuchte, mit Eloy Schritt zu halten. Es war schwer zu sagen, ob gerade alle bewohnt waren, ob jemand unter den Kartons lag oder nur kurz nach draußen gegangen war, oder ob es nur zurückgelassene Überbleibsel waren. Als einer dieser improvisierten Behausungen umkippte und die Sicht auf einen Mann freigab, der schlief oder betrunken war oder beides, zuckte sie zusammen und lief schneller. Sie konnte sein Gesicht nicht ausmachen, denn der Mann ergriff instinktiv einen der Kartons und legte ihn wie eine Decke über sich. Dann drehte er sich gleichgültig um und schlief weiter, ohne den Besuchern Beachtung zu schenken. María hatte nur seinen Bart und sein zerzaustes Haar gesehen, und vor allem den penetranten Geruch seiner schmutzigen Kleidung wahrgenommen, die von einer Mischung aus Schweiß, Wein, Essensresten und Dreck, die sich in den Fasern angesammelt hatte, ganz steif geworden war. Er war kein Jugendlicher mehr, aber auch noch kein alter Mann.

Sie gingen weiter.

Nach ein paar zügigen Schritten waren sie an der Ecke angekommen, die Eloy gesucht hatte. Er zeigte auf die Pappkartons und rief, „Yago?“. Nichts regte sich. „Yago?“, rief er erneut. Es wäre auch zu schön gewesen, ihn genau jetzt dort vorzufinden. Vor allem aber konnte María nicht glauben, dass der Mann, der für das einem Kunstwerk nachempfundene Verbrechen vom Manzanares verantwortlich sein könnte, derselbe Mann war, der hier inmitten des Kanalisationsgestanks und seines eigenen Drecks leben sollte, umgeben von einer mittelalterlichen Palisade alter Pappkartons. Sie schaute in die Behausung und fand nur ein paar Konservendosen, eine Strandmatte und eine schmutzige Decke vor. Könnte dieser Mann der Autor des Blogs sein? Sie erinnerte sich an die Worte von Professor Salas: „Jemand will mir etwas anhängen.“ Was wäre, wenn in Wirklichkeit jemand Yago etwas anhängen wollte? Wenn er tatsächlich in dieser unterirdischen Kammer lebte, hatte er wohl kaum mit Saramú an einem Blog schreiben können.

María hatte sich bereits in so einigen Situationen wiedergefunden, die sie gelehrt hatten, nutzlose von nützlichen Informationen zu unterscheiden, aber sie konnte sich nicht entsinnen, dabei jemals so viel Unbehagen und Neugierde gleichzeitig verspürt zu haben. Wegen des Elends, das sie hier im Madrider Untergrund vorfand und weil der Junge, der den Tunnel so zielstrebig durchquert hatte, einsam wirkte. Dabei hatte er sich für dieses Leben entschieden. Wie Sara Muñoz, die trotz ihres Jobs an der Universität in einem kalten, besetzten Haus gewohnt hatte. Und vielleicht wie Yago selbst.

„Er kommt sicherlich wieder. Willst du warten?", fragte Eloy.

María schwieg. Sie schaltete die Taschenlampe ihres Handys wieder ein und beleuchtete den Raum. Nur wenige Meter von Yagos Kartonbehausung entfernt stand in der Ecke ein voller Einkaufswagen. Eine Decke war darüber drapiert. María ging auf ihn zu und Eloy folgte ihr.

„Wie ist Yago so? Kennst du ihn gut?", fragte sie.

12

Eloy antwortete nicht und zuckte nur wortlos mit den Schultern. María wusste, dass der Junge nicht sehr gesprächig war und auf Fragen sowieso nur dann reagierte, wenn ihm danach war, also wartete sie nicht auf eine Antwort. Sie hob die Decke an und sofort stieg ihr ein übler Gestank in die Nase. Der saure Geruch von altem Schweiß ungewaschener Körper und Kleider hatte sie bereits durch den ganzen Raum begleitet, aber hier war er so penetrant, dass selbst Eloy, der nicht gerade vor Sauberkeit glänzte, das Gesicht verzog. María bedeckte ihre Nase mit der einen Hand und zog mit der anderen die Quelle des Gestanks – einen ausgebeulten bunten Mantel, der sicherlich einige Geschichten von regnerischen Nächten, Erbrochenem, Urin und verschüttetem Wein erzählen konnte – zur Seite. Vielleicht würde er einer anthropologischen Studie über Armut nutzen. Oder vielleicht war er auch einfach nur noch für den Scheiterhaufen gut, genau wie die ähnlich stinkende Hose, die alten Stiefel und die anderen Kleidungsstücke, die noch im Wagen lagen. Darunter war eine große Kiste mit einem zugeknüpften Wäschesack. María öffnete ihn und holte eine Hose, zwei Hemden und eine Anzugjacke in passablem Zustand hervor. Interessant. Der obdachlose Yago wusste also, wie man sich als konventioneller Bürger verkleidete. Oder der bürgerliche Yago wusste, wie man sich unter dem Schmutz eines Bettlers versteckte.

Sie räumte auch diese Kiste beiseite. Ansonsten waren dort Zeitschriften, Broschüren und lose Zettel. María beleuchtete den Boden des Wagens mit ihrem Handy. Ein Blatt Papier war auf den Boden gefallen und sie hob es auf. Die nackte Maja, das Gemälde von Goya. Sie machte ein Foto mit ihrem Handy und legte es zurück in den Einkaufswagen. Anschließend fotografierte sie noch die Zeitschriftencover und Zettel. Sie konnte sie nicht mitnehmen, höchstens zurückkommen. Sie griff nach einer Mappe am Boden des Wagens.

Plötzlich stand ein Bettler aus einem nahegelegenen Pappkartonstapel auf und näherte sich ihnen mit einem unheilverkündenden Gesichtsausdruck. Sein Haar war kurz und sein Gesicht glatt rasiert oder sah in dem gedämpften Licht zumindest so aus.

„Was sucht ihr hier?“

Eloy schien unbeeindruckt und María wusste nicht, was sie auf die Frage hätte antworten sollen. Selbst wenn diese Kammer als ein Zuhause angesehen werden konnte, so hatte sie zwar keinen Durchsuchungsbefehl, doch wen kümmerte es, was eine vom Dienst suspendierte Polizistin in einem unterirdischen Tunnel von Madrid tat?

Also antwortete sie nicht.

Der Mann ließ sich nicht beirren.

„Wer bist du?“

María schaute ihn mit einem harten Blick an. Auch auf diese direkte Frage wollte sie nicht eingehen. Es war eindeutig, dass der Mann Eloy kannte, da die Frage nur an sie gerichtet war. Sie beschloss, selbst in die Offensive zu gehen.

„Kennst du Yago?“

„Bist du Polizistin?“

Keiner von beiden war bereit, auf die Frage des anderen zu antworten. Jedenfalls nicht, ohne im Gegenzug ebenfalls Informationen zu erhalten. María hielt weiterhin die Mappe fest umklammert. Sie starrten sich eine Weile lang an, als plötzlich ein alter Hund aus dem Pappkartonhaufen hervorgekrochen kam und sich ihnen langsam näherte. Der Mann streichelte seine Schnauze, dann seinen Rücken. Kurz darauf drehte er sich mit ihm um und ging zurück in seine Ecke.

„Yago wird bald zurück sein. Er mag es nicht, wenn man seine Sachen durcheinanderbringt."

María versuchte, Yagos Unterschlupf in den ursprünglichen Zustand zu versetzen, als sie bemerkte, dass sie die Mappe noch in den Händen hielt. Sie öffnete sie. Im Inneren befanden sich keine Papiere, sondern ein scheinbar neues Autokennzeichen. Sie machte ein Foto davon, legte die Mappe auf den Boden des Wagens zurück, deckte den gesamten Inhalt so gut sie konnte mit der Decke ab und entfernte sich. Als sie an dem Mann vorbeikam, der mit seinem Hund im Dunkeln saß, sagte sie: „Ich bin Polizistin, Comisaria María Ruiz." Sie gab ihm eine Visitenkarte. „Zögern Sie nicht, mich anzurufen, wenn Sie mit mir Kontakt aufnehmen möchten."

Dann gingen sie durch den Tunnel zurück an die Oberfläche.

13

Es dauerte eine Weile, bis María den Gestank der Kanalisation wieder losgeworden war, der an ihrem Körper klebte – zusammen mit dem unangenehmen Gefühl, einen Nachmittag in der Parallelwelt unter Madrid verbracht zu haben. Als sie aus der Dusche kam, hatte der Wasserdampf nicht nur die Spiegel und Fenster im Bad beschlagen, sondern auch die im Schlafzimmer. Sie wickelte sich ein Handtuch um den Kopf, knotete den Bademantel zu und setzte sich vor den Computer, um die Fotos durchzugehen.

Zuerst sah sie sich die toten Truthähne an. Die nach oben gerichtete Position der spitzen Flügel war so eigenartig, dass es eine versteckte Botschaft des Täters sein könnte. Auch Martíns Hund hatte auf einen höher gelegenen Punkt geschaut, während er im Schlamm versank. Stand das in irgendeinem Zusammenhang? Noch war es schwer zu sagen.

Als nächstes öffnete sie die Bilder, die sie von Yagos Einkaufswagen gemacht hatte. Die abgegriffen aussehenden Broschüren stammten aus Museen in Madrid, wo ihrer Vermutung nach Gemälde von Goya hingen. Sie musste schleunigst ihre Kunstkenntnisse auffrischen. Es waren welche von den Museen Lázaro Galdiano, Bellas Artes de San Fernando und dem Prado darunter. Sie erinnerte sich an die Termine von Saramú.

Serrano, Neptun, Sol.

Das Museum Lázaro Galdiano befand sich in der *Calle Serrano* 122.

Das Museum Bellas Artes de San Fernando lag in der *Calle Alcalá* 13, neben der Puerta del Sol.

Und der Prado befand sich in der Nähe der *Fuente del Neptuno.*

Aber was hatte das alles zu bedeuten? Vielleicht handelte es sich einfach um zwei Freunde, die eine Leidenschaft für Kunst teilten? Schließlich war Sara eine Hausbesetzerin und in der alternativen Szene unterwegs, daher wäre es nicht überraschend, dass sie mit einem kultivierten Obdachlosen befreundet war.

Sie klickte weiter und kam zu einigen Papieren, bei denen es sich nicht um Broschüren, sondern um Kopien von Fotos eines Gebäudes handelte. Ein Palast, ein Herrenhaus. Es kam ihr bekannt vor, aber sie konnte es nicht identifizieren.

Und da war noch das Nummernschild. Ein altes Kennzeichen. M-1492-IW. Dabei würde sie Hilfe brauchen.

Sie öffnete ihr neues Twitter Profil. Es gab weitere Wortgefechte zwischen den Verteidigern von Sara Muñoz und anonymen Trollen, die sie beleidigten. Der übliche Umgang im Internet eben. Aber sie hatte auch eine Benachrichtigung, nur eine, unter dem Glocken-Icon.

„Folgst du mir?“

Ihr Herz, das die halsbrecherische Radtour durch die Stadt und sogar den Ausflug in den Untergrund unbeschadet überstanden hatte, begann zu rasen. Selbst die Nachbarn mussten die unregelmäßigen Schläge hören.

Sie las die Nachricht noch einmal.

„Folgst du mir?“

Es war entweder eine Frage oder eine Bitte. Erstere hätte eine offensichtliche Antwort: Jeder konnte auf Twitter sehen, wer einem folgte. Es war also wahrscheinlicher, dass jemand sie bat, ihm oder ihr zu folgen. Denn nur dann konnten zwischen den

Profilen Direktnachrichten gesendet werden. Es könnte Spam sein, der von einem Roboter generiert wurde, um mehr Follower zu bekommen, oder es könnte einen tieferen Sinn haben.

Das Profil war von einem gewissen Chatoy. Chatoy … das klang schon etwas absurd, aber es reimte sich mit Oleroy.

Sie erhielt eine weitere Benachrichtigung.

„Folge mir. *Suis-moi*".

Vielleicht war es tatsächlich ein Roboter, der pausenlos und in mehreren Sprachen aktiv wurde. Aber in jedem Fall könnte es nicht schaden, ihm zu folgen.

Oder vielleicht doch? Suis-moi, suis-moi. Ihre weit in den hinteren Teilen ihres Gehirns verbannten Französischkenntnisse sagten ihr, es hieß „Ich bin es". Oder eben „Folge mir". Beides würde passen. Konnte das stimmen?

Sie merkte, dass ihre Konzentration langsam nachließ. María, die Polizistin, konnte sich unzählige Stunden lang mit einem Rätsel befassen, zu dem sie kaum Informationen hatte. Doch die Möglichkeit, dass sich hinter diesem Chatoy eine vertraute Stimme, eine geliebte Person verbarg, hatte es geschafft, ihre Konzentrationsfähigkeit komplett schwinden zu lassen. Vielleicht ging nur ihre Fantasie mit ihr durch. Sie wusste, dass es nicht gut für sie war, Türen zu öffnen, die sie bereits fest geschlossen hatte, und doch wollte sie unbedingt, dass es keine Einbildung, dass es Wirklichkeit war. Sie *brauchte* es.

Suis-moi. Ich bin's. Folge mir. Was auch immer es bedeutete. Ohne weiter darüber nachzudenken, klickte sie auf „Folgen", in der Hoffnung, dass Chatoy keine künstliche Intelligenz, kein Geisteskranker, sondern Tomás war. Tomás, der Informatiker, der Polizist, der Hacker, der Helfer, ihre große Liebe, was spielte es schon für eine Rolle, solange es nur Tomás war? Wenn sie genauer darüber nachdachte, könnte Chatoy auch eine Anspielung auf das Château d'Oléron sein, das Schloss, das sie gemeinsam besichtigt hatten. Er in seinem Rollstuhl mit ihrer Hilfe, in den glücklichen Zeiten, bevor er verschwunden war.

Es dauerte nicht lange, bis Chatoy merkte, dass sie ihm folgte, und ihr eine Direktnachricht schickte. María öffnete sie, nervöser als ihr lieb war.

Die Nachricht war ein Foto. Ein Bild von Schilfpflanzen. Schilf. Ja, das konnte nur er sein. María lehnte sich gegen die Rückenlehne ihres Stuhls, so abgelenkt, dass sie nicht einmal bemerkt hatte, dass sie noch immer Bademantel und Handtuch trug. Ihr war eiskalt und sie sollte sich etwas überziehen. Und sich beruhigen. Sie ging ins Schlafzimmer, um sich wärmere Kleidung zu holen, nahm eine Bürste, kämmte sich schnell die Haare und setzte sich wieder vor das Bild des Schilfrohrs, das sich zweifellos auf die Hütten bezog, in denen sie vergangene Sommertage verbracht hatten. *Les gros joncs.* Schilf. So hatte dieser Ort geheißen. Tomás. Tomás. Hallo, Tomás.

Sie wollte schreiben: „Tomás!", aber sie entschloss sich, besser mitzuspielen. Aus irgendeinem Grund versteckte er sich hinter einem Code, den nur sie beide verstanden, entweder weil er verdeckt bleiben wollte oder weil er wollte, dass auch sie sich nicht zu erkennen gab. Also tippte sie: *„les gros joncs."*

Sie lächelte. Die Aussicht auf Kontakt mit Tomás ließ ihr Herz höher schlagen. Doch dieses Glücksgefühl barg auch gewisse Risiken. Ihre Hormone würden sich wohl kaum einfach wieder beruhigen, wenn Chatoy sich als ein falsches Twitter-Profil entpuppte. Dann wäre zu viel Dopamin und Serotonin in ihrem Körper, ganz zu schweigen von all dem Oxytocin und Adrenalin, das nicht wusste, wohin. Und das könnte fatale Folgen für ihre psychische Gesundheit haben. In ihrem Leben hatte es nicht viele Personen gegeben, die sie an wahre Liebe hatten glauben lassen, doch wenn, war es immer eine sehr intensive Erfahrung gewesen. Gar nicht gut.

Chatoy schickte ein zweites Bild. Es war eine Zahlenabfolge. Eine Kontonummer? María rückte auf dem Stuhl hin und her. Die Polizei hatte gerade erst begonnen, ein Profil von Sara Muñoz zu erstellen. War es Tomás – wenn es Tomás war, und nur er konnte es sein – etwa schon gelungen, ihr Bankkonto zu hacken? Es folgten noch weitere Fotos. Ja. Es handelte sich tatsächlich um Kontoauszüge von Sara Muñoz. Was ihr sofort ins Auge fiel, war eine Einzahlung der Universität in Höhe von 853 Euro, von denen 800 direkt weiter auf ein anderes Konto überwiesen worden waren. Und zwar in den letzten beiden Monaten, auf die sie hier Einsicht hatte. Saramús Gehalt kam und ging genauso schnell wie Marías Wunsch, eine andere Art von Nachricht von Chatoy zu erhalten. Sie stellte sich sein zufriedenes Gesicht vor. Wenn Tomás recht hatte, riss er nicht die Arme nach oben und gab damit an, sondern lächelte nur mit geschlossenen Lippen und einem offenen Blick, der die Falten auf seiner Stirn und die Schatten unter seinen Augen von der stundenlangen, manchmal tagelangen mühsamen Recherche verschwinden ließ. Sein Gesicht war dann ganz entspannt und er legte seine Finger an die Schläfen, schloss die Augen und stieß einen erleichterten Seufzer aus. María wusste, dass er gerade diese Genugtuung empfand, diese Ruhe, die er auf alle übertrug. Die Freude darüber, ein Stück der Wahrheit gefunden zu haben.

Ein Teil des Puzzles. Sie hingegen war vom Stuhl aufgesprungen. Schnell riss sie sich zusammen und tippte: „Können wir reden?"

Keine Antwort.

„Ich muss mit dir reden", beharrte sie und schob noch ein „Wann immer es dir passt!" hinterher.

Aber Chatoy-Tomás hatte sich zurückgezogen und Oleroy-Ruiz' Worte blieben einsam hinter den Fotos der Kontoauszüge zurück. Sie war versucht, „Ich liebe dich", „Ich vermisse dich" oder „Ich warte auf dich" zu schreiben, aber sie wusste, dass sie seine Entscheidung respektieren musste, selbst wenn er die Sache abbrechen wollte. Vor allem, wenn er es nach so vielen Monaten endlich gewagt hatte, Kontakt zu ihr aufzunehmen, um ihr zu helfen. Sie checkte WhatsApp. Die zwei kleinen Häkchen unter der Nachricht, die sie Tomás geschrieben hatte, deuteten darauf hin, dass er sie doch nicht blockiert hatte. María atmete erleichtert auf. Sie musste ihm Zeit geben. Das war die einzige Möglichkeit.

Und sie hatte viele neue Informationen, die sie erst einmal genauer analysieren musste.

14

Sara Muñoz war in Saragossa aufgewachsen, hatte aber lange Zeit in Madrid gelebt. Ihre Eltern waren sofort in die Hauptstadt gereist, nachdem sie von dem Verbrechen erfahren hatten. Sara war ihre einzige Tochter gewesen. Den Presseberichten zufolge waren die beiden ein bescheidenes Ehepaar aus der Provinz, das am ersten Tag noch um Privatsphäre gebeten hatte und am zweiten bereits schluchzend bei einer Sendung auf Tele 5 zu sehen war. María sah sich die Aufzeichnung im Internet an. Sie sprachen darüber, welch ein Engel Sara gewesen war, ein herzensgutes Mädchen, das so früh an der Universität einen Job bekommen hatte, weil sie außergewöhnlich intelligent war. Und dass sie sich wünschten, sie hätte den Job nie bekommen, wenn dieses Scheusal von Professor, der besessen von ihr gewesen war, sie wirklich getötet hatte.

In ihrer Verzweiflung verwechselten sie die Sensationslust der Leute, die in ihrem Leid nichts als eine Attraktion sahen, mit Mitgefühl. Vater und Mutter legten Details ihres Lebens offen, von denen sie glaubten, dass sie für den Fall relevant seien. Sie erzählten, dass Sara Goya-Expertin gewesen war, was die Moderatorin aber nicht sonderlich beeindruckte, die den Fokus stattdessen auf Saras Beziehung mit ihrem Professor legte. Hatten sie ihn schon einmal getroffen? Hatte sie ihnen von ihm erzählt? Wussten sie, dass er sie belästigt hatte? Dass sie eine Beziehung hatten?

Im Hintergrund wurden immer wieder Bilder der Protestaktion vor Professor Salas' Haus eingeblendet. María erkannte nur den Portier, der die Filmcrew bat, etwas Respekt zu zeigen und zu gehen. Die Aufnahmen wurden in einer Endlosschleife wiederholt.

Währenddessen versicherten die Eltern etwas verlegen, dass sie nichts von Saras Beziehung zu dem Professor gewusst hatten, dass sie ihn nie getroffen hatten, dass ihre Tochter glücklich gewesen war, weil sie einen guten Job gehabt hatte. Ansonsten waren die beiden nur ein weiteres Beispiel für Eltern, die außer dem Offensichtlichen kaum etwas über ihr Kind wussten. María hatte bereits einige Stunden mit der Lektüre des Buches zugebracht, das ihr Professor Salas gegeben hatte, und gelernt, dass Goya nicht der Emporkömmling gewesen war, nach dem er bei seiner Ankunft am Hof aus seinem gebürtigen Aragonien ausgesehen hatte. Dank seines Vaters, einem Handwerker aus Saragossa, der sich auf die Vergoldung barocker Altarbilder spezialisiert gewesen war, hatte er bereits in jungen Jahren Erfahrung mit Kunst sammeln können. Goya hatte zweimal versucht, in die Königliche Kunstakademie einzutreten, wurde aber beide Male abgelehnt und hatte einen anderen Weg einschlagen müssen.

Der gute alte Goya. María hatte sich außerhalb des Schulunterrichts nie sonderlich mit seinem Aussehen beschäftigt und bemerkte nun, dass sein Gesicht auf den Selbstporträts, abgesehen von den Spuren der Zeit, die zwischen ihnen lag, immer ein wenig mürrisch wirkte, egal ob jung oder alt. Das Malergenie hatte seine Karriere mit banalen, fröhlichen Bildern begonnen, die gerne zu Wandteppichen verarbeitet worden waren, wie auch die farbenfrohe *Wallfahrt zu San Isidro.* Gegen Ende seines Lebens war er taub geworden und vielleicht sogar leicht dement, als er sich entschloss, die Wände seines Landhauses zu bemalen. Mit Hinrichtungen, Hungersnöten, Vergewaltigungen, Katastrophen und Hexen und Dämonen, die in der Lage waren, das Volk in ihren Bann zu ziehen, Kinder aufzuspießen oder sogar, wie der Gott Saturn, zu verschlingen. Die Entwicklung Goyas war nicht schön, ebenso wenig wie die Entwicklung Spaniens, und noch weniger die von Sara Muñoz, die zum Motiv einer von Goyas brutalsten Szenen der Inquisition geworden war. Weil sie liberal war. Opfer von Goyas Farbpalette und Fantasie. Oder vielmehr Opfer eines Sadisten. Eines Wahnsinnigen, der psychisch noch labiler war als der Künstler selbst, der seine Dämonen wenigstens nur auf die Leinwand und nicht auf seine Modelle übertragen hatte.

Goya hatte seine Kinder tragischerweise fast alle verloren, bis am Ende nur eines überlebt hatte. Er hatte viele Frauen geliebt und María fragte sich, ob dies eine für den Fall relevante Tatsache war oder genauso unangebracht wie die Fragen, die den Eltern auf Tele 5 gestellt worden waren. Aber die Sehnsucht, die Angst, die Begierde nach Schönheit, die sich in seinem Gemälde der temperamentvollen Herzogin von Alba widerspiegelten, zeugten von einer leidenschaftlichen Liebesbeziehung. Es gelang ihm zu Lebzeiten nicht, die Herzogin an sich zu binden, wofür er sich in einem anderen Bild rächte, aber das war eine andere Geschichte. Seiner letzten Gefährtin, der Frau, mit der er in der *Quinta del Sordo* gelebt und die ihn ins Exil begleitete hatte, um sich um den tauben und dementen Maler zu kümmern, hatte er nur ein Gemälde vererbt: Das Milchmädchen von Bordeaux. Danach war die arme Leocadia Weiss ruiniert gewesen.

Das war sicherlich ein spannendes Thema, doch es ergab einfach keinen Sinn. Goya hatte Frauen geliebt, nach der Besessenheit zu urteilen, mit der er einige seiner Porträts geschaffen hatte, aber er hatte sie in seinen Radierzyklen, den *Caprichos, Desastres* und *Disparates* auch verurteilt – allerdings nicht mehr, als er auch die Männer verurteilt hatte. Die einfachen Männer, die Idioten, die Simplen, die Armen, die Entrechteten, die Toten, die Verwundeten, die Hungrigen, die Gefangenen, die Müßiggänger. Die gefangenen Frauen, die Kämpferinnen, die Zuhälterinnen, die Prostituierten, die Entmutigten, die Mutigen, die Unterworfenen, die zur Kapitulation Gezwungenen. Die normalen Stadtbewohner hatten ihn nicht wie die Könige und Herzöge bezahlt, die Landschaftsmalereien und Porträts bei ihm in Auftrag gegeben hatten. Doch Goya war fest entschlossen gewesen, für das einfache Volk zu arbeiten, und es waren genau diese Gemälde, die mit Marías Fall verflochten waren: die Truthähne, der Hund, das Mädchen, die Menschen von Madrid, die sich auf der Wallfahrt aus Spaß oder aus Verzweiflung tummelten. Yago als Erzähler aus dem Inneren des Gemäldes. Yago in Kontakt mit dem Opfer. Und das Schlimmste war, dass sie nicht wissen konnte, was als Nächstes kam.

Sie betrachtete erneut die Zeichnung, die der Mörder nachgestellt hatte: eine junge Frau, die an ein Schafott gefesselt war, mit einer Halsschelle, die ihr den Atem abschnürte. Es war Teil des „Album C", auch „Inquisitionsalbum" genannt, einer recht unbekannten Werksammlung Goyas, in der er die von der Inquisition bestraften Menschen darstellte und handschriftlich den Grund für ihre Verurteilung ausführte: Galileo, „weil er die Bewegung der Erde entdeckt hat"; die Frau auf dem Schafott, „weil sie liberal war" und neben ihr eine weitere Frau, die kopfüber auf eine Streckbank gebunden war, „weil sie heiratete, wen sie wollte". Vielleicht war es sogar dieselbe Frau.

Wahrscheinlich stammte keine dieser Szenen aus Goyas Zeit; Galileo jedenfalls hatte längst nicht mehr gelebt. Die Zeichnungen waren um 1810 entstanden, also könnte Goya versucht haben, darzustellen, was in Spanien geschehen würde, wenn Fernando VII. und die Kräfte der Vergangenheit erneut triumphieren würden. *Die nackte Maja* war auch tatsächlich vor der Inquisition gelandet.

María stellte sich vor, wie auch sie vor Gericht stand. Nicht vor der Inquisition, sondern der heutigen Polizei, was natürlich nicht das Gleiche war, und doch einige Gemeinsamkeiten aufwies.

Sie las mit zunehmender Verwirrung in Salas' Buch, unsicher, ob es ihr überhaupt helfen könnte. Sie spielte mit einigen Gedanken.

War der Mord im Sinne der Inquisition? Wollte jemand ein Exempel statuieren?

War es eine Warnung vor dem, was kommen könnte?

Oder Strafe für die Sünden einer jungen Frau? Weil sie liberal war?

„PR Liberal" – die Worte, die der Mörder an den Tatort geschrieben hatte, wenn er es gewesen war, waren eine Botschaft. Doch etwas übersah sie. Könnte es noch weitere Bestrafungen geben, weitere Verbrechen und Botschaften? Wovor wollte der Mörder warnen? Und an wen hatte Saramú Geld überwiesen?

María und Eloy waren an jenem Tag, nachdem sie die Tunnel verlassen hatten, gemeinsam durch den *Campo del Moro* gelaufen. Der Junge hatte eine kurze Rast einlegen wollen. Sie hatten schweigend nebeneinander gesessen, die Bananen gegessen und das Wasser getrunken. María hatte sich damit abgefunden, das

Eloy ihre Fragen nicht beantworten würde, und doch war er es gewesen, der ihr bislang mit seinem Wissen über Saramú und Yago am meisten geholfen hatte.

Als sie gestärkt zurück zu den Fahrrädern gegangen waren, hatte Eloy mit leiser Stimme gesagt: „Yago ist Arzt."

„Wie bitte?" María hatte gedacht, sie hätte sich verhört.

„Yago ist Arzt", hatte Eloy wiederholt.

„Arzt?" Das war wirklich eine Überraschung gewesen; ein armer, mittelloser Arzt, der im Madrider Untergrund lebte.

„Gerichtsmediziner, glaube ich. Saramú hat es mir erzählt."

„Und in welcher Beziehung stand er zu Sara?"

Eloy hatte die Achseln gezuckt und geschwiegen, während sie die Fahrräder aufgeschlossen hatten.

„Kann ich das Fahrrad ausleihen? Ich bringe es dir morgen zurück."

„Bring es zurück, wann du möchtest. Das Fahrrad gehört allen. Auch dir."

Seitdem hatten sie sich nicht mehr gesehen, und María hatte das Fahrrad immer noch. Sie musste viele Informationen sortieren, bevor sie weitere Schritte einleiten konnte, doch dafür wollte sie ihr eigenes Fahrrad nutzen und nicht das Klappergestell aus der Dragona. So ganz war sie doch noch nicht zu einer echten Hausbesetzerin geworden.

15

María fuhr auf ihrem gut gefederten Carbon-Rad mit tadellosen hydraulischen Scheibenbremsen in Richtung Manzanares. Sie hätte Eloy gerne gezeigt, was die vielen Kettenblätter und Ritzel ihres Fahrrads so drauf hatten, wenn es steil bergauf ging. Aber wahrscheinlich hätte er nur gesagt, dass man kein teures Fahrrad kaufen brauchte, wenn es in Madrid so viele ungenutzte gab, auch wenn die natürlich nicht so viele Gänge hatten. Sie war auf dem Weg zu dem Friedhof, auf dem Martíns Hund gestorben war, um nach dem Punkt in der Mauer suchen, den der Welpe fixiert hatte, während er im Morast versunken war. Falls es davon noch eine Spur gab.

Ihr Telefon war in den letzten Tagen sehr still gewesen, nur ein paar Nachrichten von ihrem Anwalt hatte sie erhalten, und vielleicht bremste sie deshalb so abrupt ab, als sie es in ihrer Hosentasche vibrieren spürte. Irgendjemand rief sie an, und Irgendjemand war schon sehr viel mehr als Niemand, seitdem alle sich der Stummheit verschrieben zu haben schienen. Also nahm sie Anruf an, auch wenn sie die Nummer nicht kannte.

„Hallo, Ruiz.“ Es war ein Mann, aber sie erkannte die Stimme nicht.

„Wer ist da?“, fragte sie.

„Du weißt nicht, wer ich bin?“

Und da kam ihr die Stimme plötzlich doch bekannt vor, vor allem der Hauch von Selbstgefälligkeit und Vergnügen, der sich hinter dieser Geheimnistuerei versteckte.

Vielleicht war es ja ...?

„Gibst du mir einen Tipp?“

„Ich bin der wichtigste Zeuge in deinem Fall. Das hat dein Anwalt gesagt."

Rodrigo Tesón. Der Regierungsvertreter, der während ihrer Zeit in Soria seinem Namen, der auf Spanisch so viel wie „hartnäckig" bedeutete, alle Ehre gemacht hatte. Während sie sich in ihren Gedanken verloren hatte, hatte er mehrfach darauf bestanden, sie auf einen Drink einzuladen.

„Rodrigo!" Ihre Freude war aufrichtig. Tesón war im Allgemeinen zwar anstrengend, aber er war auch nett und vor allem loyal. Sie hatten eine gute Zeit miteinander gehabt. „Wo bist du? Warst du bei meinem Anwalt?"

„Ich bin gerade aus seinem Büro raus. Treffen wir uns? Keine Widerrede."

„Nun, ich hab eigentlich etwas vor …" Ein kleiner Hund kam schnüffelnd zu María hinüber, die ihr Fahrrand zwischen die Beine geklemmt hatte, und pinkelte an das Vorderrad. Sie machte sich nicht einmal die Mühe, wegzugehen.

„Was denn? Komm schon, Ruiz, ich weiß doch, dass du vom Dienst befreit bist. Also hast du keine Ausrede. Ich lad dich zum Essen ein."

Wie immer hatte Rodrigo bereits für sie mit entschieden, was eigentlich gegen Marías Prinzipien verstieß … aber da ihre Prinzipien sie momentan sowieso immer öfters im Stich ließen, war es verlockend, sie zu komplett ignorieren. Sie betrachtete ihre Kleidung: Turnschuhe, Shorts, enges T-Shirt, Sonnenbrille und Bauchtasche. Nichts könnte weiter von der Uniform entfernt sein, die sie in Soria getragen hatte. Dazu kamen die deutlich längeren Haare. „Aber bitte nicht in eine dieser schnieken Bars, die du so gerne magst. Du wirst mich nicht wiedererkennen."

Sie trafen sich in der Trattoria *La Tavernetta* in der Nähe der Parteizentrale der *Partido Popular* und des nationalen Gerichtshofs. Glamourös genug für Tesóns Standards und gemütlich genug, dass sie vom Eigentümer Angelo herzlich empfangen wurden, der die Tomaten für die Sauce, mit der er seine überdurchschnittlich langen Spaghetti servierte, in seinem sardischen Garten gepflückt hatte. Mitten in ihrer Komfortzone also, wo María sowohl in Shorts als auch in einem Plisseekleid willkommen war.

„Oha, du nimmst deine Auszeit vom Job ja wirklich ernst", war Rodrigos erster Kommentar. Sie gaben sich die üblichen zwei formellen Küsschen auf die Wange, und er ließ ihre Schultern nur langsam los, als wolle er sie eigentlich lieber umarmen. Sie kam sich selbst kleiner und er ihr noch größer vor als bei ihrem letzten Treffen. Rodrigo trug Jackett und Anzughose, darunter ein legeres Hemd ohne Krawatte. Er hatte sich die Haare geschnitten und war frisch rasiert. Es war entweder sein gepflegtes Äußeres oder der Kontrast zu ihr selbst und ihren letzten Kontakten, jedenfalls leuchteten Marías Augen auf und sie beschloss, sich nicht zurückzuhalten.

„Und du siehst extrem gut aus", erwiderte sie.

Sie setzten sich und lächelten einander an. María stellte fest, dass Rodrigo, der sonst sehr charmant und selbstbewusst war, ein wenig errötete. Das könnte lustig werden. In Soria hätte sie so nie mit ihm gesprochen.

„Ach, María. Meine mutige Comisaria. Wie ich sehe, hast du dich verändert. Wie geht es dir denn? Schaffst du es wirklich, dich von der Arbeit fernzuhalten?"

Das Gute an Rodrigo Tesón war, dass es mit ihm keine unangenehme Stille gab, weil er jegliche Gesprächslücken selbst füllte und genauso gern Fragen stellte wie Antworten gab. Also begann er, ohne auf Marías Reaktion zu warten, ihr davon zu berichten, was er ihrem Anwalt gesagt hatte. Er wollte zu ihren Gunsten aussagen: Ruiz hatte zu keinem Zeitpunkt die Autorität ihres Vorgesetzten missachtet, und ihr Handeln war nur durch den Wunsch motiviert gewesen, einem Freund mit einem komplizierten Fall zu helfen. Auch wenn sie dabei vielleicht die Grenzen ihrer Zuständigkeit überschritten hatte.

„Und weißt du, was das Beste an der ganzen Sache ist?", unterbrach María ihn.

„Was denn?"

„Dass mir das Ganze völlig gleichgültig ist."

Tesón verstummte und hob eine Augenbraue. María hatte sich wirklich verändert. Oder vielleicht doch nicht so sehr. Tatsächlich sah es ihr ähnlich, das Gespräch in eine völlig andere Richtung zu lenken, wenn er gerade von einem Thema sprach, von dem er dachte, dass es sie interessierte. Sie überraschte ihn immer wieder aufs Neue.

„Wie kann dich das denn kalt lassen?"

„Hast du von dem toten Mädchen vom Manzanares-Fluss gehört?"

„Ich ahne Schlimmes …"

„Ich habe ihren Kalender und verfolge damit ihre letzten Schritte zurück."

„Aber Comisaria Ruiz!"

„Sie war Goya-Expertin. Und ihr Tod stellt eine der Zeichnungen nach, an denen sie geforscht hat."

„Und du willst, dass ich für dich aussage? Sagen, dass du in der Lage bist, die Grenzen deiner Zuständigkeit zu respektieren?“

„In letzter Zeit gab es mehrere Verbrechen mit Bezug zu Goya-Gemälden. Aber bis jetzt hat es noch niemand bemerkt. Und die Polizei will nicht auf mich hören.“

„Scheiße.“

Tesón lehnte sich in seinem Stuhl zurück und zog die Serviette aus dem Hemdkragen. Seine Nudeln dampften nicht mehr, waren aber immer noch verlockend. Er legte jedoch die Gabel beiseite.

María war normalerweise nicht so redselig, und auch wenn das Exil in Soria sie auf gewisse Art miteinander verbunden hatte, hatte sie ihm nie besonders vertraut. Heute hatte sie ihm Dinge offenbart, die nicht einmal die Polizei wusste. Auch sie hatte ihre Gabel weggelegt, nicht jedoch ihr Glas, aus dem sie einen großen Schluck nahm.

„Hör zu, Rodrigo. Ich weiß deine Aussagebereitschaft und all das zu schätzen, aber hier geht etwas vor sich, das dringend aufgeklärt werden muss. Es ist noch nicht vorbei. Etwas, das seinen Ursprung in der Vergangenheit hat aber in der Gegenwart geschieht, verstehst du?“

„Und deine Freunde? Martín, Esteban, Luna?“

„Die haben die Schotten dicht gemacht.“

„Und du willst es ausgerechnet mir erzählen? Mir, der bezeugen muss, wie gut du dich an Vorschriften hältst?“

„So ist es.“

Nun war er es, der einen großen Schluck aus seinem Glas nahm.

Der Kellner fragte, ob er die Teller abräumen könnte oder ob sie noch etwas bestellen wollten, und beide baten um ein weiteres Glas Wein. Weiß und gut gekühlt.

María berichtete von den Einzelheiten des Falles. Das Opfer hatte Goyas Werke mit ihrem Chef, Professor Salas, studiert und nun waren alle Augen auf ihn gerichtet, denn er hatte der jungen Frau nicht nur eine Stelle gegeben, sondern war auch noch hinter ihr her. Aber Sara Muñoz hatte auch Kontakt zu einem gewissen Yago gehabt, der sich als Bewohner des unterirdischen Madrids entpuppt hatte. Er war obdachloser Arzt, der den Bildern in seinem Einkaufswagen nach zu urteilen von Goya besessen war.

„Mensch, Ruiz. Der Fall ist ja noch komplizierter als der, den wir zusammen in Soria gelöst haben. Erinnerst du dich? Die Frau, die ihren Ehemann vergiftet hatte."

María lächelte. Das war damals keine schlechte Leistung von ihnen gewesen. Gemeinsam hatten sie den einzigen ungelösten Fall von Soria aufgeklärt, eine Frau, die den eigenen Mann mit Rattengift getötet hatte. Doch das hier war ein ganz anderes Kaliber.

„Ich hab keine Ahnung, wie ich dir helfen kann."

Mittlerweile standen zwei Tassen Kaffee auf ihrem Tisch und dazu zwei Gläser Amaretto, die sie sofort hinunterkippten.

„Du kannst mich begleiten."

„Wo willst du denn hin?"

Für den Friedhof war es zu spät, aber es gab noch einen anderen Ort, dem sie heute einen Besuch abstatten wollte. Und der lag nicht weit von dieser noblen Gegend Madrids entfernt, wo das Denkmal zu Ehren von Christoph Kolumbus und der Oberste Gerichtshof dicht neben weitaus weniger noblen Gebäuden standen.

„Ich muss in einen Sexshop. Und du kannst meine Tarnung sein.“ María lachte. Nicht unbedingt über ihre eigene Schamlosigkeit, sondern über das verdutzte Gesicht von Tesón, der so viele Überraschungen an einem Tag nur schwer verkraften konnte.

„Du hast dich wirklich verändert“, murmelte Rodrigo, als er einen Hundert-Euro-Schein auf den Tisch legte. Schließlich hatte er versprochen, sie einzuladen.

„Geld aus deiner schwarzen Kasse?“, scherzte María.

„Nein. Der hier kommt von den IKEA-Lieferanten. Sie haben ihn in einem Schrank bei mir zu Hause vergessen“, entgegnete er schlagfertig. Das war eine Anspielung auf eine ähnlich absurd klingende Entschuldigung eines spanischen Politikers auf Korruptionsvorwürfe gewesen. Sie verließen das Restaurant. Er mit seinem schicken Anzug und sie mit ihrem Fahrrad und ihrer Outdoorkleidung. Das ungleiche Paar machte sich also auf zu einem Sexshop, um sich dort Halsschellen und Fesseln anzuschauen. Und sie sollten echt sein, kein Fake-Zeug.

III.
Tesón

Album Y Nummer 3

Ich sah ihn auch bei anderen Festen wieder, auf anderen Straßen und an anderen Ecken. Er tauchte stets plötzlich auf und sah sich dann um. Ich begann, ihm zu folgen, doch was ich sah, verstand ich nicht. Manchmal ging der Eindringling in die Paläste von Reichen und Aristokraten und verließ sie erst viel später mit einem zufriedenen Gesicht. Andere Male wanderte er stillschweigend über öffentliche Plätze und in schäbigen Gegenden herum und studierte die Bettler, die Zuhälter, die Prostituierten, die Totengräber, die Priester und die Quacksalber. Er ging in Kirchen, nicht um zu beten, sondern um während der Messe die Massen zu beobachten; er ging in Tavernen, nicht um zu trinken, sondern um den Betrunkenen zuzuschauen und ihren Sorgen zu lauschen. Straßenkämpfen schaute er gelassen zu. Es schien ihm zu gefallen, andere Menschen zu beobachten, Eindrücke zu sammeln. Er ging wieder in die Paläste zurück, vielleicht, um darüber zu berichten, was er gesehen hatte. Vielleicht, um das Volk zu verhöhnen.

Ich hatte es inzwischen zu etwas gebracht. Ich war Arzt geworden, hatte Freunde, und wenn ich mir keine Frau ausgesucht hatte, dann nur deshalb, weil mir keine fehlte. Ich war nicht mehr jener junge Mann von damals auf der großen Wiese, hoffnungslos, ziellos, allein.

Eines Morgens sah ich ihn zwischen den Ständen auf der Plaza Mayor. *Der Fremde lauerte nicht wie früher, sondern war in Eile, und ich beschloss, ihm zu folgen. Er ging schnell, zielstrebig und nahm Abkürzungen mit einer Entschlossenheit, die mit mehr körperlicher Kraft einherging, als man von jemandem seines Alters erwarten würde. Ich folgte ihm dicht.*

Schließlich kamen wir zu einem Herrenhaus mit großer Eingangspforte. Ein Wagen stand vor dem Tor, wo der Kutscher mit zwei Bediensteten wartete, die ihm auf sein Zeichen hin nach drinnen folgten. Ich hielt mich hinter einer Kolonnade versteckt.

Kurze Zeit später kamen sie wieder heraus. Sie trugen ein Bild, das nur knapp von einer dunklen Decke bedeckt war.

Als die Bediensteten es absetzten, um die Decke zurechtzurücken, bevor sie es in den Wagen legten, schien ich das Gesicht eines Mannes zu erkennen, der augenscheinlich ich selbst war! Er hatte meine Züge, meinen Körper, meine Augen. Ich schaute an mir hinunter – ein schwarzer Gehrock, der gleiche wie auf dem Bild. Es hätte auch er selbst sein können, schließlich waren wir damals alle ähnlich gekleidet, und ich hatte nur einen flüchtigen Blick auf das Gemälde erhascht. Die Diener legten das Bild in den Wagen und fuhren die Straße hinunter. Der Mann kam nicht wieder heraus.

Nun wusste ich, dass dieser Fremde ein Maler war, und ich ahnte, dass er mich suchte, mich porträtierte. Zorn stieg in mir auf, doch er war nicht so stark wie die Gewissheit, dass ich mich verteidigen, dass ich handeln musste.

Ich musste sein Werk zurückverfolgen und herausfinden, welches Recht er dazu hatte. Warum er unter all den Aristokraten, Landstreichern, Priestern, Prostituierten und Totengräbern, die durch die Stadt zogen, genau mich ausgewählt hatte.

Denn wenn er sich für mich entschieden hatte, so hatte ich mich auch für ihn entschieden.

16

María hatte im Internet nach Hand- und Halsschellen wie denen gesucht, mit denen Saramú gefesselt worden war, und war fündig geworden. Letztendlich hatte sie aber realisiert, dass der Mörder wahrscheinlich nicht so dumm gewesen war, solch eine Spur im Netz zu hinterlassen. Wenn er intelligent war – und man musste schon gleichermaßen kultiviert und gestört sein, um eine kaum bekannte, brutale Zeichnung von Goya nachzustellen – dann konnte man davon ausgehen, dass er die Sachen in einem Geschäft gekauft hatte, wo er hatte bar bezahlen können. In Madrid gab es viele Orte, wo das möglich war.

Rodrigo Tesón und María betraten den erstbesten Sexshop in der *Calle Hortaleza* nicht ohne eine gewisse Verlegenheit, die sie aber gut zu überspielen wussten. Rodrigo war einerseits bestens gelaunt, weil er solche Späße mochte, gleichzeitig aber auch etwas peinlich berührt, María so spontan zu erleben. Nicht unbedingt wegen des Sexshops, sondern wegen all der Informationen, die sie ihm einfach gegeben hatte.

„Nach dir", sagte er höflich und hielt ihr die Tür auf, um nebenbei auch im Hintergrund zu bleiben.

María trat entschlossen ein. Die Tür klingelte beim Öffnen, wie in jedem anderen kleinen Laden auch, und beide bemerkten, dass die Glocken in Wirklichkeit ein Engelspaar war, wie jene, die man auf den Fresken, Altarbildern oder in den Kapellen von Kirchen bewundern konnte, bloß das dieses hier riesige Penisse hatte.

Eine Verkäuferin blickte flüchtig zu ihnen herüber, ohne etwas zu sagen. Sie war gerade dabei, eine junge Frau abzukassieren. María und Tesón sahen sich um. An den Wänden hingen Gürtel, Handschellen, BHs und Strapse und das ganze Spektrum an Utensilien der Sado-Maso-Szene, aber nichts, womit man eine Person wirklich gegen ihren Willen fesseln könnte.

„Kann ich Ihnen helfen?" Die Verkäuferin hatte sich ihnen genähert. „Ich sehe, Sie interessieren sich für SM."

Die beiden wechselten einen kurzen Blick und María antwortete.

„Wir suchen nach Ringen, Halsschellen, Ketten … Etwas Härteres als diese Sachen hier", sagte sie.

Die Verkäuferin schaute sie überrascht an. Sie war sicherlich vieles gewöhnt, aber eine Radfahrerin in Sportkleidung und Turnschuhen, die sie nach hartem Fetisch-Zubehör für eine SM-Sitzung fragte, war vermutlich eher ungewöhnlich.

„Ja genau, etwas Hartes", fügte Tesón hinzu, und schaute verschmitzt zu María herüber.

„Das Härteste, das wir haben?", fragte die Verkäuferin.

„Das Härteste", betonte er.

Die Verkäuferin bedeutete ihnen, ihr ins Untergeschoss zu folgen. Weg von den Glaspenissen und farbenfrohen Vibratoren. Hier gab es samtene Halsbänder, nietenbeschlagene aus Leder, und sogar welche aus Kunstleder für Veganer. Saramús Schelle am nächsten kam ein nietenbesetztes Lederhalsband mit verstellbarem Ring, an dem eine Leine befestigt war, mit der man den Unterworfenen ziehen konnte. Rodrigo verfolgte die Szene sichtlich amüsiert, doch sein Ausdruck veränderte sich, als María auf ein Modell mit einer Fernbedienung für Elektroschocks wies.

„Verkaufen Sie viele davon?", fragte María.

„Mehr als Sie sich vorstellen können."

María holte ihr Handy heraus und suchte nach dem Bild von Goyas Zeichnung. *Por Liberal.* Hätte sie die Utensilien gewählt, um dieses Folterbild nachzustellen, hätte sie eine schlichte, verstellbare Halsschelle gewählt, mit einem an einer Kette befestigten Ring und einer Stange, um die Füße festzubinden. All dies gab es gleich hier im erstbesten Laden, was darauf hindeutete, dass auch der Täter keine Probleme gehabt haben dürfte, die Sachen zu besorgen. Sollte das schon gereicht haben, um Saramú zu töten? Was, wenn sie sich an einem öffentlichen Ort hatte gefangen nehmen und foltern lassen, um an der Inszenierung eines von Goyas Gemälden teilzuhaben? Aber warum? Wozu? War vielleicht etwas schief gelaufen?

In dem Kalender gab es nur einen Eintrag an ihrem Todestag – der letzte, den sie gemacht hatte: „Wehr Nummer 5." Und genau dort war sie gestorben, am fünften der zehn Wehre, die den Manzanares durch Madrid lenkten. Eine 1955 gebaute Stauanlage für einen Wasserlauf, der größere Ambitionen hatte, als sein Flussbett vermuten ließ. María hatte sich informiert und festgestellt, dass die von der Bürgermeisterin beschlossene Öffnung der Schleusen den Wasserpegel von drei Metern auf dreißig Zentimeter gesenkt hatte. Der Manzanares war heutzutage lediglich ein Rinnsal.

Und doch hatte der Mörder ihn als Schauplatz ausgewählt, um der Öffentlichkeit eine Zeichnung Goyas zu präsentieren, die das Prado-Museum nicht zugänglich machte.

„Und was sagst du hierzu?" Rodrigo riss sie aus ihren Gedanken. Er hielt in der Rechten eine schlichte Halsschelle und in der Linken ein Modell mit Timer namens *Sklavin.* Er ging ganz in seiner Rolle auf.

María antwortete nicht. Sie schaute wieder auf ihr Handy.

„Was ist los?“ Er ließ die Hände sinken. María stand zwar immer noch neben ihm, doch gedanklich war sie schon weit weg.

„Ich gehe.“ Sie drehte sich um und marschierte in Richtung Ausgang.

„Haben Sie sich für ein Modell entschieden?“, fragte die Verkäuferin.

„Ich glaube, die Party ist vorbei“, antwortete Rodrigo, drückte der jungen Frau die beiden Modelle in die Hand und lief María hinterher.

„Keine Sorge. Das kommt schon mal vor“, rief die Verkäuferin ihm hinterher. „Manche kriegen kalte Füße.“

Aber weder María, die bereits draußen auf dem Bürgersteig war, noch Rodrigo, der versuchte mit ihr Schritt zu halten, hörten sie.

„Was ist denn auf einmal?“ Er schien irritiert.

„Ich muss los.“ María hatte bereits das Schloss von ihrem Fahrrad abgenommen und war aufgestiegen.

„Warte, Ruiz, du kannst mich doch nicht einfach so hier zurücklassen.“

„Was heißt hier ‚einfach so‘?“ Ihr Tonfall war barsch geworden.

„Na, vor der Tür eines Sexshops, nachdem ich dir hinterherhetzen musste. Findest du das in Ordnung?“

„Tut mir ja leid, aber ich muss wirklich los.“

„Ich bin extra deinetwegen hergekommen.“

„Es ist dringend.“

Rodrigo blockierte das Vorderrad und hielt den Lenker mit seinen großen Händen fest, bis sie ihn ansah.

„Ich bin heute Nacht noch da. Ich habe mir ein Hotelzimmer genommen und bin sowieso nur deinetwegen hier, also habe ich sonst nichts zu tun. Sehen wir uns wenigstens zum Abendessen?"

María blickte auf ihre Armbanduhr. Auch sie hatte sonst nichts vor. Aber jetzt musste sie dringend etwas erledigen.

„Zum Abendessen. In Ordnung."

Er hielt den Lenker immer noch fest.

„Versprochen? Dass du dich nicht einfach so aus dem Staub machst wie sonst immer?"

„Lass los."

Er ließ das Fahrrad los. María radelte so schnell sie konnte in Richtung *Gran Vía,* wo Rodrigo sie noch an einer roten Ampel rechts abbiegen sah. Er war sich nicht einmal sicher, ob sie ihm abends sagen würde, welches Licht ihr im Keller des Sexshops so plötzlich aufgegangen war.

17

María raste zum Moncloa-Palast und von dort aus zum Institut für Rechtsmedizin, wo sie hoffentlich ihre alten Freunde aus der Pathologie vorfinden würde. Wie konnte sie das übersehen haben? Im vorläufigen Obduktionsbericht von Sara Muñoz war von Erstickung die Rede gewesen, aber es war schwer vorstellbar, dass sie gegen ihren Willen an einem öffentlichen Ort gefoltert worden war. Da musste noch mehr sein. Und dem musste María nachgehen.

Nicht nur, dass die Passanten an jenem Sonntagnachmittag Saras Schreie mit Sicherheit gehört hätten, es benötigte außerdem enorme Kraft, um ihr die Hände zu fesseln, die Füße an der Stange zu befestigen, ihr die Schelle um den Hals zu legen und sie so schnell an das Geländer zu binden, dass es niemand bemerkte. Es war unmöglich, es sei denn, das Opfer war daran beteiligt gewesen. Sie musste angenommen haben, unverletzt aus der Sache rauszukommen.

María kettete ihr Fahrrad vor dem Institut an eine Straßenlaterne. Während sie es abschloss, schaute sie kurz auf. Gerade noch rechtzeitig, um zwei Polizeiautos kommen zu sehen. Sie parkten vor der Eingangstür. Aus dem ersten stieg Esteban mit einem anderen Beamten, den sie nicht kannte. Er war jung, aber es war nicht Martín. Der zweite Wagen bremste ebenfalls, doch niemand kam heraus. Die Wut stieg ihr den Hals hoch ins Gesicht wie eine zweite Hautschicht. Die Welt drehte sich ohne sie weiter.

In diesem Moment erhielt sie eine Nachricht von Nora.

„Es gibt einen neuen Blogeintrag. Nummer 3. Ich schreibe gerade einen Artikel darüber."

„Was steht drin?", fragte María erschrocken.

„Der Erzähler beobachtet den Eindringling, entdeckt, dass er ein Maler ist, bla, bla, bla. Ich finde nicht, dass der Text viel hergibt, aber es wird ordentlich spekuliert."

„Danke, ich sehe ihn mir mal an."

„Geht es dir gut, María? Wo bist du?"

„Alles gut, keine Sorge", antwortete María knapp.

Sie beugte sich nach vorne und tat, als sei sie mit den Schnürsenkeln ihrer Turnschuhe beschäftigt. Die beiden Autos standen immer noch in der Einfahrt, also würde sie warten müssen. Sie durfte nicht erwischt werden. Oder war das hier ihre Chance? Sie dachte nicht allzu lange nach, setzte ihre Sonnenbrille auf, zog die leichte Jacke über, die sie um die Taille getragen hatte, und ging mit den Händen in den Taschen und dem Blick zu Boden gerichtet auf die Eingangstür zu. Sie kannte sich in dem Gebäude gut aus. Die Polizisten waren wahrscheinlich oben im Büro des leitenden Gerichtsmediziners, sodass sie ungestört die Treppe zu den Obduktionssälen hinunterschleichen könnte. Sie wusste, dass Saramús Leiche noch nicht an die Familie übergeben worden war, was wiederum bedeutete, dass die Autopsie keine eindeutigen Ergebnisse geliefert hatte. Der Bereich, in dem sich die Sektionssäle befanden, war durch Drehkreuze abgegrenzt und wurde von Videokameras überwacht, aber sie wusste, dass das eher der Abschreckung diente. Sie sprang über die Absperrung und ging schnell weiter. Wahrscheinlich plauderten die Polizisten noch mit den Rechtsmedizinern und sie durfte keine Zeit verschwenden. Die Türen zu den Sälen 1 und 2 standen offen, sodass man davon ausgehen konnte, dass sie leer waren. Die Türen 3 und 4 waren geschlossen, aber sie vermutete, dass Saramú hinter der letzten Tür lag, im größten und am besten ausgestatteten Saal mit eigenem Labor. Also ging sie direkt darauf zu.

Sie hatte es geschafft und atmete erleichtert aus. Wie gut sich der Zorn anfühlte, wenn er in Bewegung umgewandelt wurde. Das hatte sie schon oft gedacht.

Wie erwartet war niemand da. Sie ging zum Sektionstisch und stellte fest, dass der Abflusskanal, in dem die während der Untersuchung freigesetzten Sekrete aufgefangen wurden, noch feucht war. Sie bückte sich, um ihn von unten zu betrachten. An den Seitenwänden hatten sich Wassertröpfchen gesammelt und in einer transparenten Sonde waren rötliche und gelbliche Flecken zu sehen. Blut. Detritus. Andere Körperflüssigkeiten. Besser nicht genauer darüber nachdenken. Es roch nach Ammoniak, die Anlage war also erst vor Kurzem genutzt und gereinigt worden. Sie betrachtete das Obduktionsbesteck. Glänzend sauber, ordentlich aufgereiht. Sie nahm ein Paar Latexhandschuhe aus dem Spender, zog sie an und näherte sich der Kühlzelle, in der die Leichen aufbewahrt wurden. Nur eine Luke war fest geschlossen. María öffnete sie.

Darin lag Sara Muñoz. Oder besser gesagt, die sterblichen Überreste jener hübschen Kunststudentin, die noch am Anfang ihres Erwachsenenlebens gestanden hatte, mit all den Zielen und Hoffnungen, die mit der jugendlichen Leidenschaft einhergingen. Mit der gleichen porzellanartigen Haut, die sie bei ihrem letzten Atemzug gehabt hatte. Ihr Haar war zurückgekämmt, aber die Locken hatten sich rebellisch von der Kopfhaut gelöst. Ihr Hals war voll blauer Flecken, die Handgelenke waren schwarz. Mund und Augen waren noch halb geöffnet, genauso, wie sie auf dem improvisierten Schafott auf dem fünften Wehr des Manzanares gestorben war. María betrachtete den toten Körper. Die junge Frau hatte eine schöne Figur gehabt und sich offensichtlich nicht dem Schlankheitswahn gebeugt. Saramú musste ein guter Mensch gewesen sein, freigeistlich, eine charismatische Aktivistin und eine loyale Freundin. Soviel hatte María aus ihren Beobachtungen der letzten Tage schlussfolgern können. Die freiwillige Teilnahme an einem Todesritual passte einfach nicht dazu. Aber wenn wir so vieles nicht über die Menschen wissen, die uns nahestehen, dachte María, was können wir dann innerhalb von ein paar Tagen über eine Fremde erfahren?

Saras Genitalbereich und Achselhöhlen waren unrasiert, ein feministisches Symbol der Befreiung von gesellschaftlichen Zwängen. Sie hatte auch einige Tätowierungen. Es waren Schriftzüge, vielleicht Sprüche, Titel oder Verse, die über ihren ganzen Körper verteilt waren. Eines zog sich über die Innenseite des linken Arms und María drehte ihn vorsichtig, um es lesen zu können: „Die Wahrheit ist gestorben." Noch bevor sie selbst gestorben war, hatte sie die Wahrheit bereits für tot erklärt.

Unter der Schulter war noch ein einzelnes Wort tätowiert: „Volaverunt." „Sie sind geflogen" auf Latein. Auf dem rechten Arm waren zwei fliegende Eulen zu sehen. Ob die beiden Tattoos zusammengehörten? Um Saras rechten Knöchel schlang sich ein weiterer Schriftzug: „Der Schlaf der Vernunft gebiert Ungeheuer." Sie ging ein paar Schritte zurück.

Der Schlaf der Vernunft gebiert Ungeheuer.
Volaverunt.
Die Wahrheit ist gestorben.

María fotografierte die drei Tätowierungen mit ihrem Handy. Sie waren alle in einer zarten Kursivschrift geschrieben, sodass es schwer war, die Buchstaben zu entziffern. Gemälde und Schriften verewigt auf der Haut, die man nicht einfach so wieder auslöschen konnte. Selbst Sherlock Holmes hätte sich nicht angemaßt, eine so intime Einsicht in die Gedankenwelt der Opfer zu besitzen. Es war schon merkwürdig, dass man sich Spuren von Liebe, Loyalität und moralischen Prinzipien in den Körper einbrennen ließ, in dieser Ära der Schnelllebigkeit und der flüchtigen Freundschaften, die sich mit einem Klick auf „Nicht mehr folgen" einfach auflösen konnten. Auch Saramú hatte Botschaften auf ihrer Haut hinterlassen, die sich für María sicherlich noch als nützlich erweisen würden.

Sie würde auch den Rücken der Leiche betrachten, wenn sie stark genug wäre, um sie allein umzudrehen. Sie schob die Trage wieder zurück und wollte gerade die Luke schließen, als sie Schritte hinter sich hörte.

„Wer sind Sie?"

María fuhr herum. Vor ihr stand ein Mann in dem grünen Kittel, der für Autopsien vorgeschrieben war. Vielleicht ein Reinigungsassistent.

„Ich bin Polizistin. Und Sie?"

Er mustere sie von Kopf bis Fuß. Kurze Hose, abgetragene Turnschuhe, ein sportliches T-Shirt und ein schuldbewusster Gesichtsausdruck. Und doch bestand sie auf eine Antwort.

„Was machen Sie hier? Wer sind Sie?" fragte sie den Mann. „Die Obduktion ist bereits abgeschlossen."

„Ich muss noch … Ich muss noch sauber machen", erwiderte er. Beide schauten sich misstrauisch an.

„Ja, das habe ich gemerkt", sagte María und zeigte auf das Ende des Obduktionstisches, „in der Sonde sind immer noch Reste."

Ohne ein weiteres Wort ging sie den Weg zurück, den sie gekommen war.

Ganz ruhig. Ruhig, ruhig. Es war ja nichts passiert. Er war ein Niemand.

María sprang erneut über die Drehkreuze. Sie hatte überlegt, nach oben zu gehen, um kurz mit ihren Freunden zu sprechen, aber sie ging besser, bevor jemand sie erkannte. Gerade noch rechtzeitig. Sie schaute die Straße hinunter. Die Polizeiwagen waren noch da, und sie waren beide leer. Sie eilte zu ihrem Fahrrad, schloss es auf und fuhr los. Sie musste ihren Atem beruhigen, um genügend Puste für die vielen steilen Hänge auf ihrem Weg nach Hause zu haben. Es wurde Zeit, sich für das Abendessen fertigzumachen, auf das sie jetzt ordentlich Appetit hatte.

18

María ließ heißes Wasser über ihren Körper fließen, bis sie sich Nacken und Rücken verbrühte. Der Dunst waberte durch das Badezimmer und sie wischte mit der Hand über den Spiegel, um sich betrachten zu können. Das Wasser hatte ihr Gesicht gerötet und die Poren geöffnet. Ihre Augen waren müde und ihr dunkles Haar so zerzaust, dass sie es vorsichtig mit Kamm und Fön entwirren musste. Sie hatte sich angewöhnt, ihre Fältchen regelmäßig im Spiegel zu begutachten. Sie kamen nicht nur vom Lachen, denn derzeit gab es nicht viel Grund dazu. Vielmehr rührten sie daher, dass María mit ihrer Zeit nicht gerade sparsam umging und bereits mehr verbraucht hatte, als ihr aufgrund ihres Alters zur Verfügung stand. Heute saßen diese Falten besonders tief. Selbst, als sich die Haut an ihren Schläfen unter ihren Fingern straffte, verschwanden sie nicht.

Nachdem sie hin- und herüberlegt, verschiedene Jeans, Latzhosen und bequeme Kleider anprobiert und wieder zurück in den Schrank gelegt hatte, entschied sie sich schließlich für einen schwarzen Lederrock, der auf einer Seite einen kleinen Schlitz hatte. Dazu eine weiße Bluse mit Wasserfallärmeln und großzügigem Ausschnitt. Früher hätte sie sich nicht so aufreizend gekleidet, aber in diesem neuen, ereignislosen Leben hatte sie das Outfit auf einem Spaziergang durch die Innenstadt entdeckt und sich in Versuchung führen lassen. Warum auch nicht?

Sie nahm ein Taxi zu ihrer Verabredung mit Rodrigo Tesón. Bevor sie aus dem Haus ging, hatte sie noch kurz auf Twitter nachgeschaut und war den Thread mit den neusten Kommentaren durchgegangen. Zu den Anschuldigungen gegen Professor

Salas waren vernichtende Äußerungen zum Thema Heteropatriarchat und Kapitalismus gekommen. Sie schaute auch in ihren Posteingang.

Nichts. Tomás-Chatoy hatte nicht auf María-Oleroys Nachricht geantwortet. Sie öffnete WhatsApp und wurde auch dort enttäuscht. Er hatte sein Schweigen nur gebrochen, um ihr die Kontoauszüge zu übermitteln. Die einzige Stimme, die sie interessierte, war stumm.

Sie tippte eine Nachricht bei WhatsApp: TQ. Te quiero – Ihre gemeinsame Art, „Ich liebe dich" zu sagen. Sie schickte die Nachricht ab. Keine doppelten Häkchen, nur ein einsamer grauer Strich. Sie kam sich lächerlich vor. Erschöpft. Wütend. Sie musste der Wahrheit ins Auge sehen: Er hatte sich nicht bei ihr gemeldet, um den Kontakt wieder aufzunehmen, sondern um ihr zu helfen. Er hatte nicht vor, sie in sein von der Behinderung geprägtes Leben zu lassen. Er würde nicht mehr zurückkommen.

Sie betrat das Restaurant. Rodrigo winkte ihr von einem Tisch ganz hinten im Raum zu, lächelte und öffnete überrascht die Arme. Während sie ihre Radlerhose gegen einen Lederminirock getauscht hatte, hatte er die entgegengesetzte Richtung eingeschlagen und trug statt des schicken Anzugs von heute Morgen nun Jeans und ein sportliches *Nike*-Shirt. Sie gaben sich zwei Küsse auf die Wangen.

„Du siehst toll aus", sagte er. „Wenn ich das gewusst hätte ..."

Sie lachte, fragte aber nicht, was dann geschehen wäre. Er trug üblicherweise tadellos gebügelte Dreiteiler, adrette Krawatten und goldene Manschetten und schien gar nicht zu wissen, dass er ohne Haargel und aalglatten Emidio-Tucci-Look viel attraktiver war. Das T-Shirt betonte seine Schultern und es machte gar nichts, dass sein Gesicht nicht frisch rasiert und mit zu viel Aftershave bedacht war.

Sie setzten sich und er bestellte einen Weißwein. Der Kellner gab ihm einen Schluck zur Verkostung und stellte die Flasche in einen Kübel mit Eis, doch nicht bevor er ihnen zwei kalte Gläser eingeschenkt hatte. Sie stießen an.

„Auf dich", sagte er.

„Auf Soria", antwortete sie schmunzelnd.

„Du siehst wirklich wunderschön aus. Ganz anders."

„Du hast es gerade vermasselt", scherzte sie. „Denn das heißt doch, dass ich in Soria ziemlich hässlich gewesen sein muss."

„So meine ich es nicht. Du siehst einfach anders aus. Richtig gut."

„Es geht mir auch gut, auch wenn es gar keinen Grund dafür gibt." Sie zuckte mit den Schultern. „Was ist mit dir? Bist du schon entlastet worden?"

„So gut wie", antwortete er. Rodrigo Tesón war aus Madrid abbestellt worden, nachdem er von den Medien mit einem Korruptionsfall in Zusammenhang gebracht worden war, weshalb er vorerst noch weiter als Regierungsbeauftragter in Soria bleiben musste. Aber er war überzeugt, dass die Sache sich bald klären würde. Und sie, fragte er, war sie optimistisch, dass auch ihr Verfahren fallen gelassen werden würde?

María antwortete nur zögerlich. Sie hatten einen Teller mit fade schmeckenden Pilzen bestellt, auf die sie gerne ordentlich Salz gestreut hätte. Der Wein ging schneller hinunter als das Essen und war auch schmackhafter.

„Ich weiß nicht, ob ich optimistisch bin, Rodrigo." Sie nahm den letzten Schluck aus ihrem zweiten Glas. „Manchmal habe ich das Gefühl, dass die Bösen gewonnen haben."

„Die Bösen gewinnen immer, Ruiz. Aber auch die Klugen wie du und ich." Er hob überzeugt die Augenbrauen. Tesón schien nie von Selbstzweifeln geplagt zu werden.

„Dieses Mal bin ich da nicht so sicher." María schüttelte nachdenklich den Kopf. „Aber vor allem kommt es mir so vor, als ob mir die Dinge langsam egal werden."

„Gibst du etwa auf?"

„Ich weiß es nicht." Sie schüttelte erneut den Kopf und presste die Lippen zusammen. Sie versuchte, mit ihrem Mittelfinger ein paar Krümel von der Tischdecke aufzusammeln.

Die beiden Filets kamen genau rechtzeitig. Sie hatten Hunger. Rodrigo schwieg und María nutzte die Gelegenheit, um das Thema zu wechseln. Ganz in der Nähe war der Tunnel, in dem sie nach Yago gesucht hatte, und von dem sie Rodrigo nun eine detailreiche Schilderung gab. Er hörte konzentriert zu.

„Wir wissen nicht, was genau da unten ist, Rodrigo. Bettler, die in den Tunneln leben. Und darunter dieser Mann, von dem ich nur weiß, dass er eine Verbindung zum Opfer hatte und offenbar Arzt ist. Ein Gerichtsmediziner."

„Wusstest du, dass ich diese Tunnelanlage ganz gut kenne?", fragte Tesón.

„Erzähl."

„Ich hab früher im Rathaus gearbeitet, als die M30 erneuert wurde und die Idee eines großen Landschaftsparks am Manzanares zum ersten Mal aufkam. Damals wurden Tunnel und Auffangbecken gebaut, um im Falle einer Überschwemmung die Steine und anderen Schutt aufzufangen und die Entwässerung zu erleichtern. Aber da kommt niemand rein. Die Tunnel sollten versiegelt sein."

„Sagst du mir das oder fragst du mich? Ich war drin, Rodrigo."

„Das ist unmöglich", beharrte er. „Man kommt nur durch die Eingänge rein, die von einer Fachfirma gewartet werden. Dafür haben wir damals gesorgt."

„Scheinbar nicht sonderlich erfolgreich." María lachte.

„Das gibt's doch nicht." Rodrigo konnte es nicht fassen. „Und wer genau hat dich reingelassen?"

„Willst du das wirklich wissen?"

„Natürlich."

„Ein fünfzehnjähriger Junge. Der kennt die Tunnel wie seine Westentasche."

„Ich weiß aber ganz genau, dass man die Tunnel nur von den Kontrollhäuschen aus betreten kann."

„Oder durch die Lüftungsgitter." María grinste triumphierend. „Ich war definitiv da drin."

„Das sollte unmöglich sein. Damals haben wir in einem der Tunnel eine Familie gefunden, die wie zu alten Zeiten samt Kindern und Großeltern dort hauste. Wir haben sie da rausgeholt und umgesiedelt. Und eigentlich wurden danach alle Eingänge verriegelt. Ich dachte, abgesehen von den Wartungsdiensten könnte da niemand mehr rein. Wie genau habt ihr es denn angestellt?"

„Ich würde den Weg ehrlich gesagt nicht noch einmal finden, Rodrigo, der Junge hat mich mitgenommen. Da unten wimmelt es von Bettlern."

„Und dieser Gerichtsmediziner, warum suchst du ihn genau dort?"

„Er wohnt da unten. Ich habe seine Sachen gesehen, die er in einem Einkaufswagen aufbewahrt. Und er ist in die Tat verstrickt. Ich weiß noch nicht wie, aber ich werde es herausfinden."

Der Kellner kam zu ihrem Tisch und wollte die Teller abräumen, doch María stoppte ihn. Das Lendenstück war nicht so fade gewesen wie die Pilze. Sie hatte ihre Portion bereits verschlungen, wollte die Reste auf Rodrigos Teller aber nicht verkommen lassen. Er sah ihr vergnügt beim Essen zu. Das viele Fahrradfahren hatte ihren Appetit angeregt.

„Warum siehst du mich so an?"

„Ich schaue dir einfach gern beim Essen zu." Rodrigo schmunzelte. „Du hast dich verändert, definitiv."

María verschlang die restlichen Kartoffeln, ohne ihre Zufriedenheit zu verbergen. Sie wollte sie eigentlich nacheinander genießen, doch diesen Augenblick genoss sie noch mehr. Sie konnte sich nicht erinnern, wann sie das letzte Mal mit einem Freund oder einer Freundin auf diese Weise Abendessen war – einfach aus Vergnügen und nicht wegen eines Falls. Sie griff zu ihrem Weinglas. Einen Abend lang wollte sie sich nur amüsieren.

„Erzähl mir von Soria, Rodrigo. Weißt du, dass ich es ein wenig vermisse? Es war schön dort. Alles war einfacher."

„Hör mal, Ruiz." Er kam auf den Fall zurück. „Hast du dir die Aufzeichnung der Überwachungskameras angeschaut?"

„Welche Kameras?"

„Na, die am Fluss. Der Tatort war an einer der Stauanlagen, oder?"

„Ja, an der fünften."

„Es gibt 23 Überwachungskameras über den ganzen Fluss

verteilt. Sie zeichnen rund um die Uhr auf, nachts mit Infrarot, und sind direkt auf die Wehre gerichtet. Die Aufzeichnungen werden einen Monat lang aufbewahrt. Bedenke, das ist ein wichtiger Teil der Stadt."

„Und woher weißt du das?" María schaute ihn misstrauisch an.

„Ich hab dir doch gesagt, dass ich im Rathaus gearbeitet habe, als das Gebiet erneuert wurde." Er senkte die Stimme. „Verdammt, ich hätte gar nicht davon anfangen sollen. Ich war damals zuständig und habe den Auftrag selbst vergeben."

María warf einen Blick in die Dessertkarte, aber sie hatte keinen Appetit mehr. Sie lehnte auch den Limoncello ab, den der Kellner ihnen als Absacker anbot. Sie stand hastig auf und wollte sich am liebsten sofort auf den Weg machen, ohne auf die Rechnung zu warten.

„Was ist denn jetzt schon wieder los?"

„Hast du noch Kontakte zu diesem Unternehmen?"

„Scheiße, warum ich dir nur davon erzählt?"

Auch Rodrigo war aufgestanden. Er winkte den Kellner heran, um zu bezahlen. Dann folgte er María, die bereits das Restaurant verlassen hatte, ohne auf ihn zu warten. Zum Glück war der Weg zum Manzanares nicht weit, aber selbst wenn, wäre es ihr in diesem Augenblick egal gewesen.

19

Von all den unbekannten Faktoren des Falls war der wichtigste, wie Sara und Yago sich kennengelernt hatten. Welche Beziehung sie zueinander gehabt hatten. In Saramús Kalender hatte María mehrere kleine, Goya nachempfundene Skizzen gefunden, die von zusammenhangslosen Notizen umgeben waren: „Eulen, Katzen, Hexen …", hatte Saramú neben Pfeile geschrieben, die die Worte mit der Zeichnung verbanden. Es könnte sich um Anmerkungen für ihre Forschungsarbeit handeln, aber es könnte auch mehr dahinter stecken. María erinnerte sich an die Eulen-Tätowierung auf Saras Schulter. Dazu das Wort *„Volaverunt"*, *„Die Wahrheit ist gestorben"* und *„Der Schlaf der Vernunft gebiert Ungeheuer."*

Der Schlaf
der Vernunft
gebiert Ungeheuer.

Sie wiederholte die Worte langsam: „Der Schlaf der Vernunft gebiert Ungeheuer."

Sie suchte nach dazu passenden Zeichnungen. Goya war der erste große Fotojournalist der Geschichte gewesen: Er hatte jeder seiner Zeichnungen Gedanken und Schlussfolgerungen zugeordnet, um die Gewalt, Boshaftigkeit, Ignoranz und Sehnsucht um ihn herum nicht nur visuell festzuhalten, sondern klar zu benennen. Eine Zeichnung war ihm nicht genug gewesen. Ein Genie, das seiner Zeit voraus war. *„Volaverunt"* war die Bildlegende unter einer Zeichnung, die den Flug der Herzogin von

Alba mit der Hilfe von Wesen darstellte, die einige als Hexen und andere als Stierkämpfer deuteten. Sie sind geflogen. Sie sind fortgegangen. Sie haben sich entfernt. Sie haben mich verraten. Sie haben mich im Stich gelassen. Laut dem Wörterbuch der *Real Academia Española* war dieses Wort Ausdruck von etwas, das verloren oder verschwunden war, von etwas, das nicht mehr existierte. *Volaverunt.*

Volaverunt (1797-1799)

María dachte an alles, was sie verloren hatte. Carlos hatte sie verlassen. Er rief nicht mehr an, um sich nach ihrer Gesundheit zu erkundigen, und nun bedauerte sie die mürrischen Antworten, die sie ihm gegeben hatte, als würde sein Interesse an ihrem Wohlbefinden sie stören. Wie bereits ihr Vater war auch er vor seiner Zeit gestorben. Und wie Limorti, der Vater des Kindes, das in ihr gekeimt war wie eine Bohne auf Baumwolle, ohne Zukunft. Und wie Tomás, fest entschlossen, nicht zu existieren. *Volaverunt.* Im Stich gelassen. Seine Beine, seine Vitalität, seine Leidenschaft. Viele Teile von Marías Leben hatten sich bereits verflüchtigt, aber was hatte Sara verloren, in so jungen Jahren? Worauf wies sie mit ihrer Tätowierung hin und was hatten die Eulen zu bedeuten?

Eulen umgaben auch den schlafenden Protagonisten in *Der Schlaf der Vernunft gebiert Ungeheuer,* einer unheimlichen Zeichnung, die an die Verletzlichkeit der Schlafenden erinnern sollte, die sich nicht aussuchen konnten, wer sie in ihren Träumen heimsuchte. Sie starrte auf das Bild. Eulen und Fledermäuse lauerten nahe dem schlafenden Mann. Eine Katze schien die Szene zu überblicken. Die Monster waren zum Leben erwacht. Der Mann war vom Schlaf übermannt worden, ohne es vorher ins Bett geschafft zu haben. Niemand schien glücklich, niemand hatte sich wirklich aufgegeben.

Wenn sie darüber nachdachte, hatte sich Sara Muñoz vielleicht so sehr mit Goyas Arbeiten identifiziert, dass sein Werk zu ihrer Obsession geworden war und sie Situationen in der Wirklichkeit nachstellte, die der Maler nur angedeutet hatte. Wenn die Kunst eine Abstraktion der Wirklichkeit war, dachte María, hatten Yago und Saramú vielleicht vorgehabt, diese Abstraktion wieder real werden zu lassen.

Aber das war etwas, das sie Esteban oder Martín nur schwer erklären können würde. Etwas, das niemand verstehen würde.

Sie hatte rein gar nichts in der Hand.

Der Schlaf der Vernunft gebiert Ungeheuer (1797-1799)

Der Abend hatte eigentlich kein schlechtes Ende genommen. Nachdem sie und Rodrigo am Manzanares angekommen waren, hatten sie sich die Brücke der fünften Stauanlage genauer angeschaut. Er hatte ihr die Kamera an einem Pfosten am linken Ufer gezeigt, die das Wehr und den Eingang zum Kontrollhäuschen überwachte. Leider gab es einen toten Winkel, genau dort, wo Saramús Leiche gefunden worden war.

Später waren sie am Ufer entlang gelaufen, einem geschichtsträchtigen Ort, der heute von Einwanderern für ein sonntägliches Picknick genutzt wurde, wo aus Lautsprechern Reggae donnerte und Kinder herumtobten. Wie zu Zeiten Goyas gehörte die Gegend dem einfachen Volk, das dort trank und sang. Es war so etwas wie Madrids Strand, und darauf sollte die Stadt ein bisschen stolz sein dürfen.

Es war eine warme Nacht gewesen. María hatte ihm das Graffito gezeigt, das sie unten beim Flussbett gefunden hatte und das möglicherweise in Verbindung mit dem Verbrechen stand.

Sie hatte gerade auf den Punkt gewiesen, an dem vor ein paar Jahren ein Fußballfan von mehreren Ultras in die Tiefe geschubst worden und gestorben war, als Rodrigo plötzlich angehalten, sich auf eine Bank gesetzt und sie angeschaut hatte. Sie war verändert, meinte er. Er hatte sie noch nie so gesprächig erlebt wie an diesem Abend. So hemmungslos und so leidenschaftlich, und dazu noch ohne den Mantel, der sie im kalten Soria gewärmt hatte.

Der Manzanares sei ein erbärmlicher Fluss inmitten der kastilischen Trockenheit, hatte María gesagt, der weder der Themse noch der Seine das Wasser reichen konnte, aber auch er hatte seine Leichen. Jedes Jahr tauchte eine auf, nicht in dem armseligen Rinnsal ertrunken, sondern zerstückelt, erschlagen oder erstochen und auf dem grasbewachsenen Ufer zurückgelassen. Suizide und Morde mochten in dieser Imitation eines Flusses unmöglich sein, aber für dilettantische Täter hatte er trotzdem eine gewisse Anziehungskraft. Vor einigen Jahren war hier sogar ein mit einem Thermomix zerstückelter Serbe gefunden worden.

Rodrigo hatte gelächelt, während sie so professionell über Verbrechen sprach. Letztendlich bedeutete der Manzanares für sie Arbeit, während er für ihn nur ein nebensächlicher Job in seinem früheren Leben gewesen war, in diesem Fall die Auftragsvergabe für das Überwachungs- und Sicherheitssystem.

Erst nachdem sie zu Ende erzählt hatte, hatte Rodrigo ihr bedeutet, sich zu ihm zu setzen. María hatte nicht nur abgelehnt, sondern auch die Arme über ihrer großzügig ausgeschnittenen Bluse verschränkt und sich mit dem Rücken an das Geländer gelehnt. Es hatte sie nicht gekümmert, dass der Rockschlitz dabei den Blick auf ihren Oberschenkel freigab.

„Du siehst sehr hübsch aus, Ruiz."

Sie hatte nicht geantwortet und sich stattdessen dem Fluss zugewandt. Er hatte die Bank verlassen und war zu ihr getreten, um sie von hinten zu umarmen. Für einige Sekunden hatte sie die Augen geschlossen und dieses verwirrende Gefühl genossen, das in ihr aufkam. Rodrigo wollte sie, das war eindeutig, und er war direkt hier, in Fleisch und Blut, entschlossen, alle Formalitäten außer Acht zu lassen, Hindernisse aus dem Weg zu räumen, ihre Vernunft auszuschalten und die Dinge einfach geschehen zu lassen. Er war sympathisch und humorvoll, ein gutaussehender Typ, der zu seinen besten Zeiten in den mächtigen Kreisen Madrids verkehrt hatte. Sie mochten nicht sonderlich viel gemeinsam haben, abgesehen von ihren Verlusten, dem Gefühl der Ausgrenzung und der gezwungenen Untätigkeit, doch vielleicht war es genau das, was sie vereinte.

María verließ das Bett. Statt ihren Kaffee zu genießen, trank sie ihn in einem Zug aus. Manchmal musste das Leben schnell runtergespült werden, weil es mit einem Atemzug vergehen konnte. Wie letzte Nacht im Hotel am Fluss; sie hatte die Küsse, die Berührungen, die Wärme seines Körpers aufgesogen und war erst geflohen, nachdem sie die Wände und das schreckliche Gemälde darauf zum Erzittern gebracht hatten.

Noch vor Morgengrauen war sie zu Hause wo sie vergeblich versucht hatte, Schlaf zu finden. Jetzt würde sie sich eine zweite

Tasse Kaffee gönnen und mit der Analyse von Goyas Zeichnungen beginnen, ohne einen Blick aufs Handy zu werfen. Die sorglose Nacht würde sicherlich Konsequenzen haben.

20

María schlüpfte wieder in ihre Sportkleidung, nachdem sie Rock und Bluse – die *Verantwortlichen* für die Geschehnisse in der letzten Nacht – beiseitegelegt hatte. Sie holte Eloys rostiges Fahrrad aus dem Keller und machte sich auf den Weg zur Dragona. Sie hatte ihr Handy mitgenommen, aber zum ersten Mal ließ sie es ausgeschaltet. Ihr Kopf war angesichts der jüngsten Ereignisse schon genug mit ihren eigenen Gedanken beschäftigt. Sie dachte an Tomás. Im Augenblick fürchtete sie eine Liebesbekundung mehr, als sie sich eine wünschte. Und dann war da Rodrigo. Das Letzte, was sie gerade gebrauchen konnte, waren ständige Zuneigungsbekundungen. Die Stauanlagen am Manzanares kamen ihr in den Sinn. Das war es, was sie brauchte: Wehre, Dämme, Schleusen, die sie schließen konnte, wenn jemand sie überfluten wollte.

Sie fuhr den *Paseo de la Castellana* hinunter. Das Dröhnen der Autos und der Smog der Busse lenkte ihre Aufmerksamkeit auf den Straßenverkehr und weg von ihren verworrenen Gedanken. Sie bog links in die *Calle de Alcalá* ein und fuhr Richtung Friedhof. Das traurige Gebäude der Dragona erhob sich vor ihr, verziert mit den Parolen ihrer Bewohner, Menschen ohne Hypotheken, ohne Nummern in der Warteschlange, ohne Platz in der Zukunft, ohne Chancen.

Sie ging hinein und erkundigte sich nach Eloy.

„Ich wollte sein Fahrrad zurückbringen“, sagte sie zu dem Mann in der Küche.

„Stell es dort irgendwo ab. Eloy kommt gleich wieder.“

Sie lehnte es an eine Wand und nachdem sie eine Weile

gewartet hatte, begann sie, etwas umherzuwandern. Der Junge in der Küche hatte sie kaum beachtet und sonst war niemand zu sehen. Sie schlenderte langsam den Flur hinab, über den sie bereits am ersten Tag gegangen war. Vor dem Versammlungsraum am Ende führten Treppen nach oben. Sie warf einen Blick zurück, doch noch immer war alles still, und so ging sie hoch. Die Steinmauern waren kalt. Die Farbe, wenn man den schmierigen Film auf den Wänden denn so nennen konnte, war auf Handhöhe besonders dunkel, abgerieben von den Bewohnern, die sich dieses hundertjährige Haus zu eigen gemacht hatten. Auch María trug ihren eigenen Schweiß zu der Patina bei.

Sie war oben angekommen. Vom gemeinschaftlichen Teil des Gebäudes, zu den Zimmern mit schmutzigen Matratzen, Schlafsäcken und Regalen, die wahrscheinlich aus dem Madrider Müll stammten. Die Luft war abgestanden. Es roch nach der Farbe, mit der man den Möbeln ein neues Aussehen hatte verleihen wollen. Die warme Frühlingsluft fand einen Weg durch die offenen Fenster.

María spähte in mehrere Zimmer, bis sie eins fand, das Eloy gehören könnte. Es handelte sich um einen engen, fensterlosen Raum, der vielleicht ursprünglich als Abstellkammer oder Lager gedient hatte. Durch eine Dachluke weit oben in der Decke fiel Licht auf seine wenige Kleidung, die ordentlich auf einem Regal zusammengefaltet lag, und auf ein Foto an der Wand. Eine Familie. *Seine* Familie.

Auf dem Bild war Eloy vielleicht zehn Jahre alt und sehr gut gekleidet. Er hielt die Hand eines ihm ähnlich sehenden Mädchens, beide lächelten, die Eltern schauten sie aus dem Hintergrund liebevoll an. Alle waren schön, gepflegt, sommerlich. Eine

Momentaufnahme während der Ferien. Das Bild war sorgfältig an die Wand geklebt worden, doch es war verstaubt. María fuhr mit den Fingern darüber, strich sanft über das Relikt aus Eloys Vergangenheit.

Auf dem Regal standen noch weitere Bilder. Seine Großeltern. Mehr Familie. Ein Bild zeigte Eloy mit Sara Muñoz. Es war noch nicht alt. Beide sahen fröhlich aus und saßen Schulter an Schulter nebeneinander in geschwisterlicher Haltung, so voller Lebenslust, dass sie andere Menschen zu sein schienen. Sie hatten sich mit einer Decke umwickelt, die, wie María bemerkte, nun auf Eloys Matratze lag. In diesem kalten, winzigen Raum hatte sie plötzlich ebenfalls das Bedürfnis, sich mit der Wärme von Freunden zu umgeben.

María ging wieder runter. Sie fand Eloy mit ernstem Blick am Fuße der Treppe sitzen und stellte sich vor ihn.

„Ich habe dir das Fahrrad zurückgebracht."

„Das hab ich gesehen", sagte er. „Ich habe dich auch in meinem Zimmer gesehen."

María setzte sich neben ihn und lehnte den Rücken an die Wand. Sie könnte ihm erklären, dass eine Polizistin, vor allem eine *besessene* Polizistin, gern Grenzen ignorierte, wenn es darum ging, die Wahrheit herauszufinden. Sie könnte sich auch bei ihm entschuldigen.

„Tut mir leid, Eloy", sagte sie, „ich habe eigentlich nicht dein Zimmer gesucht, sondern Saramús."

„Ich habe dir doch schon gesagt, dass sie keins hat. Niemand hier hat ein Zimmer, höchstens eine Matratze. Und wenn sie hier geschlafen hat, dann immer auf meiner."

„Ich habe das schöne Bild von euch beiden gesehen."

„Ich habe dir ihren Kalender gegeben, das Bild bringt dir nichts." Eloy war verärgert. So wütend, dass er nicht einmal versuchte, das Zittern seiner Unterlippe zu verstecken. Er war noch so jung, auch wenn er tat, als hätte er seine Kindheit hinter sich gelassen.

„Tut mir wirklich leid", sagte María.

Der Junge stand auf und ging in die Küche. María folgte ihm. Der Mann von eben war mittlerweile verschwunden. Eloy las eine Notiz, die an eine Klemme geheftet war, und begann, die Kartoffeln zu schälen, die auf dem Tisch lagen. María nahm sich auch ein Messer und eine Kartoffel und machte schweigend mit. Sie hatte bestimmt seit Jahrzehnten keine mehr geschält.

„Du schneidest ja die ganze Kartoffel weg", sagte Eloy vorwurfsvoll. „Weißt du nicht, wie man sie dünner schält?"

„Warte." María nahm sich einen Sparschäler, der die ganze Sache bedeutend leichter machte. „Besser?" Eloy schwieg. Sie machten weiter, nahmen sich eine Kartoffel nach der anderen, schälten und zerkleinerten sie, füllten sie in einen riesigen Topf und stellten ihn auf das Feuer. Anschließend setzten sie sich hin. Die einfache Mahlzeit der Hausbesetzergemeinschaft der Dragona sollte bald fertig sein, dank eines Ausreißers und einer suspendierten Polizistin. Dafür war es gar nicht so schlecht.

„Wie alt bist du eigentlich, Eloy?"

Er ließ sich mit seiner Antwort Zeit. Dafür kam sie aber umso deutlicher. „In einem Monat werde ich sechzehn. Aber wenn du wissen willst, wieso ich hier bin, sage ich es dir nicht. Und wenn du mich dem Jugendamt meldest, tauche ich unter."

„Niemand wird dich melden. Ich suche nach einem Mörder und du hast mir geholfen. Oder eher nach zwei Mördern."

„Zweien?“ Jetzt war Eloy ehrlich überrascht.

„Es gibt eine Videoaufnahme vom Tatort. Es sind zwei Männer bei ihr gewesen.“

„Und einer von ihnen war Yago?“

„Das musst du mir sagen, schließlich kenne ich Yago nicht.“

„Und der andere?“

„Ich hatte gehofft, dass du auch ihn kennst.“

„Hast du die Aufnahme dabei?“

Das wäre schön gewesen, aber alles, was sie hatte, war die Pressenachricht von Luna. Bevor sie zum Haus gegangen war, hatte sie ihr Handy eingeschaltet und unter den vielen Nachrichten, die sie lieber nicht lesen wollte, auch eine von Luna gefunden. Er hatte ihr einen großen Gefallen getan. Die Polizei hatte sich Zugang zu den Aufnahmen verschafft, deren Existenz María nur vermuten konnte, und hatte Luna darüber informiert, dass zwei Männer Sara Muñoz in dieser Nacht begleitet hatten. Das war alles. Keine Bilder. Keine Einzelheiten.

„Aufzeichnungen habe ich nicht, dafür aber ein Problem.“

Er sah sie wortlos an und schaute dann zu Boden und verschränkte die Arme. Seine Neugier schien sich in Grenzen zu halten.

„Sieh mal, es ist so: Ich bin eigentlich raus aus dem Fall.“

„Ich auch“, kam wie aus der Pistole geschossen zurück.

„Das bist du leider nicht.“ Marías Antwort kam sogar noch schneller. Er fühlte sich sichtlich unwohl. „Ob du willst oder nicht, du hängst da mit drinnen. Und ich trotz allem auch.“

Eloy schwieg wieder, die Arme verschränkt und die Stirn in Falten. María fuhr fort: „Ich weiß nicht, was dich hierher geführt oder von zuhause vertrieben hat, aber du hast immer noch ein

Foto von deiner Familie. Ich weiß, dass du minderjährig bist und dass ich mir mit dir mein Leben noch schwerer mache, als es sowieso schon ist, aber ich respektiere dich. Zu hundert Prozent. Du hast mir völlig uneigennützig geholfen, und das weiß ich sehr zu schätzen. Aber es gibt Dinge, die wichtiger sind als wir." Eloy sagte noch immer kein Wort. „Du hattest den Kalender von Saramú, du kennst Yago und wer weiß, vielleicht ja sogar auch den anderen Mörder. Früher oder später wirst du aussagen müssen, Eloy."

„Das werde ich nicht tun."

Der Junge stand auf und wandte sich von ihr ab. Heute roch er nach unparfümierter Glycerinseife. Die spärlichen Haare auf seiner Oberlippe konnten noch nicht wirklich als Bart bezeichnet werden.

„Wohin gehst du?"

Eloy nahm sein Fahrrad, das er gegen Marías gelehnt hatte, und steuerte auf den Ausgang zu.

„Eloy, Warte! Lass uns reden."

Doch er war schon halb aus der Tür raus. Dann hielt er inne und drehte sich noch einmal zu ihr um. Er schien sie beinahe auffordern zu wollen, ihm zu folgen, sich wieder mit ihm in der Stadt zu verirren.

María wusste nicht, was genau er vorhatte und es gab nur eine Möglichkeit, das herauszufinden. Also nahm sie ihr klapperiges Leihfahrrad von der Wand und fuhr ihm nach. Gut, dass sie in Form war.

21

Sie konnte kaum mit ihm mithalten. Bald stellte sie fest, dass er denselben Weg fuhr, den sie gekommen war: die *Calle de Alcalá* runter und weiter auf den *Paseo de la Castellana,* diesmal in Richtung Norden. Sie ließen das Santiago-Bernabéu-Stadion, die Uniklinik La Paz und die vier emporragenden Hochhäuser des Business-Distrikts, die *Cuatro Torres,* hinter sich und gelangten schließlich auf die Schnellstraße M-607 nach Colmenar. Sie konnte es sich nicht leisten, langsamer zu werden und achtete nicht auf Autos. Eloy trug keinen Helm und war nicht außer Atem. Sein T-Shirt wehte im Wind und er schien die Autos, Krankenwagen, Lieferwagen und Motorräder, die ihn anhupten, gar nicht wahrzunehmen. Nur ab und zu warf er einen Blick über die Schulter, wie um zu überprüfen, ob María mithalten konnte, jedoch ohne wirklich Rücksicht darauf zu nehmen. Jugend war eben Jugend, mit ihrer unerschöpflichen Energie. Glücklicherweise erreichten sie bald den Radweg nach Colmenar, fernab vom Dröhnen der Autos und den Fast-Zusammenstößen, was ihre Nerven und ihre abgasgeplagte Lunge freute. Sie fuhren weiter ins Naturschutzgebiet *Monte de El Pardo* und strampelten von der Madrider Hitze ausgedörrte Hügel hinauf. Wo zum Teufel führte er sie hin? Sie war einmal zur Erholung mit dem Fahrrad in das Naturschutzgebiet geradelt, aber die abgelegenen Pfade, über die Eloy sie führte, waren ihr gänzlich unbekannt.

Endlich hielt er an, linkes Bein auf dem Boden, rechtes auf dem Pedal. Er lehnte sich über das Lenkrad und wartete auf sie, den Blick weiterhin nach vorne gerichtet. Sobald María ihn eingeholt hatte, stieg sie vom Fahrrad und ließ sich erschöpft zu Boden fallen. Wenn das so weiterging, würde sie sich ein E-Bike kaufen müssen, um mit Eloy mithalten zu können. Sogar ihre Arme zitterten.

„Wieder erholt?", fragte der Junge nach viel zu kurzer Zeit.

„Verdammt, ich hoffe, du hast mich wirklich zum Mörder gebracht. Allerdings habe ich keine Kraft mehr übrig, um ihn zu fangen."

Er lächelte. Sogar der ernste Eloy konnte unter den paar Härchen auf seiner Oberlippe die gute Laune nicht verbergen.

„Wir lassen die Räder hier, komm."

Er ließ seins achtlos zu Boden fallen und führte sie zu einer Böschung, die zwischen ein paar Kiefern versteckt lag. Schüsse waren zu hören. Salven, die im Takt abflauten und wieder von vorne anfingen. Immer wieder und immer wieder. Die Vogelschwärme, die es wagten, sich zwischen den Schüssen auf einen Zweig zu setzen, stoben jedes Mal wieder auf, um dem donnernden Lärm zu entgehen. Es war der Schützenverein des *Monte de El Pardo.*

„Willst du mir erklären, was wir hier machen?"

Warum sie sich von ihm immer noch Antworten erhoffte, wusste sie selbst nicht.

„Folg mir einfach."

María war ihm doch bereits in halsbrecherischem Tempo durch die Straßen Madrids gefolgt, und nun sollte sie auch noch zwischen die stacheligen Büsche kriechen, um ungesehen durch den Zaun am Schießstand schauen zu können? Sie befanden sich auf einem Hügel, von dem aus man eine gute Sicht auf die *Cuatro Torres* und vor allem den Smog hatte, der sich wie eine dicke Decke über der Stadt ausbreite, obwohl María und Eloy doch schon die meisten Rußpartikel absorbiert haben mussten. Doch direkt vor ihnen bot sich ein ganz anderes Szenario: Einige Männer schossen auf ein paar nicht allzu weit entfernt aufgestellte Zielscheiben, während ein Ausbilder die Einschusslöcher aufzeichnete. Alle trugen Ohrenschützer, um sich vor dem Lärm zu schützen. María und Eloy mussten sich die Ohren mit den Händen zuhalten, so laut war das Donnern.

„Du hast Glück", sagte Eloy zwischen den Salven. „Da ist Yago."

„Was? Hast du Yago gesagt?"

Seine letzten Worte waren unter den nächsten Schüssen untergegangen. María schaute ihn ungläubig an und sah, wie er nickte. Eloy deutete auf die Männer, die in einer Reihe standen.

„Der zweite. Der zweite von rechts."

Die Schützen waren unterschiedlichen Alters und sahen ganz verschieden aus, und doch lag eine gewisse Ähnlichkeit in ihren jagdgrünen Westen, beigen Hosen und Timberland-Stiefeln, die ihnen sicherlich niemand aufgezwungen hatte. Einzig Yago war anders. Er war schlaksig, blass und hatte sein glattes schwarzes Haar mit einem Mittelscheitel geteilt. Er wirkte wie aus einem anderen Zeitalter. Über seiner dunklen Hose trug er ein helles Hemd, dazu Schuhe anstatt Stiefel. Sie konnten ihn aus ihrem Versteck perfekt beobachten und María vermutete, dass Eloy nicht zum ersten Mal hier war. Was hatte dieser Bettler, der in den Tunneln unter der Stadt lebte und sich regelmäßig mit Saramú getroffen hatte, hier zu suchen? Ein angeblicher Gerichtsmediziner und jetzt anscheinend auch noch Mitglied des renommiertesten Schützenvereins Madrids?

Und warum beobachtete Eloy ihn?

Was wusste er?

Der Junge spürte Marías Verwirrung, aber er zeigte erneut auf die Schützen und sagte: „Siehe ihn dir genau an."

María konzentrierte sich wieder auf die Männer. Der Ausbilder hatte sie kurz unterbrochen, um ihnen Anweisungen zu geben und einige Positionen zu korrigieren. Er ging wieder zurück auf seinen Posten. „Gehörschutz auf!", rief er.

Die Schützen gehorchten, nahmen ihre Gewehre zur Hand und stellten sich in Position.

„Anlegen!" Sie hoben ihre Gewehre und visierten die Zielscheibe an.

„Jetzt!"

Alle schossen, nur Yago hatte eine andere Bewegung gemacht. María war sich nicht sicher, was genau sie da gerade gesehen hatte und sah Eloy fragend an. Er hob vielsagend die Brauen.

„Sieh genau hin."

María konzentrierte sich auf das nächste Schussfeuer. Und auf das nächste. Es ging so schnell, dass sie Schwierigkeiten hatte, Yagos Bewegung zu folgen. Aber dann realisierte sie, was er da tat. Vor jedem Schuss schob er kurz seinen Gehörschutz nach oben und rückte ihn anschließend genauso unmerklich wieder zurecht, um der Mahnung des Ausbilders zu entgehen, der die Einhaltung der Sicherheitsmaßnahmen überwachte. Der Mann hatte eine Technik entwickelt, die wie ein Reflex wirkte, und wandte sie immer wieder an. María hatte schon oft Schießen geübt, fast immer in Trainingseinrichtungen der Polizei, und wusste, dass die durchschnittlich 130 Dezibel irreparable Hörschäden verursachen konnten. Beim Schießen ohne Gehörschutz hätte sie sich einen gehörigen Anschiss vom Übungsleiter eingefangen.

Und da war Yago, merkwürdig elegant in seinem halb aufgeknöpften Hemd, seiner Anzughose und mit seinem glatten Haar, der ein Spiel mit sich selbst zu treiben schien und trotz der zusätzlichen Bewegung doch immer präzise ins Schwarze traf. Doch warum das Ganze? Um jeden Schuss noch stärker wahrzunehmen? Um taub zu werden?

Was für einen Menschen hatte sie vor sich, der sich absichtlich und jedem Instinkt zum Trotz dieser Gefahr aussetzte, ohne sich damit zu rühmen? Wie ein Bergsteiger, der ohne Seile klettert, wie ein Parkourläufer, der ohne Sicherheitsnetz von einem Gebäude zum anderen springt, wie ein Jugendlicher, der die Cola-Flasche mit Rum füllt, um sich ins Koma zu saufen.

Und sie wusste immer noch nicht, wer Yago wirklich war. Doch wer er nicht war, das wusste sie: Er war kein leichtfertiges Kind im Vorschulalter, sondern ein Erwachsener, der eigentlich in der Lage sein sollte, rational zu handeln. Was steckte hinter seinen Verabredungen mit Saramú und seiner Broschürensammlung unten im Tunnel? Entweder war er verrückt oder einfach nur seltsam, aber hier ging es ihm sicher nicht um Applaus für seine Leichtsinnigkeit, wie einem einfachen YouTuber, der live fünfzigtausend Kalorien zu sich nahm, um mehr Abonnenten zu bekommen.

Sie war versucht, ihre Freunde anzurufen und nahm ihr Handy zur Hand. Wäre sie nicht vom Dienst suspendiert, hätte sie Yago an Ort und Stelle zur Rede gestellt, denn Saras Kalender hatte ihn definitiv zu einem Verdächtigen gemacht. Sie wollte Esteban nicht kompromittieren, aber mit Martín konnte sie es aufnehmen. „Ich habe einen Verdächtigen, Martín, du musst sofort herkommen“, schrieb sie ihm auf WhatsApp. Ihre Flut an neuen Nachrichten ignorierte sie weiterhin.

„Wovon sprichst du?“

„Von Sara Muñoz. Ich habe einen Verdächtigen. Wollt ihr ihn haben oder nicht?“

„Wir haben den Schuldigen, Chefin. Und ich sage das verdammt ungern, aber uns wurde noch einmal klar und deutlich mitgeteilt, dass du raus bist. Mach dir also darüber keine Gedanken mehr. Fall abgeschlossen.“

Sie ließ sich mit ihrer Antwort Zeit. Martín war noch online und wartete. Schließlich stellte sie ihm noch eine Frage.

„Ist es der Professor? Habt ihr Salas verhaftet?“

Martín antwortete nicht. Doch er war immer noch online.

Also fragte María weiter.

„Habt ihr diese Belästigungsgeschichte geglaubt?“

Martín musste unsicher geworden sein, und lange Zeit war nur *schreibt, schreibt* zu lesen. Schließlich kam die Antwort.

„Wollen wir uns heute Abend treffen? Das ist alles, was ich tun kann.“

„Letztes Mal hast du mich versetzt“, antwortete sie.

„Ich schwöre dir, heute tue ich es nicht. Bis heute Abend.“

Er wollte nicht mit ihr gesehen werden, dachte María. Am liebsten hätte sie ihm gesagt, er solle sich verpissen. Oder besser noch, ihm ein paar nutzlose Hinweise gegeben. Aber jetzt hatte sie keine andere Wahl, als seine Einladung anzunehmen.

„Okay.“

Sie hätte Yago gerne festgenommen oder wenigstens am Ende der Schießübungen zur Rede gestellt, auch wenn sie sich bewusst war, dass es ohne Dienstmarke und Waffe wahrscheinlich vergebliche Liebesmüh sein würde. Einen Versuch war es aber trotzdem wert. Zu Eloys Überraschung sprang sie plötzlich auf, rannte zu ihrem geliehenen Fahrrad und machte sich auf den Weg zum Eingang des Schützenvereins, wobei sie dem Jungen streng zurief: „Du bleibst hier."

Sie musste die riesige Hecke überwinden, die den Schießstand umgab. Der Boden war mit getrocknetem Schlamm verkrustet, was dem alten Leihrad einiges abverlangte, aber sie kam trotzdem schnell voran. Ihre Müdigkeit vom Morgen war wie weggeblasen. Innerhalb weniger Sekunden war sie beim Ausgang des Vereins angelangt und trat noch schneller in die Pedale, als sie sah, dass sich Yago bereits auf den Parkplatz zubewegte. Als sie die letzte Böschung passiert hatte, ließ sie sich vor ihm auf dem Kiesweg fallen. Nicht unbedingt was sie geplant hatte, aber es war ganz passend, wie sie da mit ausgestreckten Beinen, blutendem Ellenbogen und Schürfwunden an beiden Händen am Boden lag.

„Scheiße. Scheiße. Scheiße", stöhnte sie.

Yago beugte sich zu ihr herunter, um zu helfen. Bingo.

„Gott, was ist passiert?"

„Ich bin verdammt noch mal ausgerutscht. Aber es geht mir gut. Geht schon." Yago streckte beide Hände aus, um ihr aufzuhelfen, doch Marías Bein war unter dem Fahrrad eingeklemmt und ihre blauen Flecken pochten. Sie wand sich auf dem Boden.

„Keine Sorge. Es ist nicht schlimm. Gleich geht es wieder."

„Ich habe es nicht eilig", sagte Yago und ging in die Hocke, um sich alles genauer anzusehen. „Schauen wir uns mal die Wunden an."

Er roch nach Shampoo. Sein weißes Hemd hatte zwei frische Schweißflecken, war ansonsten aber sauber. Die Hose war nur an einer Stelle etwas staubig. Es war schwer zu glauben, dass dieser Mann derselbe sein sollte, der in dem Tunnel unter den Gärten des königlichen Palastes schlief. Sie erinnerte sich an die sauberen Kleider, die er geschützt in einem Wäschesack in seinem Einkaufswagen aufbewahrte.

„Ich hole kurz einen Erste-Hilfe-Kasten aus dem Clubhaus. Bleiben Sie hier", sagte er und zwinkerte ihr zu.

„Ich werde nicht wegrennen, keine Sorge." María unterdrückte sogar ein Lächeln.

Sie erkannte sich selbst nicht wieder. Den Mann umgab eine elegante, verführerische Aura, auch wenn das Haar, das auf beiden Seiten seines Gesichts glatt herunterhing, nicht zu seiner Kleidung passen wollte. Die wirkte, als habe er sich für ein Vorstellungsgespräch vorbereitet, während die Haare eher im Indie-Band-Look gestylt waren.

María sah, dass sich Eloy vorsichtig in ihre Richtung vorwagte. Der Junge kauerte besorgt zwischen den Hecken, gerade nah genug, um gut sehen zu können und dennoch versteckt zu bleiben. María winkte ihn schnell fort. Yago war zurückgekehrt.

„Hier sind ein paar Sachen. Sie haben gefragt, ob sie einen Krankenwagen holen sollten, doch ich habe gesagt, es sei nicht nötig."

Ein selbstbewusster, entschlossener Mann. Yago öffnete den Erste-Hilfe-Kasten, nahm etwas Verbandmull und Desinfektionsspray heraus und begann, ihre Wunden zu reinigen. Sie hatten aufgehört zu bluten, aber das Blut hatte sich auf ihrer Haut mit Schlamm verkrustet.

„Sie sollten ins Krankenhaus gehen und sich eine Tetanusspritze geben lassen."

„Sind Sie Arzt?"

Er lächelte, sagte aber nichts. Er nahm Marías Fuß und streckte sehr langsam und behutsam ihr Bein.

„Oh Gott." María wand sich vor Schmerz.

„Tut das weh?"

„Sehr."

„Schauen wir mal, ob es gebrochen, verstaucht oder nur geprellt ist. Sagen Sie mir genau, wann es zu schmerzen beginnt."

Yago hatte die Situation unter Kontrolle. Sanft und doch entschlossen bewegte er ihr Bein, bis es auf dem schmutzigen Boden ausgestreckt war. María ließ es geschehen. Er war sehr selbstsicher und zuvorkommend. Sie konnte sich gut vorstellen, dass es für ihn ein Leichtes war, Saramú und andere naive Menschen in seinen Bann zu ziehen.

„Gute Nachrichten. Es ist nur eine Prellung."

„Dann kann ich ja eine Party schmeißen."

„Es hätte deutlich schlimmer kommen können." Er lächelte sie zwischen den Vorhängen aus glatten Haaren heraus an. „Sie haben sich zum Glück nichts gebrochen. In ein paar Tagen werden Sie wieder in die Pedale treten können, es sei denn ...", er zeigte auf das Fahrrad, „dem Rad geht es viel schlechter als Ihnen. Ich bringe Sie besser nach Hause. Wie heißen Sie?"

„Machen Sie sich keine Sorgen. Das schaffe ich schon."

„Seien Sie nicht albern. Ich begleite Sie. Wo genau wohnen Sie?"

María hatte das Risiko einer Begegnung – oder eines Zusammenstoßes – mit Yago nicht richtig kalkuliert, und sah sich nun mit einem autoritären Mann konfrontiert, dem es gefiel, ihr Befehle zu erteilen und der bei augenscheinlich hilflosen Menschen die Initiative ergriff. Sein Verhalten passte zu einem sehr selbstsicheren Arzt, aber auch zu einem überheblichen Mann, der herrschsüchtig war und eine verwundete Frau wie ein Kind behandelte, das eine Tracht Prügel verdiente. Sie sollte auf gar keinen Fall mit ihm mitgehen, egal wie viele Türen sich dadurch eröffneten … Und doch war es verlockend, weiter mitzuspielen.

„Haben Sie ein Auto?“, fragte sie.

„Steht Ihnen zur Verfügung. Und dem Teil hier auch.“

Yago war aufgestanden, um das Fahrrad zu holen. Das rechte Pedal hatte sich gelöst, der Lenker war verdreht und das Vorderrad war platt. Er hob es auf und trug es bis zum Parkplatz, um es ins Auto zu legen. Er zwinkerte ihr zu und sagte: „Ich komme Sie gleich holen.“

Fantastisch. Statt ihre Polizeikollegen zu alarmieren, damit sie ihn festnehmen konnten, war sie dabei, als hilfsbedürftige Radfahrerin bei ihm einzusteigen, um ihn auf eigene Faust zu befragen. Das war nicht der Plan gewesen! Und doch …

Es war definitiv eine Gelegenheit. So konnte sie in sein Revier eindringen und ihn aus nächster Nähe beobachten. Sie spürte Eloys Blick aus den Büschen und ahnte, dass er besorgt war. Während Yago das Fahrrad geholt hatte, hatte Eloy die Arme ausgestreckt und zu ihr herübergeschaut, als wolle er fragen, „Was geht hier bitte ab?“, was sie mit einem kaum merklichen Kopfschütteln beantwortet hatte. Mach dir keine Sorgen. Ich weiß, was ich tue, wollte sie damit sagen.

Doch sie hatte absolut keine Ahnung, was sie tat.

22

Der Beifahrersitz war voll mit Papieren, die er zu dem Rad im Kofferraum legte, nachdem er die Rücksitze umgeklappt hatte. María setzte sich, er schloss die Tür und ging langsam zum Fahrersitz. Sie dachte an das Nummernschild, das sie in seinem Einkaufswagen gesehen hatte. Yago hatte scheinbar nicht nur ein Auto, sondern auch gleich mehrere Kennzeichen.

Sie betrachtete ihn und merkte, wie seine Selbstsicherheit unter der Aufmerksamkeit wuchs. Er war groß, langbeinig, schlaksig und sehr charismatisch. Sie hoffte, dass Eloy sich die Marke und die Autonummer gut merken würde, falls es ein Problem geben sollte. Sie wusste sich zu verteidigen, aber hatte außer ihrem Handy gerade keine andere Waffe zur Hand. Und außerdem war sie nun eine einfache, verletzte Radfahrerin, die sich noch schnell eine Adresse ausdenken musste, bei der er sie absetzen konnte, denn er fragte sofort: „Wo wohnen Sie?"

„In La Vaguada", antwortete sie schnell.

„Sie wohnen in einem Einkaufszentrum?", scherzte er.

„In der Gegend. Ab da komme ich schon alleine klar."

„Haben Sie Angst vor mir?"

„Ich möchte keine Umstände machen."

Sie fuhren über den getrockneten Schlammboden des Parkplatzes. Das Fahrrad ruckelte geräuschvoll und María nutzte die Gelegenheit, sich umzudrehen und es noch einmal genauer zu betrachten. Der Papierstapel war ebenfalls verrutscht, und aus ihm lugten Kunstbroschüren hervor, die denen in seinem Obdachlosen-Einkaufswagen ähnelten. Sie konnte einen Blick auf das Goya-Gemälde *Die Erschießung der Aufständigen* erhaschen, das den Aufständischen zeigte, der am 3. Mai 1808 hingerichtet worden war.

„Machen Sie sich keine Sorgen“, sagte er. „Von dort kommt es nicht weg.“

„Bitte?“

„Das Fahrrad.“

Sie verließen langsam den *Monte de El Pardo* und machten sich auf den Weg zurück in die Innenstadt. Der Weg führte über eine schmale Straße, auf der Radfahrer mangels Radweg mitten auf der Spur fahren mussten. Sie passierten einige, ohne einen Sicherheitsabstand einzuhalten, und einer, der besonders weit links fuhr, taumelte leicht.

„Arschlöcher“, murmelte Yago.

María hätte schweigen können, doch sie antwortete trotzdem. „Genauso nenne ich Autofahrer, die mich knapp überholen.“

Er sah sie mit väterlichem Ausdruck und einem halben Lächeln an. Mit der linken Hand hielt das Lenkrad und mit der rechten Hand griff er nach einer Zigarette und zündete sie an.

„Das war ein Witz, Mädchen.“ Er ging zum Du über. „Ihr Radfahrer wollt eure Rechte, und ich verstehe das, aber schau dir doch an, wie das endet.“ Er wies auf ihre blutigen Knie.

„Jagst du gerne?“ Sie ging auf das Du ein.

„Fragst du, weil du Tierschützerin bist?“

„Nein, weil du gerade auf einem Schießstand warst.“

„Sympathisierst du denn mit ihnen?“

Sie dachte darüber nach. Dies war nicht unbedingt der Fall, aber wenn sie wählen musste zwischen einem Jäger und potentiellen Mörder, und einem veganen Jungen, der ihr geholfen hatte, fiel ihre Entscheidung eindeutig aus. Also schwieg sie.

„Wenn du mich fragst, sind die auch verlogen, diese Tierschützer. Behaupten, Tiere hätten ähnliche Gefühle wie wir. Und ich sage dir: Sie haben genau dieselben Gefühle wie wir. Deswegen jagen wir Menschen sie schließlich. Oder sollten wir etwa damit aufhören, damit sie uns fressen können?"

„Jagst du deshalb? Damit die Tiere uns nicht fressen?"

„Das war nur so daher gesagt." Er lachte. „Ich weiß, dass es in den Supermärkten Fertigprodukte und all das Zeug gibt. Aber es gefällt mir, ja. Das Jagen. Und Stierkämpfe. Ich mag sie sehr gerne, sie sind Teil unserer Kultur."

María schaute ihn von der Seite an, wandte ihren Blick aber schnell wieder nach rechts. Sie wollte mit ihm reden, aber wusste nicht, wie sie es anstellen konnte, ohne Verdacht zu erregen. Sie hatten das Naturschutzgebiet verlassen und fuhren auf die erste Ampel der Stadt zu.

„Schockiere ich dich?", fragte er amüsiert.

„Nein, warum?"

„Weil du wie eine sportliche, moderne, umweltbewusste junge Frau aussiehst. Liege ich falsch?" Er schaute sie mit diesem halben Lächeln an.

María wollte ihm nicht sagen, was sie über einen Verrückten dachte, hinter dessen romantisierter Vorstellung des 19. Jahrhunderts sich mittelalterliche Ansichten verbargen. Sie wollte auch nicht auf seine Frage antworten. Die Frage, auf die sie selbst gern eine Antwort hätte, war, warum sie in dieses Auto eingestiegen war. Sie hielten an einer Ampel an und er legte die Hand auf ihr Bein, nahe der Wunde.

„Tut das weh?"

Sie zog das Bein zurück.

„Ja."

Es tat nicht weh, aber es wurde langsam Zeit, wachsam zu werden.

„Du hast mich vorhin gefragt, ob ich Arzt bin, und ich habe nicht geantwortet. Aber ja, das bin ich, auch wenn ich nicht praktiziere. Und deine Wunde ist wieder aufgegangen. Sie muss erneut gereinigt werden. Du musst auch unbedingt an die Tetanusimpfung denken."

Er hatte recht, aus der Wunde quoll wieder Blut, und María versuchte, es mit einem Taschentuch zu stoppen, das sie aus dem Handschuhfach genommen hatte. Sie wollte weiterreden.

„Und warum praktizierst du nicht?"

„Was?"

„Na, Medizin."

„Du vertraust mir nicht, hm?" Er lachte wieder, sichtlich amüsiert. „Keine Sorge, ich bin nirgendwo rausgeworfen worden und ein paar Wunden verbinden kann ich immer noch. Ich habe einfach viele … Ich habe andere … Berufe. Ich möchte mich nicht auf einen beschränken. Ich bin wie ein Gelehrter der Renaissance, verstehst du?"

„Ein neuer Leonardo da Vinci?" Sie wusste nicht, ob sie sich dumm stellen oder ihn verärgern sollte.

„Haha, genau. Die Wissenschaft, die Literatur … Ich kenne mich mit allem aus."

„Mit Schüssen und Stieren und sogar Goya." Sie wagte es, ihn auf den Maler anzusprechen.

„Wie kommst du darauf?"

„Ich habe die Broschüren gesehen." Sie zeigte auf den Kofferraum. „Magst du ihn?"

„Du bist aber sehr neugierig." Er lachte.

Sie waren am Einkaufszentrum angekommen und er hielt am Bordstein an.

„Was soll das heißen?"

„Ich weiß es nicht. Ich bin noch nicht sicher, ob du mir einfach nur neugierig vorkommst oder es wirklich bist. Aber ich würde es gerne herausfinden."

„Beides", antwortete sie, nur um etwas zu sagen.

„Lässt du mich noch einmal einen Blick auf deine Wunden werfen? Mal sehen, ob sie aufgehört haben zu bluten."

Aber sie hatte bereits die Tür geöffnet und war ausgestiegen, und obwohl sie sah, dass ein bisschen Blut auf den Boden tropfte, blieb sie nicht stehen. Sie ging zum Kofferraum. Er folgte ihr schnell.

„Du solltest nicht allein gehen. Lass mich dir helfen."

„Ich schaff das schon, vielen Dank."

„Kann ich dich wiedersehen? Es war schön, dich kennenzulernen."

María zögerte. Er half ihr, das kaputte Fahrrad herauszuholen und wartete auf eine Antwort.

„Komm schon. Ich kenne nicht einmal deinen Namen. Frau stürzt im *Monte de El Pardo* und Mann kümmert sich um sie, verarztet sie und bringt sie nach Madrid. Findest du nicht, dass wir wenigstens Namen austauschen sollten? Ich schwöre, ich beiße nicht. Zumindest nicht gegen deinen Willen."

Er lachte über seinen eigenen Scherz, dabei wippten die Haare auf beiden Seiten seines Gesichts auf und ab. Sie fühlte sich wieder sicher auf dem Bürgersteig vor dem Einkaufszentrum, zurück in der Stadt.

„In Ordnung“, sagte María, „wenn du mir deine Nummer gibst, melde ich mich bei dir.“

„Nur wenn du mir auch deine gibst.“

„Nein, das werde ich nicht.“

„Also haben wir keinen Deal. So müssen wir wohl auf eine weitere Zufallsbegegnung warten.“

„Scheint so. Auf Wiedersehen.“

Sie drehte sich um und ging, mit mehr Elan als Eleganz. Das Gehen bereitete ihr immer noch Schmerzen und das kaputte Fahrrad machte es nicht leichter. Sie konnte das warme Blut fühlen, das ihr am Bein herunterlief. Irgendwie hatte sie ihn nicht in die Irre führen können, aber er hatte mitgespielt. María war sich sicher, dass er sie aufhalten und noch etwas zu ihr sagen würde. Doch Yago blieb einfach auf dem Bürgersteig stehen und schaute ihr hinterher. Bevor sie in dem großen Einkaufszentrum verschwand, drehte sie sich kurz nach ihm um. Er stand immer noch da. Sie war verletzt, aber für den Augenblick in Sicherheit.

23

Plötzlich fühlte sie sich so ausgelaugt, dass sie sich neben einer Gruppe Rentner niederließ, die auf den Bänken im klimatisierten Einkaufszentrum La Vaguada saßen. Es war mittlerweile sehr heiß draußen und die Kühle tat gut.

„Da hast du dir aber ganz schön wehgetan", sagte einer der Senioren.

„Warte. Wir holen Hilfe", sagte ein anderer.

„Die Toiletten hier sind sauber", fügte ein weiterer hinzu.

Sie zuckte mit den Schultern. Sie wollte sagen, dass es nicht nötig war, Hilfe zu holen, oder etwas anderes Freundliches entgegnen, aber ihr steckte ein dicker Kloß im Hals. Sie war mit einem seltsamen Mann unterwegs gewesen, halb Arzt, halb Bettler, ganz sicherlich Mörder, und die plötzliche Angst ließ ihr Herz gerade schneller schlagen und überdeckte das schmerzhafte Gefühl in ihren Wunden. Sie erinnerte sich an das, was Luna veröffentlicht hatte: Zwei Männer waren bei Saramú gewesen. Und sie fühlte sich sicher hier neben den entspannten Rentnern, die in dem klimatisierten Einkaufszentrum ihre Zeit verbrachten.

„Brauchst du Hilfe?" Ein Wachmann hatte sich ihr genähert. Die Rentner erklärten ihm, dass sie wahrscheinlich vom Fahrrad gefallen war und blutete. Oh, Madrid, so einsam man sich doch in der großen Stadt fühlen konnte, wenn es drauf ankam, waren alle dicke Freunde.

„Es ist alles in Ordnung, es geht mir gut", sagte María. „Wirklich."

Sie stand auf. Sie hatte das Fahrrad oder das, was davon übrig war, an einen großen Blumentopf gelehnt, der mit Palmen bepflanzt war, und ging darauf zu, um es aufzuheben und nach Hause zu gehen, als sie plötzlich einen stechenden Schmerz im Gesicht spürte.

Danach wurde alles schwarz.

Sie wachte allein in einem Bett auf. Jedenfalls dachte sie, sie sei allein – zumindest befand sich niemand in einem Radius von einem halben Meter, denn weiter konnte sie den Raum nicht überblicken. Es war dunkel und ihr war kalt. Der Raum war groß und von irgendwo her kamen Stimmen. Als sich ihre Augen an das Licht gewöhnt hatten, sah sie nicht weit von sich entfernt ein weiteres Bett, in dem jemand lag. War sie in einem Krankenhaus? Ein Pfleger kam auf sie zu.

„Sind Sie wach? Wie fühlen Sie sich?"

„Yago", keuchte sie, während sie vergeblich versuchte, sich aufzurichten. „Es war Yago."

„Eins nach dem anderen", antwortete der Pfleger und gab sich dabei Mühe, geduldig zu bleiben. „Wie heißen Sie?"

„Verdammt, es war Yago." Sie versuchte, aufzustehen, und stellte fest, dass ihre rechte Schulter in einer Bandage steckte.

„Wer ist Yago?"

„Der, der mich angegriffen hat! Der mich verletzt hat!"

„Beruhigen Sie sich. Niemand hat Sie verletzt."

„Und was mache ich dann hier? Was ist passiert?"

„Sie sind im Einkaufszentrum La Vaguada ohnmächtig geworden und in eine Palme gefallen. Erinnern Sie sich an etwas?"

„Eine Palme?"

„Eine *Washingtonia filifera.* Die haben Blätter wie Dolche. War nicht das erste Mal, dass wir so etwas operieren mussten."

„Operieren?“

María wurde sich plötzlich der Schwere ihrer Zunge und des Schwindelgefühls bewusst und ihr wurde klar, dass sie sich im Aufwachraum eines Krankenhauses befand. Zwar tat ihr nichts weh – vermutlich dank irgendwelcher Schmerzmittel – doch sie überkam ein Gefühl absoluter Verwirrung.

„Einer der Stacheln ging direkt in Ihre Oberarmarterie und Sie haben etwas Blut verloren. Es war nicht ganz ungefährlich, aber sie hatten Glück. Wie fühlen Sie sich?“

María antwortete nicht. Sie sah den jungen Mann an, der vom Alter her locker ihr Neffe sein könnte. Von einer Palme angegriffen. Das war recht schwer zu verdauen.

„Könnten Sie mir einmal Ihnen Namen nennen? Zwar kenne ich ihn bereits, da wir Ihre Ausweispapiere haben, aber das ist nun mal die übliche Prozedur. Ich muss schließlich sichergehen, dass es Ihnen gut geht und Sie sich an alles erinnern können.“

„Und mein Fahrrad? Es gehört mir nicht. Wo ist es?“

„Machen Sie sich keine Sorgen um das Fahrrad. Wen sollen wir denn informieren? Diesen Yago?“

„Nein“, erwiderte sie schnell. „Nein.“

„Wen dann?“

„Wie spät ist es? Ich muss jetzt los. Ich werde zum Abendessen erwartet.“ Der Krankenpfleger lächelte. María hing an einem Tropf, ihr Arm lag in einer Schlinge, und als sie sich mit der Hand über die Wange strich, bemerkte sie, dass auch ihr Gesicht bandagiert war.

„In Ihren Papieren steht auch, dass Sie Polizistin sind, aber wir wollten Ihnen die Entscheidung lassen, wen wir kontaktieren sollen.“

„Wo sind denn meine Papiere? Und mein Handy?“

„In einem Schließfach, ganz ruhig. Sie bekommen alles wieder. Aber gehen können Sie wahrscheinlich erst morgen. Ruhen Sie sich heute einfach aus. Und sagen Sie mir bitte irgendwann, wen wir benachrichtigen sollen.“

Ihre Mutter kam nicht in Frage, die war sowieso schon so beunruhigt wegen des Disziplinarverfahrens und würde sich bei einem Anruf aus dem Krankenhaus wahrscheinlich noch mehr Sorgen machen. María wusste ja noch nicht einmal, in welchem sie sich befand. Gerne hätte sie Eloy benachrichtigt, allein schon um ihn zu beruhigen. Sie erinnerte sich noch an den besorgten Gesichtsausdruck, als sie mit Yago weggegangen war, doch sie hatte keine Ahnung, wie sie ihn erreichen konnte.

Ihre Freunde hielten derzeit Abstand, doch wenn sie tatsächlich von einer Palme, einer Washingtonia oder wie auch immer der Name dieser kriminellen Spezies lautete, angegriffen worden war, würden sie ihr sofort zu Hilfe eilen. Sie wollte aber keine Freunde, die sich um ihre Arterien Sorgen machten, sondern welche, die ihr Informationen gaben. Das Puzzle war komplizierter geworden.

„Benachrichtigen Sie bitte Luna.“

„Wie bitte?“ Der Pfleger kam näher.

„Luna. Er ist Journalist beim *El Diario*. Da können Sie ihn erreichen. Fragen Sie nach Luna.“

Sie versuchte, wach zu bleiben und sich das Geschehen ins Gedächtnis zu rufen, doch der Schlaf übermannte sie und sie träumte vom Dröhnen des Verkehrs und Gewehrschüssen, während sie kraftlos auf einem Fahrrad ohne Räder in die Pedale trat. Ihre Gedanken waren trüb und inmitten all der Verwirrung erschien nur ein deutlich erkennbares Gesicht. Eloy. In dem Albtraum wuchs ihre Überzeugung, dass auch er in Gefahr war.

24

Luna war in eine Bar gegangen, um seinen Artikel zu feiern. Oder besser gesagt, um sich an die längst vergangenen Jagdzeiten zu erinnern, als ein Exklusivbericht noch mit viel Alkohol in irgendeiner Kaschemme begossen worden war. So manches Mal hatte das, wenn er etwas Glück gehabt hatte, dazu geführt, dass er nicht alleine nach Hause gehen musste.

Doch heute hatte er nicht einmal ein Team, mit dem er seinen Erfolg teilen konnte, denn die alten Kollegen waren längst weg und er kannte kaum noch jemanden in der Redaktion. Sein Chef machte so viele Überstunden, dass er abends statt eines guten Tropfens Reserva oder Crianza nur noch mit seinen Kindern eine Brühe trinken wollte. Aufgewärmt, aus den Resten eines Gemüseeintopfes. Luna beneidete ihn nicht. Oder vielleicht ja doch.

Er hatte die Exklusivmeldung veröffentlicht, dass es zwei Männer gewesen waren, die Sara Muñoz oder ein Mädchen, das ihr ähnlich sah, zum Wehr begleitet hatten. Man konnte sie auf den Aufzeichnungen der Überwachungskameras nicht ankommen sehen, aber sie waren auf der Mauer gewesen, die theoretisch für die Öffentlichkeit nicht zugänglich war. Nur Techniker durften diesen Bereich betreten, und die Polizei hatte bereits begonnen, das Wartungspersonal zu verhören. Aber wichtig war nicht, wie sie dorthin gelangt waren, sondern was sie dort getan hatten.

Sie hielten das Mädchen an der Hand und gingen schnell geradeaus, bis sie sich außerhalb des Blickwinkels der Kamera befanden. Der eine war lang und schlaksig, der andere klein und untersetzt. Die junge Frau sah nicht so aus, als ob sie zu etwas gezwungen wurde, aber sie ging auch nicht eigenständig voran, sondern ließ sich mitziehen.

Die Polizei glaubte, den großen Mann als Professor Salas identifiziert zu haben, dessen Alibi schwach und wenig glaubwürdig war. Er hatte behauptet, zu Hause bei seiner Frau gewesen zu sein.

Über den Kleineren der beiden war nichts bekannt.

Luna nahm einen großen Schluck von seinem Gin Tonic und schaute auf die Uhr. Nora hatte gesagt, dass sie vorbeikommen würde, und Luna war sich bewusst, dass sie wahrscheinlich noch hungriger nach Informationen war als er.

Sein Exklusivbericht hatte sie dazu bewogen, ein Treffen mit ihm zu vereinbaren. Es stand nun 1:1 in dem Spiel, in dem der Journalismus von gestern gegen den von heute antrat. Sie dachte wahrscheinlich, dass er das Video hatte, es aber aus Diskretionsgründen nicht veröffentlichen wollte. Wie naiv von ihr. So war es natürlich nicht. Hätte er das Video gehabt, hätte er nicht nur die Beschreibung veröffentlicht. Doch so leicht würde er es ihr nicht machen.

Endlich tauchte sie auf.

„Was willst du trinken?“, fragte er.

„Das gleiche wie du, Superstar.“

„Spar dir die Schleimerei.“

Doch in Wirklichkeit strotzte er vor Stolz. Noras Artikel über den Blog von Sara Muñoz hatte ihn brüskiert, vor allem weil María ihr davon erzählt hatte. Aber nun hatte er die Nase vorn. Auch bei den Recherchearbeiten zu Goya würde sie ihn nicht überholen können.

„Gibt's was Neues?", fragte Nora.

„Reicht dir nicht, was in meinem Artikel steht?"

„Man sagt, der Professor sei bereits verhaftet worden."

„Das stimmt."

„Nun, María und ich bezweifeln, dass er der Täter ist. Aber ich habe auch nicht wirklich Mitleid mit diesem Arschloch."

„Und wie kommt María darauf?" Er bereute seine Frage sofort. María war *seine* Quelle, nicht Noras. Also sollte *er* das wissen, nicht sie. Die Eifersucht stand ihm ins Gesicht geschrieben, und er kippte schnell seinen Gin Tonic hinunter, um sie zu verbergen.

„Frag sie doch selbst. Sie hat eine andere Theorie."

Luna bestellte einen weiteren Drink. Ruiz hatte sich heute noch nicht bei ihm gemeldet, das war nicht normal. War sie etwa immer noch wütend?

„Und es stimmt, dass das Mädchen nicht gezwungen wurde?"

Nora war clever. Sie wollte herausbekommen, ob er das Video gesehen hatte, ohne direkt danach zu fragen. Luna fühlte sich langsam wie in einem Verhör.

„Es scheint so, ja. Beide Männer hielten sie an den Händen, aber es sieht auf dem Video nicht so aus, als sei es gegen ihren Willen geschehen."

„Das glaube ich einfach nicht. Seit der Gruppenvergewaltigung des achtzehnjährigen Mädchens in Pamplona vor ein paar Jahren wird doch alles als Zustimmung gewertet. Natürlich vorausgesetzt, die Betroffene ist eine Frau."

Jemand hatte die Musik aufgedreht und so beschlossen sie, die Theke zu verlassen und sich weiter nach hinten zu setzen. Sie ließen sich auf Barhockern nieder und legten ihre Handys auf den hohen Tisch zwischen sich wie Waffen. Sie sahen einander lange schweigend an. Er mochte Nora gern. Sehr gern sogar. Und er wollte daran glauben, dass auch sie sich aus irgendeinem Grund zu ihm hingezogen fühlte.

„Was ist?“ Sie riss ihn aus seinen Gedanken.

„Was meinst du?“, antwortete er.

„Sagst du mir jetzt, ob du das Video hast?“

„Und sagst du mir, ob du die nächsten Blogeinträge hast?“

„Der dritte wurde heute veröffentlicht.“

„Ich hab ihn gelesen. Da steht nichts Neues drin.“

„Das ist richtig. Aber es fehlen noch drei.“

Sie stießen lächelnd an. Sie hatte den Vorteil, dass sie weniger getrunken hatte, aber er vertrug aufgrund seines Alters mehr. Das dachte er jedenfalls. Sie war jung und attraktiv. Er hatte Haare und Bart mit seinem besten Pflegemittel in Form gebracht.

„Also haben wir einen Deal?“, fragte Nora gerade heraus.

„Nur wenn es einen Besuch bei mir zu Hause einschließt“, antwortete er plump.

„Sei kein Mistkerl. Glaubst du, ich verkaufe meinen Körper für eine Story?“

„Es scheint mir, dass wir beide unsere Seele verkaufen und nicht unsere Körper.“

„Und was bietest du mir?“ Sie lächelte.

„Nur meine natürliche Attraktivität“, sagte er selbstbewusst.

Sie hielten Augenkontakt und unterdrückten ein Lachen. Plötzlich vibrierte Lunas Handy neben den bereits leeren Gläsern. Er reagierte nicht.

„Geh schon ran. Was, wenn es noch eine große Sache ist?“, stichelte sie ihn an.

Er nahm das Handy, ohne die Augen von ihr abzuwenden, und warf einen flüchtigen Blick auf den Bildschirm.

„Mein Chef. Keine Lust. Er geht mir auf den Geist."

„Na, wenn du nicht dran gehst, mache ich es eben für dich." Sie langte so flink nach dem Handy, dass sie es sogar in die Finger bekam. „Büro von Luna, mit wem spreche ich?"

„Ey!" Er lachte, verschränkte die Arme und wollte sich gerade entspannt zurücklehnen, als er merkte, wie sich ihr Gesichtsausdruck veränderte. Sie reichte ihm das Handy.

„Es ist dringend. Irgendwas ist mit Ruiz."

Sie kamen im Krankenhaus an, als Comisaria Ruiz gerade auf ein Zimmer gebracht wurde. Sie schlief noch. Ihre Schulter war bandagiert und sie hatte Wundverbände an Augenbraue und Kiefer.

„Was ist passiert?"

„Sie ist ohnmächtig geworden und hat sich verletzt."

„Wie und wo ist es denn passiert? Mit wem war sie zusammen?"

„Sie saß mit ein paar Rentnern auf einer Bank im Einkaufszentrum La Vaguada. Laut ihnen hatte sie bereits geblutet, als sie zu ihnen gestoßen war."

Rentner? Im La Vaguada? Eine blutende María? Luna sah sie an, erkannte sie aber kaum wieder. Er hatte sich nicht ausgemalt, was eine vom Dienst suspendierte, arbeitssüchtige Comisaria mit viel freier Zeit so alles anstellen konnte, aber ein Zusammenbruch mit Verletzungen bei irgendwelchen Rentnern im La Vaguada schien doch alles etwas viel. Vielleicht hätten sie sie nicht allein lassen sollen. Der Krankenpfleger berichtete, dass

Marías erste Frage nach dem Aufwachen nach einem gewissen Yago war. Doch als sie zu Bewusstsein gekommen war und entscheiden musste, wen sie benachrichtigen sollten, hatte sie Luna angegeben. Deshalb hatten sie in der Redaktion von *El Diario* angerufen, um ihn ausfindig zu machen.

Wer war dieser Yago? War er nicht derjenige, der dem Blog seinen Namen gab? Aber die dringendere Frage war natürlich: Wussten Martín und Esteban Bescheid? Luna nahm sein Handy und schrieb an Martín.

„Hast du von Ruiz gehört?"

„Dass sie mich versetzt hat, ja. Wir waren zum Abendessen verabredet. Warum?"

Luna verließ das Zimmer, um ihn anzurufen.

Nora ging zum Krankenbett und strich María über die Stirn. Sie öffnete die Augen, orientierungslos.

„Ach herrje. Es scheint wohl immer nur so, dass du alles unter Kontrolle hast. In Wahrheit bist du noch viel dümmer als ich", sagte Nora.

„Was machst du hier? Wo bin ich?"

Luna war wieder ins Zimmer gekommen, und die beiden erzählten María das bisschen, das sie wussten. Und sie? Woran konnte sie sich erinnern?

„Eloy!", sie versuchte vergeblich, aufzustehen. „Ich muss gehen. Eloy ist in Gefahr."

„Wovon redest du denn, Ruiz? Wer ist Eloy?"

„Oh Gott, Luna. Du musst Eloy unbedingt finden."

„Zuerst einmal musst du uns sagen, was überhaupt los ist. Und danach solltest du dich ausruhen."

„Erzähl mir, was in deinem Artikel steht. Hast du das Video gesehen? Konntest du die Männer erkennen?"

„Hast du mich benachrichtigen lassen, weil ich dein Freund bin oder um mich auszuquetschen?"

„Hör zu, Luna. Ich weiß, wer der Mörder ist. Einer von ihnen. Ich war bei ihm. Wenn du mir die Bilder zeigst, kann ich ihn identifizieren. Ich frage dich nicht nach Informationen, ich gebe dir welche!"

Nora betrachtete sie abwechselnd. Wenn Luna das Video hatte, war es an der Zeit, damit rauszurücken. Wenn er es nicht hatte, war es an der Zeit, das zuzugeben, damit sie es selbst beschaffen konnte. Sie hatte nicht viele Kontakte bei der Polizei, kannte aber andere Mittel und Wege.

„Ach, María", Luna versuchte sie zu beruhigen. Die Verbände bedeckten die blauen Flecke in ihrem Gesicht. Sie hatte viel Blut verloren und würde wahrscheinlich Narben zurückbehalten, und dann war da noch das Disziplinarverfahren mit all seinen möglichen Konsequenzen. Und doch interessierte María sich nur für das Video.

„Ich habe es nicht, Ruiz. Es wurde mir nur beschrieben. Aber du musst dir keine Sorgen machen, der Große ist bereits verhaftet worden. Es ist ihr Professor, Salas. Und der kleine ist wahrscheinlich gar nicht so klein, sondern ein Kind."

María versuchte erneut, sich aufzusetzen. Der Tropf wackelte in der Halterung. Künstliches Licht reflektierte in ihren müden Augen.

„Frag Salas nach den toten Truthähnen. Und dem versunkenen Hund. Frag ihn nach dem Blog. Er hat keine Ahnung von all dem."

„Bist du verrückt geworden? Welcher versunkene Hund?“

„Verdammt, Luna. Frag Martín.“

Luna schaute abwechselnd Nora und María an. Die Comisaria war so verwirrt, dass sie Dinge durcheinanderbrachte.

„Ich bin kein Polizist“, sagte Luna.

„Ruf ihn einfach an und frag. Wie das geht, weißt du doch, oder? Hör zu, Luna, wenn du mir nur einen einzigen Gefallen in meinem gesamten Leben tun willst, dann diesen. Ruf Esteban an. Ruf Martín an. Frag sie, ob Salas einen Termin mit Saramú an dem Wehr hatte. Denn ein anderer Mann hatte das. Und zwar nicht Salas, sondern Yago. Ich kann es dir beweisen. Verdammt, wenn ihr mir doch bloß zuhören würdet ... Frag sie einfach.“

Luna verließ das Zimmer wieder. Auch wenn es ihn nicht ganz überzeugte, was sie da erzählte, war er ihr gegenüber loyal und würde ihr den Gefallen tun. Dieses Mal rief er Esteban an.

María verlor derweil keine Zeit. Sie winkte Nora zu sich.

„Nora, bist du auf meiner Seite?“

„Natürlich, was ist los?“

„Sie glauben mir einfach nicht und wollen mich außen vor lassen. Du bist die einzige, die mir hierbei helfen kann. Du kennst doch die Dragona, oder? Du musst Eloy finden. Das ist ein Junge, der dort lebt. Er hat weder ein Handy noch eine Adresse. Würdest du mir bitte diesen Gefallen tun, Nora? Sag ihm, dass ich hier bin. Er soll nicht auf die Idee kommen, hierherzukommen, aber sag ihm, dass es mir gut geht. Gib ihm meine Telefonnummer. Das ist sehr wichtig, Nora. Ich glaube, er ist in Gefahr.“

„Schon erledigt.“

Luna kam zurück ins Zimmer. Martín war mittlerweile eingetroffen und umarmte María überschwänglich.

„Aber, María! Was machst du denn für Sachen? Kannst du nicht einfach mal stillhalten?"

„Ich schon, aber die Palmen im La Vaguada nicht."

Alle vier lachten. Danach warf Martín die beiden anderen raus.

Luna war dankbar für die Ablösung, nicht nur, weil eine Nacht im Krankenhausstuhl in seinem Alter fatal wäre, sondern auch, weil er viel zu recherchieren hatte.

Und Nora, weil sie zur Dragona eilen wollte.

IV.
Yago

Album Y Nummer 4

Das nächste Mal war noch merkwürdiger.

Ich hörte, dass ein Mörder vor Gericht stand, und beschloss, den Menschenmassen dorthin zu folgen, um auch ja nichts zu verpassen. So war es zu den Zeiten, als Hinrichtungen noch öffentlich stattfanden und Verbrecher sich ihrem Urteil auf Plätzen stellten, auf den sich die Menschen drängten um sich das Spektakel zu bezeugen, das sie anschließend in allen Einzelheiten weitererzählen würden.

An diesem Tag verbreitete sich die Nachricht wie ein Lauffeuer entlang des Paseo de la Florida. *„Der Mörder wurde gefasst" und „Er wird gerade verurteilt" hieß es.*

Ich näherte mich der Menge, die sich vor der Wallfahrtskapelle San Antonio de la Florida *versammelt hatte, aber was ich vorfand, war keine Verurteilung, sondern ein Mann, der eine Leiche präsentierte, während das Publikum aufgeregt versuchte, einen Blick auf sie zu erhaschen. Ein weiterer Mann stand auf einem Stein und sprach zu ihnen. Das Gesicht des Toten war schmutzig, die Haut fahl, Kleider und Körper so steif, dass alle sofort wussten, dass es sich um einen Leichnam handelte. Einzig die Art, wie er dastand, ohne dem Mann, der ihn festhielt, aus den Armen zu gleiten, ließ Zweifel aufkommen. „Er ist auferstanden", hieß es da. Angesichts der aufrechten Position der Leiche hätte man das vielleicht auch glauben können, doch das Gesicht räumte jeden Zweifel aus dem Weg: Der Mann war tot. Ich wusste schließlich, wovon ich sprach. Zu diesem Zeitpunkt war ich bereits ein angesehener Gerichtsmediziner.*

Mehrere Frauen, wahrscheinlich Verwandte, weinten, während andere neugierig dem Mann auf dem Stein zuhörten, der mit ruhiger aber eindringlicher Stimme zu ihnen sprach. Bald lag die Aufmerksamkeit allein auf ihm.

Neuigkeiten kamen stets unvorbereitet, und so sahen alle aus, wie sie eben gerade unterwegs gewesen waren. Die Damen in schicken Kleidern mit tiefen Ausschnitten, bereit für einen Spaziergang. Andere Frauen erschöpft, von Kopf bis Fuß mit dem Staub ihrer täglichen Arbeit bedeckt. Dienstmädchen, die weder Zeit noch Möglichkeit hatten, sich zurechtzumachen, und die bei der Verrichtung ihrer Aufgaben überrascht worden waren. Es gab auch Bettler und Landstreicher in Lumpen, und einige zerzauste Kinder kletterten auf die Tore, um nichts zu verpassen.

Plötzlich sah ich ihn. Da war er wieder. Dieser korpulente und ernste Mann mit der breiten Stirn und dem durchdringenden Blick, der sich wie immer im Hintergrund hielt und uns beobachtete. Als stünde er außerhalb unserer Welt und hätte keinerlei Absicht, sie zu betreten. Er wollte sie nur beobachten. Oder sogar erfinden. Als ob er die verborgenen Fäden in der Hand hielt, mit denen wir alle gelenkt wurden.

In diesem Moment war ich mir sicher, dass er mir folgte. Mit seinem distanzierten Blick, seinem ständigen Beobachten von all dem, was um ihn herum geschah. Er erschien immer dort, wo ich gerade war.

„He! Was willst du?" Dieses Mal sprach ich den Eindringling direkt an. Ich rief noch lauter. „Suchst du mich? Verfolgst du mich?"

Aber er hatte mich nicht gehört. Er beobachtete weiterhin die Menschenansammlung, ohne mich zu beachten. Der Mann auf dem Stein sprach noch immer, doch der Fremde konnte ihn unmöglich verstehen, wenn er schon mich nicht gehört hatte. Schließlich stand ich so viel näher. Er schien taub zu sein. Neuankömmlinge bekamen Zusammenfassungen erzählt und es entstand eine konfuse Geschichte über den Toten, den Mörder und den Auferstandenen. Ich zog mir die Kapuze über den Kopf und beobachtete weiter. Der Eindringling war, wie immer, allein. Er konnte seinen Blick nicht von den Frauen mit den tiefen Ausschnitten abwenden. Ich erinnerte mich, dass dies die Kapelle war, zu der am Festtag des heiligen Antonius alleinstehende Frauen pilgerten, um ihr Schicksal in die Hände des Heiligen zu legen. Doch suchte er nicht nach einer Braut. Mit seinen Augen verschlang er sowohl Frauen als auch Männer. Aus weiter Entfernung, ohne an dem Geschehen teilzunehmen.

In diesem Moment kreuzten sich unsere Blicke. Keiner wandte sich ab. Ich hatte sogar das Gefühl, dass er mich komplizenhaft anlächelte. Und doch war er nicht bei mir. Er war bei allen und gleichzeitig bei niemandem.

25

Es war noch dunkel draußen, als Martín die Augen öffnete, doch María war bereits aufgestanden und betrachtete ihr Gesicht im Spiegel an der Badezimmertür.

„Was machst du da?“ Martín sprang so schnell aus seinem Stuhl, dass das Tablett, auf dem er sein Handy und die Fernbedienung abgelegt hatte, in die Luft flog. Nachdem die Krankenschwestern ihn gebeten hatten, aufzupassen, dass María, wenn überhaupt, nur mit großer Vorsicht aufstand, hatte er nur unruhig geschlafen. Wie üblich war sie ihm zuvorgekommen.

„Es geht mir gut.“

María war dabei, die Pflaster von ihrem Gesicht zu entfernen. Der kleine Schnitt an der Augenbraue war sehr tief, und zwischen den Nähten quoll etwas Blut hervor. Die andere Wunde zog sich vom Kiefer bis zum Wangenknochen. Sie war lang, sah aber oberflächlich aus.

„Geh wieder ins Bett, Chefin. Du siehst gar nicht gut aus.“

Martín wollte ihr zurück ins Bett helfen, doch sie griff sich den Tropfständer und lief auf Socken und mit ihrem grünen Krankenhauskittel auf den Flur. Martín folgte ihr bis zum Tresen der Abteilungsübersicht.

„Ich brauche einen Ohrenarzt“, sagte sie zu einer der Krankenschwestern.

„Einen Ohrenarzt? Ich glaube, was Sie brauchen, ist Bettruhe.“ Die Schwester gähnte, es war noch früh. „Tut mir leid, Sie müssen bis zur Visite warten.“

„Entschuldigen Sie, aber ich bin Polizistin und muss jetzt sofort zu einem Ohrenarzt.“

Martín hielt sich die Augen zu, nicht, weil er die Gefahr ignorieren wollte, in die sie sich immer wieder begab, sondern weil er wusste, dass jeder Versuch, sie davon abzubringen, vergeblich sein würde. Er war gewarnt worden, dass er alles nur noch schlimmer machen würde, wenn er ihr half. Das Beste, was er also tun konnte, war, sie in Ruhe zu lassen oder sie vor den Folgen zu warnen.

„Sei doch nicht dumm. Du bist nicht im Dienst. Sie werden dich fertig machen", hätte er ihr sagen sollen. Stattdessen nahm er die Hände von den Augen und sagte: „Bitte suchen Sie einen Ohrenarzt. Wir sind Polizisten und brauchen ihn für eine Ermittlung." Er legte seinen Dienstausweis auf den Tresen. „Und einen normalen Arzt für sie. Wir gehen zurück aufs Zimmer."

María sah ihn amüsiert an und folgte ihm.

„Kannst du mir bitte sagen, wofür zum Teufel du jetzt einen Ohrenarzt brauchst?"

„Um ihm ein paar Fragen zu stellen. Du solltest gehen, bevor du noch in Schwierigkeiten kommst. Mach dir keine Sorgen um mich."

„Okay, warte kurz, ich drücke jetzt auf den Knopf: ‚Keine Sorgen um María Ruiz machen.' Sonst noch etwas?"

„Hast du zufällig was zu Essen?", fragte María verschmitzt. „Ich bin am Verhungern."

Martín durchwühlte seine Tasche, aber in diesem Moment hörte er das Klappern von Tabletts auf dem Flur und spähte hinaus. Die Schwestern verteilten gerade das Frühstück.

„Du hast Glück, es gibt Frühstück." Martín ging zurück zum Bett. „Und sagst du mir jetzt bitte, warum du einen Ohrenarzt suchst?"

„Nur wenn du mir sagst, warum du den anderen nichts von deinem Hund erzählt hast."

Martíns Wangen verfärbten sich rot. Er war so überrascht, dass er unüberlegt antwortete.

„Mein Hund? Was hat der damit zu tun?"

„Alles hat damit zu tun, Martín. Du verheimlichst etwas. Vor mir und vor der Polizei." María merkte erschrocken, dass sie zwischen sich und der Polizei unterschieden hatte, als würde sie tatsächlich nicht mehr dazu gehören. „Und wenn du es den Bullen nicht sagen willst, dann doch wenigstens mir."

Martíns Gesicht blieb dunkelrot. Er hielt seinen Blick auf den Boden gerichtet. Glücklicherweise kam in diesem Moment die Krankenschwester mit dem Frühstückstablett und gleichzeitig eine Ärztin zur Visite, sodass er die Gelegenheit nutzte, um zu fliehen. Wenigstens für ein paar Minuten, um einen Kaffeeautomaten ausfindig zu machen.

Als er zurückkehrte, war María bereits vom Tropf genommen worden. Sie musste noch auf eine Tetanusimpfung und einen Haufen Anweisungen zur Wundversorgung bis zum Fäden ziehen warten, aber danach würde sie gehen können. Ein großer Bluterguss begann sich auf der linken Seite ihres Gesichts auszubreiten. Auch ihre Beine sahen dunkel aus und die Mischung aus Betadin und getrocknetem Blut war von dem immer größer werdenden Hämatom nicht zu unterscheiden.

„Sieht schon viel besser aus", log Martín. In Wahrheit war sie immer noch übel zugerichtet.

„Und jetzt gehe ich runter in den dritten Stock. Dort wartet der Ohrenarzt auf mich."

„Soll ich mitkommen?“

„Das musst du wissen, Martín. Aber wenn, dann machen wir auch alles gemeinsam. Du kannst es dir noch überlegen.“

Er nahm die Hände aus den Taschen und massierte sich die Schläfen. Er könnte Estebans Anweisungen befolgen und María zu ihrem eigenen Wohl jegliche Hilfe verweigern, weil er sonst sie und das ganze Team in Schwierigkeiten bringen würde. Oder er könnte seinem Instinkt folgen und sie auf ihrem Weg durch das Drama begleiten, das mit dem Unfall von Tomás begonnen und sich mit der Suspendierung von María, dem Tod von Carlos und nun mit diesem verdammten Fall fortgesetzt hatte. Entweder er hielt sich an seine Anweisungen oder aber er begab sich auf die brenzlige Seite des Ungehorsams, die er tief im Inneren für richtig hielt. Und das bedeutete, ehrlich zu sein und sich nicht mehr zu verstecken.

„Okay, lass uns gehen“, sagte er, „ich lass dich nicht im Stich.“

Die Dragona war noch in Dunkelheit gehüllt, als Nora dort früh am Morgen ankam. Seit ihrem letzten Besuch waren die Bäume größer geworden oder hatten mehr Blätter bekommen, die ihre Schatten auf den Platz vor dem besetzten Haus warfen. Sie kannte einen der Bewohner und hatte mit ihm mehrere WhatsApp-Nachrichten ausgetauscht, um sich anzukündigen, aber sie hatte noch nicht nach Eloy gefragt, den sie für María ausfindig machen sollte. Sie erreichte den Eingang. Die Tür war verschlossen und sie klopfte mehrmals kraftvoll dagegen. Hinter den Brettern, die vor die Fenster genagelt waren, konnte sie nervöse Gesichter sehen, und jemand öffnete schnell die Tür. Sie ging hinein. Viele jüngere Leute drängten sich in der Eingangshalle. Trotz der Kälte konnte sie Angstschweiß riechen. Ihr Kontaktmann Edu, ein Kommilitone, führte sie in die Küche, die vom Licht der Straßenlaternen und des Mondes spärlich beleuchtet wurde.

„Was ist passiert?“, fragte sie.

„Es gab eine Auseinandersetzung mit den Bullen“, antwortete er nervös. „Sie sind mit extrem vielen Leuten angerückt. Wir haben einen Aufruf in den Netzwerken gestartet und viele sind gekommen, weil wir dachten, es sei die endgültige Räumung, da gerade so viel über die Dragona berichtet wird. Aber am Ende sind sie wieder abgezogen.“

„Und was wollten sie?“

„Wer?“

„Na, die Bullen.“

„Sie haben nur einen Jungen gesucht, Eloy.“

„Weißt du, warum?“

„Er ist minderjährig. Seine Alten haben nach ihm gesucht, nehme ich an. Nichts Großes, aber sie verwenden natürlich jeden kleinen Scheiß gegen uns.“

„Und wo ist er jetzt?“

„Dieser Eloy? Keine Ahnung. Ich kenne ihn kaum. Und diejenigen, die ihn kennen, haben ihn seit gestern nicht mehr gesehen.“

„Scheiße.“

Nora erzählte Edu, dass auch sie ihn suchte. Aus irgendeinem Grund war der Junge in Gefahr, und eine gute Freundin hatte sie gebeten, ihn zu finden.

„Deine Polizistenfreundin?“

„Wie kommst du darauf?“

„Man sagt, dass du dir ein paar gute Freunde bei der Polizei angelacht hast …"

„Ich bin Journalistin, Kollege, ich habe meine Quellen. Wenn du auch einer werden willst, brauchst du auch welche."

„Ich verkaufe mich nicht, Nora. Die Bullen sind immer der Feind. Sie verteidigen nur den Neoliberalismus und das Kapital. Und sie wollen uns vertreiben."

Es hätte ihn überrascht, wenn er erfahren hätte, dass unter den Bullen auch welche verfolgt wurden, aber Nora machte sich nicht die Mühe, ihn zu belehren. Vorurteile waren eben Vorurteile.

„Hör zu, Edu. Sara Muñoz, ein Mädchen, das hier gewohnt hat, ist ermordet worden. Und jetzt ist Eloy, der ebenfalls hier gewohnt hat, verschwunden."

„Glaubst du, da gibt es einen Zusammenhang?"

„Ich weiß es nicht. Aber es hat nichts mit dieser Räumung zu tun. Auch nicht mit dem Kapitalismus."

„Hmm …", Edu blickte nachdenklich ins Leere, „vielleicht wollen sie unsere Moral schwächen. Vor dem finalen Angriff."

„Jedenfalls danke ich dir. Wenn du etwas von dem Jungen hörst, rufst du mich an, ja?"

Der Student antwortete nicht. Er versuchte vermutlich gerade, die neugewonnenen Informationen in seine universelle Verschwörungstheorie einzufügen.

„Du rufst mich an, ja?", sagte sie nachdrücklich.

„Ja", antwortete Edu.

Nora verließ die Küche, um sich noch weiter umzuschauen.

26

María erreichte den dritten Stock und betrat die HNO-Station. Die Krankenschwestern schauten die Patientin im grünen Krankenhauskittel mit der übel aussehenden genähten Wunde im Gesicht misstrauisch an. Martín war ihr gefolgt. Auch er wurde skeptisch beäugt.

„Wonach suchen Sie? Können wir Ihnen helfen?"

Sie antwortete nicht, sondern ging schnurstracks den Flur hinunter zum Sprechzimmer 303, wo sich der diensthabende Arzt gerade aufhielt.

„Ich muss mit Dr. Sanz sprechen."

Eine Assistentin musterte sie von oben bis unten.

„Sind Sie sicher, dass Sie hier richtig sind?"

„Ja. Ich muss mit Dr. Sanz sprechen."

Ohne zu warten, klopfte sie an seine Tür und ging hinein, gefolgt von Martín. Dr. Sanz war gerade dabei, seine Jacke auf einen Kleiderbügel zu hängen und sich einen weißen Kittel überzuziehen. Ihm war berichtet worden, dass Polizisten ihn für eine Ermittlung suchten, aber eine verletzte Frau im Krankenhauskittel und einen gesunden jungen Mann, der aussah, als hätte er seit seiner ersten Kommunion nicht mehr geschlafen, hatte er nicht erwartet.

„Und Sie sind?"

„María Ruiz, Comisaria der Nationalen Polizei, und …"

María schaute Martín an und wollte ihn gerade mit Namen vorstellen, überlegte es sich aber anders. „Und ein Kollege."

„Und was ist mit Ihnen passiert?" Der Arzt zeigte auf ihr Gesicht.

„Berufsrisiko", antwortete María. „Meine Frage hat damit nichts zu tun."

„Dann fragen Sie mal."

„Nehmen wir an, ich bin an einem Schießstand: Welchen Schaden kann ich anrichten, wenn ich meine Ohren nicht gegen den Lärm schütze?"

„Nun, das ist einfach." Der Arzt schien zufrieden zu sein, so schnell eine Antwort parat zu haben. „Sie würden taub werden. Deshalb ist das Tragen eines Gehörschutzes beim Schießen Pflicht."

„Und nun stellen Sie sich vor, dass eine Person eben keinen Gehörschutz trägt."

„Auf einem Schießstand ist das verboten, Frau Comisaria. Wie gesagt, ein Gehörschutz ist da heutzutage Pflicht. Bei Jägern ist das etwas anderes, oder bei DJs, die mit zwanzig schon so schwerhörig sind wie alte Leute. Oft verlieren sie die Membran, die das Trommelfell schützt, oder schlimmer noch, sie brechen sich die kleinen Gehörknöchelchen, die der Schallabsorption dienen. Und eine solche Verletzung ist leider irreparabel."

Dr. Sanz zeigte auf eine Tafel an der Wand und beschrieb detailreich die Position von Amboss, Hammer und Steigbügel – den Knochen hinter dem Trommelfell – mit einer spürbaren Leidenschaft.

„Der menschliche Körper hat zweihundertsechsundzwanzig Knochen. Aber das hier sind die kleinsten und daher extrem empfindlich. Sie nehmen die Vibrationen auf, die das Trommelfell erreichen und wandeln sie in Nervenimpulse um, die zur Großhirnrinde weitergeleitet werden. So lange sie richtig funktionieren, sind sie eine perfekte Maschine. Das Trommelfell kann wiederhergestellt werden, aber wenn die Knochen erst einmal beschädigt sind, kann man nichts mehr tun."

María beobachtete aufmerksam, wie Martín verwirrt von der Tafel zu ihr rüber schaute. Es herrschte Schweigen.

„Was ich Ihnen sage, ist offensichtlich, das weiß jeder", sagte der Arzt etwas pedantisch. „Also nehme ich an, dass Sie noch etwas anderes wissen wollen?"

María dachte kurz darüber nach. Was sie fragen wollte, klang verrückt, aber das war ja in letzter Zeit nichts Neues.

„Es tut mir leid, dass ich noch einmal auf den Schützen zu sprechen komme. Schießen ohne Gehörschutz, was genau sind die Folgen?"

„Die erste Folge, Comisaria, ist eine Geldstrafe für den Schützenverein. Ich bestehe darauf, dass kein Ausbilder ein Schießtraining ohne Gehörschutz zulassen würde. Dafür könnte er gefeuert werden."

„Verstanden, Doktor. Aber rein hypothetisch: Was passiert mit denen, die sich nicht daran halten und bei jedem Schuss ihren Gehörschutz abnehmen? Immer und immer wieder?"

„Pistolen- und Gewehrschüsse haben hundertvierzig Dezibel, Comisaria. Das ist die Schmerzgrenze des menschlichen Ohres. Und es ist kumulativ. Kein Ohr kann das für lange Zeit aushalten, ohne taub zu werden. Deshalb ist es der Gesellschaft für Hals-Nasen-Ohren-Heilkunde gelungen, die Gehörschutzpflicht durchzusetzen, um die Lautstärke um mindestens zwanzig bis dreißig Dezibel zu reduzieren."

„Es tut mir leid, Herr Doktor", unterbrach ihn María ungeduldig, „ich weiß, was Pflicht ist. Ich übe ja selbst Schießen. Ich bin Polizistin. Ich frage Sie eben nach einem unüblichen

Fall. Also was würden Sie über einen Mann sagen, der vor jedem Schuss alibimäßig seinen Gehörschutz aufsetzt und ihn aber immer, wenn er schießt, kurz verrückt. Jedes Mal."

Der Arzt stand auf wies auf die Tafel, auf der Außen-, Mittel- und Innenohr detailliert zu erkennen waren. Er tippte mit dem Finger auf die Cochlea, die in der Zeichnung als Ausgangspunkt des Hörnervs dargestellt war. Und nach kurzem Nachdenken bewegte er seinen Finger zum Zentrum des Gehirns.

„Dass Sie sich hier bei mir im falschen Stockwerk befinden", sagte er.

„Was meinen Sie damit?", fragte María.

„Ein solcher Mann wäre wahnsinnig. Es sei denn, er ist ein totaler Idiot mit nur einem Ziel: taub zu werden. Oder zu erfahren, wie es ist, taub zu sein, auch auf die Gefahr hin, dass es nicht rückgängig zu machen ist. Und wenn er dies freiwillig tut, so wie es in Ihrer Erzählung der Fall ist, dann ist das Selbstzerstörung. Eine Form von Selbstmord. Für solche Leute können wir hier nichts tun. Da kann Ihnen die Psychiatrie besser weiterhelfen."

Mehr Informationen brauchte María nicht. Als Psychologin, doch auch aus anderen Gründen, war sie mit den selbstzerstörerischen Impulsen, von denen manche Menschen in Extremsituationen getrieben wurden, durchaus bekannt. In den meisten Fällen sollte dadurch Aufmerksamkeit erlangt werden. Doch sich selbst unbemerkt Schaden zuzufügen, war etwas völlig anderes. Und genau das tat Yago-ohne-Nachnamen, Arzt und Bettler, Kunstexperte und Sportschütze, der Saramú gekannt und María verarztet und zum Einkaufszentrum gefahren hatte. Der offensichtlich versuchte, taub zu werden.

Wie Beethoven? Oder wie Goya? Spielte er etwa mit dem Gedanken der Genialität?

„Könntest du mir mal bitte erklären, was hier vor sich geht?“, fragte Martín, als sie zurück in Marías Zimmer waren. „Was hat es mit diesem Schützen und dem Gehörschutz auf sich?“

„Na, du warst doch dabei, als ich es erzählt habe. Ein Mann versucht, taub zu werden.“

„Ein bisschen weiter ausholen müsstest du schon.“

„Wenn wir bei mir zu Hause sind, erkläre ich dir alles.“

„Hast du schon eine Tafel vorbereitet?“ Martín schmunzelte. Gemeinsam hatten sie früher in Marías Wohnung riesige Ermittlungstafeln mit allen Informationen gefüllt, die sie zu den jeweiligen Fällen hatten. Dabei hatten sie literweise Kaffee getrunken und wie besessen auf die vermeintlichen Verknüpfungen gestarrt. Tomás war auch immer dabei gewesen.

„Selbstverständlich habe ich bereits eine Tafel, du kennst mich doch.“ Marías Augen trübten sich, als sie sich kurzweilig in Erinnerungen verlor. „Lass uns das Ganze bei mir zuhause besprechen, Martín. Und nebenbei kannst du mir auch sagen, was mit dir los ist.“

María packte ihre Sachen zusammen. Als sie gerade ihr Handy einstecken wollte, sah sie drei ungelesene Nachrichten. Sie ging sie schnell durch.

Rodrigo Tesón: „María. María, geht es dir gut? Ich würde dich gerne wiedersehen. Du hast nichts mehr von dir hören lassen.“ Dahinter hatte er ein Herz eingefügt.

Nora: „Schlechte Nachrichten, Ruiz. Eloy ist verschwunden. Und die Polizei sucht nach ihm. Es gibt auch einen neuen Blogeintrag. Darin ist von einem Toten die Rede. Ruf mich an!“

Luna: „Eine weitere Leiche, Ruiz, in der Nähe der Kapelle *San Antonio de la Florida*. Ruf mich an oder komm sofort."

María schaute Martín an. Sein Gesicht war kreidebleich, der Blick nervös. Er zeigte ihr sein Handy, auf dem die Warnmeldung angezeigt wurde, die sie in der Vergangenheit selbst oft erhalten hatte und die sie nun auf gewisse Weise vermisste.

„Ein weiterer Mord im Bereich des Manzanares. Alle in Bereitschaft."

„Sag mir bitte, dass es kein Junge ist", sagte sie.

„Woher zum Teufel soll ich das wissen?", antwortete Martín.

Aber keiner von beiden versuchte, das Gespräch weiterzuführen. Martín war bereits auf den Flur gestürmt und María zerriss die Plastiktüte mit den Kleidern, die sie am Tag ihres Unfalls angehabt hatte, zog sie schnell an und lief ihm hinterher. Sie hörte nicht, wie ein Krankenpfleger versuchte, sie aufzuhalten. „Hey, warten Sie. Wir müssen Ihnen noch Ihre Medikamente geben. Und die Impfung! Sie müssen noch geimpft werden!"

Zweites Verbrechen, zweite Leiche und zweiter Tatort in der Nähe des Manzanares in nur sieben Tagen. María und Martín mussten nicht diskutieren, um die Ernsthaftigkeit der Lage zu erkennen. Der Hauptverdächtige im Mordfall Saramú befand sich in Gewahrsam, und doch waren beide wieder hier, am Ufer des Flusses, auf der Suche nach Schatten, die dunkler waren als die, die sich auf ihre Gesichter gelegt hatten. María hatte nie an die Schuld des Professors geglaubt. Genauso wenig wie an die verfluchten Worte, die Martín nur wenige Stunden zuvor gesagt hatte: Fall abgeschlossen.

Fall ab-ge-schlos-sen.

Sie näherten sich leise dem Tatort. Martín wich Marías Blick aus. Die Leiche wurde gerade für die Polizeiakten fotografiert. Davor hatte sich eine Traube an Schaulustigen gebildet, die völlig stumm vor dem Leichnam standen.

María ging schnurstracks weiter bis in die erste Reihe und kaschierte kaum ihre Bemühungen, die bestmögliche Sicht auf die Leiche zu ergattern. Ihr Blick fiel auf den blutigen Brustkorb, der mit so vielen Stichwunden übersäht war, dass schon die Rippen sichtbar wurden. Die Kleidung der Person war schmutzig und sie trug keine Schuhe. María konnte den Kopf aus diesem Winkel nicht sehen.

Sie versuchte, die Größe des Leichnams einzuschätzen. Eloy war schlaksig, mit Brust, Schultern und Hüften eines vorpubertären Jungen, was auf den ersten Blick nicht mit dem übereinstimmte, was sie sah. Doch sie konnte sich nicht sicher sein.

„Machen Sie Platz!" Ein Beamter versuchte, die Menschenmenge auseinander zu treiben, und als er an der Polizeiabsperrung angekommen war, fiel sein Blick auf María. Er erkannte sie sofort und seine Augen weiteten sich angesichts der Wunden in ihrem Gesicht. Beunruhigt wandte er sich zu seinen Vorgesetzten um und wusste nicht ganz, was er tun sollte. „Comisaria Ruiz?", fragte er schließlich.

„Wer ist das Opfer?" María wies auf die Leiche.

„Das wissen wir nicht, Comisaria. Aber Sie …" Er blickte nervös nach hinten.

„Sagen Sie mir, wer es ist. Bitte", beharrte María. Ihre Erregung war deutlich spürbar.

„Es ist ein Mann. Von der Kleidung her sieht er wie ein Bettler aus. Er ist wie ein Tier zerstückelt worden." Der Beamte zögerte und wollte die Absperrung öffnen, um sie durchzulassen, aber sie schüttelte den Kopf. Sie wollte ihn nicht in Schwierigkeiten bringen.

„Wissen Sie sein Alter?"

„Dafür ist es noch zu früh, Comisaria. Das wird nur schwer herauszufinden sein."

„Sie haben nicht mal eine ungefähre Ahnung? Aufgrund der Haare und der Gesichtszüge?"

Der Beamte sah sie erstaunt an. Er drehte sich wieder um, auf der Suche nach Anweisungen von dem Vorgesetzen, der mit Esteban ganz in der Nähe stand. Er schien nicht sonderlich erpicht auf das Gespräch mit ihr zu sein. María hatte ihn einmal getroffen und wusste, dass er relativ neu im Morddezernat war. Beiden war klar, dass es besser wäre, die Situation nicht zu forcierten. Aber sie zeigte trotzdem auf die Leiche und blieb beharrlich.

„Sie haben es doch gesehen, oder nicht? Sein Gesicht? Wie alt schätzen Sie ihn?"

„Das Gesicht? Aber … Comisaria." Der junge Beamte drehte sich um und als er einen seiner Vorgesetzten näherkommen sah, schüttelte er nur den Kopf und sagte leise: „Es gibt kein Gesicht, Comisaria."

„Was soll das heißen, es gibt kein Gesicht?"

Der Beamte fuhr sich mit einem Finger über den Hals und sagte mit zittriger Stimme: „Es gibt kein Gesicht, weil es keinen Kopf gibt. Er wurde abgetrennt. Und wir konnten ihn leider noch nicht finden."

Er drehte sich um und verschränkte die Arme. Die Menge hatte sich bereits zerstreut, damit könnten seine Vorgesetzten zufrieden sein.

María ging ein paar Schritte weiter. Eloy war kein Bettler, aber seine abgetragenen Kleider hatten mehr Besitzer gesehen als Waschmaschinen. Sein schlecht geschnittenes Haar war schon länger nicht mehr mit Shampoo in Berührung gekommen, geschweige denn gekämmt worden. Seine Fußsohlen waren abgehärtet, hinderniserprobt, denn er ging oft barfuß. Sie erinnerte sich, wie furchtlos und geschickt er sich durch den unterirdischen Tunnel bewegt hatte. Er hatte gewusst, wie man hineinkam, wen man dort antraf und wie man wieder herauskam. Er verkehrte unter Bettlern, als ob er einer von ihnen wäre.

„María."

Die Stimme ertönte direkt neben ihr, doch sie reagierte nicht. Sie war wie erstarrt.

„María."

Martín berührte ihre Schulter.

„Komm schon, María." Er nahm sie in die Arme.

Sie ließ es geschehen, doch blieb regungslos. Schließlich löste sie sich aus der Umarmung.

„Ich gehe nach Hause, Martín, du musst wahrscheinlich bleiben."

„Du kannst auch bleiben, wenn du willst. Esteban und die anderen sind mir egal. Wir können gemeinsam ermitteln."

„Nein, Martín. Ich weiß schon längst, wer der Schuldige ist, aber ihr wolltet nichts davon hören. Und jetzt gibt es ein weiteres Opfer." Sie zitterte, schüttelte immer wieder den Kopf und schrie: „Ihr seid Idioten. Hirnlose Schwachköpfe."

„Hör mal, Ruiz!" Martín versuchte sie zu festzuhalten. „Sobald ich etwas Neues weiß, rufe ich dich an. Und sobald ich fertig bin, komm ich zu dir nach Hause. In Ordnung? Ich steh hinter dir."

María wandte sich zum Gehen, hielt dann inne und drehte sich noch einmal um.

„Ob du hinter *mir* stehst, ist völlig egal, du Idiot! Das kannst du auch Esteban sagen. Es sind die Opfer, hinter denen ihr stehen solltet.“ Sie zeigte auf die Stelle, an der die Leiche lag. „Und sag ihm außerdem, dass er statt mich zu bevormunden lieber was Nützliches tun sollte. Wenn ihr den Mörder fassen wollt, müsst ihr zu mir kommen. Ich weiß, wer er ist.“

María machte sich auf den Weg und winkte ein Taxi herbei. Martín schaute dem wegfahrenden Auto hinterher. „Wir brauchen deine Tafel, Ruiz. Deinen verdammten Ermittlungsfortschritt. Wir brauchen dich.“

María war noch unterwegs, als sie einen Anruf bekam.

„Ich schätze, du hast den letzten Blogeintrag noch nicht gelesen“, sagte Nora.

„Nein, noch nicht.“

„Erinnerst du dich daran, dass in den ersten drei Texten der Protagonist mehr oder weniger erklärt, wer er ist und wer hinter ihm her ist?“

„Ja.“ Nora hatte es auf den Punkt gebracht. Verfolgungswahn war eine passende Beschreibung für das, was der Blogger seinem angeblichen Beobachter gegenüber empfand.

„Nun, im vierten Eintrag ist von einem Toten in der Nähe der Kapelle *San Antonio de la Florida* die Rede. Ich glaube, dass er seine Tat dieses Mal im Voraus angekündigt hat.“

„Das ist neu“, meinte María.

„Und ich habe noch etwas herausgefunden.“

„Und was.“

„Erinnerst du dich, dass in Saramús Kalender von sechs Einträgen die Rede war? Dass sie sechs Blogeinträge geplant hatte?", fragte Nora.

„Sicher, ich war es schließlich, die dir davon erzählt hat."

„Nun, es waren nur die ersten beiden vorgesehen, Ruiz. Die restlichen werden nachträglich geschrieben."

„Woher weißt du das?"

„Ich betreibe selbst einen Blog und verstehe mich gut mit dem Systemadministrator. Ich hab ihn darum gebeten, es herauszufinden. Ich weiß nicht, warum uns das nicht schon früher eingefallen ist."

María wusste, warum. Wäre sie mit ihrem gesamten Team auf der Wache gewesen, wären sie jeder einzelnen Spur in dem Fall akribisch nachgegangen und Tomás hätte diese Information sekundenschnell herausgefunden. Aber die Zeiten waren vorbei, daran musste sie sich gewöhnen.

„Was für Idioten."

„Wer?"

„Na, wir. Die Polizei. Ich."

Sie schwiegen. Saramús Kalender enthielt Notizen zu den ersten beiden Blogeinträgen, doch vielleicht war es ein gemeinsames Projekt. Vielleicht hatte sie sich die Arbeit mit Yago geteilt. Auf die folgenden vier hatte sie nur noch Anspielungen gemacht und zwei von ihnen waren noch gar nicht veröffentlicht.

„Und was sollen wir tun?", fragte Nora. „Ich weiß nicht mehr, ob ich weiter recherchieren oder rund um die Uhr das Flussufer bewachen soll."

„Hör zu, Nora. Inzwischen ist klar, dass der Blog von Yago geschrieben wird. Ich weiß nicht, wie ich so eine Idiotin sein konnte. Ich glaube, ich dachte, der Blog gehört Sara, weil er in ihrem Kalender stand. Jetzt müssen wir herausfinden, was im fünften Eintrag stehen wird. Aber überlass das mir."

María kam zu Hause an, warf ihre Sachen auf den Boden und stellte sich vor ihre Tafel. So langsam ähnelte ihr Wohnzimmer einem Polizeirevier.

27

Die Ermittlungsskizze an der Tafel wurde immer komplexer. Früher hatte sie dafür Kalenderseiten, Pappkartons und Servietten benutzt, aber da sie nun dazu verdammt war, zu Hause zu bleiben, hatte sie aus den Tiefen ihres Schrankes ein großes Whiteboard hervorgekramt, das sie mal von ihren Kollegen geschenkt bekommen hatte. Sie hatte es gegen die Wand gelehnt und in den letzten Tagen verschiedene Notizen hinzugefügt und wieder verworfen, aber die Grundzüge waren immer noch dieselben:

1. Drei tote Truthähne mitten auf einem öffentlichen Platz.
Tatort: Park in der Nähe des Manzanares.

2. Toter Hund, versunken. Gehörte Martín.
Ort: Friedhof der Kapelle San Isidro, in der Nähe des Manzanares. Nachrichten mit der Wegbeschreibung auf Martíns Handy.
GEMÄLDE VON GOYA. IM PRADO.

3. Tote Frau: Sara Muñoz.
Ort: 5. Wehr am Manzanares.
Graffito „PR LIBERAL“ an einer Wand in der Nähe.
ZEICHNUNG VON GOYA. IM PRADO.
Saras Adresse: Dragona. Arbeit: Fakultät für Kunstgeschichte mit Professor Salas. Belästigung.
Im Kalender: Verabredungen mit Yago, Informationen über den Blog.
Freund: Eloy.

Tätowierungen: Eulen, Volaverunt, die Wahrheit ist gestorben und der Schlaf der Vernunft gebiert Ungeheuer.

Auf der rechten Seite des Whitebords hatte María in großer Schrift mehrere Fragen notiert:

Sara: Warum hat sie Yago Geld überwiesen?
Martín: Was verheimlicht er? Wer hat ihm die Nachrichten geschrieben?
Yago: Was will er? Was hat er vor?
Eloy: Was weiß er noch?

María sah sich die letzte Frage noch einmal an und wischte sie resolut weg. Stattdessen schrieb sie:

Wo zum Teufel steckt Eloy?

Sie rieb sich die brennenden Augen und fuhr fort:

4. Toter Mann, erstochen. Möglicherweise Bettler.
Ort: Kapelle *San Antonio de la Florida.* An den Ufern des Manzanares.
Enthauptet.
Blogdeyago.com: Tat wurde auf dem Blog beschrieben.

Sie fügte drei neue Fragen hinzu:

Der Fall de la Florida: Gemälde von Goya?
Warum hat er in dem Blog darüber geschrieben?

Wird er in den nächsten Blogeinträgen weitere Verbrechen ankündigen? Zwei Einträge fehlen noch.

María sackte auf der Couch zusammen. Sie hatte den Blog gelesen, Saramús Kalender nach weiteren Hinweisen durchforstet, aber keine neuen Informationen gefunden. Oder jedenfalls keine, die sie entziffern konnte. Ihr verletztes Knie schmerzte mehr als gestern, ihre Schulter spürte sie nicht einmal mehr und die Wunden in ihrem Gesicht brannten höllisch.

Sie rief sich in Erinnerung, was am Vortag passiert war. Sie hatte keine Ahnung, wo das Fahrrad geblieben war, das sie sich von Eloy geliehen hatte. Es war ihr auch egal – sie hatte keine Lust, es auf irgendeiner Müllhalde beim Einkaufszentrum zu suchen. Aber Eloy? Wo war Eloy und warum zum Teufel suchte die Polizei nach ihm? Nora hatte ihr von der erfolglosen Suche in der Dragona erzählt, dass die Polizei gekommen und nach dem Jungen gefragt hatte und plötzlich allen klar geworden war, dass er nicht da war. Der Junge verließ das besetzte Haus nie lange. Die anderen nannten ihn die Seele der verkommenen Villa. Er schuftete in der Küche, kochte für alle Suppen in dem großen Eisentopf und von Zeit zu Zeit kontrollierte er die Gasflasche um abzuschätzen, wie viel noch übrig war. Er war wie die fürsorgliche Mutter, die sie alle hinter sich gelassen hatten; die immer sorgfältig darauf geachtet hatte, dass die Pasta *al dente* war und dabei die Revolutionsgedanken ihrer Kinder nicht bemerkt hatte.

Eloy, so hatte Nora herausgefunden, war sehr schweigsam und verbrachte nicht wie die anderen unendliche Stunden im Diskussionsraum, um darüber abzustimmen, ob ein Problem durch Abstimmung gelöst werden sollte. Nein. Er war immer ruhig und gelassen in der Küche anzutreffen, wo er Kartoffeln schälte, die er aus irgendeinem Supermarktmüll gefischt hatte, achtete darauf, dass die Wasserkanister gefüllt waren und war immer zur Stelle, um den Frierenden einen Pullover zu leihen. Dass die Polizei nun nach ihm suchte, hatte alle in Verwirrung gestürzt. Sie waren darauf eingestellt gewesen, sich einem Räumungsbefehl oder den routinemäßigen Verhaftungen zu widersetzen. Wenn nötig die Massen zu mobilisieren. Doch diesmal waren es nicht ihre alten Bekannten von der Bereitschaftspolizei gewesen, sondern zwei Mordkommissare, die die Hausbesetzer durch ihren Besuch mitten in der Nacht verunsichert hatten. „Mistkerle", sagten sie. „Sie wissen einfach nicht mehr, was sie noch gegen uns unternehmen sollen."

María erinnerte sich an die Bilder der Überwachungskameras am Fluss. Ein Junge hatte den Hauptverdächtigen und Saramú zur Stauanlage begleitet, aber sie wusste, dass es nicht Eloy gewesen sein konnte. Er war Saras Freund gewesen, hatte María den Kalender gegeben, hatte sie durch die Tunnel geführt und zu dem Schießstand gebracht, aber vor allem ging trotz seiner großen Gelassenheit ein stilles Leiden von ihm aus. Nicht wegen dem, was er sagte, sondern wegen dem, was er tat. Zwischen ihr und dem Jungen hatte sich eine enge Verbindung gebildet, schwer zu erklären, aber für die Ermittlung in diesem Fall von unschätzbarem Wert. Vom ersten Moment an hatte er verstanden, dass sie die Wahrheit herausfinden wollte, und María hatte denselben Wunsch bei ihm gespürt. Sie wusste nicht, wann und warum er zur Dragona gekommen war, aber sie vertraute ihm, denn selbst wenn er seine Vergangenheit verbarg und ihren Fragen auswich, war er genauso, wie er zu sein schien. Sie hatte sich in der Vergangenheit schon oft geirrt, aber nur sehr selten was den menschlichen Charakter anging.

All diese Erkenntnisse hätte sie an ihre Kollegen bei der Polizei weitergegeben, wenn sie sie nicht ausgeschlossen und sich parallel zu ihr auf eine völlig falsche Fährte begeben hätten. Wer weiß, welche Quellen sie zu dem Jungen geführt hatten. Sie wusste auch nicht viel über Eloy oder wo sie nach ihm suchen konnte, wenn er nicht in dem besetzten Haus war. Trotz des ausgeblichenen Familienbildes an der Wand seines Zimmers hatte sie nicht herausfinden können, warum er nicht mehr bei seinen Eltern und seiner Schwester wohnte, sondern in diesem dunklen, bunt bemalten Haus am Friedhof, ohne Wasser-, Strom- und Gasanschluss, das mit den umliegenden Bäumen darum wetteiferte, wer den größten Schatten warf.

Plötzlich bemerkte sie, dass sie das Sofakissen so fest umklammert hielt, dass der Reißverschluss Abdrücke auf ihrer Handfläche hinterlassen hatte. Sie ließ es los und stand auf, um im Wohnzimmer herumzulaufen, ging zum Fenster, setzte sich wieder auf das Sofa und wanderte danach in die Küche. Eine Tasse Kaffee würde ihr beim Denken helfen. Sie füllte die gemahlenen Bohnen in die Kaffeemaschine. All die Gelassenheit, die Eloy ausstrahlte und bei den bisherigen Ermittlungen auf sie übertragen hatte, war verflogen. Stattdessen spürte sie, wie Wut an ihren Nerven zerrte. Sie schnappte sich den dampfenden Kaffeebecher und kehrte zur Couch zurück. Ihr Handy vibrierte. Es war Rodrigo Tesón. Sie drückte den Anruf weg.

Aber er blieb hartnäckig und rief gleich noch einmal an. Sie musste antworten, schließlich war das einzige Verbrechen, das der Mann begangen hatte, einen hingebungsvollen Abend mit ihr in einem Hotelzimmer zu verbringen, der ihr mittlerweile wie eine zarte Seifenblase in einem Dornengestrüpp vorkam.

„Es gibt ein weiteres Opfer, Rodrigo, entschuldige bitte", schrieb sie, „ich melde mich später."

Er blieb für einen Augenblick online und dann verschwand der Schriftzug. Sie checkte ihre Nachrichten bei WhatsApp. Sie suchte nach Tomás' Nummer und ihr Puls stieg an, als sie sah, dass er irgendwo an einem fernen Ort online war.

Mit wem schrieb er gerade? In ihrer Vorstellung war er todtraurig, ganz alleine in einem Zimmer, vom Rest der Welt abgekapselt. Vielleicht war er gerade dabei, einen Termin mit seinem Physiotherapeuten zu vereinbaren oder mit seinen Eltern zu chatten. Daran wollte sie glauben. Denn er hatte auch den Kontakt zu Martín und seinen Freunden bei der Polizei abgebrochen, und sich vorzustellen, dass er jetzt mit jemand Fremdem schrieb, beunruhigte sie. Doch es gab keinen Zweifel, Tomás war online und hatte Kontakt zu einer ihr unbekannten Person. Die Unterhaltung ging zwischen zwei Punkten auf der Landkarte weiter, während sie in die Tiefen der Eifersucht stürzte.

Eifersucht, ja.

Sie ging auf Twitter, hauptsächlich um sich von diesen Gedanken abzulenken. Sie öffnete das Profil von Oleroy. Die Stimmen für Saramú waren etwas leiser geworden, aber es gab Reaktionen auf die Festnahme von Professor Salas. „Schwein."

Sie sah, dass sie eine private Mitteilung hatte. Von Tomás. Nicht die beste Nachricht für ihren Puls, der nun wieder nach oben geschnellt war, aber gut für ihr Selbstwertgefühl. Tomás hatte ihr über das Profil von Chatoy geschrieben, von seinem falschen Namen an ihren falschen Namen. Ein anderer Mensch durfte sich vielleicht gerade mit ihm auf WhatsApp unterhalten, aber sie genoss etwas noch viel Wichtigeres: seine Hilfe, seine Fürsorge. Das sagte sie sich aber wenig überzeugt, denn natürlich würde sie einen Chat mit ihren richtigen Namen bevorzugen, ganz zu schweigen von seinem Blick, seinen Händen, seinem Körper. Ruhig Blut, Ruiz.

Sie öffnete die Nachricht. Tomás-Chatoy hatte sie am Abend zuvor abgeschickt, als sie wahrscheinlich gerade nach ihrem absurden Unfall mit der Palme operiert worden war.

„Achtung, bei der Kapelle *San Antonio de la Florida* könnte etwas passieren."

María las die Nachricht noch einmal, verblüfft. Nicht nur, weil Tomás vorausgesehen hatte, dass gestern Nacht etwas Furchtbares geschehen würde. Tomás hatte von einem Mord gewusst und hätte ihn unter Umständen verhindern können. „Warum hast du uns nicht gewarnt? Jemand wurde ermordet, verdammt noch mal!", tippte sie aufgebracht, löschte die Nachricht aber wieder. Es kam ihr lächerlich vor, dass sie als Oleroy ihn als Chatoy auf Twitter rügte, wenn sie doch beide wussten, dass sie María und Tomás waren. Also ging sie zurück auf WhatsApp und sah, dass er noch immer online war. Das machte sie richtig wütend.

„Warum hast du uns nicht gewarnt? Es hat einen verdammten Mord gegeben."

Sie erlaubte sich kein Zögern und schickte die Nachricht ab. Sie bereute es sofort. Nach nur einer Zehntelsekunde war er offline.

„Entschuldige bitte, Tomás, ich will nur reden."

Nichts. Er war offline und unter ihrer Nachricht waren noch

nicht einmal die blauen Häkchen zu sehen, die anzeigten, dass er sie gelesen hatte.

„So meinte ich das nicht, Tomás.“

„Antworte mir bitte.“

Sie warf ihr Handy auf die Sofakissen. Vielleicht hatte sie den einzigen Weg versperrt, auf dem er zu ihr gekommen war. Wenn Tomás sie auf Twitter gewarnt hatte, dann würde er auch gegebenenfalls weitere Warnungen schicken. Sie lief durch den Raum, musste sofort raus aus ihrer Wohnung. Wenn es ihr gelang, sich auf den Fall zu konzentrieren, würde sie Fortschritte machen. Aber wenn sie wegen der Situation mit Tomás abgelenkt war, würde alles zusammenbrechen. Er hatte ihr schließlich klar gemacht, dass es zwecklos war. Wenn Tomás für sie nicht als Tomás existieren wollte, blieb ihr nur Chatoy. Also holte sie ihr Handy, ging in ihr Twitter Postfach und überwand sich, ihm noch eine Direktnachricht zu schreiben.

„Woher wusstest du es? Hast du noch weitere Informationen?“ Schweigen.

„Verzeih mir, Tom …“ Sie wollte die Nachricht gerade abschicken, löschte aber die letzten Buchstaben und schrieb stattdessen: „Verzeih mir, Chatoy.“

Schweigen.

Sie verließ ihre Wohnung. Wenn alle Verbrechen im Zusammenhang mit Goya-Gemälden standen, sollte sie dem Prado noch einen Besuch abstatten.

28

Sie hatte ein Taxi zum Museum genommen, bezahlte den Fahrer in bar und ging ungeachtet der Schlange von Touristen, die um die Ecke bis hin zum Paseo del Prado reichte, schnurstracks zum Eingang. Sie hatte schnell geduscht und einen schicken Hosenanzug angezogen, um ihre Verletzungen zu verbergen, aber ihr Erscheinungsbild überzeugte den Sicherheitsbeamten nicht.

„Ich bin Polizistin", sagte sie. „Ich muss hier rein."

Der Wachmann musterte ihr Gesicht, oder besser gesagt die Nähte über dem Bluterguss, und sagte: „Sie müssen sich anstellen und ein Ticket holen."

María warf einen Blick auf die riesige Schlange voller schwitzender Asiaten, die ordentlich in Gruppen unter schützenden Regenschirmen standen, und beschloss, zu Plan B überzugehen. Als das Disziplinarverfahren eröffnet worden war, hatte sie Dienstausweis und Pistole vorschriftsmäßig abgegeben. Aber da war noch ein anderer Ausweis, einer, den sie bislang noch nicht hatte nutzen wollen. Bis jetzt jedenfalls. Sie suchte nach der Überwachungskamera, drehte ihr den Rücken zu und zeigte eben diesen Ausweis nun dem pflichtbewussten Sicherheitsmann.

„Ich wiederhole, ich bin Polizistin. Ich muss in das Museum."

Der Wachmann nahm sich den Ausweis, betrachtete erneut misstrauisch ihre geschwollene Wange und gab ihn ihr schließlich zurück. Er wandte sich ab und ließ sie zögerlich passieren.

María eilte zum Raum mit den schwarzen Gemälden, den *pinturas negras,* als ihr einfiel, dass es im ersten Stock noch einen weiteren Bereich mit Werken von Goya gab. Also ging sie die

Treppe hinauf. Sie hatte in den letzten Tagen nicht viel Zeit gehabt, tiefer in die Materie einzutauchen, aber das Buch von Professor Salas hatte ihr viele Stunden Schlaf geraubt und sie wusste, dass das Sichtbare und das Unsichtbare gleichermaßen wichtig waren. Der Mord an Saramú war einer Zeichnung nachempfunden, die nicht ausgestellt, sondern bei optimalen Verhältnissen im Museumsarchiv aufbewahrt wurde. Der Tod von Martíns Welpe war eine überraschend genaue Nachstellung von Goyas halbversunkenem Hund. Sie wusste auch, dass es schwierig werden würde, nach einem versteckten Muster in Goyas Werken zu suchen, und doch musste sie es versuchen.

Im obersten Stockwerk hing das Porträt der Familie von König Carlos IV. Sie war wahrlich keine Kunstexpertin, nicht einmal Amateurin auf diesem Gebiet, aber es bedurfte keines Masterabschlusses um zu erkennen, dass sich auf der Leinwand eine Geschichte von Neid und Macht im Stil einer Seifenoper verbarg: Macht, die verdienstlose Erben zur Genüge hatten und der Wunsch derjenigen, die nach dieser Macht strebten. All dies war auf dem Porträt von Königin Luisa María, König Carlos IV. und seinem mittelmäßigen Erben, dem zukünftigen Fernando VII., zu sehen, während seine übrigen Geschwister Faulheit, Ignoranz und die Gewissheit eines vollen Magens ausstrahlten. Es gab noch weitere Porträts von anderen einflussreichen Familien, wie die des Herzogs von Osuna, strahlend und erhaben von den Frisuren bis hin zum Schwanz des kleinen Schoßhündchens der Kinder.

Die nackte Maja strahlte Sinnlichkeit und Ruhe aus, ohne dabei provokant zu sein, und doch hatte sich Goya wegen des Gemäldes vor der Inquisition rechtfertigen müssen.

María betrachtete sie aufmerksam. Ihre perfekte Taille und Schönheit vereinten in einem einzigen Körper die Ästhetik-Ideale sämtlicher Epochen. Das Lustbild der Welt hatte sich von der Beleibtheit des Mittelalters zur Magersucht auf den Laufstegen gewandelt, aber Maja wurde allen Ansprüchen gerecht. Mit ihren langen Beinen und schönen Kurven, ihren einladenden Hüften, den festen Brüsten mit gewagten Brustwarzen und den dunklen Locken im Stil der Herzogin von Alba, der Influencerin der damaligen Epoche. Majas Schamgegend war unbedeckt doch nicht hervorgehoben und zielte auf den lustvollen Blick von Manuel de Godoy, für den das Gemälde bestimmt gewesen war. Nie zuvor hatte man in Spanien auf einem Aktbild das Schamhaar einer Frau gesehen, und der alte Goya hatte es geschafft, dass es weder für die porträtierte Frau noch für den aufmerksamen Betrachter beschämend war. Vielleicht hatte der damalige Günstling des Königs vor dem Porträt seiner Geliebten, Pepita Tudó, Lust verspürt, vielleicht auch die Besucher des Prado, die das Bild heute betrachteten, aber niemals jener Körper, der nur mit der stillen Gewissheit seiner Vollkommenheit zu liegen trachtete. Nichts war zu viel und nichts fehlte, weder an dem Körper noch an dem ruhigen, sirenenhaften Blick dieser ausgestreckt daliegenden Frau, die sich mit ihrer Fähigkeit, über den Dingen zu schweben, selbst die Zeit vertrieb. Die billigen Pornos, die heutzutage auf vielen Handys zu sehen waren, konnten mit dieser Art der Sinnlichkeit nicht mithalten.

María ging die Bilder immer wieder durch. Wenn der Mörder von Goya besessen war, wie sie glaubte, konnte sie sicher sein, dass er die Nuancen im Werk des Genies kannte. Dass er mit ihnen spielen konnte – mit seinen Opfern und mit der Polizei. So wie der Maler mit seinen Porträts gespielt hatte, indem er eben auch die Schwächen seiner Auftraggeber aufgezeigt hatte, während die brav bezahlt und damit geprahlt hatten, die Gemälde an den Wänden ihrer Villen ausstellen zu können. Ihre Makel waren für alle sichtbar, und die Besucher lobten sogar „du siehst gut aus". Wie im Märchen des Kaisers ohne Kleider.

María schlenderte weiter durch die Ausstellungsräume, ohne zu einer richtigen Erkenntnis zu gelangen. Im Raum vor *Der nackten Maja* drängten sich die Touristen dicht an dicht und ihre Gruppenführer hatten Mühe, sich Gehör zu verschaffen. Einer von ihnen schubste sie. Daher beschloss María, dass es an der Zeit war, nach unten zu gehen und sich die schwarzen Gemälde anzusehen.

Es war nicht unbedingt leerer oder einladender. Auch hier tummelten sich zahlreiche Besucher in einem zu kleinen Raum, während sie sich mit den Broschüren Luft zufächelten. María beschloss, im Saal davor zu warten, bis der andere sich etwas geleert hatte. Dort waren zwei der bekanntesten Gemälde von Goya ausgestellt – der *2. Mai 1808 in Madrid* und *Die Erschießung der Aufständischen,* die ebenfalls von Touristen belagert wurden. Aber sie fand einen Blickwinkel, von dem aus man die beiden Gemälde gut betrachten und den Erklärungen einer Museumsführerin zuhören konnte.

Der Mörder würde nie in der Lage sein, eine Szene dieses Ausmaßes nachzustellen, aber vielleicht gab es einen Hinweis. Sicherlich war er auch hier im Museum gewesen und hatte sich immer wieder die gleiche Erklärung angehört.

Der 2. Mai 1808 in Madrid oder Der Kampf mit den Mamelucken (1814)

Das erste Gemälde zeigte den Kampf der Mamelucken gegen die Bewohner der spanischen Hauptstadt am 2. Mai 1808. Es war fast ausschließlich das einfache Volk – Viehtreiber, Schuhmacher, Glasbläser, Schlosser, Studenten, Geistliche und Kutscher, keine Soldaten –, die sich wütend gegen die von Maréchal Murat gesandten ägyptischen Söldner auflehnten. Beide Seiten stachen aufeinander ein und fletschten ihre Zähne vor Wut oder verzogen ihr Gesicht zu der unfreiwilligen Grimasse des Todes, während ihre vermeintlichen Anführer, Carlos IV. und sein Sohn Fernando, in Bayonne Napoléon den Hof machten. Eine zu große Herausforderung, selbst für einen besessenen Mörder.

Das zweite Gemälde wiederum, *Die Erschießung der Aufständischen*, zeigte die Bestrafung des spanischen Volkes nach diesem Kampf. Die französischen Soldaten versteckten ihre Gesichter hinter den Visieren ihrer Waffen, um den Mann aus Madrid in weißem Hemd und brauner Hose anzuvisieren, der seine Arme weit öffnete, und den Tod so tapfer wie hilflos willkommen hieß. In seinem Gesicht zeichnete sich erschrockene Entschlossenheit ab und ließ keinen Platz für Unterwürfigkeit.

Der 3. Mai in Madrid oder Die Erschießung der Aufständischen (1814)

Aber da war noch etwas anderes. María betrachtete das Gemälde genauer. Sie bahnte sich den Weg durch die Gruppe von Touristen, die ihren Platz in der ersten Reihe nicht aufgeben wollten, und stellte sich direkt vor das Gemälde. Inmitten des Schmerzes, der Pein und des Flehens gen Himmel, beobachtete ein Mann tatenlos die Szene. Er stand gebückt, so sehr, dass er im Vergleich zu den anderen beinahe geschrumpft schien. Ein Hut bedeckte seinen Kopf und er hielt sich entsetzt die Hände vor den Mund. Nur seine weit geöffneten Augen waren zu sehen und starrten den Betrachter direkt an. Goya schien dieses verängstigte Gesicht als Zeuge der Unbarmherzigkeit eingefügt zu haben, mit der die bewaffneten Söldner auf das arme Volk zielten. Wie der Maler selbst erlebte der Mann einen ungleichen Krieg, in dem die einfachen Bürger Leid, Schmerz und Niedertracht durch die Bourbonen über sich ergehen lassen mussten. Die Könige waren weit weg, und Spanien übte sich bereits damals in Selbstverteidigung.

Plötzlich erinnerte sich María wieder an den Blog. Auch der Ich-Erzähler der Einträge war ein Zeuge. Was, wenn Yago ihn zum Protagonisten machen wollte, der von innen heraus die Dinge veränderte? Wenn er all seine Taten in den Blogeinträgen ankündigte? In den bisherigen Texten schien der Autor als eben dieser Zeuge aus dem Gemälde zu den Lesern zu sprechen.

„Du spinnst doch. Komm mal wieder auf den Boden der Tatsachen zurück“, sagte María zu sich selbst.

Sie ging zurück zu dem Raum mit den schwarzen Gemälden, doch er war immer noch voll. Sie wartete bei den Werken direkt neben dem Eingang und betrachtete die Stillleben geistesabwesend. Plötzlich sah sie es. Totes Geflügel, aufeinandergestapelt als hätte jemand die leblosen Körper an den Hälsen zusammengebunden auf den Boden gelegt. Die Augen waren geschlossen, die Schnäbel schmiegten sich mit einer trügerisch Lebendigkeit aneinander. Sie betrachtete das andere Stillleben. Ein toter Truthahn hob elegant seinen Kopf und streckte den langen, gebogenen Schnabel und die spitzen Flügel gen Himmel.

Tote Vögel (1808-1812)

Ein toter Truthahn (1808-1812)

Er schien sich ausdehnen zu wollen, wie um im Tode einen letzten Atemzug zu nehmen. Als ob er im Begriff wäre, sich in die Lüfte zu schwingen, in einen Flug, den ihm die Natur zu Lebzeiten verwehrt hatte.

María nahm ihr Handy und ging zu dem Ordner mit den Fotos, die der deutsche Kellner mit ihr geteilt hatte. Die Tiere in den Gemälden lagen in derselben Position wie die toten Truthähne neben Martíns Haus. Sie konnte ihre warmen Körper unter den steifen Federn förmlich spüren, sowohl auf den Fotos als auch in den Gemälden. Auf gleiche Weise hatte sie den Hinterhalt dieses besessenen, intelligenten und sadistischen Mörders gespürt.

Die Menschenmenge in dem Saal mit den schwarzen Gemälden hatte sich endlich etwas verstreut und María wurde von anderen Wartenden in den Raum gedrängt.

Die düsteren Wandmalereien, die Goyas letztes Haus in Madrid geschmückt hatten, zogen eine neue Gruppe von Touristen an, die unbedingt diese Schreckensbilder sehen wollten. Die Sensenmänner, die teuflischen Ziegenböcke, die Betrunkenen, die Säufer, die Schläger, die zahnlosen alten Männer, die skrupellosen Frauen, die Mörder und der arme Hund, der im Schlamm versank – sie alle erwarteten die Besucher in einem Tunnel des Schreckens, der das Zuhause des Malers nachbildete. Als er sein Landhaus, die *Quinta del Sordo,* verlassen hatte, um ins Exil nach Frankreich zu gehen, hatte er die Gemälde zurücklassen müssen. Erst viele Jahre später waren sie von den Wänden gelöst worden und befanden sich heute im Prado. María kannte die Geschichte. Sie versuchte, sich jeden Pinselstrich, jeden Titel, jede Legende am unteren Rand der Gemälde genau einzuprägen, ohne zu wissen, ob es ihr überhaupt irgendwas nützen würde oder ob sie mittlerweile ebenfalls wahnsinnig geworden war. Goya war alt gewesen, wenn nicht sogar senil, als er diese Bilder gemalt hatte, aber María? Sie musste bei klarem Verstand bleiben und sich ständig den bettelnden Arzt Yago und Saramú ins Gedächtnis rufen, um sich nicht in irgendetwas Sinnlosem zu verrennen. Hier gab es keine Pistolenkugeln, keine Einschusslöcher, keine Abdrücke, keine DNA-Spuren, die für eine Ermittlung verwendet werden könnten. Aber dafür gab es etwas anderes.

Es gab einen Kontext.

Es gab eine Lektion.

Eine Inspiration.

Ein Genie.

Und jemanden, der mit einer makabren Imitation dem Maler nacheifern wollte.

Und da war leider auch noch die Touristenmeute, die María in den hinteren Teil des Raumes abschob, der für so viel Genie eindeutig zu wenig Quadratmeter hatte. Die geführten Gruppen drängten sie schließlich mit auf die gegenüberliegende Seite, wo sie ein weiteres der dreizehn dunklen Gemälde erblickte.

Es war der Gott Saturn, der seinen Sohn verschlang. Ein mythisches Wesen, so ausgemergelt und wahnsinnig wie die anderen gezeichneten Bewohner der *Quinta,* das seinem Sohn bereits den Kopf abgerissen hatte und nun seinen blutigen Arm verschlang. Seine Pranken umklammerten den nackten und verstümmelten Körper des Kindes so fest, als würde es seinen Fängen sonst doch noch irgendwie entkommen können. Und das war es, was Goya jeden Tag beim Aufwachen gesehen hatte.

María wich erschrocken zurück. Ihr wurde langsam übel.

Sie beschloss, zu gehen. Saturn hatte sie daran erinnert, dass sich in Madrid eine weitere Leiche ohne Kopf befand.

29

Als die Polizei in der Dragona eingetroffen war, war Eloy bereits verschwunden. Niemand hatte ihn dabei gesehen, aber er musste aus einem Fenster geschlüpft sein. Das war keine gute Idee gewesen, doch María sah ein, dass es in seinen Augen keine Alternative gegeben hatte. Sie wusste so gut wie gar nichts über ihn, jedoch war es weitaus schmerzhafter, sich seinen Tod vorzustellen, als dass er von ihren Kollegen der Mordkommission gesucht wurde. Um herauszufinden, warum man nach ihm fahndete und was man gegen ihn in der Hand hatte, war sie bereit, ihren Stolz herunterschlucken.

Nachdem sie das Museum verlassen hatte, rief sie Esteban an. Ihren ehemaligen Stellvertreter.

„Chefin“, wagte er zu sagen.

„Chefin?“

„Comisaria, meinte ich.“ Er holte tief Luft und fuhr fort: „Du würdest an meiner Stelle dasselbe tun. Anweisungen sind nun einmal Anweisungen. Und ich bin der Erste, der …“ Er brach mitten im Satz ab.

„Der Erste, der was?“

„Lassen wir das. Wir alle vermissen dich, Comisaria. Das ist eine Katastrophe, Ruiz.“

„Eher zwei“, antwortete sie.

„Ja.“ Esteban schwieg für ein paar Sekunden. „Wollen wir darüber reden oder uns streiten?“

„Entschuldige bitte“, antwortete María ehrlich. Diese Bemerkung, dass sie lieber zusammenarbeiten als sich gegenseitig das Leben schwer machen sollten, hätte ihrem verstorbenen Chef

Carlos gefallen. Sie hatten beide viel von ihm gelernt, nur schien Esteban auch zu wissen, wie man das Gelernte in die Tat umsetzte. Nach einigen Sekunden des Schweigens begann er zu berichten.

„Das Mädchen ist von zwei Männern getötet worden. Aus dem Video der Überwachungskamera haben wir geschlossen, dass sie aus freiem Willen mit zum Tatort gegangen ist. Nehmen wir an, dass sie reingelegt wurde."

„Korrekt."

„Wir haben den Professor verhaftet, weil er in das Profil der Videoaufzeichnungen passt, selbst wenn man sein Gesicht nicht sehen kann: ein großer Typ, der außerdem ein Motiv hat. Er hat das Opfer belästigt und sein Alibi ist sehr schwach."

„Er ist nicht der Mörder, Esteban."

„Ich hab schon gehört, dass du unsere Theorie nicht unterstützt."

„Der Mörder läuft noch immer frei herum. Es sollte Beweis genug sein, dass er wieder zugeschlagen hat."

„Woher weißt du, dass es derselbe Täter war? Möglicherweise haben die beiden Verbrechen ja nichts miteinander zu tun."

„Möglicherweise."

„Aber?"

„Gleiche Gegend, gleiches Szenario, gleiche Besessenheit. Alles am Manzanares und …" María zögerte. Es war schwierig, einem Kollegen von der Polizei, der an Racheakte und Bandenkämpfe gewöhnt war, zu erklären, dass der Mörder vom Manzanares eine Rekreation schaffen wollte. Das, was einst existierte, Wirklichkeit werden lassen. Szenen aus dem 19. ins 21. Jahrhundert verlagern, ohne Zeitmaschine und ohne erkennbares

Muster, einzig mit dem Ehrgeiz, dem eigentlichen Künstler die Kontrolle über sein Werk zu nehmen und es sich zu eigen zu machen. Goya hatte die Geschichte mit dem Pinsel verändern wollen – der Mörder wollte dasselbe mit dem Tod erreichen.

„Luna hat mir von deiner Goya-Theorie berichtet – und von dem ersten Mordfall und dem Blog. Aber dieser Ansatz, Comisaria, ist leider noch schwächer als das Alibi von Salas."

„Sara Muñoz hat zu Goya geforscht."

„Professor Salas auch. Würden wir deiner Theorie folgen, deutet trotzdem alles auf Salas hin."

„Genau wie auf den wahren Mörder. Yago ist auch groß, und außerdem hat er sich mit ihr an dem Wehr verabredet, an dem sie später ermordet wurde. Was braucht ihr denn bitte noch?"

„Ich frag dich mal besser nicht, woher du das weißt", sagte Esteban.

María schwieg. Sie wusste es aus Saras Kalender, der nicht als offizielles Beweismittel galt und somit nicht nur ihre bisherigen Ermittlungen ungültig machen, sondern auch ihre Karriere beenden würde. Und das wollte sie lieber vermeiden.

„Es gibt noch mehr, das auf ihn hindeutet, Esteban", fuhr María fort. „Sie hat einen Großteil ihrer letzten Gehälter auf Yagos Konto überwiesen."

„Und woher weißt du das nun wieder?", fragte Esteban überrascht.

Bankdaten. María hatte zu viel gesagt.

„Das spielt keine Rolle."

„Doch, das tut es."

„Ich hab es von … einem Freiwilligen. Jemandem mit Zugang zu ihren Konten."

„Einem Freiwilligen? Sag mal, wollt ihr mich alle verarschen? Ich kenne nur eine Person, die in der Lage ist, Konten zu hacken, und wenn meine Vermutung stimmt, dann ist das nicht mehr nur Gehorsamsverweigerung, sondern ein verdammtes Verbrechen. Ist Tomás jetzt auch schon in die Sache verwickelt?"

„Besorg dir einen Gerichtsbeschluss, Esteban. Ihr hättet euch Saras Konten sowieso schon längst ansehen sollen. Und habt ihr überhaupt ihre Telefonnummer? Oder wollt ihr warten, bis ich euch dabei auch noch zuvorkomme?", rief María.

„Ihr seid verrückt", sagte Esteban resigniert, „alle beide, du und Tomás."

„Niemand hat irgendetwas von Tomás gesagt. Ich habe meine Quellen, Esteban." María war immer noch sauer. Am Ende war Chatoy eben nur Chatoy, eine anonyme Informationsquelle aus dem Internet. Nichts hätte sie lieber gewollt, als Tomás persönlich gegenüberzustehen statt mit einem Avatar sprechen zu müssen. Doch bevor sie sich wieder in etwas reinsteigerte, hatte sie noch weitere Fragen an Esteban.

„Wisst ihr mittlerweile mehr über den zweiten Mord?"

„Ja. Da gibt es etwas Neues. Und das sind leider keine guten Nachrichten für dich."

María verstummte. Die Worte klangen wie ein Todesurteil und schnürten ihr die Luft ab. Esteban konnte nichts von ihrer Beziehung zu Eloy wissen, aber zwischen ihren ehemaligen Kollegen und dem Journalistenpaar, bestehend aus einem Mann aus alten Zeiten und einem Mädchen aus der Zukunft, waren sicher einige Informationen ausgetauscht worden.

„Wurde die Identität der Leiche bestätigt?", fragte sie mit zitternder Stimme.

„Nein“, antwortete Esteban. „Das Opfer, beziehungsweise das, was von ihm übrig geblieben ist, hatte keine Papiere bei sich.“

„Und?“

„Er hatte nur eine Visitenkarte.“

„Wessen Visitenkarte?“ Marías Mund wurde trocken.

„Deine.“

„Scheiße.“ María schluckte den Rest der Flüche, die sich in ihrer Kehle ansammelten, hinunter. Sie konnte sich nicht daran erinnern, Eloy eine Visitenkarte gegeben zu haben, und Nora hatte ihn in der Dragona nicht angetroffen, um ihm Marías Kontaktdaten mitzuteilen, aber … hatte María ihre Karte nicht einem Bettler gegeben?

Sie kramte in ihren Erinnerungen. Geistesabwesend hatten ihre Schritte sie in den *Parque del Retiro* geführt, wo sie nun auf einer schattigen Bank saß und sich mit Esteban über das Handy anschwieg. Sie war vor Kurzem mit dem alten Leihrad durch die Pappelhaine gefahren und Eloy zu den unterirdischen Tunneln unter dem Manzanares gefolgt, wo sie in die Dunkelheit eingetaucht waren, um Yago zu finden und seine seltsamen Habseligkeiten zu inspizieren. In diesen Tiefen, so nah und doch so fern von der Welt an der Oberfläche, hatte sich ihnen ein Mann genähert, nachdem er aus seiner Pyramide von Pappkartons hervorgekrochen war. Was hatte er nochmal gesagt? María erinnerte sich nicht genau. Dass Yago bald zurückkommen würde und dass ihn ihre Anwesenheit stören würde? Außerdem hatte er wissen wollen, ob sie Polizistin war und wonach sie suchte. Sie hatte ihm ihre Visitenkarte gegeben. Und nun lag dieser Mann kopflos und mit durchlöcherter Brust in einer Leichenkammer während sein Kopf wahrscheinlich irgendwo am Tatort liegen geblieben war. Sie erinnerte sich auch an die letzte Nachricht von Chatoy: „In der Nähe der Kapelle *San Antonio de la Florida* könnte etwas passieren." Was hatte Tomás herausgefunden? Er hatte wahrscheinlich den letzten Blogeintrag vor den anderen gesehen und ihr Bescheid geben wollen. Die Dinge überschlugen sich und das Gute wurde bei all seiner Uneinigkeit vom Bösen überholt.

„Er ist Bettler, Esteban. Und er ist ein Nachbar von Yago, dem mordenden Arzt."

„Nachbar?"

„Kartonnachbar sozusagen. Sie wohnen beide an einem Rückzugsort für Bettler im Tunnel unter dem Königspalast."

„In den Tunneln unter Madrid wohnt niemand, das weißt du genauso gut wie ich."

„Genau das dachte ich auch. Aber mittlerweile weiß ich es besser."

„Und woher bitteschön?"

„Das kann ich nicht erklären."

„Ich fürchte, das wirst du erklären müssen, Ruiz. Du bist möglicherweise die Einzige, die ihn identifizieren kann."

„Aber ich kenne seine Identität gar nicht."

„Ich meine, du wirst erklären müssen, warum er deine Karte bei sich hatte. Und das wird alles noch komplizierter für dich machen."

„Das ist mir wirklich scheißegal, Esteban." María löste mit ihrem Fuß einen Stein aus dem Boden und ließ ihn hoch in die Luft segeln. Sie fing ihn auf demselben Fuß wieder auf. „Und dir sollte es auch egal sein. Ich habe nichts Falsches getan. Der Mörder macht sich über uns lustig! Er tötet Truthähne, einen

Hund, eine junge Kunststudentin und jetzt einen Bettler, und stellt sie aus wie Kunstwerke. Was daran verstehst du nicht? Und wir machen uns Sorgen um mein Disziplinarverfahren? Wir sind zu langsam und stellen uns einfach nur blöd an. Wir sind richtige Idioten! Ist dir klar, dass wir noch keinerlei Fortschritte gemacht haben, während der Täter uns in aller Ruhe eine Spur aus Brotkrumen hinwirft?“ María kickte den Stein weg. Fast hätte er einen Hund getroffen, der seiner Besitzerin auf dem Fuß folgte und zum Glück nicht losbellte. Das war knapp.

„Wahrscheinlich hast du recht“, räumte Esteban zerknirscht ein.

„Also, wenn ihr keine Weicheier seid, kommt zu mir nach Hause. Wir gehen alles durch. Mit offenen Karten. Alle vier Fälle. Auch mit Luna und Nora. Gemeinsam. Wann immer ihr wollt. Wie wir es früher auch getan haben, Esteban. Das Disziplinarverfahren ist mir scheißegal.“

„Das wäre dein Ende, Ruiz. Und unseres.“

„Mach, was du willst. Ich bin da. Kommt, wann ihr wollt. Ich werde jedenfalls weiter ermitteln.“

„Augenblick mal, Ruiz“, unterbrach sie Esteban. „Du hast gesagt vier Fälle?“

„Natürlich: Truthähne, Hund, Kunststudentin und Bettler. In dieser Reihenfolge. Die ersten drei Bilder kenne ich bereits. Das vierte noch nicht.“

„Warum weiß ich nichts von irgendeinem Hund?“

„Frag Martín danach. Das ist seine Sache. Vielleicht glaubst du dann auch meiner Theorie des geisteskranken Kunstbesessenen. Es hat in der Vergangenheit schon viele solcher Fälle gegeben. Die Hypothese ist nicht so schwach, wie du denkst.“

„Ich werde auf jeden Fall bei dir vorbeischauen müssen, Ruiz."

„Warte kurz. Eine Frage noch, Esteban."

„Ja?"

„Warum sucht ihr nach Eloy?"

„Neben dem großen Täter war auf den Kameras auch noch ein Junge zu sehen. Und das kann nur dieser Eloy sein. Wir haben die Aufzeichnungen vom Fluss mit denen aus der Dragona verglichen. Wir sind nicht ganz so blöd, wie du denkst. Und darauf konnten wir ihn identifizieren. Aussehen und Größe passen. Mehr gibt es dazu nicht zu sagen."

„Aufzeichnungen? Von Demos oder der Bereitschaftspolizei?"

„Du weißt, wie der Hase läuft, Ruiz. Wir überwachen die Hausbesetzer. Irgendwelche Probleme damit?"

María schwieg. Auch sie hatte schon einmal stundenlang solche Aufnahmen analysiert, um potenziell gefährliche Individuen in der Hausbesetzerszene zu identifizieren; gewalttätige Systemkritiker, die sich unter die wohlerzogenen Jugendlichen mischten. Aber Eloy gehörte nicht dazu, dafür würde sie die Hand ins Feuer legen. Sogar die unverletzte.

María wusste, dass sie Martíns Vertrauen missbraucht hatte, aber es war dringend an der Zeit, mit den Ermittlungen voranzukommen. Sie wusste auch, dass sie unmöglich erklären konnte, wie sie den ermordeten Bettler getroffen hatte, ohne auch ihre eigenständigen Ermittlungen zuzugeben. Nicht, dass das jetzt noch eine Rolle spielte. Und sie hatte immer noch keine Ahnung, wo Eloy war. Fest stand nur, dass er nicht tot war. Oder verhaftet. Sie gab die Hoffnung nicht auf, ihn zu finden.

30

Erst als sie zu Hause angekommen war, wurde María klar, welche Gelegenheit sie sich hatte entgehen lassen. Wenn Eloy polizeilich bekannt war, dann hätte sie Esteban fragen können, was sie über ihn wussten. Die Hausbesetzer wurden in der Regel vom Nachrichtendienst überwacht – Beamte, die in ihrer Zentrale stundenlange Aufzeichnungen von Polizeiaktionen, Demonstrationen oder abgehörten Telefonaten aufbewahrten. Ein Teil davon kam auch von Kriminellen, die mit der Polizei kooperiert hatten, nachdem sie gefasst worden waren. Ein Großteil der Hausbesetzer waren Studierende, die von zu Hause weggelaufen waren; junge Revolutionäre, die an ein Leben außerhalb des Systems glaubten. Manche waren Drogenabhängige, die sich nicht von dem liberalen Kollektiv lösen konnten und meist harmlos waren. Aber es gab auch gewaltbereite Menschen unter ihnen. Sie warfen Steine und trugen Kapuzenpullis. Je aggressiver sie waren, desto öfter kollaborierten sie mit der Polizei und führten eine Art Doppelleben, das ihren utopischen Diskurs befeuerte. Verdammte Idioten! Doch Eloy schälte nur Kartoffeln, eine nach der anderen, legte Holzscheite unter den Eisentopf und prüfte den alten Gaskocher. Er pflückte Lorbeerblätter im *Parque del Retiro* und ging am Nachmittag in Supermärkte, um dort nach weggeworfenen und abgelaufenen Lebensmitteln zu suchen. Es gab keinen Grund, ihn zu überwachen, und wenn doch, wollte sie ihn gar nicht wissen. Vor allem nicht auf diese Weise.

Sie machte ihren Laptop an und öffnete WhatsApp auf ihrem Handy. Nach längerer Funkstille schuldete sie Rodrigo Tesón noch einen Anruf. Er hatte schließlich nichts verbrochen, außer sie abzulenken und ihr ungefragt Zuneigung zu zeigen. Die Nacht, die sie zusammen verbracht hatten – das Abendessen, der Spaziergang, das Hotelzimmer –, war in ihrem Kopf nun nichts weiter als ein unverdientes und leicht unangenehmes Intermezzo, denn sie wusste, dass Tomás der Einzige für sie war. Aber das war nicht die Schuld von Tesón, und sie hatte trotz allem eine gute Zeit mit ihm verbracht.

Er hatte ihr eine Reihe von Nachrichten hinterlassen, deren Ton immer weniger freundlich wurde. In der letzten hatte er gesagt, dass er nun wieder in Soria sei. Und vielleicht rief sie ihn deshalb an; weil sie wusste, dass er in sicherer Entfernung war, während sie versuchte, das ganze Chaos hier zu entwirren.

„Endlich", sagte er und fragte dann vorsichtig: „Wie geht es dir?"

„Nun ja, abgesehen davon, dass ich ohnmächtig geworden bin und verletzt ins Krankenhaus eingeliefert wurde, geht es mir nicht schlecht." Rodrigo wusste nicht, wovon sie sprach, und María erzählte es ihm. Die Wunden in ihrem Gesicht waren mittlerweile ihre geringste Sorge, denn alles wurde von dem neuen Mord am Manzanares und dem immer noch nicht gefassten Täter überschattet.

„Soll ich dich besuchen kommen, María?"

„Nein, nein, Rodrigo."

„Ich kann dir helfen."

„Wie willst du mir denn bitte helfen?"

„Du weißt doch, dass ich Kontakte habe. Wir könnten die Dinge gemeinsam regeln."

„Lass gut sein."

„Ich biete es dir noch einmal an, Comisaria. Wir können zusammen sein. Ich lade dich zum Essen ein. Du kommst mit in mein Hotel. Wir lassen Wasser in die Badewanne und bestellen Champagner."

„Lass es einfach gut sein, Rodrigo."

Wo in seiner Stimme Wärme war, war in Marías Zurückhaltung. So verlockend sein Angebot auch klang, so unmöglich war es ihr, es anzunehmen.

Hotel, Badewanne, Champagner, dazwischen ein kurzer Blick auf ihr Handy, ob es ein weiteres Verbrechen gegeben hatte. Oder ob Chatoy-Tomás ihr Brotkrumen auf einem einsamen Waldweg hinterlassen hatte. Einen Weg, für den sie sich entschieden hatte.

„Hattest du keinen Spaß, María Ruiz?"

„Doch, natürlich, Rodrigo Tesón."

„Also?"

Sie war versucht, ihm zu erklären, welche Gedanken ihr im Kopf herumschwirrten und welche Gefühle ihr schwer im Magen lagen. Aber am besten fing sie gar nicht erst damit an. Darum sagte sie einfach: „Du kennst mich doch."

Sie verabschiedeten sich.

María war erstaunt, dass er nicht hartnäckiger war, aber Rodrigo hatte scheinbar aufgegeben und sie mit dem stillen Telefon in der Hand zurückgelassen. Sie sah es schweigend an, als hätte kurz jemand die Pausetaste für ihr Leben gedrückt.

Dann ging sie zurück zu ihrem Whitebord. Neben die schriftlichen Notizen hatte sie Kopien von Goyas Werken gehängt. Eins davon, *Der Schlaf der Vernunft gebiert Ungeheuer,* hatte sich an einer Ecke gelöst und sie fixierte es wieder.

Sie betrachtete die Zeichnung erneut. Eine Schwarm riesiger

Eulen und Fledermäuse lauerte über einem Mann, der an einem Pult eingeschlafen war. Er war so gekleidet, als sei er unerwartet eingenickt, und die unheimlich aussehenden und unverhältnismäßig großen Vögel dominierten das Bild und wahrscheinlich auch seinen unruhigen Schlaf. Wer brauchte schon Hitchcock? Goya hatte die Monster, die den Geist bevölkern, schon lange bevor der Vogelschwarm Tippi Hedren in die Verzweiflung getrieben hatte, verewigt. Der Titel dieser Zeichnung deutete zudem an, dass es nicht der Schlaf war, der die Ungeheuer freisetzte, sondern vielmehr der Verzicht auf Vernunft, auf freien Willen, auf Prinzipien, auf eigene Entscheidungen. Sie hatte sich für Loyalität zu Tomás entschieden, auch wenn diese schwer auf ihr lastete, genauso wie sie sich dafür entschieden hatte, Verbrecher zu jagen, anstatt sich auf ihr eigenes Leben zu konzentrieren. Das Gute war eben das Gute. Es war ihre Lebenseinstellung. Alles andere würde für sie heißen, sich selbst und die Vernunft zu verraten und neben diesem gepeinigten Mann einzuschlafen. Sie betrachtete das Tier, das halb verborgen hinter dem Mann auf dem Boden lag. Eine träge aussehende Katze mit spitzen Ohren schaute mit ihrem durchdringenden und schamlosen Blick direkt in die Augen des Betrachters, als ob sie zweihundertzwanzig Jahre später noch immer am Leben wäre.

Das Telefon klingelte. Sie erschrak – es war die Mutter von Tomás. Sie hatte auf Marías Anruf aus dem Prado bis eben nicht reagiert.

„Es tut mir leid, dass ich so lange nicht zurückgerufen habe“, sagte die Frau. Sie sprach langsam und in niedergeschlagenem Tonfall.

„Kein Problem“, antwortete María, schnell und unbesorgt,

als sei der vorherige Anruf nur ein Versehen gewesen. Sie musste jetzt ruhig bleiben.

„Es geht um Tomás."

„Wie geht es ihm?"

„Es ist kompliziert, María." Die Stimme der Frau zitterte. „Können wir uns treffen?"

„Sicher."

„Bist du immer noch beurlaubt? Wenn ja, könntest du doch zu mir nach Ávila kommen?"

Beurlaubt. Was für ein Euphemismus. Eigentlich hätte sie nach einem Besuch bei ihrem Anwalt, der nun schon seit Tagen auf ein Treffen drängte, ohne weiteres den Nachmittag in Ávila verbringen können. Doch nun hatte sie weder Zeit für den Anwalt noch für einen Ausflug nach Ávila. Sie war schon genug von den Ermittlungen abgelenkt worden, während der Mörder weiter unbehindert sein Unwesen treiben konnte.

„Das ist leider etwas schwierig. Was ist denn passiert?"

„Das kann ich dir nur persönlich sagen. Am Telefon ist das schwer zu erklären."

Sie schien den Tränen nahe zu sein, vielleicht weinte sie sogar schon.

„Geht es Tomás gut?"

„Das ist das Problem. Wir wissen nichts von ihm. Vielleicht hast du …"

„Du machst mir Angst. Ich habe auch nichts von ihm gehört, er hat jegliche Kommunikation abgebrochen", log sie und verschwieg die Nachrichten zwischen Chatoy und Oleroy. Die zählten für sie selbst schon kaum, und würden es wahrscheinlich noch weniger für seine Mutter tun.

„Eigentlich kann auch ich zu dir kommen. Wenn ich heute Abend mit dem Zug nach Madrid fahre, können wir uns vielleicht treffen?"

„Selbstverständlich." Sie wusste nicht, woher sie die Zeit nehmen sollte, aber was sie wusste, war, dass zwischen all den Ungeheuern, die ihre Vernunft trübten, Tomás immer noch Priorität hatte.

„Sehen wir uns am Bahnhof Chamartín?"

„In Ordnung, ich werde da sein. Lass mich wissen, welchen Zug du nimmst."

Dass Tomás sie nicht sehen wollte, konnte sie in gewisser Weise nachvollziehen, beeinträchtig in seinen Bewegungen und voller Selbstzweifel. Doch dass er sich auch von seinen Eltern distanzierte, das konnte sie nicht verstehen. Sie dachte an ihre letzte Nachricht, in der sie ihm wütend vorgeworfen hatte, Informationen über ein mögliches Verbrechen zurückgehalten zu haben, obwohl sie selbst die Nachricht wegen der dämlichen Palmensache zu spät gelesen hatte. Plötzlich machten sich auch ihre Wunden bemerkbar. Und sie musste an Eloy denken. Verdammt. Alles war so furchtbar kompliziert geworden.

31

Luna wachte erschrocken auf. Eine Bohrmaschine bahnte sich entschlossen und ohrenbetäubend den Weg durch Wände und durch seinen Mittagsschaf. Im Stockwerk über ihm waren die Handwerker zugange, und lärmten ohne Rücksicht auf Verluste munter vor sich hin. Lunas Schulter schmerzte.

Die schlaflose Nacht hatte sich gerächt, als er am Nachmittag auf seinem Sofa über das jüngste Verbrechen am Manzanares nachdenken wollte. In letzter Zeit war ihm das öfter passiert. Jedes Mal, wenn er angestrengt nachdachte, meldete sich die Müdigkeit. Bei der Lösung des Falls half das ganz und gar nicht.

Diesmal hatte Morpheus ihn heimgesucht, als er versucht hatte, Pro und Kontra seiner möglichen Anstellung bei der BBVA-Bank abzuwägen. Die Antwort auf das Angebot stand immer noch aus. Er wusste, dass er ja sagen würde – Geld war nun einmal Geld – aber das war keine Garantie dafür, dass auch sein Verstand mitspielen würde. Im Gegenteil, sein Kopf wollte die Morde am Manzanares einfach nicht loslassen. Das letzte Verbrechen erinnerte an kein Goya-Werk, außer vielleicht an das von Saturn, der seinen Sohn verschlang, was aber eine äußerst schlechte Nachahmung gewesen wäre. Auch wenn er ein Mädchen nach Art der Inquisition an einem öffentlichen Ort hingerichtet, einen Hund in den Tod getrieben und mehrere tote Truthähne wie ein Stillleben drapiert hatte, konnte der Täter niemanden davon überzeugen, einen Kopf verschluckt zu haben.

Luna hatte den letzten Blogeintrag gelesen. Vielleicht enthielt er noch weitere Hinweise. Die Kapelle *San Antonio de la Florida* wurde erwähnt, und sein Gedächtnis sagte ihm, dass sich dort ein wichtiges Fresko von Goya befand. Und nicht nur das: Wenn er sich nicht irrte, lag Goya selbst dort begraben.

Wären Nora oder Ruiz in der Nähe gewesen, hätte er sie gebeten, sich das Fresko einmal anzuschauen, da seine Erinnerung eher verschwommen war. Mit seinem Smartphone konnte er nicht sonderlich gut umgehen, und in der Zeit, die der alte Computer zum Hochfahren brauchte, könnte er gleich mehrere Telefonate führen. Die außerdem noch andere Vorteile hatten. Also rief er María an.

„Comisaria."

„Wie geht es dir, Luna?", fragte María zögerlich.

So viel Förmlichkeit irritierte ihn. María steckte in einem tiefen Loch, aber sie musste sich zusammenreißen. Das Leben war nun einmal hart.

„Erzählst du oder soll ich?", versuchte er es mit ihrem alten Code.

„Sag schon."

Luna wartete ein paar Sekunden ab.

„Sicher? Du wirkst irgendwie komisch."

„Sag schon, Luna. Aber ich glaube nicht, dass ich viel zurückgeben kann."

„Also gut. Dieses Mal ist die Info kostenlos."

„Bin gespannt."

„Ich nehme an, du hast den letzten Blogeintrag gelesen."

„Hab ich."

„Wie du weißt, geht es da um die Kapelle *San Antonio de la Florida*. Mir ist eingefallen, dass es dort Fresken von Goya gibt. Kennst du sie?"

„Keine Ahnung."

„Los, Ruiz. Schau in deinem kleinen Gerät nach."

„Also rufst du mich eigentlich an, damit du nicht selbst danach suchen musst?"

„Komm schon, Quidproquo."

„Du hast vielleicht Nerven." María klang schon wacher. „Ich brauche mehr Details. Sitze schon vor dem Computer."

„Mehr hab ich nicht: Goyas Fresken in der Kapelle *San Antonio de la Florida*. Sonst kann ich mich an nichts erinnern."

„Ich hab's." María überflog die von der Webseite des Rathauses bereitgestellten Informationen: „... Ende des 18. Jahrhunderts ... Wallfahrtskirche ... Geschenk Carlos' IV. an Luisa María ... Bau im Stil eines griechischen Kreuzes ... Schauen wir mal. Hier, ich les vor: Es stellt das Wunder des heiligen Antonius von Padua dar, wenn auch nicht auf traditionelle Weise. Anstelle der Engel finden sich hier wollüstige junge Frauen, und die Gruppe von Bettlern, die den Heiligen umgibt, sticht besonders hervor."

„Bettler", sagte Luna. „Das würde passen. Sollen wir uns dort treffen und es uns anschauen?"

„Heute Nachmittag kann ich nicht, Luna." Ihr Tonfall war wieder etwas schleppend.

„Was ist denn los mit dir? Hast du etwa aufgegeben? Du wirkst komisch."

„Tomás' Mutter kommt mich besuchen, es ist etwas passiert."

„Scheiße, die armen Eltern. Was, meinst du, ist passiert?"

„Ich weiß es nicht, Luna."

Luna schwieg. Er gehörte einer Generation an, die gelernt hatte, Unglücke wie Kantinenessen einfach herunterzuwürgen, ohne viel darüber nachzudenken.

„Soll ich dich auf dem Laufenden halten?“

„Das wäre großartig, Luna. Ich weiß das zu schätzen.“

Ich weiß das zu schätzen? María war wirklich merkwürdig drauf.

„Ich brauche deine Dankbarkeit nicht, Ruiz.“

„Und was brauchst du dann?“

Dass du dich zusammenreißt, verdammt noch mal, hätte er ihr gerne gesagt. Die neuste Leiche in der Gerichtsmedizin war noch warm, Professor Salas war als Verdächtiger ausgeschlossen und der Mörder hatte noch Hunderte von Goya-Werken zur Nachahmung. Hier konnte es sich niemand leisten, ruhig zu bleiben, am allerwenigsten Comisaria Ruiz. Esteban war zwar eine harte Nuss, aber er hatte ihr letztendlich dann doch geglaubt. Dieser besessene Geisteskranke war noch immer auf freiem Fuß. Und selbst wenn man die freundlicheren Werke aus Goyas Anfangszeit ignorierte, so gab es noch unzählige blutige Radierungen, Zeichnungen und Gemälde, die das kriegsgebeutelte, schmutzige, ignorante und böse Spanien darstellten. Keine heroischen Schlachten, die gewonnen oder verloren wurden, sondern Schlägereien zwischen einfachen Bürgern, Leichenhaufen, Kannibalismus und Erniedrigung, weinende Kinder, die ihrem Schicksal überlassen werden, während ihre Mütter in Höhlen oder auf öffentlichen Plätzen vergewaltigt oder getötet werden. Bilder von Hexerei und schwarzer Magie und der Unterdrückung durch die Inquisition, die das Anderssein oder den wissenschaftlichen Glauben an die Schöpfung bestrafte.

„Da ist etwas, das du mir sagen könntest.“

„Was genau meinst du?“

„Ich glaube, du kennst den richtigen Täter. Ich weiß, dass

man dir nicht zugehört hat, aber ich glaube dir. Was weißt du über ihn?"

„Auf keinen Fall, Luna. Das Letzte was wir brauchen, ist, dass ihr einen Artikel über ihn veröffentlicht. Er würde sofort untertauchen."

Ihr? Der Plural störte ihn; er zeigte Noras offensichtlichen Einfluss. Dass sie in sein Metier und auch in sein Zuhause eingedrungen war. Er war nicht mehr allein im Universum der Exklusivmeldungen. Aber er sagte nichts dazu.

„Ich werd nichts über ihn schreiben, ich schwöre es. Du weißt, dass ich die Klappe halten kann."

„Mach dich nicht lächerlich."

„Hör mal, Ruiz. Ich hab Neuigkeiten: Ich werde bald für die BBVA arbeiten. Das war's dann mit dem Journalismus für mich."

„Sicher. Das glaube ich genauso wenig, wie dass es für mich mit der Polizeiarbeit vorbei ist. Wir haben es im Blut, Luna."

„Du kannst immer noch zurück. Wenn du dich an die Vorgaben hältst."

„Ja, ich habe gehört, die Diensthundeführereinheit sucht gerade nach neuen Kommissaren. Die Statistiken zur Hundeerziehung müssen geprüft werden."

„Meine Güte, Ruiz, du klingst ja schon wie ich. Sei doch nicht so pessimistisch. Du musst dich zusammenreißen." Nun hatte er es doch gesagt.

„In Ordnung, schon zusammengerissen."

„Komm schon. Erzähl mir etwas über den Mörder. Ich glaube dir."

María zögerte. Wenn sie ihm erzählte, was sie wusste, würde

er am Ende definitiv darüber berichten. Er war nun einmal Journalist. Wie bei Ermittlern konnte er bei Neuigkeiten nachher nicht einfach so tun, als ob er sie nicht kannte. Irgendwann kam es eben doch heraus. Aber es stimmte auch, dass er ihr helfen konnte. Das hatte er immer schon getan. Als Team waren sie stets mehr als nur zwei Menschen gewesen.

„Er ist groß und dünn. Er ist Arzt und Bettler. Er ist charmant und selbstbewusst. Er ist der Autor des Blogs. Sein Name ist Yago, den Nachnamen kenne ich nicht. Ach ja: Und er ist verrückt."

„Er heißt sicher nicht Yago. Das muss ein Pseudonym sein, ein Künstlername", antwortete Luna.

„Wie kommst du darauf?"

„Na, das ist ja wohl offensichtlich. So einen großen Zufall kann es nicht geben. Yago ist eine billige Tanznummer mit Goya."

„Wie bitte?"

„Yago ist Goya nur mit umgedrehten Silben. Ist dir das nicht aufgefallen?"

„Verdammt, Luna. Daran habe ich gar nicht gedacht."

„Yago ist auch die Kurzform von Santiago. Und sonst hast du nichts?"

„Nichts über seine Identität. Er führt ein Doppelleben. Bettler und gut gekleideter, gebildeter Bürger in einem. Er fährt Auto und geht in den Schützenverein. Er hat sich oft mit Sara Muñoz getroffen. Und am Tag ihres Todes hatten sie sich an dem Wehr verabredet, an dem er sie schließlich ermordet hat. Sie wollten gemeinsam Goyas Vermächtnis aufrechterhalten oder so etwas in der Art."

„Eine seltsame Art, sein Vermächtnis zu wahren."

„Sie aus Naivität, für irgendeine Art von künstlerischer Gerechtigkeit. Er aus Bosheit."

„Immer dieselbe Leier", sagte Luna. „Wir wissen auch, dass er nicht allein agiert. Jemand hat ihn begleitet. Ein Junge. Hast du eine Ahnung, wer das gewesen sein könnte?"

„Keinen blassen Schimmer." María schluckte. Und schon lag der Verdacht wieder auf Eloy, obwohl Luna seine Identität nicht kannte. Oder er wollte sie dazu bringen, es zu sagen.

„Und woher weißt du, dass er Arzt ist?"

„Ich weiß es einfach." Sie würde Eloy da nicht mit reinziehen. „Gerichtsmediziner. Allerdings praktiziert er gerade nicht."

„Was für ein Charakter. Ich kann versuchen, etwas von meinen Kollegen herauszufinden. Weißt du, wie alt er ungefähr ist?"

„Keine Ahnung, so um die Vierzig würde ich sagen."

„Du hast ihn also schon einmal gesehen?"

María schwieg. Sie wollte ihm nicht von dem Ausflug zum *Monte de El Pardo* erzählen und noch weniger von der Rückfahrt in Yagos Auto. Und am wenigsten wollte sie ihm von Eloy erzählen. Eloy ... Sie musste ihn unbedingt finden.

„Ich hab dir schon genug gesagt. Glaubst du, dass du etwas tun kannst?"

„Ich kenne jemanden, den ich fragen kann. Ich muss jetzt los. Wir hören uns."

„Warte!", unterbrach María ihn. „Da ist noch was."

„Was?"

„In seinem Einkaufswagen lag ein Nummernschild, Moment." Sie öffnete ihren Fotoordner auf dem Laptop und fand das entsprechende Bild. „M-1492-IW. Ich weiß nicht, ob uns das weiterhilft. Ich habe mich noch nicht getraut, bei den Kollegen von der Verkehrspolizei nachzufragen."

„Das kann ich übernehmen."

„Danke, Luna."

„Du brauchst mir nicht zu danken. Wir werden diesen Scheißfall schon lösen, Ruiz. Die können mich alle mal kreuzweise."

Luna schnappte sich eine Jacke und ging nach draußen. Er hinterließ Fußstapfen in dem Baustaub, den die Handwerker im ganzen Treppenhaus verteilt hatten.

María öffnete WhatsApp. Tomás' Mutter hatte ihr geschrieben, dass ihr Zug um acht Uhr abends in Madrid eintreffen würde. Außerdem hatte die Mordkommission sie offiziell vorgeladen, um eine Aussage bezüglich des neuen Opfers zu machen, allerdings erst am nächsten Tag. Somit hatte sie noch genügend Zeit für die Dinge, die erledigt werden mussten. Wenn sie Eloy finden wollte, führte der Weg zurück in den unterirdischen Tunnel.

32

Sie kam um vier Uhr an, als die drückende Nachmittagshitze die meisten Passanten bereits vertrieben hatte. Nur die Sprinkler durchbrachen die Stille und versprühten in gleichmäßigem Rhythmus recyceltes Wassers auf der Rasenfläche des Parks. Sie konnte sich nicht mehr genau erinnern, wo der Eingang war, zu dem Eloy sie geführt hatte, aber er musste irgendwo in der Nähe der Buchsbaumkugeln sein. Diesmal hatte sie eine Taschenlampe dabei.

Sie wanderte etwas umher und umrundete die Hecke, die eine der Wände verdeckte, und tatsächlich: Da war er. Der Eingang zum Tunnel. Sie betrachtete den klaren Himmel über Madrid und atmete noch einmal tief durch. Sie war nervös, als sie durch die ungesicherte Tür in die Dunkelheit trat, die diese Hecken zu verbergen suchten. Sie hatte niemandem Bescheid gegeben, weil man sie sicher sonst von ihrem Plan abgehalten hätte.

Sie wartete kurz, bis sich ihre Augen an die Lichtverhältnisse gewöhnt hatten. Der erste Abschnitt war noch nicht ganz so dunkel, was ihr den Abstieg erleichterte. Zuerst ging sie langsam. Die Verletzung an der Milz, die sie sich bei früheren Ermittlungen zugezogen hatte, war zwar verheilt, aber bei Anspannung spürte sie noch immer ein Stechen in der Seite, das sie daran erinnerte, dass Verfolgungsjagden tatsächlich Konsequenzen haben konnten. Das hätte man mal Tomás sagen sollen.

Sie ging weiter. Wie schon beim letzten Mal tropfte Wasser von der Decke und bildete kleine Pfützen, die den Tunnel in einen nassen und ungemütlichen Ort verwandelten. Sie schaltete ihre Taschenlampe ein. Eine Ratte lief ihr vor die Füße und sie erschrak. Sie dachte an Tesón, Luna, Nora und an den Deutschen mit den Dreadlocks. Wenn nur irgendjemand wüsste, wo sie gerade war. Doch es wäre sowieso niemand bereit gewesen, sie zu begleiten. Obwohl … Nora hätte es getan, aber Nora hatte genügend eigene Probleme.

María wagte sich tiefer in die Dunkelheit und hatte den Eindruck, die gleichen Kleidungsstücke und Pappkartons zu sehen, die sie auch schon beim letzten Mal bemerkt hatte.

Bald erreichte sie die Überflutungskammer der M30, in der die Bettler Unterschlupf gefunden hatten. Sie schaltete ihre Taschenlampe aus und wartete, bis sich ihre Augen an das Licht gewöhnt hatten, das durch die Gitterstäbe weit oben an der Decke drang. Ein Geräusch ließ sie zusammenschrecken, es klang wie ein Wimmern, ein leises Klagen. Sie bewegte sich ängstlich vorwärts und vermied es, direkt zu den Pappkartonstapeln zu schauen, die die Plätze der Bettler markierten. Sie versuchte, sich in den Schatten zu halten, doch natürlich konnten die Bewohner sie trotzdem sehen. Sie erkannte den Stapel, aus dem der Mann das letzte Mal plötzlich aufgetaucht war. Der Mann, dem sie ihre Karte gegeben hatte und der nun zerstückelt in einer Leichenkammer lag. Von dort kam auch das Geräusch. Sie näherte sich langsam.

Ein Hund suchte Zuflucht in der Pyramide aus Kartons und wimmerte leise und unaufhörlich. Bei ihrem Anblick wedelte er kurz mit dem Schwanz, bevor er ihn dann zwischen die Beine klemmte. María berührte das zitternde Tier.

„Ganz ruhig, ich tu dir nichts."

Er war nicht aggressiv, nur durcheinander. Wer weiß, was der Hund schon alles erlebt hatte. Sein ehemaliges Herrchen war einfach nicht zurückgekehrt. María erinnerte sich an den Zustand der Leiche. Es war merkwürdig, dass der Hund im Tunnel geblieben war, während sein Besitzer sich draußen herumgetrieben hatte. Das Tier war schließlich sein Begleiter gewesen. María streichelte ihn eine Weile lang, während sie versuchte zu erkennnen, ob sich jemand in Yagos Pappkartonhütte befand. Dabei glaubte sie zu sehen, wie sich einige der benachbarten Kartons bewegten und bemerkte offene Augen, die vorsichtig hervorlugten. Sie streichelte den Hund noch kräftiger. Auch sie hatte Angst.

Sie erhob sich wieder. Der Hund machte Anstalten, ihr zu folgen, kehrte dann aber doch an seinen vertrauten Platz zurück. Sie musste also alleine weiter.

Schließlich erreichte sie Yagos Kartons. Zum Glück war niemand da. Doch sie lagen nicht in derselben Position wie beim letzten Mal, sondern waren ordentlich übereinandergestapelt, ohne eine Art Bett zu bilden, und die schmutzige Decke lag zusammengefaltet darüber. Sie blickte zum Eingang der Kammer, die sich wie eine urbane Höhle des einundzwanzigsten Jahrhunderts vor ihr erstreckte, und als sie niemanden sah, wagte sie es, ihre Taschenlampe wieder anzumachen und Yagos Revier zu beleuchten. Sie meinte, Blutflecken am Boden sehen zu können, doch vielleicht war es auch nur Schlamm. Wenn sie doch nur etwas dabei hätte, um eine Probe zu nehmen. Sie durchsuchte ihre Taschen und fand darin ein benutztes Taschentuch, das sich eher nicht für den Transport zum Labor eignen würde. Ihre DNA würde sich mit der des Mörders vermischen und das würde niemandem etwas nutzen. Aber es war gerade das Einzige, was sie hatte, und einen Versuch war es allemal wert.

Sie rieb mit dem Taschentuch über den Boden und steckte es so vollgeschmiert zurück in die Tasche.

In diesem Moment merkte sie, wie sich einer der Kartons bewegte und hörte eine Stimme. „Du bist verrückt."

Das Gemurmel war leise, doch es schallte mit unheilvollem Echo durch den Raum.

Sie seufzte. Alleine herzukommen war eine Schnapsidee gewesen, aber um Eloy zu finden, musste sie ihn dort suchen, wo er sich auskannte. Und wenn sie dabei auch gleich noch mehr über angeblich-Yago-ohne-Nachnamen herausfinden konnte, dann war das umso besser. Von Ersterem fehlte leider jede Spur, aber von Letzterem könnte sie den Einkaufswagen nochmal untersuchen. Sie ging auf ihn zu. Auch der wirkte aufgeräumt.

Sowohl Kartonstapel als auch Einkaufwagen deuteten darauf hin, dass ihr Besitzer ein gewisses Ordnungssystem hatte. Vom Kleinsten bis zum Größten. Obenauf lagen die Museumsbroschüren, dann kamen Mappen, einige Kisten, und ganz unten schließlich warme Kleidung. Es roch unangenehm nach schmutzigem Stoff. Nicht nach irgendetwas, das Flecken hinterlassen hatte, sondern nach altem, lange abgestandenen Schweiß, nach einem ungewaschenen Dasein. Sie konnte immer noch nicht glauben, dass diese Habseligkeiten dem tadellos gekleideten und gepflegten Mann vom Schießstand gehören sollten, der ein gutes Auto fuhr und sich ihr gegenüber völlig normal verhalten hatte.

Die Papppyramide, aus der zuvor die Stimme erklungen war, wackelte nun. Ein Mann stand auf, schaute María an, drehte sich um und duckte sich wieder in seine Hütte. Yagos Nachbarn hatten sie auch schon beim ersten Mal gesehen, aber ihre Anwesenheit schien ihnen noch immer gleichgültig zu sein. Sie wussten wahrscheinlich noch nicht, dass ihr Kollege am Flussufer zerstückelt aufgefunden worden war. Dieses Mal war es María, die sich ihm näherte, ohne genau zu wissen, was sie eigentlich sagen wollte. Sie schaltete die Taschenlampe aus.

„Entschuldige", begann sie, als sie vor dem Bettler stand. Er sah zu ihr auf, doch zeigte keine weitere Reaktion. Aber sie war hartnäckig: „Entschuldige bitte."

„Du bist verrückt", wiederholte er. Aus dem Pappkartonstapel des Toten erklang wieder das klagevolle Jaulen des Hundes. „Und du hältst endlich dein Scheißmaul."

Der Mann nahm einen Stein und warf ihn in Richtung des Tieres. Er verfehlte jedoch sein Ziel und prallte von den Kartons ab, woraufhin der Hund noch einmal aufheulte und sich dann verkroch.

„Dieser verdammte Hund heult den ganzen Tag."

„Das ist normal. Sein Besitzer ist tot."

Der Bettler starrte sie so durchdringend an, als wolle er hinter einer dichten Wolkendecke eine Sonnenfinsternis erkennen. María hatte Angst. Doch sie wusste auch, dass sie bei einer körperlichen Auseinandersetzung mit diesem leicht verwirrt wirkenden Mann, dessen Arme vermutlich nur durch das Heben von Wein-Tetrapacks trainiert waren, die Oberhand hätte. Auch der Weg aus dem Tunnel war frei. Ihre Beine würden sie bei einem rettenden Sprint nicht im Stich lassen.

Doch dann bemerkte sie, wie sich weitere Kartons bewegten. Ein jüngerer, weitaus fitterer Mann kam aus einer anderen Ecke zu ihnen herüber. Das war ein ganz anderes Kaliber.

„Wer zum Teufel bist du denn?", fragte er. Er hatte einen ausländischen Akzent, der möglicherweise Rumänisch sein könnte.

„Das spielt keine Rolle", erwiderte María.

„Ich entscheide, was hier eine Rolle spielt und was nicht." Sein Ton war aggressiv.

„Euer Kollege ist tot. Ermordet." María zeigte auf die Pappkartons, in denen der Hund sich verkrochen hatte. „Ich denke, dass das doch sicher eine Rolle spielt?"

„Kollege? Hier gibt es keine Kollegen", sagte der Rumäne.

„Von mir aus auch Nachbar."

Der Mann starrte sie finster an. Er war nicht gerade ein Leichtgewicht. Der erste Bettler stand ebenfalls schwankend auf, und dann tauchte auch noch ein dritter aus seinen Kartons auf und näherte sich schlurfend der Gruppe. María blickte sorgenvoll zum Ausgang. Hoffentlich würden sich ihre Beinmuskeln schnell an die vielen Stunden auf dem Fahrrad erinnern, die sie ihnen uneigennützig in ihrer suspendierungsbedingten Freizeit gegönnte hatte.

„Wer ist tot?", fragte der Dritte. Er war alt und mager, oder sah zumindest so aus.

„Warte mal", befahl der Rumäne, „ich will erst wissen, wer sie ist."

„Sie ist verrückt", bellte der Erste.

„Hör nicht auf sie", sagte der Dritte und hielt sich seinen Zeigefinger an die Schläfe, um zu zeigen, dass die anderen beiden verrückt waren. „Sag uns, wer gestorben ist. Wer wurde ermordet?"

María schaute sie an, ohne sich zu bewegen. Vor dem ersten Mann hatte sie keine Angst, vor dem zweiten schon, und dieser dritte würde ihr vielleicht helfen können. Es war jedenfalls besser, wenn sie sich untereinander anlegten, als dass sie sich gegen sie verbündeten. Allerdings wäre es am besten, wenn jetzt kein vierter auftauchen würde. Jede Verschiebung des Gleichgewichts könnte fatale Folgen für María haben.

„Dieser Mann ist ermordet worden." Sie zeigte auf seine Kartons. „Und ich glaube nicht, dass ihr wissen wollt, wie er jetzt aussieht."

„Sag uns sofort, wie er aussieht", befahl der Rumäne.

„Er wurde enthauptet. Seine Leiche wurde kopflos am Flussufer gefunden."

Die drei starrten sie angeekelt an. Der Erste legte sich die Hände um den Hals.

„Kennt ihr seinen Namen? Wisst ihr etwas über ihn?", fragte María.

Die drei runzelten die Stirn, scheinbar unsicher, was sie antworten sollten. Der Erste umklammerte immer noch seinen Hals, der Zweite kniff die Augen zusammen und schien zu überlegen, wie er auf den Eindringling reagieren sollte, und der Dritte ging auf den Pappkartonstapel des Toten zu, kickte den Hund beiseite und durchsuchte die Habseligkeiten, bis er einen Tetrapack mit Wein fand. Der Hund wimmerte wieder.

„Der arme Kerl", sagte der Dieb.

„Wie hieß er?", beharrte María.

„Ich habe keine Ahnung. Wir haben ihn einfach *Jotas* genannt, wie der Volkstanz, weil er hat öfters mal *Jotas* gesungen", sagte der Dritte.

„Hast du Geld?", fragte der Erste. „Hast du Geld bei dir?"

María trug bequeme, unauffällige Kleidung und hatte außer zwanzig Euro nicht viel in der Tasche. Sie sollte so schnell wie möglich von hier verschwinden, denn von diesen Schwachköpfen schien ja nichts herauszufinden zu sein. Aber sie musste es trotzdem versuchen.

„Und kennt ihr Yago?“ María zeigte auf seinen Kartonstapel.

„Das ist eine andere Geschichte“, sagte der Erste. „Der gibt mir immer etwas.“

„Ich habe gesehen, wie du seine Sachen durchsucht hast“, sagte der Zweite.

„Ist Yago auch tot?“, fragte der Dritte.

„Und Eloy? Habt ihr Eloy gesehen?“, fragte María unbeirrt weiter.

„Wer ist Eloy?“, hakte der Erste nach.

„Noch ein Toter?“ Der dritte Mann sah sich um, vielleicht begierig darauf, die Habseligkeiten eines weiteren Ermordeten zu inspizieren und noch mehr Wein abzustauben.

„Du bist ein Arschloch“, sagte der Zweite. Er zeigte mit drohendem Finger auf Marías Brust und sagte: „Und du solltest besser verschwinden. Wir wollen dich oder deine Kamera hier nicht mehr sehen, kapiert? Keine Kameras mehr. Hau sofort ab.“

Hatte er gerade Kameras gesagt? María wollte sich so schnell wie möglich aus dem Staub machen; je schneller desto besser, aber diese Bemerkung ließ sie innehalten. Hatte jemand hier unten gefilmt? War dieser jemand regelmäßig gekommen? Vielleicht waren es Journalisten gewesen, oder eine ganz bestimmte Frau mit Kamera. Oder vielleicht waren die Bettler einfach nur völlig durcheinander, was natürlich auch eine Option war.

„Ich geh ja schon, ganz ruhig.“ María hob die Arme in dem Versuch zu beschwichtigen, was ihr aber nicht so recht gelang. Auch der Hund spürte die Spannung; er war mit gesenktem Schwanz rübergekommen und stand nun hinter ihr.

Der Rumäne stieß ihr mit dem Zeigefinger gegen die Brust, dann noch einmal fester. Der Hund jaulte wieder und versteckte sich zwischen Marías Beinen. Der erste Bettler lachte nervös und der dritte nutzte die Gelegenheit, um die Habseligkeiten von Jotas zu durchsuchen, jetzt da der Hund weg war. Der Rumäne schubste sie erneut. María begann rückwärts zu gehen, während er ihr bedrohlich nahe kam und ihr wieder und wieder mit dem Finger gegen die Brust stieß. Der Hund verfing sich zwischen ihren Beinen und schien noch ängstlicher zu sein als sie selbst. Plötzlich schloss der Rumäne seine Hand und hielt María die Faust direkt unter das Kinn.

„Ich geh ja schon, ich geh ja schon", sagte María ruhig.

„Ich werde dich nicht verprügeln. Mit deinen Wunden bist du schon ganz gut bedient. Aber wenn du zurückkommst, mit oder ohne Kamera, mache ich dich fertig. Das gilt auch für Yago."

Der Rumäne hob die Faust und presste sie gegen die Nähte an ihrer Wange.

„Ich habe nie eine Kamera dabeigehabt. Du verwechselst mich." María sprach leise, aber bestimmt. Der Druck auf ihren Wunden schmerzte und sie hatte Angst, aber sie wollte sich nicht umdrehen. Noch nicht. Der Hund hatte sich hinter ihren Beinen zusammengerollt. „Ich war noch nie mit Yago hier und habe noch nie etwas gefilmt, aber wenn du mir etwas dazu sagen willst, bin ich ganz Ohr."

„Fahr zur Hölle, Hure. Oder Journalistin. Oder Polizistin. Völlig egal. Glaubst du, das hier ist ein Zirkus?"

Er nahm die Faust aus ihrem Gesicht und fuchtelte bedrohlich in der Luft herum. „Noch kannst du abhauen. Raus hier, verdammte Schlampe."

María zögerte nicht weiter. Sie konnte froh sein, wenn sie mit ihrem schmutzigen Taschentuch und neuen Erkenntnissen hier lebend wieder rauskam. Der Rumäne hatte sie offensichtlich mit einer anderen Frau verwechselt, die Yago hier hinunterbegleitet hatte. Aber der springende Punkt war, dass sie gefilmt hatten. Ein weiterer Teil des Rätsels um den Arzt, Bettler, Goya-Experten und jetzt auch noch Filmemacher.

Sie drehte sich um und rannte. Der Hund von Jotas folgte ihr ein paar Schritte, um dann mit einem winselnden Bellen wieder in seinen Kartonstapel zurückzukehren. Er wollte dem toten Bettler vom Manzanares treu bleiben.

María war schnell wieder an der frischen Luft, ganz ohne die Hilfe der Taschenlampe. Draußen angekommen atmete sie tief durch und versuchte nicht einmal, dem Sprinkler auszuweichen, der ihr schmutziges Wasser ins Gesicht spritzte, denn verglichen mit dem stinkenden Dreck des Tunnels voller Verrückter, den sie hinter sich gelassen hatte, würde es sie in die Freundin von Meister Proper verwandeln.

Was zum Teufel hatte Yago dort gefilmt und mit wem? Das war die Frage, die ihr keine Ruhe ließ. Und was war mit Eloy? Wo war er?

Es gab noch viel zu tun.

33

María hatte sich auf eine Bank gesetzt und musste sich erst einmal sammeln. Sie schaute auf die Uhr. Für eine Sache hätte sie noch Zeit, bevor sie zum Bahnhof musste. Sie holte ihr Handy hervor. Eine neue Nachricht von Martín.

„Wir wollen zu dir nach Hause, Chefin. Esteban und ich. Acht Uhr? Dann schauen wir uns deine Tafel zusammen an."

Sie zögerte, bevor sie antwortete. Das Gespräch mit Tomás' Mutter könnte schwierig werden, und sie wollte sich an dem Abend nicht noch mehr zumuten. Das Taschentuch musste so schnell wie möglich ins Labor und sie hatte sich noch nicht entschieden, ob sie es Martín geben oder sich selbst darum kümmern sollte. Sie wählte schließlich die zweite Option. Also antwortete sie: „Tut mir leid, Martín. Um acht hab ich schon etwas vor. Ich rufe dich später an."

Sie hatte auch eine Nachricht von Nora.

„Versammlung in der Dragona. Ich bin schon auf dem Weg."

Die Nachricht war erst vor Kurzem gekommen und dafür würde ihre Zeit noch reichen. María sah an sich herunter. Ihre Aufmachung passte. Also ging sie kurzerhand Richtung U-Bahn.

Sie kam gerade rechtzeitig, um die angespannte Atmosphäre zu Beginn der Versammlung zu spüren. Saras Tod war immer noch das große Thema unter den Hausbesetzern, doch nun kam noch die Polizeifahndung nach Eloy hinzu. Der Tod des Bettlers wurde nicht erwähnt, weil sicherlich niemand eine Verbindung zwischen den beiden Fällen hergestellt hatte. Sie waren gerade dabei, einen Protestmarsch gegen das Vorgehen der Polizei gegen die Hausbesetzer zu organisieren, und versuchten, sich auf das Motto der Demo zu einigen.

„Wir alle sind Saramú. Nieder mit dem Heteropatriarchat" war eine Option.

„Wir alle sind Saramú. Nieder mit dem Heteropatriarchat und der faschistischen Polizei", eine weitere.

Einige schlugen vor, noch auf „die Verteidigung der Dragona und anderer befreiter Räume" zu verweisen, andere meinten, das habe nichts damit zu tun.

María verließ den Versammlungsraum und ging in die Küche. Sie hatte Nora erspäht, aber die beiden hatten nur einen kurzen Blick ausgetauscht. Es war besser, wenn niemand wusste, dass sie sich kannten.

Ein Haufen Kartoffeln und Karotten wartete auf einen Freiwilligen, der sich ihrer annehmen würde. Das Feuer unter dem Eisentopf war erloschen, wodurch der Raum noch kälter war. Da war der Lappen, den sie benutzt hatte, um Eloy zu helfen. Sie berührte ihn. Er war trocken. Eloys hagerer, über das Feuer gebeugter Körper fehlte. María fuhr mit der Hand über den Hocker, den er normalerweise benutzte, und war überrascht, wie kalt er war. Niemand war zu sehen. Sie ging in den Flur hinaus, der zur Treppe führte und stieg diese gemächlich empor. Dabei schaute sie immer mal wieder in Richtung des Versammlungsraums, aber das ferne Gemurmel der Stimmen beruhigte sie. Sie erklomm weiter die Stufen, eine nach der anderen. Wenn sie den Besuch in dem dunklen Tunnel überlebt hatte, würde sie sicher auch einen weiteren Besuch im oberen Stockwerk überleben.

Sie ging in Eloys Zimmer. Alles war wie beim letzten Mal. María setzte sich auf die Matratze am Boden. Sie roch alt und muffig, aber auch nach der unparfümierten Glyzerinseife, die der Junge manchmal benutzte. Der Geruch von Großmüttern, von vergangenen Zeiten. Wie viel Arbeit Eloy investiert haben musste, um zu den hygienischen Verhältnissen der Nachkriegszeit zurückzukehren und den Supermärkten mit ihren unzähligen Duschgels und Waschmitteln zu entkommen. Und somit natürlich auch dem verdammten Kapitalismus.

Sie strich mit den Händen über die Decke, die auf der Matratze lag. Sie war steif. María legte sich hin. Von hier aus konnte sie Eloys Familienfoto sehen, auf dem er noch so glücklich aussah, bevor sein Blick viel zu früh viel zu ernst geworden war. Daneben das Foto mit Saramú. Eloys Glück, das man an dieser Wand sehen konnte, war nun verschwunden. Seine Familie aus unbekannten Gründen. Sara, weil sie ermordet worden war. María schloss die Augen. Zu der Erschöpfung vom Tunnelabenteuer kam jetzt noch die Traurigkeit. Gleichzeitig fühlte sie sich merkwürdig entspannt, fast, als sei Eloy direkt neben ihr. Die Welt konnte sich noch so schnell drehen, wenn sie Zeit mit Eloy verbrachte, verlangsamte sich alles; Probleme verschwammen und wurden unwichtig. Auch wenn er jetzt nicht hier war, überkam sie trotzdem dieses Gefühl und sie nickte ein.

Es konnten nicht mehr als ein paar Sekunden oder vielleicht eine Minute gewesen sein, als sie durch Schritte und Stimmen in der Nähe geweckt wurde. Ein paar Männer unterhielten sich in einem der anderen Zimmer. Die Versammlung war zu Ende, im unteren Stockwerk wurden Stühle gerückt. Sie musste hier weg.

Ihr fiel etwas auf. Auf Eloys Foto mit Sara Muñoz war eine Kamera zu sehen. Sie stand auf, um das Bild genauer zu betrachten. Auf der Bettdecke, die sich die beiden um die Schultern gelegt hatten und unter der María eben geschlafen hatte, lag neben Saramú eine Videokamera. Sie konnte die Marke erkennen, eine Sony mit großem eingebauten Mikrofon. Sie hatte ein Stativ und sah sehr professionell aus. María versuchte, sich noch weitere Details einzuprägen. Saramú trug ein schwarzes Tank-Top und hatte halblange dunkle Haare, die glatter waren als bei ihrem Tod. Wieso hatte der Rumäne sie verwechselt? María war älter und im Vergleich zur kurvigen Sara eher zierlich, aber beide waren klein, hatten schwarze Haare und eine forsche Ausstrahlung. Im Dunkeln könnte man sie durchaus verwechseln. Wenn dem tatsächlich so war, was hatte Sara dann in den Tunneln gefilmt? Und wo war waren die Aufnahmen? Sie könnten der Schlüssel zu Lösung sein.

Es war an der Zeit, zu gehen. Die Stimmen aus dem Zimmer nebenan waren lauter geworden und schienen angeregt zu diskutieren. Sie machte ein Foto von dem Bild mit Sara Muñoz, zögerte kurz, und machte noch ein weiteres von Eloys Familie. Anschließend schlich sie die Treppe hinab und wollte das Haus gerade verlassen, als sie einem anderen Jungen begegnete, der sie misstrauisch ansah. Doch sie ging einfach schnurstracks in Richtung Ausgang.

Sie spürte mehrere Blicke in ihrem Rücken und ahnte, dass sie nicht zur Dragona zurückkehren konnte, ohne sich weiteren Fragen zu stellen.

34

Annabella Dellamare sortierte gerade die Cremes auf ihrem Kaffeetisch, als Luna an die Tür klopfte. Wie früher, ohne Vorwarnung. Doch sie freute sich über den Besuch. Sie bat ihn herein und setzte sich neben ihn auf das Sofa, wo sie ihn anwies: „Na los, hilf mir, dann sind wir schneller fertig."

Luna half ohne Widerrede.

Die Döschen mit der feuchtigkeitsspendenden Körpermilch und die mit Anti-Cellulite-Cremes sollten in die eine Ecke, Hautreinigungsmittel in die andere. Die Handcremetuben standen nicht aufrecht und waren sowieso fast leer, was ihnen einen Platz im Korb einbrachte. Auch die Hauttoner und Anti-Aging-Cremes bekamen einen eigenen Platz. Luna half anstandslos und sichtlich amüsiert. Eigentlich könnte er doch ewig so weitermachen, ohne seine Seele an die BBVA-Bank zu verkaufen oder haarsträubende Verbrechen zu untersuchen. Warum nicht? Annabella reichte ihm einen Haufen Lippenstifte und zwei Kisten mit traditionellen chinesischen Mitteln gegen Hexenschuss und andere Beschwerden und sagte: „Die Farbigen dahin, die mit Kakao dorthin. Und ich mach dir eine Tasse Kaffee."

„Mach mir lieber einen Gin Tonic", murmelte Luna, während sie in der Küche verschwand.

Die Hellseherin, die Tarotkarten, Teesätze und Handlinien lesen konnte und ganz nebenbei auch noch alternative Ernährungsberaterin und Masseuse war, hatte sich verändert. Ihre Brüste schienen größer und ihr Hüftspeck quoll an den Seiten aus dem rosa Samtanzug hervor, aber sie war immer noch eine attraktive Frau. Leicht exotisch mit ihrer zimtfarbenen Haut, dazu reif und dominant – sie gefiel Luna. „Lass dich nicht ablenken“, ermahnte er sich selbst.

Annabella kehrte mit einem Tablett zurück auf dem zwei dampfende Tassen standen, die sie vielleicht nur zu besonderen Anlässen hervorholte. Dazu brachte sie noch Löffel und einen Teller mit Schokoladenkeksen. Statt des Gin Tonic standen zwei kleine Gläser und eine Flasche Trester auf dem Tablett.

„Nun, erzähl. Wie läuft die Jagd nach dem Mörder?“, fragte sie, nachdem sie sich auf die Couch hatte sacken lassen.

„Nicht so toll. Wir lassen uns ganz schön an der Nase herumführen.“

„Ich habe gehört, es hat noch eine Leiche gegeben? Das ist selbst für dich eine ganze Menge.“

„Du hattest recht, was das erste Opfer anging, Annabella. Der Mord hatte nichts mit Hexerei zu tun. Es war eine Art Inszenierung. Aber dieser Fall überschreitet alle Grenzen. Es war keine Teufelsanbetung, sondern das Werk des Leibhaftigen selbst.“

„Was weißt du noch? Abgesehen von dem, was ihr in der Presse geschrieben habt, meine ich. Du weißt, dass ich euch davon nichts abnehme.“

„Ich fürchte, niemand nimmt uns mehr irgendwas ab. Der Journalismus geht den Bach runter.“

„Wie ich sehe, bist du noch genauso pessimistisch wie früher. Wie lange kennen wir uns jetzt schon? Zwanzig Jahre? Und schon damals hast du über das Ende deines Berufstands lamentiert. Ich habe dir geraten, in meine Branche zu wechseln, erinnerst du dich? Die Konkurrenz ist groß, aber wir guten Hexen sind immer noch schwer gefragt.“

Luna musste schon das zweite Mal an diesem Nachmittag lachen. Warum hatte er diese Frau nicht öfters besucht?

„Komm jetzt, Konzentration!“, sagte Annabella und riss ihn aus seinen Gedanken.

„Was weißt du, das noch nicht veröffentlicht worden ist? Das über die Schuld des Professors schlucke ich ebenfalls nicht.“

„Mal sehen.“ Luna rückte ein Stück auf der Sitzkante nach vorne. „Es ist ein sehr merkwürdiger Fall.“

„Merkwürdig? Mein Spezialgebiet. Das Merkwürdigste ist oft das Wahrscheinlichste. Fahr fort.“

„Es gibt einen Arzt, der wie ein Bettler in den Tunneln unter Madrid haust. Er scheint besessen von Kunst zu sein und ein Doppelleben zu führen. Außerdem kannte er das erste Opfer. Er war mit ihr an dem Wehr verabredet, an dem sie tot aufgefunden wurde.“

„Ein Arzt? Ein echter oder einer wie ich?“ Neben der Liste ihrer Fähigkeiten, die sie auf einem Schild im Fenster anpries, stand auch „In Kuba und Haiti als Heilerin zugelassen.“

„Sagen wir mal, er ist richtiger Arzt. Auch wenn er im Gegensatz zu dir nicht heilt, sondern tötet.“

Annabella reichte ihm den Teller mit Keksen. Luna hatte schon immer ihre Fähigkeit bewundert, Hexerei und Vergnügen zu verbinden, und bei Diskussionen über Schlangen, Opfergaben und andere makabere Dinge Süßes zu essen. Auch heute war es nicht anders, und er hatte keine andere Wahl, als sich einen Keks zu nehmen. Wer würde dieses Angebot auch ablehnen?

„Ich glaube, du hast Glück, Luna. Auch wenn du es nicht verdient hast.“

„Was meinst du damit?"

„Ich habe vor Kurzem von einem seltsamen Typen gehört. Wir Freaks kennen uns alle untereinander, wie du weißt. Ich habe mich daran erinnert, als du erwähnt hast, dass er Arzt ist."

„Ja, und?"

„Der Typ suchte nach Informationen über schwarze Magie. Kindesopfer, Rituale mit Tieren, solche Dinge."

Luna spürte, wie es ihm kalt den Rücken hinunterlief, und nicht einmal die Süße des Kekses konnte den Geschmack von Galle überdecken. Der Speichel sammelte sich in seinem Mund und er schaffte es kaum, ihn hinunterzuschlucken.

„Er hat dich um diese Informationen gebeten?", fragte er.

„Nein, nein. Einen Augenblick, ich versuche, mich daran zu erinnern."

Annabella war aufgestanden und zur Liege gegangen, wo sie sich einen Stapel Karten nahm und diese geschickt durch die Luft wirbeln ließ, bevor sie sie neu gemischt ablegte. Sie kehrte zurück, doch setzte sich nicht wieder hin. Luna wusste nicht, ob die Antwort aus ihren Karten oder ihrem Gedächtnis kommen würde und wartete gespannt. Auf der Zunge schmeckte er immer noch Galle.

„Ein paar Freunde haben davon erzählt. Das sind Leute, die Ziegen züchten, um sie anzubeten, und von Zeit zu Zeit einen Truthahn auf dem Friedhof opfern."

„Klar", bemerkte Luna scherzhaft, „ganz normale Freunde."

„Sei kein Schwachkopf, Luna. Ich bin eben, was ich bin. Soll ich fortfahren?"

„Bitte."

„Sie sind harmlos, keine Sorge. Du kannst dir ihre Zeremonien auf YouTube angucken. Ich kann dir garantieren, dass es Kinder aus gutem Hause gibt, die viel Schlimmeres posten."

„Komm bitte zum Punkt."

„Die Sache ist die, dass sie von einem Kerl, einem Arzt, angesprochen wurden, der etwas merkwürdig und unbeholfen wirkte, allein durch sein Aussehen. Er war groß und schlaksig. Er sagte, er wolle an den Opferzeremonien teilnehmen, um aus der Geschichte zu lernen, denn die schwarze Magie sei ja Teil der spanischen Geschichte."

„Auch ein Teil der Medizingeschichte?"

„Ich weiß nicht, Luna, lass mich ausreden. Zunächst ließen sie ihn teilnehmen, mussten ihn aber später rausschmeißen."

„Was ist passiert?"

„Ich erinnere mich nicht an alles, aber ich kann den Freund anrufen, der es mir damals erzählt hat. Ich glaube, der Typ hat vorgeschlagen, ein Kind zu opfern oder … ja, ich erinnere mich …" Annabelle hielt kurz inne, machte ein angewidertes Gesicht und bekreuzigte sich. Hexerei stand für sie nicht im Widerspruch zu der Gestik des Katholizismus. „Er wollte einen Fötus benutzen. Er sagte, er könne einen besorgen. Und, dass das in der Geschichte immer so gehandhabt wurde."

„Scheiße. Ich weiß nicht, ob ich mehr wissen möchte."

„Und da war noch etwas. Er wollte es filmen. Ja, genau. Er hatte wohl immer eine Kamera dabei … Jedenfalls wurde er rausgeworfen. Gruseliger Typ."

Luna stellte seine Kaffeetasse auf den Tisch und legte den halben Keks daneben. Der Appetit war ihm vergangen. Er fragte nach dem Namen des Arztes. Annabella konnte sich nicht daran erinnern, ihn überhaupt je gekannt zu haben, doch sie würde ihren Freund fragen. Sie merkte, dass es dem Journalisten nicht gut ging.

„Denke nicht schlecht über meine Freunde. Es ist eine Sache, schwarze Magie zu betreiben, und eine andere, mit dem Feuer zu spielen. Mit Föten. Meine Freunde würden so etwas nie tun."

„Mach dir keine Sorgen. Ich habe keine Angst vor dir oder deinen Freunden."

„Soll ich dir die Karten legen?", fragte Annabella, nun wieder gut gelaunt. „Vielleicht verraten sie uns etwas. Glaub mir, deine unterschwelligen Gedanken können völlig neue Perspektiven eröffnen."

„Ich glaube, in meinem Alter eröffnet sich mir überhaupt nichts mehr."

„In deinem Alter? Du kannst dir gar nicht vorstellen, wozu manche alten Leute nach meiner Behandlung fähig sind."

„Mach dir keine Mühe." Luna war aufgestanden. Die Cremes standen noch auf dem Tisch. In der Mitte befand sich ein einsamer, schwer einzuordnender Balsam. Luna nahm ihn zur Hand und reichte ihn seiner Freundin.

„Was ist hiermit?"

„Der ist für die Massage. Wann immer du willst, gebe ich dir eine. Komm, sei nicht schüchtern. Das wird dich aufmuntern." Sie zwinkerte ihm zu. „Ich hebe den Balsam für dich auf. Und wir werden deine verborgenen Gedanken schon noch an die Oberfläche holen. Keine Widerrede."

Luna verabschiedete sich, nun deutlich besser gelaunt. Annabella war einfach ein Phänomen. Sie balancierte zwischen Drama und Laszivität, aß Schokolade während sie über geopferte Föten sprach und brachte ihn mit ihren Heilmethoden zum Lachen, die er langsam gar nicht mehr so abwegig fand. Ein Treffen mit ihr heiterte ihn immer auf.

Die Geschichte von dem verrückten Arzt hatte ihn allerdings an unangenehme Dinge erinnert. Nicht unbedingt an schwarze Magie, sondern viel mehr an die Werke Goyas, in denen Kinder und Föten zu Ehren irgendeines Hexensabbats aufgespießt wurden. Abgesehen von dem Angebot, sich die Karten nach einer regenerativen Massage legen zu lassen, hatte er die Information bekommen, dass der bettelnde Arzt schon länger mit dem Feuer spielte.

35

María hatte dem Institut für Rechtsmedizin einen Besuch abgestattet, um das Taschentuch in kompetente, freundliche Hände zu geben. Danach war sie zum Bahnhof Chamartín gefahren. Es war ungefähr acht Uhr. Sie bestellte einen Kaffee in einer Bar und setzte sich so weit wie möglich vom Tresen entfernt hin. Ein Blinder leierte einen Spruch herunter, um Lotterietickets zu verkaufen, während er sich geschickt zwischen den Tischen hindurchschlängelte. María beobachtete ihn eine Weile und nahm dann ihr Handy, um die Nachrichten zu checken.

Nora hatte erneut in der Dragona nach Eloy gefragt, aber nichts Neues herausgefunden. Entweder die Bewohner wussten nichts, oder hatten ihr nichts gesagt. Nora hatte María außerdem gewarnt, dass bei der Versammlung die Rede von verdeckten Ermittlern in der Dragona gewesen war. María hingegen wollte ihr noch nichts von dem erzählen, was sie auf dem Foto in Eloys Zimmer gesehen hatte. Saramú hatte eine Kamera gehabt. Wo war diese Kamera? Und was war mit ihrem Handy? Warum hatte die Polizei es noch immer nicht gefunden? Die Reiher, die zu dieser Jahreszeit im Schilf des Manzanares nisteten, konnten in Ruhe darauf herumpicken, ohne dass sich jemand die Mühe machte, danach zu suchen.

Rodrigo fragte sie, wie es ihr ging. Sie antwortete mit einem nach oben zeigenden Daumen. Er reagierte nicht darauf.

Sie hatte auch eine rätselhafte Nachricht von Luna. Er hatte ihr ein Bild geschickt und darunter geschrieben:

„Es gibt Neuigkeiten. Erzähle ich dir später."

Detail aus Hexensabbat (1798)

„Willst du damit andeuten, dass er auch dieses Gemälde nachgestellt hat?“, fragte María.

„Nein. Aber er hat es versucht“, antwortete Luna. „Später mehr. Hier herrscht gerade Chaos.“

Sie betrachtete das Bild. Ein weiteres verstörendes Werk Goyas. Viele Arbeiten des Malers beschäftigten sich mit Hexerei und er hatte sich wahrscheinlich nicht vorstellen können, dass jemand je die Szene nachstellen würde, in der Frauen einem Ziegenbock abgemagerte Kinder opferten. Gegen Ende des 18. Jahrhunderts, als die *Caprichos* und weitere Gemälde über Hexerei entstanden waren, wurden Frauen noch wegen satanischer Rituale verurteilt. Auch Goyas Freund Moratín hatte Texte über die Hexenverbrennung in Zugarramurdi veröffentlicht. Die Aufklärer traten für die Wahrheit ein, während die Bourbonen und die Kirche sich an die Vergangenheit klammerten. María hatte bereits viel zu dem Thema gelesen. Salas' Buch, einige seiner Artikel und andere Texte. Zweifellos musste es für Goya fatal gewesen sein, an der Illusion der freien Vernunft und modernen Aufklärung festzuhalten, die schließlich durch den Krieg wieder zunichte gemacht worden war. Die Geschichte wiederholte sich und Spanien war erneut in der Dunkelheit versunken. 1814, 1936 und auch im 21. Jahrhundert konnten gewisse Parallelen beobachtet werden. Heute schluckten die Spanier den Medienmüll mit derselben Gleichgültigkeit, mit der in diesen Gemälden das Andersartige verachtet und die eigene Ignoranz gefeiert wurde.

María dachte über sich selbst nach. Wenn sie geglaubt hatte, dass man als Mitglied der Polizei die Gerechtigkeit und Wahrheit ohne Weiteres vertreten konnte, so hatte sie sich geirrt. Während sie suspendiert war und um ihre Rückkehr kämpfte, war ihr Chef weiterhin im Dienst. Seine dunkle Vergangenheit lag mitsamt seiner Verbrechen begraben, trotz Noras Berichterstattung. Vielleicht war es gar nicht so dumm von Goya gewesen, das Exil zu wählen. Lieber in Bordeaux sterben, als Zeuge der kollektiven Selbstverstümmelung des spanischen Volkes zu werden.

María war weder Künstlerin noch Genie, aber manchmal verspürte sie den gleichen Wunsch. Wegzulaufen und alles hinter sich zu lassen, vor allem die Mittelmäßigkeit.

„Hallo, María."

Die Begrüßung von Tomás' Mutter riss sie aus ihren Gedanken. Sie stand langsam auf und umarmte sie. Die beiden hatten sich nach dem Unfall ihres Sohnes im Krankenhaus kennengelernt, als er im Koma gelegen und sie sich zur Begrüßung getröstet hatten. Sie war dünner geworden, María konnte ihre Rippen fühlen. Sie lösten sich mit einem liebevollen und doch traurigen Lächeln voneinander, das man sonst nur von Beerdigungen kannte.

„Wie geht es dir?“, fragten sie gleichzeitig.

„Gut, gut“, antworteten sie, ebenfalls gleichzeitig.

„Was ist denn passiert?“ Tomás’ Mutter zeigte auf die Wunde in ihrem Gesicht, die María fast vergessen hatte.

„Das übliche Berufsrisiko, nichts weiter.“

Sie setzten sich. Der Kellner brachte ihnen Kaffee. Auf dem Gesicht der Frau, die ihre Schwiegermutter hätte werden können, zeichneten sich tiefe Falten ab. Wie auch auf ihrem eigenen, wo sich unter den Nähten einige neue Furchen versteckten, mit denen María sich noch vertraut machen musste.

„Und wie geht es dir wirklich?“, fragte die Mutter.

Es war eine Sache, sich bei der Begrüßung höflich nach dem Befinden zu erkundigen, eine völlig andere jedoch, die Frage aufrichtig beim Kaffeetrinken zu stellen.

„Geht schon“, sagte María. Sie zögerte einen Moment, sie war nervös. „Und euch?“

„Ach, es geht auch … Es ist schwer. Ein Einzelkind wie Tomás … Er ist am Leben, ja, aber manchmal frage ich mich, ob es nicht besser gewesen wäre, wenn …“ Sie unterdrückte einen Schluchzer. „Hör nicht auf mich. Niemand will den Tod, natürlich nicht, aber manchmal bin ich so erschöpft und ich habe ständig solche Panik, dass er sich etwas antun könnte, dass ich kurz vorm Verzweifeln bin. Wenn er sich länger nicht meldet, habe ich Angst vor dem Klingeln des Telefons und erschrecke richtig, wenn ich eine unbekannte Nummer sehe. Und jetzt haben wir seit Tagen nichts mehr von ihm gehört. Wir wissen nicht einmal, wo er ist."

Die Mutter brach in Tränen aus, die durch die Falten in ihrem Gesicht liefen, und María schaute sie an, ohne etwas zu sagen. Sie hätte ihre eigene Verzweiflung auf den Tisch legen können, hätte sogar sagen können, dass sie all das nicht hören wollte, da sie selbst genug Sorgen hatte, aber das wollte sie nicht. Ihr Schmerz war ihr eigener. Und ihr Schutzschild auch. Er reichte nicht für sie beide.

„Was ist denn passiert? Was hat er euch gesagt?", fragte sie besorgt.

Es war nicht sonderlich einfühlsam, aber sie wollte nicht trauern, wollte nicht die verwitwete Schwiegertochter sein, die die verzweifelte Schwiegermutter umarmte, zumal Tomás gar nicht gestorben war. Wenn er sich isolieren und abkapseln wollte, war das seine eigene Entscheidung. Sie dachte an Lunas Worte: „Du musst dich zusammenreißen."

„Wir wissen nichts von ihm, María." Die Mutter versuchte, ihre Tränen zurück zu halten.

„Ich auch nicht", sagte sie. Das gefälschte Twitter-Profil zählte nicht, und sie hatte bereits beschlossen, dass es ihr Geheimnis bleiben würde.

„Als du damals mit ihm verreist bist, war er so glücklich, dass er uns sogar die Bilder gezeigt hat. Ich will mich nicht in etwas einmischen, das mich nichts angeht, es ist natürlich ganz allein deine Sache, und doch hat sich danach … etwas verändert. Entschuldige bitte, aber ich muss dich einfach fragen, was genau passiert ist."

María sah sie an und verzog die Lippen zu einer freundlichen Grimasse. Zumindest wusste die Mutter, dass jemand sie anrufen würde, wenn es sehr schlimm um Tomás stünde, sie selbst hatte nicht einmal diese Gewissheit. Außerdem erlaubte sie normalerweise niemandem, sich in ihr Privatleben einzumischen. Und doch wartete die Mutter mit derselben Entschlossenheit auf eine Antwort, wie sie selbst es gewöhnlich bei ihren Ermittlungen tat. Die Verhörten waren selten kooperativ, und diese Frau wartete geduldig, bis sie eine Antwort auf ihre Frage bekam. Sie hatte Stil, das musste man ihr lassen.

„Es ist nichts Schlimmes passiert. Es ging uns gut. Aber nachdem wir zurückgekommen waren, hat er beschlossen, dass er etwas mehr Freiraum braucht. Und den hat er sich genommen. Ich kann ihn auch nicht erreichen. Weder ich, noch Martín, sein bester Freund bei der Polizei, noch sonst jemand. Er hat jeglichen Kontakt zu uns abgebrochen." María versuchte, in einem neutralen Tonfall zu sprechen, um ihre eigene Traurigkeit zu verbergen. Eigentlich hätte sie am liebsten die Rollen getauscht und die Mutter zu Tomás befragt. Wohin er gegangen war, mit wem er Kontakt hatte, warum WhatsApp manchmal anzeigte, dass er online war.

„Das ist doch nicht normal", fuhr seine Mutter fort, „ich habe mit seinen alten Freunden und mit seinen Ärzten gesprochen, und niemand will mir etwas sagen."

„Er ist erwachsen." María zuckte mit den Schultern. Sie kannte die Grenzen, die weder eine abgeschobene Freundin noch eine verzweifelte Mutter überschreiten konnten. Jeder Erwachsene hatte ein Recht auf Privatsphäre.

„Ich nehme an, er braucht seinen Freiraum. Aber du kannst dir doch einer Sache sicher sein."

„Was meinst du damit?“

„Wenn er bereit ist, wird er dich kontaktieren. Du bist seine Mutter, mit dir kann er nicht Schluss machen.“

Die Mutter schwieg einige Sekunden lang. Der blinde Mann machte wieder seine Runden und bewarb die Lotteriescheine in einem so schrillen Ton, dass an jedem der Tische die Gespräche verstummten. Es scherte ihn nicht, dass sich alle von ihm belästigt fühlten. Vielleicht würde ihnen eines der Lose Glück bringen, aber im Augenblick ruinierte er ihnen nur den Kaffee.

Die Mutter presste die Lippen zusammen und sagte: „Ich weiß nicht einmal, wo er schläft, welche Kleidung er trägt oder was er isst, María. Er ist mein Sohn. Weißt du, wie das ist? Nicht zu wissen, wo der eigene Sohn ist?“

Sie wusste es natürlich nicht, aber sie konnte es nachempfinden. Auch ihre eigene Mutter sagte immer Ähnliches, wenn María eine Weile lang nicht zu Hause angerufen hatte. „Mama, es geht mir gut“, erwiderte sie dann leicht genervt. Und wenn sie vorbeikam, gab es Kaffee und Kuchen. Eier von der Nachbarin, die Hühner auf ihrem Hof hielt. Unförmige Kürbisse, auch aus einem der Nachbargärten. Gehackte Tomaten ohne Pestizide. Ach, Mütter, als ob Fleisch aus regionaler Herkunft wichtiger sei als Ermittlungen, Mordfälle und Polizeiakten. Vielleicht war es das ja, und María setzte einfach die falschen Prioritäten.

„Ich werde schauen, was ich machen kann“, sagte sie und hielt ihre Hand. Sie wollte so schnell wie möglich weg. „Wann habt ihr ihn denn zuletzt gesehen?“

„Vor ein paar Wochen. Er sagte, er brauche Zeit. Um Entscheidungen zu treffen.“ Ihre Stimme versagte. „Ich habe keine Ahnung, welche Art von Entscheidung er meint. Er muss nur wieder zu Kräften kommen, zur Physiotherapie gehen, und niemand kann ihm so sehr helfen wie ich, wie seine Eltern."

María hob eine Augenbraue. Etwas Ähnliches hatte sie zu ihm gesagt, als er sich für die Trennung entschieden hatte: Ich will dir helfen, du musst wieder zu Kräften kommen, zur Physiotherapie gehen, niemand wird sich so um dich kümmern wie ich, ich liebe dich, ich werde dir helfen. Und vielleicht hatten beide Frauen recht und könnten einen Wettbewerb darüber veranstalten, wer sich besser kümmern konnte. Wenn sie der Mutter zuhörte, konnte sie Tomás verstehen: Er war vor den Kümmerern weggelaufen, vor dem durchgeplanten Alltag mit Baden, Frühstück, Physiotherapie und Arztterminen. Vermutlich saß er genau in diesem Moment auf einer Terrasse in der Sonne, trank ein Bier nach dem anderen, nahm eine Schmerztablette und tanzte im Rollstuhl wie Tom Cruise in *Geboren am 4. Juli,* und er hatte jedes Recht dazu. Er wollte ein gewöhnlicher Mensch sein, kein Objekt des Mitleids.

„Er braucht Zeit, um neu anzufangen." Jetzt war es Marías Stimme, die zitterte. Ihr war unwohl und sie wollte einfach nur weg. Es war das eine, vor der Mutter Gefühle zu zeigen, weil ihr Freund im Koma lag, doch etwas ganz anderes, weil sie von diesem Freund verlassen worden war. Sie wollte mit niemandem, schon gar nicht mit der Mutter des Menschen, der diesen Schmerz verursacht hatte, die Trauer über ihre Trennung teilen.

„Wann geht dein Zug zurück nach Ávila?"

„Es tut mir leid, wenn ich dir zu nahegetreten bin, María, es tut mir leid."

„Kein Problem. Aber ich glaube nicht, dass ich helfen kann. Ich weiß auch nichts von ihm."

„Geh ruhig, wenn du möchtest, du hast bestimmt noch etwas vor. Da ist nur noch eine Sache, die ich dir geben wollte", sagte sie und durchsuchte ihre Handtasche.

„Mir geben?"

„Du weißt, dass Tomás den Namen von seinem Vater hat, Tomás Gutiérrez. Es ist ein Paket für diesen Namen angekommen und sein Vater hat es geöffnet, aber es war offensichtlich für unseren Jungen."

‚Unser Junge.' Mütter … Wie konnte Tomás nicht von dort weglaufen wollen? Doch war die Frage nicht eigentlich, wieso er auch vor María weggelaufen war? Vielleicht wollte er keine zweite Mutter.

„Und warum willst du es mir geben? Es ist wahrscheinlich privat, es gehört ihm, nicht mir."

„Ich weiß. Aber ich glaube, dass es für die Polizei relevant ist. Sein Vater denkt das auch. Und wenn es jemanden gibt, der das verstehen kann, dann du. Nimm es, bitte."

Sie reichte ihr eine Schachtel von der Größe eines Handys. María nahm sie unsicher entgegen, verwirrt, dass sie etwas in den Händen hielt, das Tomás gehörte.

„Ein Handy?"

„Nein, nein, kein Handy. Ich gehe jetzt, mein Zug fährt gleich. Verzeih mir noch einmal, das ist alles sehr schmerzhaft."

Die Mutter eilte davon und ließ sie mit der Schachtel in der Hand zurück. María sah ihr nach. Klein und drahtig. Sie blickte umher, um den Weg zum Gleis zu finden. Die Frau war extra aus Ávila angereist, um sie zu sehen, und reiste mit dem gleichen entmutigten Gesichtsausdruck wieder ab. Als würde es keine Rolle spielen, wo sie war, weil sie das, was zählte, an keinem Ort finden würde. Vielleicht war María zu hart zu ihr gewesen.

Sie atmete tief durch, sie fühlte sich schuldig, klein, unbedeutend vor dieser Mutter, die bereits auf dem Weg zurück in ihre Heimatstadt war, um weiter mit dem Schicksal ihres Sohnes zu hadern.

36

Dass jemand so ein Paket an Tomás geschickt hatte, konnte zwei Dinge bedeuten: entweder hatte er es selbst bestellt und die Adresse seiner Eltern angegeben, was nicht zu seinem Verschwinden passte, oder jemand hatte ihm unaufgefordert etwas geschickt und die Adresse selbst rausfinden müssen. Es war momentan schwer zu sagen, was genau der Fall war.

María sah sich den Inhalt der Schachtel auf ihrem Computer an. Es war auch merkwürdig, dass die Person X an Tomás in Zeiten von Cloud-Plattformen, E-Mails und geteilten Google-Dokumenten einen USB-Stick geschickt hatte. Doch vielleicht hatte Person X vermeiden wollen, dass die Sendung nachverfolgt werden konnte. Dass die Polizei die Spur aufnahm und eine Schatzhöhle fand, in der es zweifellos mehr Aufnahmen mit mehr Grausamkeiten gab. Dass alle Inhalte offengelegt wurden, die X so fein säuberlich gefiltert hatte.

Ein Briefträger war schließlich zuverlässiger. Er deponierte das Paket in einem Briefkasten in Ávila, ohne es auszupacken. Arbeit getan für ein festes Gehalt und geregelte Arbeitszeiten. Postboten waren zum Abendessen zu Hause, während die Päckchen und Briefe bis zum nächsten Morgen um acht Uhr im Postamt warteten. Eine Arbeit fernab des Internets. Überbleibsel einer vergangenen Zeit.

Die andere Frage war, warum X das Material ausgerechnet an Tomás geschickt hatte, der zwar beurlaubter Polizist, aber trotzdem noch immer Polizist war.

Und wieder eine andere Frage war, ob es sich bei X um Yago handelte oder ob es ein Unbekannter war. Jemand, der wusste, was vor sich ging und aus irgendeinem Grund Beweise an die falsche Person geschickt hatte.

Das Paket hatte keinen Absender, doch der Inhalt war umso aussagekräftiger. Es waren Videos der jungen Frau, die María außerhalb von Aufnahmen nur in einer kalten Leichenkammer gesehen hatte. Sie zeigten Hingabe, Zuneigung, eine enorme Vitalität und keine Spur von Verzweiflung oder Schmerz. Es würde nicht leicht sein, diese Aufnahmen richtig in das Puzzle einzuordnen.

María ging zu ihrem kleinen Safe, um das Paket darin zu verstauen. Dann, wie aus Reflex, öffnete sie die Schublade, in der früher einmal ihre Waffe gelegen hatte. Sie war immer noch überrascht, wenn sie diese dort nicht vorfand. Entnervt knallte sie die Schublade wieder zu.

Wenn diese Person X in der Lage war, die Adresse von Tomás herauszufinden, hatte sie Angst, dass sie auch ihre herausfinden könnte. María wollte auf gar keinen Fall allein in ihrer Wohnung bleiben.

Sie hätte sich gerne mit Martín, Luna oder Esteban getroffen, aber dafür war es schon zu spät.

Also rief sie Rodrigo an.

„Hallo, María." Tesón klang glücklich, als würde es ihn noch immer freuen, wenn sie anrief.

„Bist du in Madrid?"

„Nein, ich bin in Soria, warum?"

„Nichts. Ich hätte nur gern einen Kaffee mit dir getrunken, das ist alles."

„Wenn du willst, kann ich in zwei Stunden bei dir sein."

„Nein, nein, ich wollte nur einen Kaffee trinken."

„Geht es dir gut, María?“

„Ich weiß es nicht.“

„Was ist passiert?“

Sie hätte ihm gerne von dem Treffen mit Tomás' Mutter erzählt, von ihrem Schmerz, aber Rodrigo war nicht ihr Freund. Sie konnte nicht einmal sagen, was genau er für sie war. Vielleicht einfach nur ein netter Mann, der sich in sie verliebt hatte. Loyal, lebendig, unverletzt. Jemand, den sie mochte.

„Ich weiß nicht, es tut mir leid, ich hätte dich nicht anrufen sollen. Ich bin … Ich bin etwas durcheinander.“

„Komm schon, Comisaria. Wir sind doch beide erwachsen. Ich mach dir keine Avancen mehr, es sei denn natürlich, du willst es.“ Er lachte. „Vergiss die Massage, den Champagner, das Abendessen und das, was du auf meinem Zimmer hättest genießen können, und erzähl einfach, was los ist. In Ordnung? Was bereitet dir Sorgen? Ist es wegen des Mordfalls?“

So wie er es sagte, schien ihr Wunsch nach einem Zuhörer unwesentlich, als bat man den Weihnachtmann um eine kleine Federmappe statt um ein neues Fahrrad. So war sie schon immer gewesen – sah die Dinge vielleicht etwas zu kompliziert. Wenigstens hatte er sie zum Lächeln gebracht, und allein das war es schon wert gewesen.

„Ich habe das Gefühl, festzustecken.“

„Erzähl.“

„Die letzte Leiche … dieser arme Bettler im Fluss … kopflos … Ich verstehe es immer noch nicht ganz. Was soll mir das sagen?“

„Hör zu, María. Ich habe die vier Blogeinträge gelesen. Das ist alles, was wir bislang über diesen Mann wissen, korrekt?“

„Ja“, entgegnete sie vorsichtig. Eigentlich wusste sie mittlerweile schon mehr, aber das wollte sie ihm nicht anvertrauen. Noch nicht.

„Nun, ich habe die Texte und Bilder analysiert, die er beschreibt, und dabei ist mir eins klar geworden: Der Erzähler befindet sich selbst im Gemälde, er ist eine der Personen, die Goya gemalt hat. Siehst du ihn? Es klingt komisch, aber so ist es. Hast du die Bilder vor dir?“

María schaltete die Stehlampe im Wohnzimmer an, deren Licht bis zu ihrer Tafel reichte. Sie stellte sich davor. Sie wusste, wovon Rodrigo sprach, aber es tat gut, es von jemand anderem zu hören, eine Bestätigung zu erhalten, dass sie nicht völlig verrückt geworden war.

„Also eigentlich nur zwei.“

„In Ordnung, gehen wir das einmal Schritt für Schritt durch, Ruiz. Du siehst das erste Gemälde? Ich sehe es mir auch gerade an. *Die Wallfahrt zu San Isidro,* eines der schwarzen Gemälde aus der *Quinta del Sordo,* Goyas letztem Zuhause in Madrid. 1823.“

„Korrekt.“

„Der Erzähler beschreibt die Szene, als sei er ein Teil davon, dann bemerkt er einen Mann, der ihn beobachtet, richtig?“

„Stimmt.“ María hätte dieses Gespräch gerne auf dem Polizeirevier geführt, aber ein Telefongespräch zwischen Madrid und Soria war besser als nichts.

„Nun. Schau dir einmal die Männer an, die unter den dreckigen Lumpen zusammengedrängt stehen und betrunken der frühmorgendlichen Kälte trotzen. Siehst du den Mann mit der Gitarre?“

„Der Blinde. Ja.“

„Schau dir mal den Typen neben ihm genauer an. Seinen Blick."

„Ja, mache ich gerade."

„Siehst du nicht, wie er uns anstarrt? Wie er dich ansieht? Mich? Goya selbst?"

María sah genauer hin. Rodrigo hatte recht. Neben dem blinden Gitarristen schaute ein schmutzig aussehender, dunkelhaariger Mann den Betrachter mit einem unheilvollen Blick an, beobachtete ihn, analysierte ihn mit demselben Fokus wie jemand, der etwas durch ein Schlüsselloch beobachtete.

„Worauf willst du hinaus?"

„Der Blog beschreibt, wie er wütend wird, wie der Beobachtete selbst zum Beobachter wird, und wie er den Eindringling vertreiben will."

„Ich weiß. Und?"

„Nun zum zweiten Blogeintrag: Dieselbe Szene, dieselbe Wallfahrt zu San Isidro, aber fünfunddreißig Jahre früher. Im Jahr 1788. Lange vor den schwarzen Gemälden."

„Ich weiß."

„Der Erzähler des Blogs schwelgt in einer Nostalgie, die Goya selbst empfunden haben muss. In diesem Gemälde sind die Madrider sorglos und glücklich, sie amüsieren sich in ihren besten Kleidern, farbenfroh, mit Schärpen, Sonnenschirmen, Röcken und französischen Stiefeln. Lange vor dem Krieg. Und in der Mitte schaut uns einer von ihnen wieder an, schaut den Maler an, wieder wird der Beobachtete zum Beobachter, der Porträtierte wird wütend, rebelliert, droht, den Maler zu kontrollieren."

„Das stimmt, aber ich weiß nicht, wohin das führen soll."

„Lass mich weiterreden. Der dritte Blogeintrag erzählt von

einem Selbstporträt, von dem Goya viele gemalt hat, wie du weißt. Wichtig ist, dass der Protagonist des Blogs sich darin wiedererkennt, sich selbst in der Person des Malers sieht."

„Vielleicht, darüber habe ich noch nicht nachgedacht."

„Nun zum vierten. Der Erzähler beschreibt eine Art Auferstehung. Ein Toter steht aufrecht, gehalten von einem Lebenden, die Menschen drängen sich dicht aneinander, eine andere Person zieht alle Aufmerksamkeit auf sich, während er spricht. Es ist das Wunder des heiligen Antonius von Padua, das Fresko von Goya in der gleichnamigen Kirche. Der Heilige hat einen Toten wieder auferstehen lassen, um seinen wahren Mörder zu identifizieren, der nicht derjenige war, der vor Gericht steht."

„Das ist richtig."

„Hast du das Fresko vor dir?"

„Ja."

Das Wunder des Heiligen Antonius von Padua (1798)

María hatte sich das Gemälde nach ihrem Gespräch mit Luna ausgedruckt und mit Magneten an der Tafel angebracht.

„Und jetzt schau dir mal die vermummten Menschen an, die sich dicht aneinanderdrängen, um dem Heiligen zuzuhören", fuhr Tesón fort. „Einer von ihnen beobachtet uns."

„Ja, ich sehe es. Er schaut uns und den Maler an, wie in den beiden anderen Gemälden. Du hast recht."

„Es gibt immer einen Zeugen."

„Okay, jetzt müssen wir nur noch wissen, was das alles zu bedeuten hat."

„Ich weiß es nicht. Das überlasse ich dir, Comisaria."

„Der Mann, der von Goya gemalt wird, rebelliert, er beobachtet ihn, er ist verärgert, ich bin das alles schon ein paar Mal durchgegangen. Yago, oder wie zum Teufel auch immer sein richtiger Name ist, identifiziert sich aus irgendeinem Grund mit dieser Figur, übernimmt diese Rolle und beschreibt ihn in einem Blog."

„Genau."

„Nehmen wir mal an, dass er sich auf irgendeine Weise an Goya rächen will und deshalb mordet. Mit Saramú inszeniert er eine Zeichnung. Mit dem Hund stellt er eines der schwarzen Gemälde nach. Die Truthähne sind offensichtlich. Und der Bettler? Was will er uns mit dem Bettler sagen?"

„Keinen blassen Schimmer", antwortete Rodrigo.

„Das einzige Gemälde, das mir dazu einfällt, ist das von Saturn, der seinen Sohn verschlingt. Aber der Bettler ist weder ein Kind, noch ist Yago Saturn, zum Glück. Die anderen Verbrechen waren eine perfekte Inszenierung. Dieses nicht."

„Nein, nein, nein." Rodrigo unterbrach sie. „Warte. Das Wichtigste habe ich dir ja noch gar nicht gesagt."

„Ich höre …"

„Bist du dir sicher, dass du die Massage nicht doch willst?" María schmunzelte. „Rodrigo."

„Ach komm, sei mir nicht böse. Goya liegt in dieser Kirche mit dem Fresko begraben und … Nun, da gibt es ein seltsames Detail."

„Welches?"

„Keine Ahnung, ob du das weißt, aber sein Körper wurde ohne Schädel begraben."

„Nein, davon habe ich noch nicht gehört."

„Irgendwas an der Sache kam mir bekannt vor, also habe ich nach dem Mord an dem Bettler noch einmal genauer recherchiert. Du weißt sicherlich, dass Goya in Bordeaux im Exil gestorben ist. Als sie ihn Jahre später exhumierten, um ihn nach Madrid zu überführen, fehlte allerdings sein Schädel. Und so wurde er auch begraben. Zuerst auf dem Friedhof der Kapelle San Isidro."

„Wo der versunkene Hund zu sehen war. Und dann?"

„Dann wurde er in die Kapelle *San Antonio de la Florida* überführt, wo er bis zum heutigen Tage ruht. Man kann sein Grab besuchen."

„Und warum?"

„Ich vermute, damit das Grab besser zugänglich ist …"

„Nein, nein. Ich meine, warum hatte er keinen Schädel?"

„Oh. Darüber wurde viel spekuliert, aber die verbreitetste Version ist, dass er der Phrenologie zum Opfer gefallen ist. Damals glaubten einige Wissenschaftler, das Gehirn würde Spuren der Seele enthalten: der Genialität, aber auch der Kriminalität. Einige Ärzte, die Vertreter der Phrenologie waren, haben buchstäblich nach Schädeln gejagt, um sie zu analysieren. Und es gab viele berühmte Opfer: Beethoven, Goya, Haydn …"

„Das ist krass. Denkst du, dieser Verrückte hat den Schädel des Bettlers mitgenommen, um ihn zu analysieren? Das Gehirn eines Bettlers statt das eines Genies?"

An diese Möglichkeit schien Rodrigo noch gar nicht gedacht zu haben. Sie schwiegen einige Sekunden lang.

„Dir muss in Soria ja immer noch sehr langweilig sein."

„Habe ich dich beeindruckt?", fragte Rodrigo mit etwas Selbstzufriedenheit in der Stimme.

„Ja, du hast mich beeindruckt."

„Ich glaube, jetzt hätte ich eine Massage nötig", sagte Rodrigo schmeichlerisch. „Hättest du nicht Lust?"

„Fahr zur Hölle."

Rodrigo lachte. Und sie gleich mit. Keine Massage, kein Abendessen, kein Champagner, doch sie konnten trotzdem Spaß miteinander haben.

„Wenn du doch nur ja sagen würdest."

„Gut, ich leg jetzt auf. Ich muss das alles erst einmal verdauen."

„Ich dachte schon, du würdest sagen, dass du doch für ein Abendessen zu haben bist."

„Ich werde mir eine Pizza bestellen."

„Ich weiß nicht, wie du so leben kannst."

„Um ehrlich zu sein, ich auch nicht."

Beide legten mit einem Lächeln im Gesicht auf. María betrachtete ihre Tafel mit verschränkten Armen. Phrenologie, ein fehlender Schädel, das Wunder der Auferstehung, das war alles viel mehr, als ihre Tafel und sie selbst vertragen konnten.

Tatsächlich war es unvorstellbar. Sie stellte sich Porzellanteller vor, die sie gerade versuchte, auf drehenden Jonglierstäben in der Luft zu halten: Yago, Eloy, Tomás, Saramú, der unbekannte Bettler, ihr eigenes Disziplinarverfahren. Und es kamen noch weitere Teller hinzu, die drohten, alle anderen aus der Balance zu bringen: Phrenologie, ein Schädel, die mysteriösen Aufnahmen, die über Tomás Mutter zu ihr gelangt waren.

Doch was ihr die größten Sorgen bereitete, war Eloy. Allein der Gedanke, nicht zu wissen, wo er war – wie konnte ein Kind spurlos verschwinden? Aber anders als Tomás' Mutter machte sie sich nicht darüber Gedanken, was der Junge aß, was er anhatte oder auf welcher Matratze er schlief. Sie fragte sich nur, ob er noch am Leben war.

37

Er spielt mit uns.

Mit dieser Gewissheit im Kopf schreckte María aus dem Schlaf.

Er spielt mit uns.

Yago, der verdrehte Goya oder wer auch immer dieser Geisteskranke war, der zur Befriedigung seines vergifteten Egos Menschen tötete, der Föten opfern wollte und einen Mann enthauptet hatte, spielte mit der kleinen Gruppe von Einfaltspinseln, die ihn verstehen wollten und zu denen auch María gehörte. Er suchte nach Bewunderern oder zumindest nach Menschen, die sich von seinen Inszenierungen beeindrucken ließen.

Sie wollte mehr über seine Beziehung zu Saramú herausfinden, warum sie ihm Geld überwiesen und sich überhaupt mit ihm getroffen hatte. Am Tag zuvor war Professor Salas aus der Haft entlassen worden und sie hatte beschlossen, ihm das Buch zurückzugeben. Ihr blieb vor dem anstehenden Verhör auf der Wache noch ein wenig Zeit.

Sie zog sich Jeans und T-Shirt über und bevor sie das Haus verließ, suchte sie Tomás' Mutter auf WhatsApp.

„Danke für die Schachtel, der Inhalt ist extrem wichtig. Bitte lass es mich so bald wie möglich wissen, wenn ihr eine weitere Sendung erhaltet." Sie las sich die Nachricht noch einmal durch, bemerkte, dass etwas fehlte, und fügte hinzu: „Kopf hoch." Dann tippte sie auf Senden. Es hatte gerade erst angefangen zu dämmern, aber auch die Mutter war online: „Danke." Schlaflosigkeit vereinte sie.

María macht sich auf den Weg. Um zehn Uhr wurde sie auf

der Polizeiwache erwartet, um eine Aussage zu dem Fall des ermordeten Bettlers zu machen. Die Polizisten schienen sich zu den Postboten gesellt zu haben: pünktlich zum Abendessen zu Hause, das Geschäft konnte warten. Natürlich waren Mörder nicht wie Päckchen, sie machten weiter, auch wenn man sich nicht um sie kümmerte.

Bald erreichte sie die *Calle Santa Engracia*. Der Portier des Wohnblocks von Professor Salas war noch nicht eingetroffen. Sie nutzte die Tatsache, dass eine Mutter mit Kindern in Schuluniform gerade das Gebäude verließ, um sie zum Bus zu geleiten, und schlich sich hinein. Sie ging die Treppe hinauf und klingelte.

Professor Salas musste schon wach sein, denn unter dem Türspalt schien Licht hervor. María spürte seinen Blick durch den Spion, bevor er die Tür öffnete.

„Sie sind es", sagte der Professor. „Ich glaube, ich freue mich, Sie zu sehen."

„Entschuldigen Sie, dass ich so früh störe."

„Kommen Sie rein."

María trat ein. Salas war nervös. Sein Haar war zerzaust, und die Schatten unter seinen Augen waren noch dunkler geworden. Er war innerhalb von Tagen gealtert. In dem ungelüfteten Raum roch es nach Tabak und Alkohol. Er hatte nur ein paar Tage im Gefängnis verbracht, aber die Entlassung hatte ihn, seinem ungepflegten Äußeren nach zu urteilen, nicht beruhigt.

„Sie haben mir nicht geglaubt, sie haben mir nicht geglaubt", murmelte er. „Niemand hat mir geglaubt, und es musste erst ein weiterer Mensch sterben, um sie von meiner Unschuld zu überzeugen."

María sah sich um: Aschenbecher in denen sich Zigarettenkippen türmten, leere Flaschen und ein schmutziges Glas. Das Sofa war unter geöffneten Büchern begraben. „Beruhigen Sie sich. Ich glaube, Sie haben überhaupt nicht geschlafen. Wenn Sie mir zeigen, wo die Küche ist, mache ich Ihnen einen Kaffee", sagte sie.

„Danke." Der Mann fing an zu weinen. „Danke, ja, lassen Sie uns reden."

Es musste das erste Mal seit vielen Tagen sein, dass ihn jemand freundlich behandelte und sich überhaupt um ihn kümmerte. Seine Geliebte war ermordet worden, seine Frau hatte ihn verlassen, er hatte seine Arbeit verloren und war in ein Verbrechen verwickelt. Das war eindeutig eine Nummer zu groß für ihn. Es war ihnen allen eine Nummer zu groß. María versprach ihm einen guten Kaffee und wartete mit den zwei dampfenden Tassen im Wohnzimmer, während Salas sich frisch machte. Sie räumte die Flaschen und das Glas beiseite und legte das Buch, das sie sich von ihm ausgeliehen hatte, mit der Seite aufgeschlagen auf den Tisch, auf der die Zeichnung *Por Liberal* zu sehen war. Salas kehrte mit gewaschenem Gesicht und einem zerknitterten, aber sauberen Hemd zurück.

„So ist es schon besser", sagte er und setzte sich.

„Ich sehe, Sie haben wieder die Nacht damit verbracht, Goya zu studieren." María zeigte auf die offenen Bücher auf der Couch.

„Ich versuche zu verstehen, was passiert ist."

„Und haben Sie etwas herausgefunden?"

„Sara war zu klug für all dies." Der Mann raufte sich die Haare und schüttelte den Kopf. „Sie war viel zu klug, ich weiß nicht, warum sie auf diese Weise sterben musste."

„Als ich das erste Mal bei Ihnen war, sagten Sie, Sara wolle diese Zeichnung ausgestellt sehen." María wies auf das Bild.

Er nahm das Buch zur Hand und betrachtete die Zeichnung. Mit dem Zeigefinger fuhr er über die Haare des gefolterten Mädchens, über ihr verzweifeltes Gesicht, ihre Brust und ihren langen Rock, der bis zu ihren Füßen reichte. Tränen liefen ihm über die Wangen. „Das ist richtig." Er riss sich wieder zusammen. „Die besten Werke Goyas, jene, die er für sich selbst und nicht für seine Auftraggeber geschaffen hat, werden dem Publikum vorenthalten. Und dazu gehören nicht nur viele großartige Kunstwerke, sondern auch die Briefe an seinen engsten Freund, Martín Zapater. Das Prado besitzt sie, doch macht sie der Öffentlichkeit nicht zugänglich. Gelegentlich werden sie für kurze Zeit ausgestellt, aber die Werke sind zu empfindlich, als das man sie dauerhaft dem Licht aussetzen könnte, und das Museum muss sicherstellen, dass sie erhalten bleiben. Sara forderte, dass Kunst allen zugänglich sein sollte. ‚Kannst du dir die *Mona Lisa* in einer Schublade vorstellen?', hat sie immer gesagt." Die Erinnerung an ihre gemeinsame Leidenschaft hatte das Leuchten in seine Augen zurückgebracht. „‚Kannst du dir vorstellen, dass das *Mädchen mit dem Perlenohrring* oder der *Ecce Homo* weggesperrt werden würden?', hat sie mich oft gefragt."

„Und deshalb spielte sie Szenen von Goya nach und hat sich dabei von Ihnen aufnehmen lassen."

Der Professor sah sie plötzlich überrascht an. Wenn er sprach, schien er völlig in seine eigenen Ausführungen vertieft zu sein und war entsetzt über Marías Unterbrechung. Schließlich war er Professor. Er nippte an seinem Kaffee.

„Es war ein Spiel, kein Verbrechen."

„Erklären Sie mir das bitte genauer."

„Sie liebte es, wie Goyas Modelle zu posieren, vor allem wie diejenigen, die eben nicht ausgestellt sind: die gefolterten Ehebrecherinnen, die Hexen in ihrer Schandkleidung vor der Inquisition, die Kriegskämpferinnen, die Vergewaltigten … Sara hat niemandem etwas Böses gewollt. Für sie waren es Inszenierungen, Auftritte und Akte der Rechtfertigung."

„Und Ihnen gefiel das. Ich habe die Videos gesehen."

„Die sind privat!"

„So privat, dass ich sie habe."

Salas sprang auf. Er suchte nach einer Schachtel Zigaretten, doch wurde er weder in seinen Hosentaschen noch auf dem Tisch fündig. Er durchsuchte erfolglos mehrere Schubladen.

„Haben Sie eine Zigarette?"

„Ich rauche nicht."

Salas wählte die längste Kippe aus dem Aschenbecher, nahm ein Feuerzeug und zündete sie an. Der Rauch roch nach verbranntem Papier. Seine Hände zitterten.

„Ich weiß nicht, wie Sie zu den Aufzeichnungen gekommen sind." Er sog den Rauch tief in seine Lunge.

„Sie sind zu mir gekommen, Punkt."

María würde ihm ihre Quelle ganz sicher nicht verraten. Doch es erstaunte sie immer wieder, wenn ein Erwachsener annahm, eine private Aufnahme sei sicher. Dass das Video der gutgläubigen Sara, die sich achtlos vor die Kamera gestellt hatte, María so leicht erreicht hatte, war der beste Beweis. Egal, welchen Weg solche Aufzeichnungen letztendlich nahmen, die Moral blieb die gleiche: Im 21. Jahrhundert gab es keine Privatsphäre. Punkt.

„Es war kein Verbrechen", wiederholte Salas. „Hatten wir

Spaß? Ja. Haben wir gevögelt? Ja. Teilten wir die Leidenschaft für Kunst? Ja. Haben wir Szenen nachgestellt? Ja. War es ihre Idee? Auch. Aber das ist schon alles. Es war nur ein Spiel."

„Ich glaube nicht, dass der Richter dem zustimmen wird. Sara ist tot."

„Das weiß ich nur zu gut, okay? Allein der Gedanke daran macht mich wahnsinnig." Er breitete die Arme aus, wie um sein verwahrlostes Äußeres zu präsentieren. Der Zigarettenstummel war zwischen seinen gelblichen Fingern fast nicht mehr zu erkennen. „Aber als sie starb, war ich hier. Mit meiner Frau. Oder meiner Ex-Frau, besser gesagt."

„Ich glaube, Sie wissen noch mehr. Warum erzählen Sie mir nicht alles?"

Er durchsuchte den Aschenbecher nach einem weiteren Stummel. Der, den er herausnahm, war zu klein und Salas warf ihn wütend aus dem Aschenbecher, als sei dieser reserviert für Zigaretten, die noch geraucht werden konnten. Er nahm einen anderen Stummel und zündete ihn an.

„Ich schwöre Ihnen, mehr weiß ich nicht."

„Wer war noch an den Inszenierungen beteiligt? An den Aufnahmen?"

„Niemand sonst, soweit ich weiß. Aber sie hatte ja ihr eigenes Leben." Er zog an der Zigarette, auf seinem ausgezehrten Gesicht war Eifersucht zu sehen.

„Kennen Sie einen Mann namens Yago?"

„Yago?"

„Ja. Groß, dünn, glattes schwarzes Haar. Gibt sich als Arzt aus."

„Arzt? Sie kannte jemanden ... Augenblick." Salas dachte

nach. „Manchmal ist sie mit jemandem ins Museum gegangen, einem Mann, den sie in irgendeinem Forum kennengelernt hat. Haben Sie Saras Handy immer noch nicht gefunden und die Chats nachverfolgt?"

María verbarg die Wut über ihre Unwissenheit; sie würde Salas nicht sagen, welche Informationen sie hatte.

„Erzählen Sie bitte weiter."

„Ihr Handy ist entscheidend. Alle Männer von Sara müssen da eingespeichert sein." Seine Stimme wurde immer lauter. „Sie hat keinen Hehl daraus gemacht, dass da noch andere waren."

„Waren Sie mal in der Dragona?"

„Sara dachte, ich sei zu verkrampft, um dorthin zu gehen. ‚Du gehörst zum Establishment', sagte sie. Und damit hatte sie wahrscheinlich recht. Also bin ich nie dort gewesen."

„Wussten Sie, dass sie einen Teil ihres Gehalts an diesen Yago überwiesen hat?"

Professor Salas presste die Lippen zusammen. Seine glasigen Augen füllten sich wieder mit Tränen. „Das Gehalt für den Job, den ich ihr besorgt habe, das Geld, das sie mit mir verdient hat …?" Er vergrub das Gesicht in den Händen. „Verräterin."

„Es war ihr Gehalt, Professor, das sie selbst verdient hat. Die Frage ist nicht, ob sie Sie betrogen hat oder nicht, sondern warum sie dieses Geld an Yago überwiesen hat. Haben Sie eine Ahnung?"

„Ich weiß nur, dass sie irgendeinen Typen kennengelernt hat. Ihr ach-so-großer Kunstkenner, mit dem sie in Museen war. Und, dass sie aus irgendeinem Grund Mitleid mit ihm hatte." Er schluckte mühsam und suchte vergeblich nach einem weiteren Zigarettenstummel. „Sara war eine gute Seele, sie war extrem hilfsbereit und gutherzig. Nun, sicherlich auch ein wenig naiv. Sie glaubte alles, was man ihr erzählte."

Sogar Ihnen hat sie geglaubt, wollte María sagen, aber sie schluckte die Bemerkung hinunter und fragte stattdessen: „Dieser Kerl ... Der Kunstkenner, mit dem sie in Museen ging. Hat sie Ihnen gesagt, weshalb er ihr leid tat?"

„Sie hat mir nicht viel erzählt, weil sie wusste, dass ich ihr nicht glauben würde. Ich habe immer Liebhaber gesehen, wo sie nur Freunde sah, weil sie attraktiv und zu allen freundlich war. Diese Typen waren Schmarotzer, sie wollten mit ihr nicht nur befreundet sein. Ausgenutzt haben die sie. Aber eine Sache war da. Sie versuchte, es mir zu erklären, weil sie dachte, ich könne ihm helfen."

„Diesem Mann?"

„Ja."

„Was hat sie gesagt? Welche Art von Hilfe meinte sie?"

„Sie sagte, ihm sei eine Ungerechtigkeit widerfahren. Wieso ist mir das nicht schon früher eingefallen? Gott, ich bin so neben der Spur. Es ist nur so, dass Sara mit so was dauernd ankam, immer alles glaubte, immer allen helfen wollte."

Er stand auf und lief wütend im Raum umher, nicht länger Herr seiner Emotionen. „Sie sagte, er sei ein guter Mensch. Dass so ein großer Kunstexperte unmöglich ein schlechter Mensch sein könne. Dass er seine Zulassung wegen einer Verschwörung verloren habe, und dass er Zeugen brauche, die in seinem Namen aussagen, damit er wieder arbeiten dürfe. Ich als Universitätsprofessor könne ihm dabei helfen. Deshalb wollte sie mich ihm vorstellen."

„Seine Zulassung als Kunstprofessor?"

„Nein, nein. Als etwas anderes, lassen Sie mich kurz nachdenken. Er war Mediziner."

„Gerichtsmediziner."

„Genau."

„Hat sie Ihnen erzählt, wie genau er seine Zulassung verloren hat?"

„Nein, ich wollte nichts davon hören. Ich habe ihr gesagt, dass ich ihm das nicht abkaufe, dass sie aufhören soll, mir solche Geschichten zu erzählen." Er ließ sich auf das Sofa fallen. „Hilft Ihnen das weiter?"

„Ich denke schon."

María trank ihren Kaffee zügig aus, weil sie unbedingt zur Wache musste.

„Ich muss gehen. Sie haben mir sehr geholfen."

„Mehr möchte ich auch wirklich nicht. Ich habe Sara nicht getötet. Ich weiß, Sie halten mich für einen Chauvinisten, einen besitzergreifenden und hasserfüllten Mann, aber ich war einfach verliebt. Ich würde keiner Fliege etwas zuleide tun. Bitte kommen Sie jederzeit wieder. Der Schlüssel zu dem Verbrechen ist in diesen Büchern zu finden." Er zeigte auf den Stapel auf der Couch.

María schaute zu den offenen Bänden. Mehrere von Goyas Gemälden ragten zwischen den wiederverwendeten Zigarettenstummeln hervor. Der Professor hatte zweifellos recht. Wer wusste schon, welcher Weg den Mörder von den Truthähnen zum Hund geführt hatte, vom Hund zu den gegensätzlichen Wallfahrten, dann zur gefolterten Frau, zu Saturn und schließlich zum Fresko des heiligen Antonius? Und wer wusste, was als nächstes kam? Schießereien auf der *Plaza Dos de Mayo,* die

Herzogin von Alba gekleidet in Schwarz oder Weiß, getragen von fliegenden Männern wie in Volaverunt? Der Hexensabbat? Die nackte Maja? Der Schwarm von Fledermäusen und Eulen, der den schlafenden Mann belauerte?

„Ich komme wieder", sagte sie einfach. María ging zur Tür, aber bevor sie diese öffnete, drehte sie sich noch einmal um und fügte hinzu: „Eine Sache noch. Unter all den Freunden von Sara …"

„Den falschen Freunden", unterbrach er sie. „Ich traue keinem von denen."

„Wie Sie meinen", sagte María. „Kennen Sie einen Jungen namens Eloy?"

Salas schaute nachdenklich, etwas misstrauisch.

„Natürlich. Eloy. Noch einer von diesen Kiffern."

„Kiffern?"

„Ein Junge aus dem besetzten Haus. Einer dieser Hippies, mit denen sie sich abgab. Was ich nicht verstehe, ist, warum nicht zuerst dieser Kiffer umgebracht wurde."

Was María nicht verstand, war, wie Sara es mit ihrem Professor ausgehalten hatte.

„Wissen Sie etwas über ihn?" fragte sie.

„Ich weiß nur, dass er von zu Hause weggelaufen ist und den Kontakt zu seinen Eltern abgebrochen hat, aber nicht warum. Ich habe ihn einmal an der Uni gesehen. Er war nicht unbedingt ein schlechter Kerl. Eher ein armer Junge."

„War?"

„Ich meine, als ich ihn damals gesehen habe. Als er an der Uni war."

„Wissen Sie etwas über seine Eltern?"

„Nichts Konkretes. Der Vater ist, soweit ich weiß, irgendein hohes Tier. Bei Carrefour oder einer anderen großen Supermarktkette. Aber ich könnte mich auch irren. Und ich meine, seine Mutter ist ebenfalls eine Führungskraft. Menschen mit Geld jedenfalls. Bonzen. Oder wie Sara zu sagen pflegte: *Seelenlose.*"

María verabschiedete sich. Seelenlose. Als sie ging, fragte sie sich, wie oft dieser vielbeschäftigte Vater und diese erfolgreiche Mutter Eloy auf dem Fahrrad begleitet hatten. Auf einem Gemeinschaftsrad, barfuß, in Second-Hand-Kleidung, ohne auf ihre Handys zu schauen, ohne Anrufe entgegenzunehmen, ohne in Gedanken auf WhatsApp zu sein oder die Reservierung in der neuesten Restaurantempfehlung von Tripadvisor zu planen. Den besonderen Kindern Madrids wurde das Leben verdammt schwer gemacht.

38

Die Polizeiwache im Madrider Stadtteil Canillas hatte den höchsten Standard erreicht, den sich eine moderne Polizei in der westlichen Welt wünschen konnte. Sie verfügte über einen eigenen Hubschrauberlandeplatz, Labore, Vertreter aller Polizeieinheiten und eine imposante Sammlung an Überwachungstechnologien, die für alle wichtigen Ermittlungen im Zusammenhang mit Terrorismus, Drogenhandel oder internationalen Kartellen zur Verfügung stand. Doch als es an die Drehkreuze am Tor ging, war das Budget wohl erschöpft gewesen, denn darin steckte María gerade fest, während die Beamten am Eingang immer wieder erfolglos versuchten, sie zum Öffnen zu bewegen.

Mit der Abgabe ihrer Dienstmarke und Waffe hatte María auch den freien Zutritt zur Wache verloren und musste sich, wie alle andere Zivilisten auch, einen Besucherausweis besorgen.

„Gehen Sie hoch in den dritten Stock. Dort biegen Sie nach links ab, gehen den Flur entlang bis zum Ende, folgen der weißen Linie auf dem Boden und wenn Sie dort angekommen sind, melden Sie sich", sagte der Beamte, nachdem er es geschafft hatte, die Drehkreuze zu entriegeln. Er war noch sehr jung, ein Berufsanfänger. Er kannte sie nicht und hatte keinen Grund, sie zu begleiten. Und sie hatte niemandem Bescheid gesagt. Suspendiert hieß nun einmal suspendiert.

María ging den Flur entlang, den sie so gut kannte. Seit ihrem letzten Besuch war niemand auf die Idee gekommen, die Wände mit ein paar Tropfen Farbe oder ein paar Gemälden aufzuhübschen. Alles war immer noch beim Alten. Sie hätte schwören können, dass sich selbst auf der Liste der meistgesuchten Kriminellen im Aufzug nichts getan hatte. Die altbekannten flüchtigen Verbrecher der ETA schienen sie von der Wand aus zu begrüßen. Vielleicht war eine Ecke des Posters beim Putzen etwas beschädigt worden, aber ansonsten hatte sich nichts verändert. Und doch ging sie den Flur entlang, als ob sie gerade einen neu entdeckten Planeten erforschte. Wasser auf dem Mars, Fußabdrücke auf dem Mond, Leben in einem anderen Universum, Außerirdische auf dem Jupiter, unbekannte Beamte aus fernen Galaxien. In Uniform und mit Hipster-Bärten, auf der Jagd nach Verbrechern, von denen jeder wusste, dass sie schon längst nach Brasilien geflohen waren. Beamte, die sich vor Maschinen drängten, die eine dunkle, säurehaltige Flüssigkeit ausspien, nachdem sie mit wertvollen Metallstücken gefüttert worden waren. Reine Wissenschaft. Non-Fiction Science.

„Guten Morgen, ich bin hier, um eine Aussage zu machen."

„Kann ich die Vorladung sehen? Ihr Aktenzeichen? Ihr Dokument?"

Die Bewohner dieses Planeten verwendeten ihre eigene Sprache. María nahm in einem Wartezimmer Platz. Auch hier wollten die meistgesuchten Verbrecher sie gerade wieder willkommen heißen, als ein Beamter kam, um sie abzuholen. Noch so ein junger, muskulöser Kerl mit perfekt getrimmtem Bart.

„Frau Ruiz?"

Zuerst fühlte sie sich nicht angesprochen.

„Frau Ruiz? Sind Sie das?"

„Comisaria Ruiz, wenn es Ihnen nichts ausmacht." Der junge Mann richtete sich auf, sichtlich verwirrt.

„Es tut mir leid, ich wusste nicht …"

„Ist schon in Ordnung."

Er brachte sie in ein Büro. Der Polizist, den sie schon im Institut für Rechtsmedizin und bei dem ermordeten Bettler gesehen hatte, wartete bereits auf sie. Neben ihm saß ein weiterer Beamter. Für interne Angelegenheiten, sagte er. Da sie vom Dienst suspendiert war, sei es das übliche Vorgehen. Auch er trug einen Hipster-Bart.

Sie setzte sich. Wenn ihre Freunde bei der Polizei überhaupt noch etwas zu sagen hatten, war davon hier nichts zu spüren. Sie starrte auf die verspiegelte Glasscheibe vor sich an der Wand und wollte gar nicht wissen, wer dahinter stand.

„Ich nehme an, Ihnen ist der Grund für Ihre Vorladung klar. Der Mann, der tot am Manzanares aufgefunden wurde, hatte nur einen Gegenstand in der Hosentasche: Ihre Visitenkarte."

María sah vom Beamten für interne Angelegenheiten zum Polizisten der Mordkommission und schließlich zur Glasscheibe.

„Konnten Sie ihn identifizieren?", fragte sie.

„Ich stelle die Fragen, Comisaria …", der Beamte zögerte, „Frau Ruiz."

„Sie können mich Frau nennen, so viel Sie wollen." María starrte auf die Glasscheibe. „Aber bis dato bin ich noch immer Comisaria."

„Lassen Sie uns zurück zu den Fragen kommen, wenn es Ihnen nichts ausmacht."

„Sie haben noch keine gestellt."

„Wissen Sie, warum der Tote ausgerechnet Ihre Visitenkarte bei sich trug?"

„Nein."

„Kannten Sie ihn?"

„Woher soll ich das wissen, wenn ich ihn nicht gesehen habe?"

Die beiden Beamten tauschten einen verunsicherten Blick aus. „Sie wurden am Tatort gesehen, Frau Ruiz. Uns ist sehr wohl bewusst, dass Sie eigenständig in dem Fall ermitteln."

„Ist das eine Anschuldigung?"

„Das ist keine Anschuldigung!" Der Beamte wurde langsam nervös. „Wir wissen, dass Sie den Fall verfolgen und dass Sie sich die Leiche angesehen haben. Es ist ein Fakt, dass das Opfer Ihre verdammte Karte in der Tasche hatte. Ist das korrekt oder nicht?"

„Wenn Sie es schon wissen, warum fragen Sie dann?"

„Wollen Sie sich auch noch der Justizbehinderung schuldig machen?" Jetzt wurden die schweren Geschütze aufgefahren. Justizbehinderung war ein schweres Vergehen, dessen waren sich alle hier bewusst. María war sich ebenfalls bewusst, dass sie sich nicht noch weiter belasten durfte, nicht vor einem Beamten für interne Angelegenheiten, der sich jeden Verstoß gegen die Vorschriften haarklein notieren und an seinen Vorgesetzten weiterleiten würde.

„Ich behindere gar nichts. Wenn jemand etwas behindert, dann die Person, die mich vom Dienst suspendiert hat."

„Ist das eine Drohung?"

„Keineswegs. Aber was hier abgezogen wird, ist reine Schikane. Wenn er hier ist", sie deutete auf den Beamten für interne Angelegenheiten, „sollte mein Anwalt auch hier sein. Und niemand hat mich vorgewarnt."

„Sie verweigern also Ihre Aussage?"

„Nein."

„Sollen wir noch einmal von vorn beginnen?"

„Versuchen wir es."

„Also gut." Der Beamte nahm die Akte zur Hand. Sein Gesicht war gerötet und er bemühte sich sichtlich, beherrscht zu wirken. „Hier steht: ‚Der Verstorbene trägt keinen Ausweis bei sich, lediglich eine Visitenkarte mit Namen, Vornamen und Telefonnummer von Frau María Ruiz. Würden Sie uns bitte mitteilen, woher dieser tote Mann Ihre Karte gehabt haben könnte? Und bitte geben Sie jedwede Information an, die uns bei der Identifizierung helfen könnte." María zögerte noch immer. Die beiden Beamten sahen sie erwartungsvoll an und sie war versucht, auf die Frage zu antworten. Doch die Informationen, die bei der Ermittlung helfen würden – über die Bettler im Tunnel – würden ebenfalls auf Marías Missachtung der Vorschriften hinweisen. So sagte sie einfach: „Ich sage nichts ohne meinen Anwalt. Sonst noch etwas?"

Und damit stand sie auf, verabschiedete sich und ging hinaus. Sie hatte erwartet, auf der Wache von Nostalgie überwältigt zu werden, von einem unbändigen Neid auf Uniformen und Ermittlungen. Hatte befürchtet, der Versuchung zu erliegen, mit den Beamten zu kooperieren, um ihnen von all den Fortschritten ihrer eigenen Ermittlung zu berichten. Was sie über Yago wusste, über den Bettler, über Salas, über Sara, die Gemälde von Goya und die Aufnahmen, die sie auf Umwegen erreicht hatten. Doch ein Blick auf den bärtigen Beamten und das verspiegelte Glasfenster hatten all diese Versuchungen im Keim erstickt. Sie würde sich ganz sicher nicht von Vorgesetzten blenden lassen, die ihr lieber schaden wollten, als die Wahrheit herauszufinden. Wenigstens ihr Anwalt wäre stolz auf sie gewesen. Trotz all der Fehler hatte sie doch Einiges richtig gemacht.

María, die Hände gelassen in den Taschen, war bereits auf

dem Weg zum Ausgang, als sie Schritte hinter sich hörte. Esteban und Martín waren ihr gefolgt.

„Was sollte das?", fragte Esteban, sichtlich aufgebracht.

„Was sollte was?"

„Warum hast du nicht ausgesagt?"

„Wart ihr da? Habt ihr mich beobachtet?" María war auf der Hut. Hinter dem Glas verbargen sich normalerweise Vorgesetzte oder Neugierige, die aus irgendeinem Grund ihr Gesicht nicht zeigen wollten.

„Nein. Aber wir haben es schon gehört", erklärte Martín.

„Dass du nicht aussagen wolltest", fügte Esteban hinzu.

„Denkt doch mal nach, Freunde", María nahm die Hände aus den Taschen und hielt sie auf Kopfhöhe, frustriert davon, sich rechtfertigen zu müssen. „Das war eine verdammte Falle. Rafft ihr es nicht? Polizeiglas, ein Beamter für interne Angelegenheiten – glaubt ihr wirklich, die wollten etwas über den Fall wissen? Oder mich doch lieber nur drankriegen?"

„Aber, Ruiz …", sagte Esteban. „So sind nun einmal die Vorschriften. Das hättest du doch selbst auch so gemacht."

„Dann wäre ich in diesem Fall auch ein Arschloch gewesen."

„Du musst aussagen."

„Gerne. Sobald sie mein Disziplinarverfahren fallen lassen. Das ist meine Bedingung, Esteban."

„Die werden dich fertigmachen, Ruiz. Wenn du nicht sagst, was du weißt, machen sie dich fertig."

„Euch sage ich gerne, was immer ihr wissen wollt, Esteban." Sie verschränkte die Arme. „Also, was willst du wissen?"

„Verdammt, Ruiz, ich weiß, dass du es uns sagen würdest. Es geht darum, dass deine Aussageverweigerung nicht zu Protokoll gebracht werden darf. Die schicken dich dahin, wo der Pfeffer wächst."

„Willst du wissen, warum Yago wieder getötet hat? Warum er einen Bettler neben der Kirche, in der Goya begraben liegt, enthauptet hat? Warum Sara sich bei der Nachstellung von Goya-Gemälden hat filmen lassen? Warum ein weiterer Mord geplant wird, während wir hier unsere Zeit vergeuden? Du musst einfach nur fragen. Ich erzähle dir alles, was du willst. Ohne irgendeinen Trottel, der dabeisitzt."

„Verdammt, María, du musst damit aufhören."

„Oder du fragst einfach Martín." María schaute ihren besten Beamten an, dessen eigentlich beachtliches Potential gerade völlig brach zu liegen schien. „Er weiß auch so einiges."

Martín starrte zu Boden, dann zu Esteban, der seinen Blick wütend erwiderte. „Du kannst auch Esteban fragen, Ruiz. Ich fürchte, wir alle wissen Dinge, die wir für uns behalten."

Alle drei starrten einander an. Die Luft flimmerte förmlich unter all der Spannung.

„Großartig", sagte María kühl. Sie steckte die Hände wieder in die Hosentaschen und drehte sich zum Ausgang, doch bevor sie ging, wandte sie sich noch einmal zu ihnen um. „Was genau sollte ich denn wissen, Esteban?"

„Nichts." Esteban presste die Lippen so fest zusammen, dass sie weiß wurden.

María verließ ohne ein weiteres Wort die Wache. Auf dem Planeten Canillas hatte sie zwar keine Nostalgie nach der Polizeiarbeit überkommen, aber die Sehnsucht nach Loyalität, Teamgeist und Verständnis wuchs in ihr wie ein Alien, das kurz davor war, aus ihrem Brustkorb hervorzuplatzen.

39

Um ihrer Wut Luft zu machen und den Kopf freizubekommen, entschied sich María zu einer Radtour. Als sie zuvor kurz Twitter gecheckt hatte, war sie erneut enttäuscht worden. Nichts. Auch im Internet war sie nun allein, Chatoy hatte sich aus dem Staub gemacht.

Sie hatte nur eine einzige WhatsApp-Nachricht von Luna. Seine Quelle hatte von einem verrückten Arzt gehört, der möglicherweise Yago sein könnte. Nachdem er angeblich einer okkulten Gruppe vorgeschlagen hatte, Föten zu opfern, war er von ihnen verbannt worden.

„Na, du hast ja Kontakte …“, schrieb María.

„Du kennst mich, ich habe alle Bereiche abgedeckt.“

„Ich habe wichtige Infos, Luna“, tippte sie. „Yago hat seine Zulassung als Arzt verloren und will sie zurück. Er muss etwas Schlimmes getan haben. Da muss es Aufzeichnungen von geben.“

„Wann? Wo? Welches Fachgebiet?“, schrieb Luna.

„Gerichtsmedizin. Mehr weiß ich leider nicht. Kannst du was herausfinden?“

„Ich versuche es.“

„Danke, Luna.“

„Danke?“

Dafür, dass du der Einzige bist, den ich noch habe, hätte María am liebsten geschrieben. Doch sie verkniff es sich.

Würde ihr ehemaliger Chef Carlos aus seinem Grab schauen, würde er dieses Team nicht mehr wiedererkennen.

Sie holte Saras Kalender hervor. Sie war ihn schon viele Male durchgegangen, hatte die Zeichnungen aus allen möglichen

Blickwinkeln betrachtet, nur um zu dem Schluss zu kommen, dass sie rein gar nichts verstand. María suchte im Internet nach weiteren Goya-Gemälden in der Hoffnung, eines zu finden, aus dem heraus der Betrachter direkt angestarrt wurde. Doch ausnahmsweise gab es in diesem Fall viel zu viele Ergebnisse. Fast alle beinhalteten dieses Element, einschließlich der Selbstporträts. Die Kühnheit in seinen Augen, in denen man die Wahrheit und die nackte Seele erkennen konnte. Sie zeigten einen selbstsicheren, großen Mann, der sich seines Platzes im Leben und in der Gesellschaft bewusst war. Sei es aufgrund seiner Freundschaft zu der Familie Carlos' IV., oder aufgrund seiner Stiltreue, die er selbst als Hofmaler von vier Königen gehalten hatte, oder weil seine Kunst in die spanische Geschichte einging.

Der Mann, der in Fuendetodos, Saragossa, geboren worden war, hatte mütterlicherseits zum Adel und väterlicherseits zum arbeitenden Volk gehört. Er war von der Königlichen Akademie der Künste mehrmals abgelehnt worden und hatte es dennoch geschafft, sich am Hof zu etablieren. Er hatte Wandteppiche entworfen, Könige und Prinzen portraitiert und für Godoy und andere Mitglieder der spanischen Elite gearbeitet. Seine Kunst war ohne die Retuschen und Beschönigungen, die heutzutage dank Photoshop bei Auftragsporträts gang und gebe waren, ausgekommen. In seinen Händen war Fernando, ob Prinz oder König, stets ein Intrigant und Verbrecher, Carlos IV. ein Narr und seine Frau, Luisa María, trotz ihres fortschreitenden Alters eine selbstverliebte Manipulatorin. All dies war auf den Porträts klar zu erkennen. Godoy strotzte vor Kraft und Maja, von Goya sowohl nackt als auch bekleidet verewigt, strahlte eine Natürlichkeit aus, die jegliche andere Form der Darstellung überflüssig machte. Man konnte sich zu ihr gesellen mit der Gewissheit, dass man immer willkommen war, auch wenn sie einen nicht erwartete. Und da war noch die Herzogin von Alba. Bei diesem Porträt hielt María inne. Ihr Ausdruck wirkte zwar distanziert, doch unter dem Hochmut waren auch Heiterkeit und eine gewisse Melancholie verborgen. All die anderen Details, die Goya so akribisch herausgearbeitet hatte – die Mantilla, das üppige Haar und die kleine Brust, die goldenen Schuhe und Ringe, die bunten Schärpen und selbst der Pudel – offenbarten des Künstlers Verlangen. Seine Liebe. Er hatte ihr Gesicht nicht nur in den Porträts verewigt, sondern auch in mehreren seiner *Caprichos* und anderen berüchtigten Zeichnungen und Radierungen: die Herzogin getarnt in *Volaverunt;* die Herzogin als Schmetterling in *Traum von Lüge und Wankelmut.* Goya war besessen von ihr gewesen. Es ging so weit, dass er sich selbst in ein Porträt der Herzogin eingefügt hatte. In die beiden Ringe, die sie an der rechten Hand trug, waren ihre Nachnamen, Alba und Goya, eingraviert, während in dem Sand zu ihren Füßen ein Schriftzug zu lesen war: „Nur Goya". Die Herzogin zeigte für alle Ewigkeit auf diese beiden Worte. „Nur Goya" blieb. „Nur Goya" sollte existieren. „Nur Goya" war es wert, von der Muse der damaligen spanischen Kulturszene hervorgehoben zu werden, trotz seiner Taubheit und Krankheit und des Mangels an notwendigen Qualitäten für diese Frau. Sie war reich, unabhängig, gebildet. Aristokratin und Mäzenin. Rivalin von Königin María Luisa und Liebhaberin von Godoy. Doch Goya, der alte, schroffe Goya, hatte Leinwand und Pinsel, Aquatinta, Öle, Farben und Druckplatten. Er hatte *Macht.* Er konnte die Herzogin Alba nicht nur für alle Ewigkeit bannen, sondern wurde von Adeligen auch noch dafür bewundert. Er schuf Kunst, die jenseits von Traum und Wirklichkeit war.

María wandelte auf der Spur dieser Kunst ohne zu wissen, wohin sie führte. Goyas Besessenheit war kaum dokumentiert, aber in seinem Werk war sie offensichtlich. Yagos Besessenheit hingegen war auf dem Blog offensichtlich, wo er sich als geplagten und verfolgten Mann darstellte, der die Wahrheit ans Licht brachte. Doch seine Besessenheit war auch in seinen Handlungen in der Realität zu erkennen. In seinem eigenen tödlichen Werk. Die noch fehlenden Blogeinträge mochten ihr zwar helfen können, ihn besser zu verstehen, doch verhindern können würde sie die Verbrechen wahrscheinlich trotzdem nicht. Dafür waren sie zu unzusammenhängend. Truthahn, Hund, Sara, Bettler. Truthahn, Hund, Sara, Bettler. Sie erkannte die Logik hinter dieser Sequenz einfach nicht, und das machte es ihr unmöglich, seine Absichten zu ergründen und daraus die nächste Tat abzuleiten.

María kehrte zu Goyas Selbstporträts zurück. Alle zeigten das Genie in einer selbstsicheren Pose, mit einem mal betrübten, mal misstrauischen, mal gequälten, und dennoch immer entschlossenen Gesichtsausdruck. Doch es gab auch eines, das eine völlig andere Selbstwahrnehmung bezeugte. Es war Goyas Selbstporträt mit seinem Arzt Arrieta, das 1820 entstanden war. Ein Jahr nachdem er zusätzlich zu der Krankheit, die ihn 1792 taub gemacht hatte, von einer weiteren heimgesucht worden war. Der Maler war von seinem Arzt und Freund vor dem Tod gerettet worden und hatte ihm am unteren Bildrand eine ungewöhnlich lange Legende gewidmet:

Goya in Dankbarkeit seinem Freund Arrieta: für die Geschicklichkeit und Sorgfalt, durch die er sein Leben vor einer gefährlichen Krankheit rettete, die er Ende 1819 im Alter von 73 Jahren erlitt. Er malte es 1820.

María betrachtete das Bild genauer. Goya sprach von sich in der dritten Person, nahm die Position eines Außenstehenden ein, um sich selbst zu beschreiben, sich zu bedanken, eine Spur zu hinterlassen, so wie er zuvor schon „Nur Goya“ geschrieben hatte. In der Dunkelheit des Raumes hinter ihm waren seiner Vorstellung einige schwarze, gespenstische Figuren entsprungen. Vielleicht waren es Menschen, die ihm nahe standen oder vielleicht waren es die Geister, die ihn am Rande des Todes quälten, doch in jedem Fall waren sie Boten des Unheils. Sie schaute noch einmal auf das Datum: 1820. Damals hatte Goya bereits in der *Quinta del Sordo* nahe des Manzanares gelebt, und hatte gerade begonnen, an eben jenen schwarzen Gemälden zu arbeiten, die Yago und Sara intensiv beschäftigten.

Sara hatte sich Notizen zu der Verbindung zwischen den schwarzen Gemälden und den zuvor entstandenen *Caprichos, Disparates* und *Desastres* gemacht.

María wusste nicht, wohin das alles führen sollte, aber als sie Goyas Selbstporträt mit seinem Arzt noch einmal betrachtete, kam ihr ein anderer Mediziner in den Sinn. Yago.

War sie jetzt total verrückt geworden? Wenn Goya Arrieta allein für seine Genesung verantwortlich machte, der nichts weiter getan hatte, als ihm Heilmittel zu verschreiben, identifizierte sich Yago dann mit diesem Arzt, der das Schicksal des Malers auf dem schmalen Grat zwischen Leben und Tod bestimmt hatte?

Sie war definitiv verrückt geworden. Sie ging Saras Notizen noch einmal durch, auf der Suche nach einem Hinweis auf das Selbstporträt.

Nichts.

Sie suchte auch nach Anspielungen auf den Arzt, irgendeinen Arzt.

Erfolglos.

Und die weiteren Anmerkungen zu den schwarzen Gemälden waren ihr völlig unverständlich.

Doch dort, unter all den nichtssagenden Notizen, gab es einen merkwürdigen Satz: „Rettet Leocadia Weiss."

Sie las ihn noch einmal. „Rettet Leocadia Weiss." Das klang nach einer Mission.

Sie erinnerte sich an die Aufnahmen, die ihr immer noch schwer auf dem Herzen lasteten: Saramús Begeisterung, ihr naiver Blick, wenn sie die Goya-Szenen in den Videos nachspielte. Saramú wollte eine Kunst ohne Urheberschaft, ohne Preisschild, Kunst, die für jedermann zugänglich war. Sie wollte das Genie Goyas teilen und die Grausamkeit, die Diskriminierung und die Missetaten, die er abbildete, für alle Welt offenbaren. Doch auch die Freude, die Schönheit und die Jugend, die er einst zelebriert hatte, wollte sie zeigen. Ohne Filter. „Ich bin Saramú und ich bin visuelle Aktivistin", stand in den Videos vor jeder Inszenierung. Sie verkleidete sich, ließ ihr Haar herunter wie die Herzogin von Alba, zog historische Kleider, Schärpen, Handschuhe, Mieder, Korsetts, Schleifen, Haarteile und Schals an. Oder sie zog sich aus und posierte mit festen Brüsten, entblößtem Schamhügel, üppigem Haar und Blick auf den Maler. In Richtung der Kamera. Hinter der Professor Salas oder Yago oder wer auch immer gestanden hatte. Es musste irgendwo auch Aufnahmen aus den Tunneln geben, dunkel und bizarr, jedenfalls den Worten des rumänischen Bettlers nach zu urteilen.

„Rettet Leocadia Weiss."

Das war nicht nur eine Mission. Es war eine Einladung.

Zur Ermittlung. Fortsetzung folgt.

Doch vor allem war es ein Hinweis. Rettet Leocadia Weiss.

RLW.

Sie kannte diese Abkürzung. Sie durchsuchte den Nachrichtenverlauf mit Chatoy-Tomás. In den Überweisungen, die Sara Muñoz an Yago getätigt hatte, stand unter „Zweck": RLW.

Rettet Leocadia Weiss.

Eine Mission, die Saramú mit dem entehrten Dr. Yago geteilt und bereitwillig finanziert hatte. Wie konnte sie das übersehen haben?

Sie las die Nachricht mit den Kontoauszügen nochmal. Chatoy-Tomás hatte sie davor gewarnt, dass etwas in der Kapelle *San Antonio de la Florida* passieren würde. Darauf folgte ihre Wut und sein Schweigen. Sie war so dumm gewesen, so blind! Tomás hatte ihr geholfen, auch wenn sie es nicht realisiert hatte. Er war bei ihr.

„Ich ermittle noch immer", schrieb sie. „Und ich warte noch immer."

Sie holte ihr Fahrrad. Die Wut war verflogen, zumindest die Wut über ihr ehemaliges Team. Jetzt musste sie nur noch den Zorn über sich selbst besänftigen.

40

María kam völlig außer Atem am Flussufer an. Sie war auf dem Fahrradring von Norden nach Süden gefahren, über Kreuzungen gebrettert, hatte den Park *Casa de Campo* durchquert, einen Umweg über den Aussichtspunkt auf dem *Cerro Garabitas* und die *Puerta del Rey* gemacht, während die staubtrockene Landschaft an ihr vorübergeflogen war. Südlich von Madrid verschmolzen die Wolken zu einem grauen Riesen, der sich dunkel im Fluss spiegelte. Plötzlich begann es zu schütten. Sie war gerade am Manzanares angekommen und schaute gen Himmel, während andere Spaziergänger hektisch Schutz vor dem Gewitter suchten. Es blitzte und donnerte und die Luft roch immer noch mehr nach Staub als nach Regen.

Sie hatte weder eine feste Route noch ein bestimmtes Ziel, aber ihr Rad hatte sie hierher geführt, an den Ort, an dem Sara Muñoz gestorben war. Nahe an Martíns Haus und noch näher an dem Überflutungstunnel, wo Yago hauste, und dem Ufer, an dem der tote Bettler gefunden worden war. Wo war die Verbindung zwischen all diesen Dingen?

María suchte nach einem Zaun, um ihr Fahrrad anzuschließen. Danach ging sie die Treppe zum *Parque Caramuel* hinauf, wo sie den Deutschen mit den Dreadlocks erblickte, der gerade die Stühle auf der Terrasse zur Seite räumte, während die Gäste Zuflucht im Café suchten.

„Wohin gehst du? Du wirst ja klatschnass“, rief er ihr zu. „Los! Komm rein!“

„Später“, rief sie, doch der Donner übertönte ihre Stimme. Sie gestikulierte und rief erneut: „Ich komme später.“

María ging zu Fuß in Richtung Friedhof. Der Hohlraum aus Sand und Schlamm, in dem der Hund versunken war, war unverändert, geschützt vor dem Wasser, das den abschüssigen Boden hinunterfloss. Sie rief sich den Vorfall in Erinnerung. Der Hund musste erst in den Schlamm gelockt und dann von oben durch etwas angezogen worden sein, das nun bei diesem Platzregen unauffindbar war. Dieses Rätsel würde wohl nie geklärt werden, genauso wenig wie der Grund für das Gemälde, das Goya zusammen mit den anderen an die Wände der *Quinta del Sordo* gemalt hatte. Ein Hund, der seinem Verhängnis entgegenstrampelte. Ein versunkener Hund.

Sie betrat den Friedhof. Es war kaum jemand da. Die letzten Besucher liefen zu ihren Autos, aber der Regen konnte María nicht abschrecken. Sie ließ mehrere Familiengräber und Statuen hinter sich. Keiner der Bewohner war von San Isidro gerettet worden, dem Heiligen, der dem Ort seinen Namen gab und dessen wundersamer Brunnen angeblich jeden heilte, der sich mit seinem Wasser beträufelte. Im Gegenteil, sein Wasser floss bergab, wobei seine Magie sich für immer mit dem Regen und dem Schmutz Madrids vermischte.

Bald erreichte sie das Grab, das sie gesucht hatte. Goyas Grabstein befand sich in einem Mausoleum, das er mit anderen namhaften Persönlichkeiten der spanischen Geschichte wie Moratín, Donoso Cortés und Meléndez Valdés teilte. Nichts deutete darauf hin, dass er dort gar nicht mehr lag, aber sie wusste, dass seine sterblichen Überreste sich mittlerweile in der Kapelle *San Antonio de la Florida* befanden. Ohne Schädel, wie Luna es ihr erzählt hatte.

Sie blickte auf das leere Grab. Wasser bahnte sich seinen Weg durch die Schlitze und spülte die Plastikblütenblätter fort, die auf anderen Grabsteinen lagen. María streckte ihre Hände aus und betrachtete sie. Sie fühlte sich wie benommen, war durchnässt bis auf die Knochen, und die Wunden in ihrem Gesicht und an Armen und Beinen schmerzten. Vielleicht war sie verrückt geworden. Sie hatte weder eine Tetanusspritze bekommen noch ihre Antibiotika eingenommen, und heute holte sie sich dann auch noch eine Erkältung dazu.

Wie lange wollte sie noch einem Geisteskranken nachjagen, der die Polizei ratlos zurückließ? Einem cleveren, manipulativen Kunstbesessenen, der eine junge Frau verführt hatte, um sie für seine eigenen mörderischen Zwecke zu benutzen und der, wenn es so weiter ging, María ihre Karriere kosten würde.

Sie sollte einfach nach Hause gehen. Den Mordfall Mordfall sein lassen und aufgeben, so wie sie vor langer Zeit ihren Dienstausweis und ihre Waffe aufgegeben hatte. Sie war raus. Stattdessen sollte sie ihren Anwalt anrufen und sich auf die anstehende Anhörung vorbereiten.

Sie dachte an Comisario Carlos, ihren polizeilichen Ziehvater, ihren Lehrer und Freund, der es immer nur gut mit ihr gemeint hatte, auch wenn sie ihn mal wütend gemacht hatte. Ihre Tränen vermischten sich mit dem Regenwasser. Carlos' sterbliche Überreste befanden sich in einem Grab in Santander, einschließlich des Schädels. Niemand hatte seinen Kopf entfernt, um das Gehirn zu untersuchen. Da hatten sich die Phrenologen, oder wie auch immer sie hießen, eine echte Chance entgehen lassen. Denn Carlos Fuentes war ein gewaltiges Genie gewesen. Sie konnte natürlich nicht wissen, zu was er ihr heute geraten hätte, aber sie konnte es sich vorstellen:

„Vergiss das alles“, hätte er gesagt. „Pass auf dich auf. Es wird dir sowieso niemand danken.“

Und vor allem hätte er ihr verziehen, wenn sie seinem Rat nicht gefolgt wäre. Immer. Das wusste María auch ohne Phrenologen.

41

Zu Hause angekommen, erreichten sie gleich mehrere E-Mails ihres Anwalts. Die Anhörung war auf den nächsten Tag vorgezogen worden und sie sollten sich besser gleich morgen früh treffen, um die Einzelheiten zu klären. Es sei gut gewesen, dass sie sich dazu entschieden hatte, auf der Wache nicht auszusagen, sagte er. Aber er hoffe natürlich, der Grund sei gewesen, dass sie sich tatsächlich nichts zu Schulden hatte kommen lassen und nicht, dass sie etwas verheimlichen musste. Und er hoffe auch, dass die Aussage, sie sei an mehreren Tatorten in Madrid gesehen worden, nur ein Gerücht war.

María lächelte. Sie hatte ihre nasse Kleidung ausgezogen und war in einen Bademantel geschlüpft, um sich gemütlich mit einer Tasse warmer Milch vor den Computer zu setzen. Leider hatte sie keine Kekse zum hineintunken. Wie sehr sie die *sobaos* vermisste, das Biskuitgebäck, das Carlos ihr immer geschickt hatte. „Die vermisse ich viel mehr als dich", hätte sie ihm gesagt. Sie lächelte bitter.

„Wir treffen uns also morgen um neun Uhr? Dann haben wir zwei Stunden, um uns auf die Anhörung vorzubereiten", schlug ihr Anwalt vor, nachdem sie ihm geantwortet hatte.

„Um neun Uhr. Ich werde pünktlich sein."

„Comisaria, einer Sache muss ich mich vergewissern: Sie ermitteln derzeit definitiv nicht, oder?"

María nahm einen Schluck von der heißen Milch. Sie hatte geschworen, Esteban auf dem Laufenden zu halten, damit er an ihrer Stelle handeln konnte. Sie selbst würde sich raushalten, würde ihr Handy ignorieren, das vergebliche Warten auf ein

Zeichen von Tomás aufgeben und – was vielleicht das Schwierigste war – versuchen, sich nicht mehr um den verschwundenen Eloy zu sorgen. Er war schließlich nur ein weiterer Grund für ungebetene Gefühle, die sich festsaugten wie eine Zecke. Noch jemand, um den man sich Sorgen machte, mit dem man fühlte und um den man fürchtete. Sie wusste, dass er nicht verhaftet worden war und hoffte, dass er noch am Leben war, also warum zum Teufel hatte er sich nicht bei ihr gemeldet? Der bloße Gedanke an ihn machte María wütend, was Eloy eigentlich nicht verdiente und was ihr selbst nichts brachte. Jetzt, wo sie wieder einigermaßen erholt war, stand ihrem Traum nichts mehr im Wege: den *Camino de Santiago* vom Anfang bis zum Ende entlang zu radeln, von Roncesvalles bis in die galizische Hauptstadt, die Klippen hinauf und hinunter, nur mit ihren eigenen Gedanken und den Einheimischen als Gesellschaft. Sich einfach immer vorwärts bewegen, anders als ihr jetziges Leben, das völlig stillzustehen schien. Sie würde das tun, was Carlos ihr posthum geraten hätte: „Pass auf dich auf", und was Luna häufiger als „du musst dich zusammenreißen" bezeichnet hatte.

„Sind Sie noch da?", erkundigte sich der Anwalt.

„Ja, entschuldigen Sie bitte", antwortete sie.

„Können Sie mir das versichern?"

„Was?"

„Dass Sie derzeit nicht ermitteln?"

„Ich versichere es Ihnen."

„Sie müssen sich über eines im Klaren sein, Comisaria: Wenn es nur um das geht, was in Soria geschehen ist, kann ich Ihre Karriere retten. Wenn sich aber neue Sachverhalte ergeben sollten, kann auch ich Ihnen nicht mehr helfen."

„Verstanden."

María schaltete ihr Handy aus und schlief ein. Sie träumte davon, dass sie ihr Fahrrad für die Pilgerfahrt nach Santiago vorbereitete, dass sie die Reifen aufpumpte und die Satteltaschen füllte.

Aber es war nicht ihr eigenes, sondern Eloys alte Klapperkiste.

V.
Irrenhaus

Das letzte Mal war ich nicht selbst vor Ort, aber ich habe alles erfahren.

Leocadia legte ihren nackten Arm auf das Bett, was bereits Beweis für die Intimität zwischen den beiden war. Sie lebte mit ihm zusammen und er nutzte sie aus. Sie war von Kopf bis Fuß in Schwarz gekleidet, doch ihre nackten Arme und ihr üppiges Dekolleté versprachen einen jungen Körper. Ein zartes Tuch verschleierte ihr Gesicht, doch nicht den aufmerksamen Blick. Breite Brauen lagen über diesen vertrauensvollen Augen. Alles in ihrem Gesicht wirkte einladend.

Sie blickte ihn an, ohne Angst vor ihrer Blöße in dem Porträt. Und er beobachtete sie, bannte sie, fügte Farbtupfer hinzu und verdeckte sie wieder, konzentriert auf seine eigene Vision, still und weltfremd malte er diese hingebungsvolle Frau, die sich seinem Blick nicht entzog.

Ich konnte mir alles vorstellen: den Maler, der diese Frau ausnutzte, der ihr in seinem Haus Zuflucht gewährte, nachdem ihr Mann sie verstoßen hatte. Er saugte ihre Seele aus, verdammte sie zur Ewigkeit und warf sie den Ungeheuern zum Fraß vor, die sich in diesen Räumen umhertrieben.

Sie, Leocadia, beschwerte sich nicht, protestierte nicht, begehrte nicht auf. Der Maler musste nicht einmal mehr auf die Straße gehen, um sie zu suchen, wie er es früher getan hatte. Jetzt war sie in seinem Zuhause. Und dort malte er sie. Auf die Wände, auf denen sich Dämonen, Kannibalen, Dunkelheit und Tod mit dem Elend seines Geistes paarten. Sie war die einzige Quelle der Schönheit in dieser Hölle, zu der er sein Zuhause gemacht hatte. Die Versuchung der verlorenen Jugend, der Hohn all derer, die wie er ihr Leben verloren hatten und mit ihrer Einsamkeit und ihrem Alter haderten.

Doch ich werde es für sie tun. Ich werde sie retten und ihn vernichten. Ihm seine Macht nehmen. In seinem eigenen Reich. In seinem eigenen Haus.

Endlich habe ich mich entschieden. Ich werde hineingehen und sie holen.

Heute werde ich Leocadia Weiss retten.

42

María wurde von einem schwachen aber stetigen Geräusch geweckt, das sich in ihrem Traum als Wasserfall manifestiert hatte, den sie mit ihrem Fahrrad hinunter gesegelt war, und den sie noch immer vor Augen hatte. Von ihrem Bett aus konnte sie den Regen sehen, der in der Realität dieses kalten Madrider Morgens vom Himmel fiel. Sie hatte nicht einmal die Vorhänge zugezogen. Aber auch irgendwo in ihrer Wohnung schien es zu regnen. Sie nieste.

Etwas orientierungslos stand sie auf und suchte nach der Quelle des Tropfens. Es kam nicht aus dem Badezimmer. Also ging sie ins Wohnzimmer, doch als sie das Licht anmachen wollte, sprang die Sicherung raus. Sie bewegte sich im Lichtschein des Balkonfensters vorwärts und fröstelte. Auf dem Boden war eine riesige Pfütze. Teppich und Sofa waren völlig durchnässt und ihr Laptop sah aus, als wäre er in eine Suppe gefallen. Sie rannte zu der Tafel mit ihrer Skizze. Auch sie war feucht und die Markerfarbe lief in bunten Rinnsalen an ihr hinab.

Sie blickte nach oben. Die Terrasse des Nachbarn lag über ihrem Wohnzimmer, und die Regenrinne hatte augenscheinlich mal wieder versagt. Sie holte ein paar Eimer und stellte sie dorthin, wo das Wasser durch die Decke floss, dann noch ein paar Handtücher, von denen sie sich eines um die Schultern legte.

Dann ging sie zurück ins Schlafzimmer und legte sich wieder ins Bett. Sie war müde und ihr war kalt. Sie suchte nach ihrem Handy, um dem Nachbarn Bescheid zu sagen, aber es war ausgeschaltet und sollte es auch besser bleiben. Sie durfte nicht mehr ermitteln und wenn sie ihr Handy einschalten würde, würde sie unweigerlich in Versuchung geführt werden. Das Wasserleck musste warten.

Luna hatte die ganze Nacht nicht geschlafen. Deshalb weckte der Anruf ihn auch nicht wirklich, aber er schrak trotzdem hoch. Wo verdammt noch mal war das Telefon? Er stand fluchend auf und lief in seiner Wohnung umher, bis er es endlich fand. Es war im Flur in seiner Jackentasche. Der Anrufer hatte mittlerweile aufgelegt und nochmal angerufen. Bevor er ranging, warf Luna einen Blick zur Uhr. Vier Uhr morgens.

„Tut mir leid, Luna, habe ich dich geweckt?“ Es war Nora.

„Schön wär's.“

„Ich suche Ruiz. Ich kann sie nicht erreichen.“

„Hast du schon die Möglichkeit in Betracht gezogen – es ist natürlich nur eine Vermutung – dass sie schläft?“

„Aber María ist immer zu erreichen.“

Luna ging ins Wohnzimmer. Draußen schüttete es. Er holte Tabak und Feuerzeug und setzte sich aufs Sofa.

„Verdammt, Nora, es ist vier Uhr morgens. Was ist denn passiert?“

„Es gibt einen neuen Blogeintrag. Ich denke, das solltet ihr wissen. Du und María.“

„Schreibst du etwas darüber?“

„Das ist es, was dich interessiert? Ob ich etwas auf meiner Webseite darüber schreibe?“

„Um ehrlich zu sein schon, ja. Mein Chef wird immer sauer, wenn du vor uns was über den Fall veröffentlichst.“

„Fahr zur Hölle.“

Luna grinste. Natürlich war er daran interessiert, was dieser

Geisteskranke auf seinem Blog schrieb. Aber noch viel mehr war er daran interessiert, Nora aufzuziehen. Noch bevor sie ihn aufziehen konnte.

„Na komm, lass hören."

„Nein. Fahr zur Hölle."

Nora legte auf. Luna blinzelte stumm das Telefon in seiner Hand an und rief sofort zurück.

„Tut mir leid", sagte er reumütig.

„Ach, auf einmal?"

„Es ist vier Uhr morgens, Nora. Bitte sag es mir einfach."

„Yago hat einen weiteren Eintrag auf der Webseite veröffentlicht. Und du weißt ganz genau, dass es nach dem letzten einen Mord gegeben hat. Wir müssen etwas unternehmen."

„Was steht denn dieses Mal darin?"

„Er sagt, dass er heute etwas unternehmen wird. Im Haus von Leocadia Weiss. Dass er sie retten wird. Und, dass er jemanden vernichten wird. Verdammt, wir müssen unbedingt etwas tun. Dieses Mal gibt es auch ein Video."

„Ein Video?"

„Das willst du nicht sehen. Ich kenne dich, das willst du nicht sehen."

Luna stand auf, um seinen antiken Computer hochzufahren. Jedenfalls, drückte er den Knopf, auf dem „ON" stand. Ob der PC dann auch wirklich hochfahren würde, hatte er nicht in der Hand.

„Was ist auf dem Video zu sehen?"

„Saramú, also Sara Muñoz, wie sie die Schachtel mit den Handschellen und Fesseln öffnet. Dann steckt sie sich die Haare hoch, wie das Mädchen in der Zeichnung. Anschließend zieht sie die eigene Kleidung aus und ein langes Kleid an und legt sich die Fesseln an."

„Wird sie dazu gezwungen?"

„Ich weiß es nicht. Sie tut es ganz bedächtig und wirkt melancholisch."

„Und wo ist sie?"

„Das weiß ich auch nicht. Irgendwo drinnen."

„Glaubst du, die Aufnahmen wurden kurz vor ihrem Tod gemacht?"

„Scheint so, aber ich bin nicht sicher."

„Und warum denkst du, ich würde es nicht sehen wollen?"

Nora schwieg. Sie hatte schnell gesprochen, nervös gewirkt. Schließlich war Saramú eine Studentin aus ihrem Umfeld, ihrer Generation, und Luna wusste, dass Nora trotz des journalistischen Instinkts und der beruflichen Neugier ihre Prinzipien hatte. Missbrauch und Gewalt gegen Frauen waren für sie ein No-Go. Da hörte alles auf.

„Weil ich dich mittlerweile ein wenig kenne. Und auch wenn du einen auf hart machst und ein bisschen machomäßig drauf bist, kannst du Gewalt gegen Frauen nicht ertragen."

Das war neu. Ein bisschen machomäßig drauf? Er dachte eigentlich, er sei ein Vollblut-Macho, aber Nora hatte recht. Er liebte üppige Dekolletés und schmale Taillen und spendierte Frauen gern mal einen Drink. Er hätte ihnen auch weiterhin gerne Komplimente gemacht, würde er sich in seinem Alter damit nicht lächerlich machen und zusätzlich auch noch die Wut der Feministinnen auf sich ziehen, die er sich stets als tobenden Mob vorstellte. Aber es stimmte, dass ihn Gewalt gegen Frauen schockierte. Nora hatte ihm oft genug klar gemacht, dass er auf

Frauen schleimig wirkte und seine Grenzen kennen musste, aber jede Art von Missbrauch widerte ihn an und machte ihn wütend. Er riss sich zusammen und fragte: „Ist in dem Video Gewalt zu sehen?"

„Die schlimmste Art", sagte Nora betroffen. „Keine körperliche Gewalt, sondern Unterwerfung. Die Gewalt ist quasi das, was dann folgt."

Lunas Computer hatte sich dann doch noch erbarmt, hochzufahren, und er suchte nach dem Blogeintrag.

Wie Nora gesagt hatte, war auf dem Video ein Mädchen zu sehen, das mit Vorbereitungen beschäftigt war. Sie wandte sich zur Kamera und der Person dahinter und führte Schritt für Schritt eine Art Zeremonie durch, die bekanntermaßen in ihrem Tod enden würde. Sie tat es von sich aus, aber manchmal blickte sie nervös zur Kamera, als würde sie den Filmenden still um Bestätigung bitten. Erst, wenn sie diese bekam, wirkte sie beruhigt. In ihren Augen lag Resignation, eine gewisse Teilnahmslosigkeit wann immer ihr eine Anweisung gegeben wurde, die nur sie sehen konnte. Es gab keine Freude in dieser Szene, die wie der letzte Schritt einer langen Reise wirkte.

Luna las den Blogeintrag.

Zweifellos wollte sich der Verrückte mit diesem Video entlasten, das Saras angeblich freiwillige Teilnahme an dem Todesritual zeigte, aber das kaufte Luna ihm nicht ab. Außerdem kündigte er seine nächsten Schritte an. Er bereitete ein weiteres Verbrechen vor, das er hinter der „Rettung von Leocadia Weiss" verbarg.

Draußen war es frisch geworden, doch das war nichts gegen

die Kälte, die Luna in seinem Inneren verspürte. Es schüttete, als hätten sich die Dämonen darauf geeinigt, alle Wolken über dem Himmel Madrids aufzutürmen.

Er wusste, dass er María nicht involvieren sollte, da sie kurz davor stand, ihren Job zu verlieren.

Er wusste auch, dass er jetzt seinen Chef bei *El Diario* benachrichtigen sollte, aber er hatte keine Lust, über den neuen Blogeintrag zu schreiben. Auch wenn Nora es tun würde.

Ihm blieb nur, Esteban aus dem Schlaf zu reißen. Also zündete er sich eine weitere Zigarette an und wählte die Nummer.

Martín schlief noch, als sein Stiefbruder mit dem gewohnten Gepolter nach Hause kam. Eine Tür schlug zu, eine Frau lachte, oder vielleicht waren es auch zwei, und jemand rannte umher. Kurz darauf schlug noch eine Tür. Er drehte sich um, um weiter zu schlafen, wusste aber, dass es vergeblich war.

Es war schließlich nicht das erste Mal. Er, der König der Nacht, lebte seit Wochen enthaltsam, während sich sein Stiefbruder Nacht für Nacht mit irgendeiner Mariló oder Blanca oder Claudia oder allen gleichzeitig vergnügte, ungeachtet der Uhrzeit Türen knallte und Wände wackeln ließ. Und es war ihm kein bisschen peinlich. Das Königreich der Nacht hatte einen neuen Herrscher.

Aber eigentlich beunruhigte Martín etwas anderes. Der Tod seines Hundes war ein Zeichen gewesen, dass die Situation komplizierter geworden war, als er verkraften konnte. Schon seit zu vielen Tagen fiel es ihm schwer, seine verschiedenen Loyalitäten miteinander zu vereinen. Und das angespannte Verhältnis zu María war kaum zu ertragen. Sie war seine Chefin, seine Comisaria, von der er so viel gelernt hatte und der er alles verdankte, was er erreicht hatte. Ohne sie wäre er heute nur ein weiterer gewöhnlicher Beamter. Ein kleines Licht, eine Nummer auf einer Angestelltenliste, dazu da, seinen Vorgesetzten Ruhm einzubringen. Er eignete sich gut für öffentlichkeitswirksame Einsätze, war ein Notnagel, wenn wieder einmal Leute fehlten. Nur María wusste, wie man das Beste aus ihm herausholen konnte. Durch sie war er beruflich gewachsen.

Und doch musste er sich nun von ihr fernhalten.

Er wälzte sich in seinem Bett hin und her. Der Lärm aus dem Zimmer seines Stiefbruders hatte sich gelegt, doch dafür waren da nun andere Geräusche. Noch mehr Stöhnen und Unruhe. Eine ganz andere Art, das Bett zum Quietschen zu bringen. Kein Türschlagen, kein Rennen, kein Sex. Stattdessen angestrengter Atem und das Surren eines Motors, das nur in der frühmorgendlichen Stille zu vernehmen war. Genau wie das ständige Tippen auf der Tastatur, das darauf folgte.

Draußen regnete es. Heute war der Tag von Marías Anhörung, zu der auch er als Zeuge aufgerufen worden war. Und er würde nur lügen können. Ihr helfen und lügen. Sonst gab es keine Möglichkeit, ihr wieder nahe zu kommen, sie zurückzuholen und durch sie seine Karriere voranzutreiben.

Plötzlich klingelte das Telefon. Er solle sofort zur Wache kommen, auf Estebans Befehl. Der Verrückte wollte wieder zuschlagen. Im Haus von Leocadia Weiss, deren Porträt sich im Prado befand, im Saal mit den schwarzen Gemälden.

Das ganze Team fühlte sich ein wenig verloren ohne Comisaria Ruiz.

Salas ging trotz des Regens raus. Es war Nacht und er würde niemandem begegnen, weder dem eifrigen Portier noch den Studierenden, die seit seiner Freilassung wieder vor dem Haus protestierten. Er brauchte Bewegung.

Er hatte nicht schlafen können, und während er zum x-ten Mal auf seinem Handy nach Hinweisen über Saramús Tod gesucht hatte, war er auf blogdeyago.com gestoßen. Und das Video. Darum musste er raus.

Am Eingang standen drei Kerzen unter einem Graffito, an das er sich bereits gewöhnt hatte. „Wir alle sind Saramú." Das Foto, das er am Tag zuvor gesehen hatte, war verschwunden, wahrscheinlich vom Regen weggespült. Er steckte die Kerzen in seine Tasche und begann zu laufen. Die Videos von Saramú, die Ruiz gesehen hatte, beunruhigten ihn nicht wirklich. Sie waren nichts als Erinnerungen – an eine gemeinsame Leidenschaft für die Kunst und an eine Beziehung, die schon lange nicht mehr funktioniert hatte. Aber das, was er gerade im Internet gesehen hatte, war etwas anderes. Damit hatte er nichts zu tun gehabt, das war dieser unheimliche Arzt gewesen, der sie ihm weggenommen hatte. Die Tatsache, dass es noch weitere Männer in ihrem Leben gegeben hatte, quälte ihn.

Genauso wie die Tatsache, dass es noch andere Aufzeichnungen, andere Nacktszenen, andere Hinweise gegeben haben könnte. Nicht nur aufgrund ihrer Intimität, sondern weil sie etwas zeigten, von dem er gedacht hatte, dass nur sie beide es miteinander geteilt hatten. Salas und Sara, er und sie, sie und er, die zusammen die verborgene Kunst Goyas für alle sichtbar machen wollten. Diese geteilte Leidenschaft hatte ihnen eine Stärke verliehen, die in einer gewöhnlichen Beziehung unmöglich entstehen konnte. Sie hatte sie zu einer untrennbaren Einheit gemacht, wie zwei Bergsteiger, die windgepeitscht am selben Seil hingen, oder zwei Astronauten, die verloren im Weltraum schwebten. Nicht in guten wie in schlechten Zeiten, nein. In Besessenheit wie in Besessenheit. Besessenheit mit Goya und damit, seine Kunst für alle sichtbar zu machen. Besessenheit, ihn zu verstehen und seinen Traum von Erleuchtung, Freiheit und Licht wahr werden zu lassen.

Goya hatte das Ende des Absolutismus nicht voraussehen können, der mit voller Wucht nach Spanien zurückgekehrt war und die nötige Weiterentwicklung der Kunst ausgebremst hatte. Er durfte den Triumph und Einfluss seines Werkes nicht mehr erleben. Die *Disparates,* Vorläufer aller modernen Kunstströmungen, die ein Jahrhundert später entstanden waren, waren erst nach seinem Tod veröffentlicht worden. Die *Caprichos* hatten sich nur schlecht verkauft, also hatte er sie dem Königshaus gegen eine Rente geschenkt. Und der König hatte ihn als Hofmaler durch einen zahmen, hörigen Künstler ersetzt. Goya hatte die Tragweite seiner schwarzen Gemälde nicht einmal erahnen können, die er zurückgelassen hatte, als er in Bordeaux Zuflucht gesucht hatte wie jemand, der aus einem Iglu floh, das man nicht abbauen konnte. Genauso wenig, wie er hätte erahnen können, wem er den Weg geebnet hatte: Vandalen, Erben und rücksichtslosen Kunstbanausen, die nicht in der Lage waren, den Hexensabbat, den Saturn oder die Leocadia – Werke, welche die Kunstgeschichte verändern sollten – von antiken Möbeln zu unterscheiden. Der einzig überlebende Sohn und seine Frau hatten Stühle, Teller, Schränke, Betten und Gemälde weggegeben, unwissend des Wertes dieser Gegenstände, der so viel höher war als ihr Preis.

Sie hatten sie nach Gewicht verkauft. Doch da die schwarzen Gemälde mit der Mauer verschmolzen waren, konnten sie nicht zu Geld gemacht werden. Vielleicht hatte Goya geahnt, dass dies der einzige Weg war, sie vor der Gier der Menschen zu retten.

Sara und Salas hatten all das recherchiert, gemeinsam den französischen Baron verehrt, der viele Jahrzehnte später die verfallenen schwarzen Gemälde an den Wänden gerettet hatte, gemeinsam die Ungerechtigkeit angeprangert und sich gemeinsam daran gemacht, Licht auf all das zu werfen, was Spanien Goya noch schuldig war. Er und Sara, Sara und er. Nicht dieser diskreditierte Arzt, der in ihr Leben getreten war, nur um es ihr gnadenlos zu nehmen.

Salas war das Gespräch mit der Comisaria noch mehrmals im Kopf durchgegangen und hatte sich seine eigene Forschung zu Goyas Gemälden und die Zeit mit Sara in Erinnerung gerufen, um irgendwie helfen zu können.

Es gab eine Sache, die er gerne mit Ruiz besprochen hätte, aber vielleicht hatte sie es schon selbst herausgefunden: Ab 1796, als Goya eine Zeit lang mit der Herzogin von Alba in Sanlúcar de Barrameda residiert hatte, hatte der Maler begonnen, in seinen privaten Skizzenbüchern – den sogenannten Alben – kleine Zeichnungen anzufertigen, in denen er seine Sicht auf die Welt jenseits der Auftragsarbeiten festhielt. Diese Alben waren nach Buchstaben geordnet und die Zeichnungen, aus denen sie sich zusammensetzten, nach Nummern. Sie waren eine Art visuelles Tagebuch und dienten als Vorlage für seine späteren Radierungen und Zeichnungen. Das erste davon, Album A, hatte er während seines Aufenthalts im Süden begonnen. Das letzte, Album H, hatte er kurz vor seinem Tod in Bordeaux abgeschlossen.

Das Album, von dem Yago schrieb, war also eine weitere Anspielung auf das Genie; er hatte auf die goyaeske Nomenklatur zurückgegriffen, um seinen eigenen Beitrag zur Weltgeschichte zu leisten. Aber er schuf keine Kunst wie Goya. Er folgte nur seiner Obsession, die weit davon entfernt war, das Unrecht der Welt darzustellen.

María zog sich an. Es war acht Uhr. Sie entschied sich für einen formellen dunklen Anzug, aber die Hose war etwas zu eng, dank der Muskeln, die sie durch das ständige Fahrradfahren bekommen hatte. Also suchte sie nach dem schwarzen Rock, den sie an ihrem Abend mit Rodrigo getragen hatte. Dazu eine weiße Bluse und einen Blazer. Dann steckte sie ihr Haar hoch und zog, trotz des Regens, hochhackige Schuhe an. Sie betrachtete sich im Spiegel. Sie trug so viel Make-up auf, wie es ihre langsam heilenden Wunden erlaubten und kam sich dabei selbst fremd vor.

María öffnete die Schublade. Sie wusste, dass die Waffe nicht darin lag, doch diesmal war es ein altes Handy, das sie suchte. Kein Internet, kein WhatsApp. Nur Telefonate. Sie würde nicht ermitteln, während das verdammte Verfahren lief. Sie schaltete das Handy ein. Es war noch geladen.

Es sprach nichts dagegen, auf dem Weg zum Gericht einen kurzen Abstecher bei der Dragona zu machen und Eloy einen Zettel mit dieser Handynummer zu hinterlassen. Ein Handy ohne Luna, Esteban und Martín. Ohne Tomás und Chatoy. Und ohne Rodrigo Tesón.

Schließlich ging es dabei nicht um Ermittlungen, sondern darum, einem Freund zu helfen.

43

Marías Anwalt empfing sie mit ernster Miene. Er wirkte nervös als er sie zu dem Büro führte, in dem sie warten konnten. Er sprach schnell, fest entschlossen, ihr Fragen zu stellen und die Antworten darauf direkt mitzuliefern. Er bat sie, sich so kurz wie möglich zu fassen und im Zweifelsfall die Aussage zu verweigern. Außerdem solle sie nie Einzelheiten ausführen, um die sie niemand gebeten hatte.

Sie sah sich mit einer Anklage wegen möglicher Gehorsamsverweigerung einem Vorgesetzten gegenüber konfrontiert. Es ging um die Frage, ob sie außerhalb ihres Zuständigkeitsbereiches in Soria agiert hatte, nämlich in Santander. Dort hatte sie ihren Freund Comisario Carlos besucht und ihn bei einer Ermittlung unterstützt. Reiner Zufall und Solidarität unter Kollegen. Aber die Tatsache, dass er gestorben war, machte es komplizierter. Seine Aussage hätte sie völlig entlasten können. Leider gab es Zeugen, die sagten, dass sie selbst die Leiche untersucht und Befehle erteilt hatte. Dass sie den Fall dieses kleinen Mädchens namens Claire Jones aufgeklärt hatte, das tot im Kofferraum eines verlassenen Autos gefunden worden war, war scheinbar nicht von Belang. Niemand hatte das Mädchen damals vermisst.

Sie gingen ihre Aussage noch einmal durch. Ihr Anwalt war definitiv nervöser als sie und musste vorab noch einige Dinge erledigen. Nachdem er sie mehrfach hatte schwören lassen, dass sie derzeit tatsächlich nicht ermittelte, ließ er sie kurz allein.

María schaute auf ihr altes Handy. Es war unmöglich, auf diesem internetlosen Relikt irgendwelche Updates zu bekommen. Außerdem würde sie ja sowieso nicht mehr ermitteln.

„María!“

Noras Stimme ertönte aus dem Gang.

„María! María? Comisaria?“

Sie stand auf und blickte hinaus auf den Flur. Nora war auf der Suche nach ihr.

„Gibt es ein Problem?“, fragte sie.

„Ich hätte dich in der eleganten Aufmachung fast nicht erkannt“, antwortete Nora.

„Was dich hier herführt, meine ich.“

„Dein Handy ist ausgeschaltet, also musste ich direkt zu dir kommen. Es ist etwas passiert, von dem du wissen solltest.“ Nora redete sogar noch schneller als ihr Anwalt und verschluckte sich beinahe an den Worten. Alle schienen beschlossen zu haben, heute ein paar Gänge höher zu schalten.

María schaute sie misstrauisch an. Sie hatte gerade noch geschworen, in keine Ermittlungen verwickelt zu sein. Genau deshalb hatte sie doch extra ihr Handy ausgeschaltet.

„Gleich findet meine Anhörung statt, Nora, weißt du das nicht? Mein Disziplinarverfahren! Ich darf jetzt nichts riskieren.“

„Erzähl keine Geschichten und hör zu, Ruiz. Der Mistkerl hat einen weiteren Beitrag veröffentlicht. Mit Video. Er wird wieder zuschlagen. Luna weiß schon Bescheid und Esteban auch. Sie sind hinter ihm her. Wir suchen ihn.“

„Ich darf nicht ermitteln, Nora.“ María schüttelte den Kopf und presste die Lippen zusammen. „Wenn ich weitermache, schmeißen die mich raus.“

„Und das juckt dich?“

„Auf jeden Fall. Also, wenn du nichts dagegen hast …“

„Versteh mich nicht falsch. Ich meine … Ist es dir wichtiger, dass sie dich nicht rausschmeißen, als dieses Arschloch aufzuhalten?" In diesem Augenblick kam der Anwalt zurück, der ganz offensichtlich nicht von der jungen Frau begeistert war, deren Haremshose, Tank-Top und rote Strähnchen bei der Abteilung für interne Angelegenheiten gar nicht gut ankommen würden.

„Kennen wir uns?", fragte er höflich.

„Nun, nein", antwortete Nora.

„Und ... wer sind Sie, wenn ich fragen darf? Meine Klientin und ich werden gleich in den Anhörungssaal gerufen und haben keine Zeit für Besucher." Der Anwalt lockerte seine Krawatte. „Und wie sind Sie überhaupt reingekommen?"

„Ich bin Journalistin", sagte sie, „ich bin hier, um über das Verfahren gegen Comisaria Ruiz zu berichten."

Der Anwalt kam ins Schwitzen, besonders als er sah, wie María ein Lächeln unterdrückte.

„Journalisten können wir nicht gebrauchen", sagte er und wandte sich María zu. „Haben Sie ihr irgendetwas gesagt? Das Schlimmste, was uns jetzt passieren kann, ist, dass in den Medien über uns berichtet wird." Er wies Nora zurecht: „Bitte lassen Sie uns in Ruhe."

„Ich fürchte, das liegt nicht in Ihrer Hand, ich bin akkreditiert", sagte Nora und verließ das Büro, um im Anhörungssaal Platz zu nehmen. Doch bevor sie ging, drehte sie sich noch einmal zu María um und sah sie an.

„Ist es dir wichtiger, dass sie dich nicht rausschmeißen, als dieses Arschloch aufzuhalten?", schien ihr Blick erneut zu fragen.

María war bemüht, sich zusammenzureißen. Wenn Nora hier war, dann vielleicht auch Luna, und damit hatte sie nicht gerechnet. Wenn Yago einen weiteren Eintrag auf dem Blog veröffentlicht hatte, konnte das entweder sehr gut oder sehr schlecht für die Ermittlung sein. Normalerweise schlug er nach der Veröffentlichung eines Blogeintrags zu, auch wenn die Texte dem Anschein nach nichts mit seinen Taten zu tun hatten. Und Nora hatte erwähnt, dass Esteban auf der Suche nach ihm war. Ihr ehemaliger Stellvertreter wusste etwas, das der Schlüssel sein könnte. Sie hoffte, dass er ihn finden und die Anerkennung dafür bekommen würde. Aber nun musste sie sich konzentrieren und sich der Prüfung durch die Abteilung für interne Angelegenheiten stellen. Sie war an keinerlei Ermittlungen beteiligt.

Bevor sie den Saal betraten, mussten sie noch an einem Schalter warten, an dem eine Sekretärin gewissenhaft Post auf die verschiedenen Fächer verteilte. Marías Fersen machten sich auf den ungewohnt hohen Absätzen bereits bemerkbar und sie lehnte sich an das Geländer. Sie hätte die Schuhe gerne in die Ecke gepfeffert, wenn sie die Gelegenheit dazu gehabt hätte. Plötzlich hörte sie eine vertraute Stimme. Die Sekretärin hatte einen kleinen Fernseher eingeschaltet, und der Moderator kündigte Bilder an, „die auf manche der Zuschauenden verstörend wirken könnten“. Magische Worte.

Auf den Bildschirmen von halb Spanien war nun unzensiert Saramú zu sehen, verkleidet als Goyas hingerichtetes Mädchen. Keinerlei Respekt für Privatsphäre.

„Bilder von Sara Muñoz, vermutlich kurz vor ihrem Tod. Sie könnte ihm freiwillig entgegengetreten sein“, lautete der Untertitel am unteren Bildschirmrand. Die Worte stammten von einem „Spezialisten für rituelle Todesfälle“.

Spezialist für rituelle Todesfälle. María hätte auch gerne einfach auf einen Knopf gedrückt und sich eine Spezialistin herbeigezaubert. Wie viel Glück die Leute im Fernsehen doch hatten, dass sie immer Spezialisten für alles fanden, die dann in der Lage waren, den Tod eines Kindes dem Stalker der Mutter zuzuschreiben, auch wenn sich später herausstellte, dass es eigentlich die Stiefmutter gewesen war. So wie im Fall des kleinen Gabriel in Granada. Im Fernsehen vermehrten sich als seriöse Informanten getarnte Journalisten wie Ratten. Sie entschieden, wer ein vermisstes Kind getötet hatte, auf welche Art ein Mädchen vergewaltigt worden war, und was das Opfer kurz vor seinem Tod empfunden hatte.

Die Würfel waren also gefallen und Sara Muñoz „könnte dem Tod freiwillig entgegengetreten sein". So hatte es der „Spezialist für rituelle Todesfälle" gesagt. Ein Spezialist, der, wie jeder wusste, in den Gelben Seiten der Adhoc-Fernsehspezialisten zu finden war.

María wusste nichts von diesen Aufnahmen, weil sie nicht unter denen von Tomás Mutter gewesen waren. Yago musste neues Material auf seinem Blog veröffentlicht haben. Wahrscheinlich seine eigenen Aufnahmen.

„Kommen Sie. Jetzt sind wir dran", sagte der Anwalt.

Sie gingen durch die Tür. Marías Absätze hallten auf dem Boden. Sie legte ihr Haar zurecht, strich mit den Händen über Rock und Blazer und ging zu ihrem Platz. Sie war nervös. Der Anwalt wirkte ganz ruhig. Sie sah sich um. Kein bekanntes Gesicht. Nora war verschwunden, vielleicht war es nur ein Bluff gewesen und es gab keine akkreditierte Presse in der Abteilung für interne Angelegenheiten. Hut ab vor ihrem Einfallsreichtum.

Ein Vertreter der Polizei begann, die Anklagepunkte vorzulesen und den Sachverhalt zu beschreiben. Bald würde es eindeutig werden, ob man mit Nachdruck gegen sie vorgehen oder ihr noch eine Chance geben würde. Wenn sie hier nicht gewann, blieb ihr noch ein Gerichtsverfahren. Und vielleicht die Presse, die Adhoc-Spezialisten. Es war besser, nicht zu viel darüber nachzudenken. Wenn es schief ging, dann ging es eben schief.

Der Anklagevertreter las weiter und María versuchte, sich auf die Beschreibung der Tatsachen zu konzentrieren: die Entdeckung der Leiche, die drei Monate lang in einem Kofferraum gelegen hatte, die Identifizierung des Mädchens, ihre Beziehung zu einer Art lokalen Mafia, die wie vom Erdboden verschluckte Mutter. Sie hatten damals nicht nur den Fall von Claire Jones aufgeklärt, sondern auch das Verschwinden ihrer Mutter, deren Spur sich schon viele Jahre zuvor verflüchtigt hatte. Die Beschreibung war ziemlich nah an der Realität, und sie lächelte bitter. Es war ihr letzter Fall mit Comisario Carlos gewesen, und all diese Ereignisse hatten das Ende einer Ära eingeläutet, auch wenn sie das damals noch nicht gewusst hatte. Sie könnte all dies natürlich auch leugnen oder die Darstellungen korrigieren.

„Stimmt es, dass Sie auf eigene Faust handelten, Ihre Verpflichtungen in Soria vernachlässigten, und mehrmals nach Santander reisten, wo Sie über Ihren Zuständigkeitsbereich hinaus ermittelten?"

„Ich habe meinen Freund, Comisario Carlos, besucht und zwar in meiner Freizeit. Und auch später, nachdem er krank wurde. Doch als ich ankam, war er bereits tot. Und in Soria habe ich keine meiner Pflichten vernachlässigt."

„Haben Sie außerhalb Ihres Zuständigkeitsbereichs ermittelt?"

„Ich habe einem Freund geholfen. Das ist alles. Wir arbeiten immer zusammen.“ Sie korrigierte sich: „Carlos und ich haben immer zusammengearbeitet.“

Der Anwalt bekräftigte ihre Ausführungen mit Gesten der Zustimmung. Die Betonung der persönlichen und beruflichen Beziehung zwischen den beiden war der Schlüssel. Ihre Rolle im Fall Claire Jones könnte als informelle Zusammenarbeit verstanden werden, als eine Angelegenheit zwischen Freunden, die im Übrigen zu einem erfolgreichen Ende geführt hatte.

„Und doch haben wir Hinweise darauf, dass Sie weiterhin auf eigene Faust ermittelt haben. *Nachdem* Sie vom Dienst suspendiert wurden.“

María wagte nicht, ihren Anwalt anzuschauen, der ausdruckslos in den Raum blickte.

„Aus unseren Beobachtungen geht hervor, dass Sie bei den letzten beiden in Madrid begangenen Verbrechen am Tatort erschienen sind, dass einer der Ermordeten im Besitz Ihrer Visitenkarte war und dass Sie während Ihrer eigenen Ermittlungen verletzt worden sind“, fuhr der Vertreter der Anklage fort. „Sie wurden zudem in der Dragona gesichtet, einem illegal besetzten Haus, wo Sie Kontakt zu systemkritischen Individuen pflegten.“

Aus unseren Beobachtungen? Hatte die Polizei ihre Ressourcen lieber genutzt, um sie zu verfolgen, anstatt zu ermitteln? Sie wusste nur zu gut, wie knauserig die Behörde normalerweise mit Geld umging. Sie wechselte einen Blick mit dem Anwalt. Auch er schien überrumpelt. Er legte Einspruch ein.

„Hier geht es um das, was letztes Jahr in Santander passiert ist. Was meine Klientin derzeit in ihrer Freizeit tut, ist nicht Gegenstand dieses Verfahrens.“

„Der Anklagepunkt bezieht sich auch auf die Gegenwart. Gehorsamsverweigerung. Und wenn die Comisaria derzeit auf eigene Faust ermittelt, so ist dieser Tatbestand immer noch aktuell und gemäß Organgesetz 4/2010, veröffentlicht im Amtsblatt vom 21. Mai des vorgenannten Jahres, strafbar."

María schloss die Augen. Ihr Pony hatte sich aus dem Haargummi gelöst und sie versuchte, die Strähnen hinter ihre Ohren zu schieben. Sie fühlte sich mit dem Rock und den hohen Absätzen unwohl und dachte daran, einfach wegzulaufen, alles hinter sich zu lassen, das Fahrrad zu nehmen und in die Pedale zu treten, bis sie völlig erschöpft war. Oder, wenn das nicht gelingen würde, herauszufinden, was Yago als nächstes vorhatte.

„Wollen Sie uns erzählen, wie Sie sich diese Wunden zugezogen haben, Comisaria Ruiz?", bat sie der Anwalt.

„Ich wurde von einer Palme attackiert und bin ohnmächtig geworden. Mehr gibt es dazu nicht zu sagen. Es war genauso lächerlich, wie es sich anhört. Im Einkaufszentrum La Vaguada. Es gibt Zeugen. Ein paar Rentner, neben denen ich gesessen habe."

„Und wie gelangte Ihre Visitenkarte in die Hosentasche des Opfers? Gibt es dafür auch Zeugen?" Vor dieser Frage hatte sie sich am meisten gefürchtet. María starrte den Ankläger an, der den Blick erwiderte. Ihr Anwalt schaute von einer zum anderen an, ohne zu wissen, was los war. Doch er verstand, dass María gerade dabei war, ohne Bremsen einen steilen Abhang hinabzurasen.

„Meine Klientin kann Ihnen versichern, dass sie derzeit, und das möchte ich noch einmal unterstreichen, an keinerlei Ermittlungen beteiligt ist."

„Ich frage, was die Visitenkarte in der Hosentasche eines Opfers zu suchen hatte. Mehr nicht."

„Wenn Sie es wirklich wissen wollen, werde ich es Ihnen sagen", gab María betont ruhig zu Protokoll.

In diesem Moment ließ das schrille Klingeln eines Telefons alle im Saal zusammenzucken. Der Klang einer anderen Ära, als wären siebzig Jahre nach Ende des Zweiten Weltkriegs alle Fliegeralarme gleichzeitig ausgelöst worden. Und dieser Alarm kam nun aus ihrer Tasche. Der Klingelton ihres Handys ahmte die alten Telefonmodelle nach, die noch an der Wand befestigt wurden und die man problemlos drei Zimmer weiter hören konnte. Von Vibration und Stummschalten hatte man damals noch nichts gehört.

„Entschuldigen Sie bitte", sagte María.

„Haben Sie schon einmal vom Flugmodus gehört?", fragte der Vertreter der Anklage verärgert.

„Flugmodus? Ich würde mich schon mit einem Rollschuhmodus zufrieden geben", murmelte sie.

„Was haben Sie gesagt?"

„Nichts, gar nichts." Das einzig Interessante an dem „Flugmodus", wäre die Betätigung des Schleudersitzes gewesen, um zu verschwinden.

„Wären Sie bitte so freundlich und würden Ihr Telefon ausschalten?"

„Bin schon dabei."

Sie fand endlich das Handy in ihrer Handtasche und drückte den Anruf weg. Es war eine unbekannte Nummer. Es könnte eine geschäftliche Angelegenheit sein. Oder Eloy. Sie schaute noch einmal auf das Display. In diesem Augenblick erhielt sie eine SMS: „Ich bin untergetaucht, aber zum Glück habe ich deinen Zettel erhalten. Kannst du reden?"

María umklammerte ihr Handy fest mit beiden Händen. Ihr Anwalt schüttelte unmerklich den Kopf und der Vertreter der Anklage fragte erneut: „Was also hatte Ihre Visitenkarte in der Tasche des Verstorbenen zu suchen?"

„Es tut mir leid, aber auf diese Frage habe ich keine Antwort."

„Was wollen Sie uns damit sagen? Sie meinen, Sie wissen es nicht?"

„Ich meine, ich habe keine Antwort darauf. Mehr sage ich nicht. Und wenn Sie mich haben beobachten lassen, wissen Sie nur zu gut, dass ich nichts Unrechtes getan habe."

Sie wollte einfach nur rausrennen, die hohen Schuhe ausziehen, ihre Haare aus dem Pferdeschwanz befreien und dem Anklagevertreter den Mittelfinger zeigen. Oder zumindest Eloy zurückrufen. Sie hatte Glück, denn die Sitzung wurde vorerst vertagt.

„Nicht schlecht, Frau Ruiz, nicht schlecht", sagte ihr Anwalt, als sie den Saal verließen. „Wie wäre es jetzt mit einem Bier?"

Aber sie hörte ihm schon gar nicht mehr zu. Mit ihren hochhackigen Schuhen in der einen Hand und dem Telefon in der anderen rannte sie auf die Straße. Ihre Haare hatten sich mittlerweile aus dem Zopf gelöst. Es dauerte nicht lange, bis der Junge antwortete.

„Wo bist du?", fragte sie.

Und ohne Fahrrad, aber in dem ersten freien Taxi, eilte sie zum Ufer des Manzanares, wo Eloy schon auf sie wartete.

44

Das Taxi setzte sie an der *Puente del Rey* ab, von wo aus sie zu Fuß weitergehen musste, um zum Park *Casa de Campo* zu gelangen. Die Zufahrt war für Autos gesperrt und ein Großaufgebot von Polizisten bewachte die Laufstrecke eines Triathlons. Auf einer Seite der Esplanade stellte das Militär mit Panzern, Krankenwagen und Zelten seine Friedensmissionen vor. Die Blauhelme hatten das Ufer des Manzanares in eine Art Ausstellung für Rentner und Kinder verwandelt, die gerne einmal auf einem Panzerwagen sitzen wollten. Die Marschkapelle lärmte mit den Megaphonansagen des Triathlons um die Wette.

María ging etwas ungelenk auf ihren hohen Absätzen durch den Park. Schon bald erreichte sie den Vargas-Palast, das alte Landhaus, in das sich einst König Giuseppe Buonaparte aus Angst vor einem Überfall zurückgezogen hatte.

Vom gegenüberliegenden Ufer des Manzanares aus betrachtete María den Königspalast. Von der Stadt aus sah er immer aus wie ein kalter Betonbunker, insbesondere wenn man ihn mit Francos Propagandareden auf dem Palastplatz verband. Aber vom *Casa de Campo* aus wirkte er ganz anders. Zwischen den beiden Palästen lief eine gut ausgeleuchtete Grenze, die in den dunklen Tunneln des feuchten Untergrunds nicht auszumachen war. An der Oberfläche war dieser Teil der Stadt gesäumt von feinsäuberlich gepflegten Gärten, restaurierten Kutschen aus längst vergangener Zeit, und Paaren und Familien, die vor den schimmernden Fassaden umherspazierten. Der Triathlon, das Militär, die Radfahrer, die Kinder von Madrid. Dieser Ort hatte für alle etwas zu bieten. Ohne Altersbeschränkung. Währenddessen schlängelten sich unter ihnen die Tunnel wie Eingeweide, fernab von Tourismus und Gesetz und Licht.

Der Legende nach hatten einst die Bourbonen jene Tunnel genutzt, um zu den Klöstern zu gelangen und sich dort mit Prostituierten zu treffen oder mit Novizinnen aus gutem Hause zu vergnügen, deren standesgemäße Erziehung es ihnen nicht erlaubte, solche hochrangingen Persönlichkeiten abzuweisen. Aus historischen Aufzeichnungen ging hervor, dass sie von diesen Tunneln aus auf die Jagd gegangen waren, und dass König Giuseppe Buonaparte durch den Tunnel im Vargas-Palast Zuflucht gesucht hatte.

María wusste, dass dort unter dem Kopfsteinpflaster eine Unterwelt existierte, die realer war als diese verdammten Schuhe, mit denen sie heute ihre Füße quälte. Sie wusste auch, dass Eloy den Vargas-Palast nicht zufällig ausgesucht hatte, sondern weil der Tunnel, den sie gemeinsam erkundet hatten, dort endete.

Zuerst ging sie einmal um das Gebäude herum. Es sah verlassen aus. Die elegant gewölbten Türen im typisch schnörkellosen Stil Madrids waren mit Sperrholzwänden zugenagelt. Der äußere Bereich wurde von der städtischen Gärtnerei gepflegt, die dort kleine Hütten aufgestellt hatte. In London wäre der Palast ordentlich aufpoliert und mit einem Kartenhäuschen versehen worden, um Führungen und Schulklassenbesichtigungen zu ermöglichen. Doch in Madrid stiegen die Kinder lieber auf Panzer, anstatt sich von einem kreativen Museumsmitarbeiter die Geister der Monarchie lebhaft vor Augen führen zu lassen.

Auch nach weiterem Umsehen konnte María keinen Eingang finden. Sie kramte in ihrer Handtasche nach dem alten Handy und rief Eloy an. Er drückte den Anruf weg und schrieb stattdessen eine SMS: „Ich bin in der hintersten Hütte."

María ging weiter um das Gebäude herum. Sie stellte sich den Alltag eines Madrider Gärtners vor: Während sie die Stadt mit Petunien und Alpenveilchen aufhübschten, verkam der Ort, an dem diese Blumen kultiviert wurden. Hässliche Baracken, Schlaglöcher und ein verriegelter Palast. Glück für Eloy, der sich hier sein neues Versteck eingerichtet hatte.

Sie kam an der letzten Baracke an. Es war die kleinste und die Tür war geschlossen. María drückte vorsichtig die Klinke herunter. Ihre Augen brauchten eine Weile, um sich an die schummerigen Lichtverhältnisse zu gewöhnen und das Einzige, was sie wahrnahm, war der schale Geruch von altem Schweiß.

Inmitten der Dunkelheit und des Gestanks stand Eloy, seine Augen glänzten weiß wie die eines Bergarbeiters zwischen einem Haufen Kohle. Er wirkte verloren. María umarmte ihn. Trotz seiner augenscheinlich unerschütterlichen Selbstsicherheit konnte sie ein Zittern spüren.

„Mein Gott, Eloy, was machst du hier?"

„Komm rein."

Der Junge schloss die Tür hinter ihr und verriegelte sie, was die Baracke zum Erzittern brachte. Er sah abgemagert aus. María schaute sich um. Der Raum war nicht größer als eine Abstellkammer. Auf Haken an der Wand hingen die grünen Overalls der Gärtner und verströmten den Geruch nach verrottetem Gras. Die Musik der Marschkapelle war immer noch zu hören.

„Mein Gott, Eloy, hast du in letzter Zeit überhaupt irgendwas gegessen? Du bist ganz dürr geworden. Wie lange bist du schon hier?" María musste an Tomás' Mutter denken, denn die hatte sich in erster Linie auch darum gesorgt, ob ihr Sohn genug aß.

„Ich hab genügend Vorräte." Eloy zeigte auf eine Tasche, die an einem der Haken hing. María erahnte darin ein paar Karotten, mit Glück noch eine Banane.

„Kann ich dir was kaufen? Da draußen gibt es einen kleinen Kiosk. Lass mich dir bitte etwas kaufen. Niemand wird uns sehen."

„Du musst kein Geld ausgeben", sagte Eloy, „und außerdem esse ich vegan."

María zog die Schuhe aus, rollte den Rock hoch und setzte sich auf den Boden neben ihn. In dem Häuschen aus Kunststoff staute sich die Hitze.

„Erzählst du mir, was passiert ist? Warum bist du verschwunden? Alle in der Dragona machen sich große Sorgen."

„Die Polizei sucht mich. Yago auch. Und ich weiß selbst am besten, wie ich auf mich aufpassen kann."

„Das dachte Saramú auch."

„Saramú war verliebt. Das hat sie verletzlich gemacht." María versuchte, seine Stimmung an seinem Gesichtsausdruck zu erkennen. Trotz des engen Raums und seiner prekären Lage schien Eloy ruhig. Er war wie immer sparsam mit seinen Worten.

„Heute wurde ein Video mit Vorbereitungen einer Inszenierung veröffentlicht. Ich nehme an, du hast es nicht gesehen", sagte María. „Saramú kleidet sich darauf wie die Frau aus Goyas Zeichnung. Es wird schwer sein, Yago das anzulasten."

„Ich schätze mal, er hat das Video veröffentlicht. Er hat es ja auch gefilmt."

„Warst du dabei?" Eloy antwortete nicht. „Erzählst du mir, was die beiden vorhatten? Was ihr vorhattet?", hakte sie nach.

Der Junge schlug die Beine übereinander. Trotz der Dunkelheit erkannte María, dass sein nackter Fuß verbunden war. Er schwieg. Wortkarg und störrisch war wirklich eine anstrengende Kombination.

„Lass mich etwas für dich tun, Eloy. Du hast mir schon so viel geholfen. Seit wir uns kennengelernt haben, tust du quasi nichts anderes. Und du hast mir vertraut. Bitte tu es wieder. Lass mich dir helfen. Du kannst mit mir nach Hause kommen, ich lebe allein. Ich schwöre, niemand wird dich sehen und niemand wird davon erfahren. Du kannst es dir da richtig bequem machen. Duschen, frische Kleidung anziehen, essen, was immer du möchtest. Du kannst dich einfach wie zu Hause fühlen und wieder zu Kräften kommen. Aber hier kannst du nicht bleiben, es kann so nicht weitergehen."

Eloy dachte eine Weile lang nach, und ließ sich mit seiner Antwort Zeit. Plötzlich stand er auf. Er war definitiv verletzt; er hielt einen Fuß leicht gekrümmt nach oben, um ihn nicht aufzusetzen.

„Ich habe dich nicht hergebeten, damit du mir hilfst, sondern um dir etwas zu zeigen."

Wenigstens gab es diesmal kein klappriges Fahrrad, auf dem sie, mühsam mit ihm mithaltend, einem unbekannten Ziel entgegenfuhr. María stand auch auf. Sie wollte gerade ihre Schuhe anziehen, da fiel ihr Blick auf seine Füße und sie legte sie wieder beiseite. Das hier war Eloys Territorium und sie würde sich ihm anpassen.

Als sie die Baracke verließen, blendete die Sonne sie. María war dankbar für die frische, deutlich kühlere Luft. Die Marschmusik war verstummt, doch der Jubel des Triathlons war noch immer zu hören. Sie schaute auf Eloys Fuß, der mit einem schmutzigen Tuch verbunden war. Es wäre sinnlos, ihn zu fragen, was passiert war, also fragte sie stattdessen: „Wohin gehen wir?“

„Folg mir einfach.“

Anstatt zum Haupteingang führte Eloy sie auf der gegenüberliegenden Seite des Palastes zu einem der zugemauerten Fenster dieses geisterhaften Herrenhauses. Dort nahm er mehrere lose Ziegelsteine heraus, die es verbarrikadierten, und stapelte sie auf dem Boden aufeinander. Das Glas dahinter war zerbrochen. Er kletterte auf den Fensterrahmen und sprang leichtfüßig hinein. María war zwar fit, doch das würde sie nicht schaffen. Sie musste auf den Ziegelsteinstapel klettern, um das Fenster zu erreichen. Er rutschte unter ihren Füßen weg, als sie sprang.

Das Zimmer war leer bis auf einige herumliegende Kleidungsstücke, zerbrochene Flaschen und Kartons. Wenn sie weiter durch Glasscherben liefen, würden sie sich früher oder später unweigerlich verletzen, aber Eloy war bereits in einen dunklen Flur gegangen und ihr blieb nichts anderes übrig, als ihm rasch zu folgen. Die Megaphone waren hier nicht mehr zu hören und auch die Sommerhitze konnte man nicht mehr spüren. Die dicken Mauern boten einen guten Schutz gegen die Außenwelt, trennten sie gleichzeitig aber auch von jeglicher Hilfe.

Am Ende des Korridors gelangten sie in einen Raum, der wie ein Tanzsaal aussah. Die Decke wurde von mehreren Säulen im Barockstil getragen und an ihr waren verblichene Fresken zu erkennen. In der Ecke stand ein großer Kamin, neben dem die Überreste eines Lagerfeuers auf dem Boden lagen. Wer auch immer dafür verantwortlich war, hatte es vorgezogen, das Holz auf dem Teppich statt im Kamin zu verbrennen. Ein paar rostige

Dosen und Weinkartons lagen ebenfalls herum. Neben einem alten Sofa, dessen Eingeweide zwischen den Sitzkissen hervorquollen, stand ein leerer Bettkasten. María schaute sich alles genau an und blickte dann zu Eloy. Was wollte er hier? In einer Ecke des Zimmers führte eine alte Wendeltreppe ins Obergeschoss. Mehrere Stufen fehlten und sie wirkte instabil, aber Eloy kletterte trotzdem hinauf und streckte ihr die Hand entgegen, damit sie ihm folgte.

„Wir sind da."

Die Stufen knarrten unter Marías Gewicht und als sie oben ankam, hatte sie das Gefühl, eher durch ihre Zuversicht als über die Treppe dorthin gelangt zu sein.

Durch mehrere Fenster schien Licht herein und ihre Augen brauchten eine Weile, um sich daran zu gewöhnen. Der Raum war hell erleuchtet, doch die Papiere, Zeitungsausschnitte und andere Zettel, die die Wände bedeckten, ließen ihn trotzdem dunkel wirken. Goyas Werke bevölkerten die Wände, vom hoffnungsvollen und farbenfrohen Anfangsstadium seiner künstlerischen Laufbahn bis zur finalen Finsternis voller makabrer Szenen. Saramú war hier wahrscheinlich glücklich gewesen. María erinnerte sich an ihre eigene Ermittlungstafel mit Hinweisen. Neben diesem Raum wirkte ihre Tafel wie ein Hausaufgabenheft aus der Grundschule.

45

Der Einsatz erforderte ständige Überwachung und Kontrolle der Kameras durch unzählige verdeckte Ermittler. Der Prado verfügte über eine eigene Polizeibrigade und hatte wegen all der sichtbaren und unsichtbaren Abschreckungsmittel eine tadellose Sicherheitsbilanz. Angriffe wie jene, bei denen Michelangelos *Pietà* in Rom oder die *Mona Lisa* in Paris beschädigt worden waren, hatte es in Madrid nie gegeben. Aber die Verfolgung eines kunstbesessenen Mörders inmitten von Touristenmassen erforderte ein Sicherheitsaufgebot von bisher nie dagewesenem Ausmaß.

Alle hatten Yagos Blogeintrag gelesen und daraus abgeleitet, dass er im Prado zuschlagen würde. Die ausdrückliche Erwähnung des Porträts von Leocadia Weiss führte eindeutig zu dem Raum, in dem die schwarzen Gemälde ausgestellt waren.

Esteban traf mit Martín und weiteren Beamten ein, die so taten, als seien sie besonders an Kunst des 18. und 19. Jahrhunderts interessiert. Sie hatten sich Audioguides um den Hals gehängt, denen sie augenscheinlich lauschten, und mischten sich so unter die Leute. Abwechselnd sollten sie den Raum mit den schwarzen Gemälden betreten und wieder verlassen, dabei das Porträt von Leocadia nicht aus den Augen verlieren und außerdem die Besucher im Blick behalten. Die Beamten waren bewaffnet.

Esteban ging direkt zu dem Raum, der als Überwachungszentrale diente. Mehrere Bildschirme zeigten die Eingänge, die Schließfächer, die Korridore und die Ausstellungsräume. Bilder von besonderem Wert, wie die *Majas* oder *Meninas,* hatten ihre eigene Kamera, und zusätzlich hatten alle Bilder einen Chip zur Verfolgung im Falle eines Diebstahls. Aber heute ging es nicht um einen Raubüberfall, den Albtraum ihrer Kollegen des Denkmalschutzes, sondern – in Estebans Worten – um ihre eigene Ehre.

Niemand kannte Yagos Gesicht, lediglich seine Statur hatten sie in den Aufnahmen der Überwachungskameras kurz vor Sara Muñoz' Tod gesehen. Doch es waren zwei Personen gewesen und so konnten sie nicht sicher sein, ob er der größere oder der kleinere war. Esteban hatte sich viele Male gefragt, ob sie nicht einen weiteren großen Fehler begingen, wie zuvor schon mit der Verhaftung des Professors. Ihre größten Hinweise waren die Blogeinträge und die Videoaufnahme.

Bei dem letzten Eintrag hatte es der Autor außerdem versäumt, seine IP-Adresse zu verbergen, doch das war von geringer Bedeutung. Yago hatte ihn über eines der zahlreichen öffentlichen WLAN-Netzwerke hochladen können. Besonders vorsichtige Kriminelle hinterließen, sehr zur Verzweiflung der Computerspezialisten der Polizei, kaum Spuren im Netz.

Eine andere Sache war sein Hintergrund. Ihr gegenwärtiger Täter schien derselbe Mann zu sein, der Jahre zuvor ein Gemälde in einer Goya-Ausstellung in Paris beschädigt hatte. Er hatte ein Selbstporträt des Malers mit Säure bespritzt und war verhaftet worden, allerdings war er verschwunden, ohne die Geldstrafe zu zahlen oder die dreimonatige Haft abzusitzen. Die lange Geschichte der Kunst ging mit der ebenso langen ihrer Schänder einher. Da war zum Beispiel der Geisteskranke, der die *Pietà* im Namen Jesu Christi mit einem Vorschlaghammer auseinanderbrechen wollte, und der, der in Duchamps *Urinal* gepinkelt hatte. Dann natürlich die Missetäter, die Velázquez' *Venus vor dem Spiegel* oder Rembrandts *Nachtwache* zerschneiden wollten; oder diejenigen, die die *Mona Lisa* mit Säure attackiert hatten. Unter den Tätern waren frustrierte Maler, Lehrer, Aktivisten, Verrückte, die aus psychiatrischen Kliniken entflohen waren oder einfache Vandalen, die Berühmtheit erlangen wollten. Nachdem über die Vorfälle im Fernsehen berichtet worden war, verfolgte niemand mehr die Verfahren und so blieben kuriose Rechtfertigungen wie „Gott hat es mir befohlen, ich bin einer inneren Stimme gefolgt" und die wenigen Verurteilungen ungehört. Mediale Eintagsfliegen, die nicht einmal aufgrund ihrer eigenen Leistungen berühmt wurden, sondern von der Genialität längst verstorbener Künstler profitierten und sich mit deren Federn schmückten.

Aber soweit bekannt war, hatte bisher keiner von ihnen gemordet. Keiner von ihnen hatte wie dieser verstörte Yago mit seiner Besessenheit eine junge Frau und einen Bettler getötet.

46

María schaute sich zunächst die Bilder und Postkarten an, die an der längsten Wand hingen. Der halbversunkene Hund kam zuerst, gefolgt von den toten Truthähnen, *Por liberal* und einem Detail der Fresken des heiligen Antonius neben Saturn, der seinen Sohn verschlang.

Verdammter Mistkerl. Ich wusste es. Du hast einen Plan. Sie brauchte ihren Geistesblitz nicht laut auszusprechen, weil Eloy ihn wahrscheinlich schon längst vor ihr gehabt hatte. An derselben Wand, etwas weiter entfernt, hingen noch weitere Werke Goyas. Einige Kriegsszenen, auf denen Enthauptungen und andere Hinrichtungen zu sehen waren. Sie hoffte, dass er nicht die Absicht hatte, auch diese Gemälde nachzustellen. Einige surreal anmutende *Caprichos* zeigten Figuren mit übergroßen Köpfen und fast bestialischen Gesichtszügen und es gab zudem eine Szene der Inquisition, deren Original sie im Prado gesehen hatte. Aber da war auch noch ein Gemälde im Großformat, das sie nicht kannte: *Das Irrenhaus.*

Wahnsinnige, nackt oder halbnackt, drängten sich an einem finsteren Ort, der nur durch das Licht beleuchtet wurde, das durch ein paar Gitterstäbe weit oben fiel. Ihrem Schicksal überlassen, eingesperrt. Es hieß zwar *Irrenhaus,* aber es hätte genauso gut die Überflutungskammer des Madrider Tunnels sein können, in der die Bettler Zuflucht gefunden hatten.

Einer der Verrückten trug einen Federkopfschmuck und hielt einen Stock, der einem Speer oder Zepter ähnelte. Er schien sich für den König zu halten. Ein anderer küsste seine Hand. Einige lagen auf dem Boden, andere saßen und ließen die Zeit verstreichen, wieder andere gingen angespannt und ziellos umher. Sie lachten, weinten oder schrien, und in der dunkelsten Ecke wurde jemand oral befriedigt. Sollte das Ungeheuer, das hier hauste, vorhaben, auch diese Szene nachzuspielen, konnte man nur darauf hoffen, dass sich keine Idioten dazu bereiterklären würden.

Das Irrenhaus (1808-1812)

Das Irrenhaus war an einer markanten Stelle an der Wand aufgehangen. Darunter stand ein mit Kleidern bedeckter Tisch. Die Kleidungstücke waren ordentlich zusammengelegt und schienen in gutem Zustand zu sein. Darauf lagen ein Kulturbeutel, Rasierschaum und -klingen. Das Ungeheuer benutzte diesen Raum möglicherweise als Übergang zwischen seinem Bettlerdasein und seinem öffentlichen Leben – oder was er sich als öffentliches Leben vorstellte. Gut gekleidet, rasiert und sauber.

„Eloy, wenn du noch mehr weißt, musst du mir das sagen“, sagte María nachdrücklich. „Wieso kennst du diesen Ort? Was hast du mit der ganzen Sache zu tun?“

„Saramú hat ihn mir gezeigt. Sie hat mir immer alles erzählt.“ Eloy schaute zu Boden. Er war es nicht gewohnt, viel zu reden, und von Zeit zu Zeit schaute er auf, um sich ihrer Aufmerksamkeit zu vergewissern. Er fuhr fort: „Sie hat mit mir immer über Kunst gesprochen und hat so leidenschaftlich davon erzählt, dass sie mich irgendwie angesteckt hat.“

„Und was ist weiter passiert?“

„Sie hat mir gesagt, dass sie jemanden getroffen hätte, der ihr ähnlich sei, ihre Leidenschaft für Kunst teile und dieselben Ansichten habe wie sie. Und sie hat mir von einem Ort erzählt, an dem wir ohne Probleme leben könnten.“

„Hier leben? Und die Dragona verlassen?“

„Die Dragona ist am Ende. Außerdem ist das Haus eigentlich nicht zum Wohnen gedacht, es ist ein soziales Begegnungszentrum. Wir brauchen ein Gebäude, das niemand kennt, wohin man uns nicht verfolgen kann.“

„Und dann ist Yago auf der Bildfläche erschienen.“

„Sie war fasziniert von ihm. Er hat ihr diesen Ort gezeigt. Der Palast ist in gutem Zustand, er hat Wasser- und Stromanschlüsse, liegt zentral und gleichzeitig versteckt. Sie wollten hier arbeiten und ihre Inszenierungen vorbereiten. Und ihre Freunde hätten hier auch leben können. Es war perfekt.“

„Und was ist mit der städtischen Gärtnerei? Hätten die nichts einzuwenden gehabt?“

„Die Gärtner arbeiten nur draußen und kommen überhaupt nicht in die Nähe des Palastes. Es wäre eine gute Option gewesen, bis man uns entdeckt hätte. Es kann viele Jahre dauern, bis man aus einem besetzten Haus rausgeworfen wird."

Eloy sagte „viele Jahre", als ob er schon sehr alt wäre. María musste schmunzeln. Er war ein Hausbesetzerveteran, der noch nicht einmal sechzehn war.

„Ich nehme an, ihr hattet nicht geplant, Miete zu bezahlen?"

„Es gibt viele leerstehende Gebäude in Madrid. Es ist eine Frage des Prinzips."

„Und deine Eltern? Du hast eine Familie. Ich habe das Bild gesehen." Eloy schwieg. In diesem Gespräch, dem längsten, das sie je geführt hatten, war dafür kein Platz. Seine Lippen blieben verschlossen.

„Ist okay, schon in Ordnung." María gab nach. „Zurück zu Saramú. Sie hat also Yago kennengelernt und die beiden haben zusammen Szenen gefilmt. Genau wie die, die sie früher auch schon mit ihrem Professor aufgenommen hat."

„Sie haben Gemälde nachgespielt. Saramú war eine visuelle Aktivistin und hat sich dafür eingesetzt, das Kunst für alle zugänglich ist. Kein Eigentum, keine Überwachung, kein Markt. Kunst als Kunst, nicht als Produkt. Und sie wollte diese Videos dann auf YouTube stellen. Das war's. Sie hat niemandem geschadet."

„Aber Yago schon."

Eloy zeigte auf *Das Irrenhaus,* wo sich die Wahnsinnigen zusammendrängten. Ihre Schreie und Parolen waren nur gemalt, doch Goya musste sie in seinem Innern gehört haben, in der absoluten Stille seiner Taubheit, so wie auch Beethoven seine Neunte Symphonie nur in seiner Vorstellung gehört hatte, während er mit Alter und Tod rang.

Die gemalten Verrückten mochten am Ende sein, aber sie schrien, krochen, rebellierten, unterwarfen und befriedigten sich gegenseitig in den dunklen Ecken. Sie waren noch immer am Leben. Vielleicht hatte Goya das gedacht, während er die Szene malte.

„Siehst du diese Verrückten?", fragte Eloy. „Goya war einer von ihnen. Oder mehrere, wenn man Yago fragt. Er meint, es sei eine Art multiples Selbstporträt. Aber in Wirklichkeit ist Yago der Verrückte."

María schaute sich das Bild noch einmal an. In diesen verstörten Gesichtern sollte Goya zu sehen sein? Alle Bilder an dieser Wand zeigten offensichtliche Gewalt, die nicht nur hingenommen, sondern auch toleriert wurde. Es war gedankenlose Grausamkeit und eine Überdosis Tod zur Bewältigung des Lebens. Ihre nackten Füße stießen gegen einen Ordner.

„Was ist das?"

„Schau es dir an. Ich hab's schon gesehen."

María beugte sich nach vorne und öffnete den Ordner. Drinnen fand sie ein paar Presseausschnitte, die sie auf dem Boden verteilte. Die beiden setzten sich nebeneinander und schauten sie durch. Es waren Nachrichten über Kunstschänder. Dutzende von Angriffen auf Museen und Denkmäler auf der ganzen Welt. Die Angriffe auf die *Pietà*, die *Mona Lisa* und *Die Nachtwache* hatten es alle bis in die Nachrichten geschafft. Die Täter, so hieß es, litten unter einem ganz besonderen Krankheitsbild, bei dem Narzissmus und die Besessenheit, nach dem Tod weiter zu existieren, zusammenkamen. Die großen Meister waren wie Spiegel, in denen die psychisch Kranken sich selbst sahen, und wenn das von diesem Spiegel reflektierte Bild nicht ihren Erwartungen entsprach, konnten sie es nicht ertragen. Zerstörung, Verdrängung und sogar Manipulation der Kunstwerke, um ein eigenes zu schaffen, waren das Resultat. In der Geschichte wimmelte es nur so von Menschen, die Kunst aus den unterschiedlichsten Gründen zerstören wollten: vom reformatorischen Bildersturm im 16. Jahrhundert über Angriffe auf Symboliken, sei es durch Nazis, Kommunisten oder westliche Bewegungen, bis hin zur Sprengung der riesigen Buddha-Statuen durch die Taliban in Afghanistan. Es gab viele Beweggründe für diese Taten, meist waren es aber gestörte Einzeltäter ohne politische Motivation, die mangels Talent und Kreativität Kunst zerstörten, um selbst berühmt zu werden. Sie waren nicht mit dem Geschenk der Schöpfung bedacht, also verschrieben sie sich der Zerstörung.

Auch ein Artikel über einen Angriff auf ein Selbstporträt Goyas bei einer Ausstellung in Frankreich war unter den Dokumenten. Der Ausschnitt zeigte den unbekannten Mann, der das Porträt mit Schwefelsäure bespritzt hatte, von hinten. Vielleicht war er es. Yago.

„Steckt er hinter diesem Angriff?"

„Scheint so."

„Das ist wahrscheinlich die Information, die Esteban mir vorenthalten wollte. Deshalb sind sie hinter ihm her."

„Was meinst du damit?"

„Persönliche Angelegenheiten. Meine Kollegen von der Polizei haben mir einiges verschwiegen."

„Das ist schlecht."

„Was ist mit dir? Hast du es Saramú erzählt?" María zeigte auf die herumliegenden Zettel. „Alles, was du herausgefunden hast?"

Eloy stand auf und ging zu einem Fenster, um sich dagegen zu lehnen. Hausbesetzer hielten sich normalerweise nicht in der Nähe von Fenstern auf, weil sie stets befürchteten, von der Polizei beobachtet zu werden, aber der Junge schien das für einen Augenblick vergessen zu haben. Er hatte die Arme auf die Fensterbank gestützt und seinen Kopf darauf sinken lassen. Er weinte.

„Eloy!" María lief zu ihm, um ihn zu umarmen, und er ließ es geschehen. Er war noch ein Kind, und doch war er schon so stark. „Beruhige dich. Beruhige dich, Eloy."

„Ich hab angefangen Verdacht zu schöpfen, dass er verrückt ist, also bin ich ihm gefolgt. Er versucht taub zu werden, wie Goya, du hast es ja gesehen. Er greift seine Werke an. Er will sie in der Wirklichkeit neu erschaffen. Er hält sich für ein Genie, dabei ist er einfach nur wahnsinnig. Aber ich konnte es Saramú nicht sagen. Es ging einfach nicht."

„Das ist nicht deine Schuld, Eloy."

„Es war Saramús Entscheidung und ich wollte ihre Freiheit respektieren. Aber das war ein Fehler. Ihr Leben war wichtiger als ihre Freiheit."

María hielt seinen Arm fest, während er sich mit dem anderen die Tränen abwischte. Der clevere Junge war misstrauisch geworden, doch sein Respekt vor Saramú hatte ihn davon abgehalten, etwas zu unternehmen. Doch all das spielte nun keine Rolle mehr. Es ging nur noch darum, Yago zu fassen. María zeigte auf einen weiteren Stapel Papiere. Es schienen hunderte von Zetteln zu sein.

„Und hast du noch etwas herausgefunden?"

„Was meinst du damit?"

„Während du ihm gefolgt bist. Oder zwischen all diesem Papierkram."

Eloy schwieg.

„Wir müssen schnellstens etwas unternehmen, das sind wir Saramú schuldig. Also frage ich dich noch einmal, hast du noch etwas rausgefunden?"

„Ich denke schon. Etwas Wichtiges..."

María musste nachbohren.

„Muss ich dir wieder durch die Straßen Madrids oder in irgendwelche unterirdischen Tunnel folgen oder sagst du mir es dieses Mal einfach?"

Eloy rang sich trotz all seiner Traurigkeit ein Lächeln ab und dieses Mal erzählte er es ihr dann tatsächlich. Yago war mehrmals stationär in einer Psychiatrie gewesen. Einer der Bettler hatte ihn erkannt und es allen im Tunnel erzählt. Yago hatte darauf geantwortet, dass der Bettler sich nur an ihn erinnerte, weil Yago dort der Arzt gewesen war, und dass das Gedächtnis des Mannes nicht gut funktionierte, weil er immer noch gestört war."

„Deshalb hast du gesagt, er sei Arzt."

„Das hat er uns erzählt, ja. Dass er Gerichtsmediziner ist, der seine Zulassung verloren hat und wegen eines Fehlers, den er beheben wollte, seinen Beruf nicht mehr ausüben darf. Und ich habe ihm geglaubt, aber er ist ein Trickbetrüger, ein Schwindler. Ein Hochstapler."

„Wieso kommst du erst jetzt darauf?"

„Der Bettler hat mir so viele Details erzählt, dass er sie unmöglich hätte erfinden können. Sie haben gemeinsam an Behandlungen, Freizeitaktivitäten und Gruppentherapien teilgenommen. Und beide litten an Schizophrenie, wenn auch mit einem unterschiedlichen Schweregrad. Der Bettler meinte auch, Yago habe noch eine andere Persönlichkeitsstörung. Dass er Psychopath sei. Aber beide seien jetzt *geheilt,* meinte er."

„Das hat dir alles ein Bettler im Tunnel gesagt?"

„Ja. Der, mit dem du gesprochen hast. Der Mann, dem du deine Karte gegeben hast."

„Mein Gott, Eloy." María vergrub das Gesicht in den Händen und riss dabei beinahe ihre Nähte auf. Eloy mochte alles über Yago, über den Vargas-Palast und über die Hausbesetzungspläne wissen, aber da er zwei Tage lang von der Außenwelt abgeschottet gewesen war, hatte er keine Ahnung von den aktuellen Geschehnissen.

„Was ist los?"

„Ich erkläre es dir, wenn du mit zu mir kommst und ich dich wenigstens zum Mittagessen einladen darf." Er schüttelte den Kopf, also hängte sie die Latte ein wenig tiefer. „Wenn ich mir wenigstens deinen Fuß anschauen darf."

„Auf gar keinen Fall."

„Hör mir zu. Der Bettler ist tot aufgefunden worden. Yago hat ihn ermordet. Begreifst du nicht, dass du in Gefahr bist?"

Eloys verzog keine Miene. „Ich kann auf mich aufpassen."

„Du weißt, dass wir all das hier beschlagnahmen müssen." María zeigte auf die Bilder, die Kleidung, die Ordner. „Dein Hausbesetzungsprojekt ist gescheitert."

„Es gibt noch mehr Paläste. Mehr Kasernen. Madrid ist voll davon. Ich schaffe das schon."

„Verdammt, Eloy! Weißt du … Ich hätte ein Kind haben können. Einen Sohn. Er wäre heute ungefähr in deinem Alter. Er wäre wie du. Aber ich habe ihn verloren." María versuchte, mit ruhiger und emotionsloser Stimme nur Fakten darzulegen. „Ich weiß nicht, was zum Teufel mit deinen Eltern passiert ist oder was du unter den verrückten Bettlern in Madrid zu suchen hast, aber …"

„Aber was? Du kannst mich nicht ändern", sagte Eloy bestimmt und drehte sich weg. „Meine Eltern haben das auch versucht, deshalb bin ich abgehauen. Keiner von euch wird das schaffen."

Eloy schaute zu Boden. Er gab nur das, was er geben wollte.

„Ich will dich doch gar nicht verändern. Ich schätze, ich wollte dir nur sagen, dass ich stolz darauf wäre, wenn mein Kind so geworden wäre wie du. Du bist großartig."

Eloy war sichtlich gerührt. Tränen glänzten in seinen Augen.

Wenig später machten die beiden sich auf den Weg nach draußen. Sie halfen sich gegenseitig durch das zerbrochene Fenster.

Der Triathlon war vorbei, das Militär holte gerade seine Panzerwagen ab. María wollte nach Hause gehen, sich auf den neuesten Stand bringen und ihre Kleidung wechseln. Ein abgetrennter Schädel musste gefunden werden. Und ein falscher Arzt war aus einer Nervenklinik entkommen. Sie hoffte, Esteban hatte ihn schon festgenommen, aber sie wusste auch, dass das unwahrscheinlich war. Es würde nicht leicht werden, ihn zu fassen. Sie holte ihre Schuhe aus der Hütte, wo sie Eloy nach einer Umarmung zurückließ.

„Verschwinde bitte nicht wieder."

Eloy antwortete nicht. Er verzog sich in den heißen Schatten der engen Abstellkammer und verschloss die Tür.

47

Da war noch ein Ort, an dem er sein konnte. Der Einfall war ihr gekommen, als sie ihre kaputten Kleider achtlos auf den Boden geschmissen hatte – den neuen Rock, der Dank all der Eskapaden mit Eloy an mehreren Stellen gerissen war, die schweißbefleckte weiße Bluse und den Blazer, den wahrscheinlich selbst die Reinigung nicht mehr retten konnte. Auch die Schuhe wanderten in die Mülltonne. Für die nächste Anhörung würde sie neue Klamotten brauchen. Aber im Augenblick waren Jeans, T-Shirt und Sportschuhe gut genug.

Nachdem sie zu Hause angekommen war, hatte sie sich auf den neuesten Stand gebracht. In dem letzten Blogeintrag hatte Yago ein neues Verbrechen angekündigt und der Prado war sicherlich ein möglicher Tatort, doch er war nicht der einzige. Yago hatte einen Rückzugsort in dem unterirdischen Tunnel und im Vargas-Palast, er besaß ein Auto und war Mitglied im Schützenverein vom *Monte de El Pardo.* Vielleicht dank der finanziellen Unterstützung von Sara. Und das waren nur die Orte, von denen sie wussten. Alles deutete darauf hin, dass es im Kopf dieses aalglatten, gestörten Mörders noch weitere Szenarien gab, an denen er sich austoben konnte.

Doch da war ein konkreter Ort, mitten in seinem großen Territorium, an dem sie noch nicht gesucht hatten.

Sie holte ihr iPhone aus der Schublade. Beim Einschalten bekam sie einen elektrischen Schlag, als hätte sie einen Teil von sich selbst eingeschaltet. Sie hatte ihrem Anwalt versprochen, nicht zu ermitteln, doch sie war sowieso schon dabei gesehen worden. Sie hatte also nicht mehr viel zu verlieren und musste beenden, was sie begonnen hatte. Sobald es angeschaltet war, begann ihr Handy wild zu blinken, wie die Neonröhren einer Stadt, die nach einem Stromausfall wieder zum Leben erwachte. Eine Nachricht nach der anderen, die sie alle vorerst ignorierte. Sie suchte nach Tomás' Kontakt bei WhatsApp. Er war online, aber er schrieb mit einer anderen Person.

María öffnete Twitter und schrieb Chatoy eine Nachricht.

„RLW. Erinnerst du dich an die Überweisung? Rettet Leocadia Weiss. Er hat heute in seinem Blog davon geschrieben."

Wenn er schon kein Lebenszeichen von sich gab, so wollte sie es zumindest tun. Sie wollte ihn mit neuen Hinweisen und Ermittlungsansätzen füttern. Das hatte sie in der Vergangenheit schon immer vereint und könnte sie vielleicht auch über ihre Trennung hinaus weiterhin verbinden. Sie wartete einen Moment und schrieb: „Darin liegt der Schlüssel. Und ich werde ihn finden."

Anschließend schrieb sie Luna: „Gibt es was Neues?"

„Esteban und alle anderen sind im Prado, weil sie glauben, dass Yago dort auftauchen wird. Wie ist es bei dir gelaufen?"

„Wie erwartet: schlecht. Eine Sache noch, Luna: Hast du schon Infos zu dem Nummernschild?"

„Es stammt von einem verschrotteten Auto. Keine Ahnung, ob es mit dem Fall zu tun hat. Vielleicht lag es einfach nur dort rum. Über sein Medizinstudium kann ich nichts finden. Und das beunruhigt mich ehrlich gesagt viel mehr."

„Sieht so aus, als sei er kein Arzt, sondern ein Schwindler."

„Also hast du noch etwas Neues erfahren?"

María zögerte, aber sie wollte allein zu dem Ort gehen, an dem sie Yago vermutete. Keine Polizei, keine Presse.

„Nichts Wichtiges“, schrieb sie. „Pass auf dich auf.“

Sie suchte den Kontakt einer ihrer Freunde im Institut für Rechtsmedizin.

„Gibt es schon etwas Neues über das Taschentuch? Waren Blutspuren darauf?“

„Tut mir leid, Ruiz. Es war nichts herauszufinden. Die Probe war nicht ausreichend. Guter Ansatz, aber wir haben nichts daraus ziehen können.“

Nun blieb nichts übrig, als zu tun, was getan werden musste.

Sie steckte beide Handys in die Taschen. Sie dachte an Eloy und ging in die Küche. Wenn sie ihm Essen bringen würde, könnte er es sicherlich nicht ablehnen. Sie schaute in ihren Kühlschrank, aber er war leer. Nur ein paar Energieriegel fand sie in der hintersten Ecke und steckte sie in ihren Rucksack, zusammen mit Verbandszeug und Desinfektionsspray. Ohne nachzudenken, ging sie zurück zu der Schublade, in der sie statt ihrer Pistole nur Leere fand. Sie hatte es wieder einmal vergessen und ballte die Finger so fest zur Faust, dass ihre Knöchel weiß wurden. Dann schob sie die Schublade genervt wieder zu.

María erreichte Carabanchel noch vor der Dämmerung. Sie wusste nicht genau, wo sich ihr gesuchter Ort befand, doch bald schon fand sie sich dort wieder, wo einige Sonntage zuvor alles begonnen hatte. Zwei Afrikaner, möglicherweise dieselben, die auch damals hier gewesen waren, ruhten sich im Park neben ihren Taschenbündeln aus, bevor sie zur *Gran Vía* zurückkehrten. Von weitem sah man die Terrasse des *Parque Caramuel,* wo der Deutsche mit den Dreadlocks vermutlich immer noch auf sie wartete. Sie befand sich in der Nähe der *Puente de Segovia*, dem Ort, an dem Saramú gestorben war und an dem auch der Bettler etwas später tot aufgefunden worden war. Wo auch Martín wohnte. Warum war sie nicht früher darauf gekommen?

Sie suchte nach irgendeinem Hinweis, konnte aber keinen finden. Auf einigen Webseiten war zu lesen, dass sich der Ort im *Parque Caramuel* befand, andere sagten er sei in der *Calle de Baena,* an der Ecke *Calle Doña Mencía.* Aber sie fand nirgendwo einen genaueren Hinweis.

Das Viertel hatte einst zur ländlichen Gegend Madrids gehört, als in der Nähe der *Plaza Mayor* noch Schafe geweidet und Hühner am Fluss herumpickt hatten; eine Gegend, die Goya in Dutzenden von Gemälden zunächst farbenfroh und später nur noch düster verewigt hatte. Wo es zu seiner Zeit Gemüsegärten, Wiesen und Bauern gegeben hatte, fanden sich heute enge Gassen und leicht schäbige Wohnungen, in denen man sich unmöglich jene Szenarien vorstellen konnte, die er auf Leinwand verewigt hatte. Keine Spur vom Genie des 19. Jahrhunderts im bescheidenen Stadtteil des 21. Er bot Platz für alle Formen von kulturellem Austausch und Diversität, von den hausfräulichen Pantoffeln bis zu den Plateau-Schuhen des Gay Pride, doch für die Vergangenheit ließ er keinen Raum. Goya war in seiner alten Nachbarschaft nicht mehr anwesend. Jedenfalls nicht so, wie die Geister von Rembrandt, Dickens oder Mozart noch auf den Straßen von Amsterdam, London oder Salzburg mit Studierenden und Immigrierten zusammenlebten.

Sie lief herum und verglich die Straßennamen mit den Notizen auf ihrem Handy, bis sie schließlich fündig wurde. Eine einfache, rautenförmige Plakette, so klein, dass sie kaum zu erkennen war, hing an einer unscheinbaren Fassade:

„An diesem Ort befand sich die Quinta del Sordo, *wo einst Goya lebte. Dort schuf er die* Pinturas Negras. “

Es war der einzige sichtbare Verweis auf den Maler. In der *Calle Saavedra Fajardo,* Nummer 32. Nicht einmal die Straße hatte sich den Namen des Genies verdient in dieser Stadt, die sein Vermächtnis nicht gerettet hatte. In jedem anderen Land hätte es hier einen Altar gegeben. In Spanien gab es Hundehaufen.

Aber wer würde sich schon um Goyas Haus, die *Quinta del Sordo*, scheren, wenn sich nicht einmal jemand um seine letzten Gemälde geschert hatte? Erst ein Ausländer, Baron d'Erlanger, hatte sie schließlich fünfzig Jahre später gekauft, gerettet und am Ende dem Staat geschenkt, weil niemand sie erwerben wollte.

Eine Frau kam aus dem Gebäude. Sie trug Morgenrock und Schürze und lief leicht gebückt. Sie ließ sie die Tür los, die langsam mit ihrem ganzen Gewicht in die Angeln fiel.

María sah sich um und ging schnurstracks hinüber, um die nächste Gelegenheit abzupassen.

Es dauerte nicht lang. Ein Kind mit einem Ball in der Hand verließ das Haus und ging in Richtung Park. María schlüpfte hinein.

Sie wusste nicht einmal, wonach genau sie suchte. Oder was sie vorhatte. Die Eingangstür hatte keinerlei Ähnlichkeit mit den Bildern, die sie von der *Quinta del Sordo* gesehen hatte, die vor über einem Jahrhundert abgerissen worden war.

Das Gebäude war bescheiden, es hatte keinen Aufzug, dafür aber eine durchgetretene Treppe, die in die Dunkelheit führte. Sie sah sich die Briefkästen an. Gewöhnliche Namen, sowohl spanische als auch ausländische, die ihr allesamt nichts sagten.

Sie ging die Treppe hinauf. Von der anderen Seite der Türen konnte sie Fernseher hören. Aus einigen Wohnungen tönte die Stimme von irgendeiner *Celebrity*, in einer anderen schrie ein Mann und in wieder einer anderen weinten Kinder. In jedem Stockwerk lag auf dem Treppenabsatz Krimskrams, auf einem sogar eine Toilettenschüssel und ein Rollator. Als sie das oberste Stockwerk erreicht hatte, erblickte sie eine Luke, die zum Dach führte. Sie ging hinauf. Der Dachboden war leer, aber sie entdeckte einen kleinen Ausgang zur Dachterrasse. Dort hingen mehrere, bereits trockene Wäscheladungen auf alten Leinen.

Plötzlich kam sie sich lächerlich vor. Vielleicht hatte sie einen Fehler gemacht. Es gab keinen Hinweis darauf, dass Yago sich hier versteckte. Doch wo sollte er sonst sein, wenn nicht in Goyas letztem Haus? Innerhalb der Mauern, die als seine steinernen Leinwände gedient hatten, so wie schon die Assyrer einst ihre Kunstwerke auf Felsen und Lehm gemalt hatten. Ein unauslöschliches Zeugnis dunkler und verstörender, aber gleichzeitig brillanter Kunst.

Yagos Besessenheit war zu ihrer eigenen geworden. Sie wusste, dass sie ganz nah dran war. Doch irgendetwas fehlte.

Sie schaute auf ihr Handy und ging auf Twitter. Nichts. Sie lief ein wenig oben auf der Dachterrasse herum. María zögerte kurz und rief Luna an.

„Gibt's was Neues?"

„Sie sind noch im Prado." Luna war nervös. „Die Überwachung aller Museen von Madrid wurde verstärkt. Aber Esteban ist sicher, dass er im Prado zuschlagen wird."

„Um Leocadia Weiss zu suchen?"

„Genau. Woher weißt du das?"

„Aus derselben Quelle wie du, schätze ich. Der letzte Eintrag auf seinem Blog."

„Und wo bist du?"

„In seinem Haus."

„In Yagos Haus?"

„Vielleicht, ich weiß es noch nicht. Im Moment bin ich im Haus von Leocadia Weiss."

„Du bist in der *Quinta del Sordo*?"

„Luna, du kennst dich gut mit Geschichte aus."

„Ich bin ein alter Mann, der hier schon ewig wohnt, Comisaria. Ich weiß, dass Leocadia in Goyas letzten Jahren in Madrid bei ihm gelebt hat. Aber die *Quinta* existiert nicht mehr."

„Aber Yago schon. Und wenn er all das neu erschaffen möchte, kann es eigentlich nur hier sein."

„Bitte sei vorsichtig."

„Weißt du, ob Martín im Einsatz ist? Ist er bei Esteban?"

„Ich denke schon. Warum?"

„Ich weiß es nicht."

„Intuition?"

„Vielleicht."

María lief weiter auf der Dachterrasse herum ohne wirklich zu wissen, was sie tun sollte. Die Kleidung enthielt keine versteckten Hinweise, sondern hing hier einfach nur zum Trocknen. In einer Ecke standen zwei halb zerbrochene Stühle, wahrscheinlich vom Sperrmüll, und auf dem Boden lagen Zigarettenkippen verstreut. Dann waren da noch Töpfe mit trockener Erde und den skelettartigen Überresten verdursteter Geranien. Der Klimawandel brauchte nicht erst nach Madrid zu kommen. Sie sah hinunter zur Straße. Die Mauer, welche die Dachterrasse umschloss und von benachbarten Häusern abgrenzte, war niedrig und erlaubte ihr einen guten Blick auf die Umgebung. Mansardenwohnungen mit offenen oder geschlossenen Fenstern, Terrassen mit gepflegten oder verdorrten Pflanzen, mit aufgetürmten oder ordentlich aufgestellten Möbeln, bewohnt oder unbewohnt. Alles inmitten einer vulkanischen Hitze. Sie könnte natürlich weiterhin präzise Analysen über den Zustand der Dächer in Carabanchel oder über das Wetter Madrids nach einer regnerischen Nacht durchführen, aber nichts davon würde ihr weiterhelfen.

Plötzlich glaubte sie, auf einer der Terrassen eine vertraute Gestalt zu erspähen. Ein Mann mit nacktem Oberkörper rauchte dort, die Haare kurzgeschoren und der Rücken mit Tätowierungen bedeckt. Eine Frau in Shorts und BH gesellte sich zu ihm, nahm ihm die Zigarette aus dem Mund und küsste ihn. Es war Martíns Stiefbruder. Sein Haus befand sich zwar in einer Nebenstraße, doch im Gewirr der Dachterrassen waren die hohen Gebäude verbunden wie einzelne Parzellen einer landwirtschaftlich genutzten Fläche. Wo einst Obstgärten gedeihten, wuchsen nun schmutzige Sonnendächer mit krummen Antennen. Und dann war da der Staub. Ganz viel Staub. Die *Quinta del Sordo* war größer gewesen als dieses Hochhaus, möglicherweise hatte sie sogar mehrere dieser neuen Gebäude umfasst, über deren Dachterrassen man von einem zum anderen springen konnte.

Martíns Stiefbruder ging mit der Frau zurück in die Wohnung und sie verschwanden aus Marías Blickfeld. Dafür fiel ihr etwas anderes ins Auge. Unter den Möbeln auf der überfüllten Dachterrasse, wo die beiden eben noch gestanden hatten, gab es nicht nur Hängematten und Tische. An der Tür stand ein Rollstuhl in offensichtlich gutem Zustand. Die Wohnung hatte Martíns Großmutter gehört, doch eine Großmutter in Carabanchel fuhr wohl kaum ein sechsrädriges motorisiertes Modell mit Zentralantrieb. María kannte sich inzwischen ein wenig mit elektrischen Rollstühlen aus. Ihr Puls wurde immer schneller, ohne dass sie etwas dagegen tun konnte. Ein EKG würde jetzt wahrscheinlich besorgniserregende Ergebnisse liefern.

Sie holte ihr Handy aus der Tasche und wählte Martíns Nummer, doch er ging nicht ran. María umklammerte wütend das Telefon mit beiden Händen. Plötzlich sah sie ihn. In Straßenkleidung und mit seinem Handy in der Hand. Ihr eigenes klingelte. Von Hausdach zu Hausdach.

„Du hast angerufen?“, fragte Martín. María konnte ihn nervös auf der Terrasse auf und ab gehen sehen, während er mit ihr sprach.

„Ja“, antwortete sie knapp.

„Was gibt's?“

„Wie geht's … Was … was gibt's Neues?“

„Wir sind im Prado. Früher oder später wird sich Yago hier blicken lassen.“

„Bist du dort? Im Prado?“

„Ja …“ Er zögerte, doch die Antwort war eindeutig.

Wäre er nicht nur wenige Meter von ihr entfernt gewesen, mit einem nervösen Gesichtsausdruck von einem Ende der Terrasse zum anderen laufend, hätte sie ihm natürlich geglaubt. Doch sie sah ihn klar und deutlich lügen, nur konnte er nicht wissen, dass sie in der Nähe war. Seine Schritte bezeugten seine Nervosität. Es ihm zu sagen, würde der Täuschung ein sofortiges Ende bereiten. Es zu verschweigen, würde ihr andere Möglichkeiten eröffnen.

„Hör zu, Martín. Ich muss dich etwas fragen."

„Schieß los, Chefin."

„Du hast mir nie erzählt, wie Yago deinen Hund in die Finger bekommen konnte und warum er dir diese Nachrichten geschrieben hat. Oder woher er dich überhaupt kennt."

„Jetzt ist nicht der richtige Zeitpunkt, Ruiz." Martín lief weiter auf seiner Dachterrasse herum. „Wir sind gerade mitten beim Einsatz."

„Ich bin doch nicht blöd, Martín." María schaute ihm weiter zu. Plötzlich hielt er inne. Sie bückte sich ein wenig, doch er konnte sie unmöglich sehen.

„Wie kommst du jetzt auf einmal darauf?", fragte Martín.

„Du verbirgst etwas vor mir und ich weiß es. Woher kennst du Yago? Warum hat er gerade deinen Hund mitgenommen und dir Nachrichten auf dein Handy geschickt?"

„Ich muss auflegen, María", sagte Martín. Sie schwieg. Sie würde ihn nicht bedrängen. Sie hatte alle relevanten Fragen gestellt, auf die anderen würde sie schon selbst eine Antwort finden.

„María?", hörte sie so gerade noch, bevor sie auflegte.

Plötzlich war ein großer, eleganter Mann mit glattem Haar auf ihrer Terrasse aufgetaucht. María machte sich noch kleiner und versteckte sich hinter den halbzerbrochenen Stühlen. Der Mann ging entschlossenen Schrittes zum Rand der Terrasse und ließ seinen Blick über die Welt darunter schweifen, bevor er zurück ins Innere des Gebäudes ging. Es war Yago. Ohne Zweifel. Lang, dünn, merkwürdig gekleidet. María folgte ihm schnell und unauffällig und konnte gerade noch sehen, wie er den letzten Raum des Dachbodens betrat. Es war eine Abstellkammer. Als er eintrat, huschte eine Katze an ihm vorbei und lief miauend auf die Terrasse.

María ging zu dem Eingang der Kammer und klopfte an die Tür. Wahrscheinlich hätte sie besser zweimal überlegen sollen, doch als ihr das klar wurde, war es bereits zu spät. Yago öffnete.

„Du?" Er wirkte positiv überrascht und gleichzeitig verwirrt. „Was machst du hier? Und was ist mit dir passiert?"

María hatte die Wunden in ihrem Gesicht mal wieder vergessen. Seine Fragen waren unausweichlich. Warum hatte sie bloß nicht daran gedacht, auf ihre Freunde zu warten? Sie hätte ihnen zumindest mitteilen müssen, dass sie Yago gefunden hatte.

„Ich bin wieder hingefallen", sagte sie.

„Wieder mit deinem Fahrrad?"

„Ja", log sie.

„Und was machst du hier?"

Yago blieb in der Tür stehen ohne Anstalten zu machen, sie hereinzulassen. Eine weitere Katze spähte hinaus und rollte sich zwischen seinen Beinen zusammen, während sie die Fremde musterte.

„Ich hab dich auf der Straße erkannt und bin dir hier hoch gefolgt." Sie zuckte mit den Schultern. „Es war nett von dir, dich neulich um mich zu kümmern. Wohnst du hier?"

Yago schaute sie misstrauisch an. Es war eine furchtbar schlechte Ausrede, aber ihr war auf die Schnelle keine bessere eingefallen. Sie hatte weder eine Waffe noch einen Haftbefehl. Außerdem, dachte María, plante Yago für gewöhnlich seine Verbrechen, also hatte sie vielleicht eine Chance.

„Es ist … nur eine Abstellkammer." Yago zögerte und schaute abwartend die Treppe hinunter.

„In Ordnung, dann gehe ich mal wieder. Ich wollte dich nicht stören", sagte María erleichtert. Sie könnte später noch einmal mit einem besseren Plan zurückkommen.

„Warte, warte." Yago schaute wieder zur Treppe. Und zur Dachterrasse. „Ich sollte mir deine Nähte ansehen. Du weißt ja, dass ich Arzt bin."

„Sicher."

María war sich der Dummheit ihres Vorgehens durchaus bewusst, doch die Neugier war stärker als ihre Vernunft. Yago wirkte ernst aber ruhig, als er sie einließ. Die Abstellkammer wurde durch ein abgedichtetes Fenster an der Decke beleuchtet. Es gab nur wenige Möbel. Einzig ein Kühlschrank fiel ihr ins Auge. Ein altes, kränkelndes Gerät, das, anstatt auf dem Sperrmüll zu liegen, mit seinem Brummen den Boden zum Vibrieren brachte. Was für eine seltsame Abstellkammer, dachte sie, so ganz ohne abgestellte Sachen. Da waren eine Gasflasche, ein Stuhl und ein Tisch. An den Wänden hingen sechs große Bilder. Eines davon zeigte Leocadia Weiss.

Yago führte María zum Licht und betrachtete ihre Wunden.

„Sieht gut aus", sagte er. „Ich könnte die Fäden ziehen, ich habe alles, was ich dafür brauche."

„Mach dir nicht die Mühe, die lösen sich von alleine auf", antwortete María. Sie sah sich um. Es war schwer vorstellbar, dass hier irgendwelche medizinischen Instrumente verstaut sein könnten. Es sei denn natürlich, sie waren im Kühlschrank. Sie wies auf den leeren Raum. „Ich dachte erst, du wohnst hier, aber das ist ja eindeutig nicht der Fall."

„Das ist ... Das hier ist mein Studio. Ein Lagerraum, den ich als Atelier nutze."

„Malst du?"

„Ich schreibe."

María sah sich weiter in dem Raum um. In einer Ecke waren mehrere Wasserschüsseln für die Katzen gestapelt. Auch einen Käfig sah sie. Darin saß eine Eule.

„Ich habe noch nie eine Eule in einem Käfig gesehen", bemerkte María.

Yago schwieg. Die Eule blinzelte. Der Kühlschrank machte sich wieder bemerkbar und brachte den Boden zum Vibrieren.

„Und darf ich dich fragen, was du schreibst?"

„Wenn ich dich fragen darf, wer du bist und was du hier tust?", antwortete Yago langsam. Er stand nur noch einige Schritte von ihr entfernt.

„Ich habe deinen Blog gelesen. Er ist sehr aufschlussreich." María gelang es, ruhig zu sprechen. Yago schwieg, ohne auch nur einen Muskel in seinem Gesicht zu bewegen. Sie fuhr fort: „Du hast die Gemälde der Wallfahrt und der Wiese von San Isidro, das Wunder des heiligen Antonius von Padua und das Porträt von Leocadia beschrieben. Du wählst immer Szenen, in denen eine der Figuren das Publikum anschaut und sich mit ihm identifiziert. Warum tust du das?"

„Warum willst du das wissen?" Yago blieb ruhig und misstrauisch, doch gleichzeitig war ein gewisser Stolz in seinem Gesicht zu erkennen. „Niemand hat es bisher bemerkt."

„Aus Neugierde. Und weil ich mich für Goya interessiere."

Yago lehnte sich gegen den Tisch und verschränkte die Arme. Er schien nicht wirklich zu glauben, dass dieselbe Frau, die er im

Monte de El Pardo kennengelernt hatte, ganz zufällig in seinem Lagerraum auftauchte, um sich nach seinem Blog zu erkundigen. Doch María hatte nun keinen Ausweg mehr. Keiner von beiden hatte das.

„Wenn du dich für Goya interessierst", sagte er, „weißt du sicher, dass dies seine Art war, den Betrachter zum Dialog einzuladen. Er wollte das Publikum damit herausfordern, dass die Figuren es direkt anschauen, als ob es Teil des Bildes sei. Er wollte einen Austausch. Und mein Blog ist einfach meine eigene Art des Austauschs."

„Die Figuren sehen dich an und du nimmst ihre Identität an."

„Wie ich sehe, hast du es verstanden. Es war nicht leicht."

„Und was passiert, wenn Goya derjenige ist, der uns anschaut? So wie in seinen Selbstporträts. Ich weiß, dass du versucht hast, eines davon zu zerstören."

Der Kühlschrank wurde urplötzlich still und die Eule in dem Käfig raschelte kurz mit dem Gefieder, bevor sie wieder in ihre Lethargie versank.

„Das ist auch meine Form des Austauschs. Er hat gemalt und ich habe gehandelt, jeder von uns macht von seiner Freiheit Gebrauch. Aber das war zu einer früheren Zeit. Jetzt mache ich es anders."

Früher attackierte er Gemälde. Jetzt attackierte er Personen. Dazwischen lagen mindestens eine Verhaftung und eine psychiatrische Einweisung. Er war raffiniert, beherrschte sowohl die Kunst der Verführung als auch die der Manipulation. Er war kultiviert, charismatisch, groß, attraktiv. Und es gab immer naive Seelen, die bereit waren, alles zu glauben.

„Ich habe die Überweisungen von Saramú an dich gesehen. Rettet Leocadia Weiss."

„Sie ist anders."

„Du meinst, sie war anders."

„Ich spreche von Leocadia Weiss." Yago zeigte auf ihr Porträt, beinahe so groß wie das Original im Prado. „Sara und ich wollten sie retten. Wir hatten ein gemeinsames Projekt und sie hat mir mit etwas Geld dabei geholfen. Ich werde es zu Ende bringen."

„Wovor willst du sie retten?"

„Ich bin überrascht, dass du das noch nicht begriffen hast. Du scheinst doch sehr klug zu sein. Wir wollten sie vor ihrem Schöpfer retten. Vor Goya."

Yago trat in die Mitte des Raumes. Im Uhrzeigersinn wies er auf jedes einzelne der Gemälde, die sechs Werke, die Goya im Erdgeschoss seiner *Quinta* gemalt hatte: Das Porträt von Leocadia am Eingang war das erste, es folgten *Der Hexensabbat, Saturn, Judith und Holofernes* und *Die Wallfahrt zu San Isidro.* Der Kreis schloss sich mit *Zwei alte Männer.* Er sprach langsam und wählte seine Worte mit Bedacht, als hätte er lange darauf gewartet, sie jemandem mitzuteilen.

„Die schwarzen Gemälde wurden auf die Wände der *Quinta* gemalt", sagte er, „aber nicht auf blanke Wände. Darunter gab es bereits andere Gemälde, die Goya korrigierte und dabei einen Großteil seiner ursprünglichen Arbeiten veränderte. Das war klar auf den Röntgenbildern zu erkennen, die von den Malereien gemacht wurden. Der Gott Saturn, der seinen Sohn verschlingt, war ein Tänzer, bevor er zum menschenfressenden Scheusal wurde. Leocadia war eine verängstigte und entstellte Frau, bevor sie mutig den Blick ihrer Betrachter erwiderte. Aber vor allem …" Yago, zeigte wieder auf das Bild am Eingang, „malte Goya Leocadia gegenüber von Saturn. Beziehungsweise Saturn gegenüber von Leocadia. Schau dir die Bilder an." Er deutete von einem zum anderen. „Er war senil. Er hätte sie in einen anderen Raum malen können, neben Landschaften, Frauen oder einfach allein, aber er sperrte sie in jenes Erdgeschoss, in dem sie von allen gleichzeitig bedroht wurde. Von Saturn, den Sensenmännern, den Hexen, den Trunkenbolden, den zahnlosen alten Kerlen und dem dämonischen Ziegenbock. Sie wollten sie alle verschlingen."

Yago sprach mit feurigem Blick, gestikulierte zwischen den Bildern umher, strich sich die Haare aus dem Gesicht und hob den Ton am Ende eines jeden Satzes an, als ob er auf Applaus wartete. Er genoss eindeutig den Klang seiner eigenen Stimme. María erinnerte sich, dass er sich selbst taub machen wollte. Der Lautstärke seiner Stimme nach zu urteilen, war er auf dem besten Weg.

„Siehst du, wie Leocadia gleichzeitig zu Saturn und zu uns blickt?" Er schrie nun beinahe. „Siehst du es? Sie will unsere Aufmerksamkeit, sie fleht um Hilfe. Siehst du nun, dass wir sie retten müssen?"

„Wir müssen sie retten und wir können sie retten. Aber jetzt musst du erst einmal mitkommen", sagte María. „Sofort, Yago. Es ist besser so."

„Du bist gekommen, um mir zu helfen? Wie Saramú?"

„Das könnte man so sagen, ja."

„Werden wir Leocadia Weiss retten?"

„Ich denke schon."

Yago ging ein paar Schritte im Kreis, ein spöttisches Grinsen im Gesicht. Wenn er sich beobachtet fühlte, schien sein langer Körper noch größer zu werden. Er stellte sich vor den Kühlschrank und lehnte sich dagegen. María ging in Gedanken noch einmal durch den Raum, ohne den Blick von ihm abzuwenden. Tisch, Computer, Gasflasche, Kühlschrank. Wenn es hier irgendwo Waffen oder Messer gab, konnten sie nur im Kühlschrank liegen.

„Und du glaubst, ich kaufe dir diese Geschichte ab?", fragte Yago hämisch. „Dass ich mit dir mitgehen werde, still und leise, in dem Glauben, du willst mir helfen?" Den letzten Teil des Satzes spie er aus, einen weiblichen Tonfall nachahmend.

„Und du glaubst, dass ich deine Geschichte schlucke? Dass du Leocadia Weiss retten willst?", antwortete María.

„Teste mich", sagte Yago. Er wirkte jetzt wieder sehr ruhig.

María hielt seinem Blick stand. Natürlich hatte keiner von beiden dem anderen geglaubt. Yago hatte sich seine eigene Wirklichkeit erschaffen und würde sich bei ihrer Verteidigung nicht in Gefahr bringen. Dafür war er zu klug.

„Und wie willst du sie retten?", fragte María.

„Zuerst einmal werde ich das alles hier vernichten." Er zeigte auf die Gasflasche. „Goyas letzter Wille, sein letztes Haus, sein letztes Werk. Und ich werde es live übertragen."

María schaute auf die Wände. Wenn er seine Obsession auf so extreme Weise ausleben würde, waren die direkten Opfer zwar nur Abbildungen, doch ihr fielen Rollatoren ein, die sie beim Aufstieg zum Dachboden gesehen hatte. Haus Nummer 32 in der *Calle Saavedra Fajardo,* Goyas alte Residenz, war längst zu einem bescheidenen Gebäude mit Senioren geworden. Und einem Enkel, der hoffentlich immer noch im Park war und Ball spielte. Sie musste versuchen, das Gespräch in die Länge zu ziehen.

„Und was hast du wirklich vor?“, fragte sie

„Und wer bist du wirklich?“, gab Yago zurück.

„Eine neugierige Frau.“ Sie hätte ihm sagen können, dass sie Polizistin war, oder dass beim geringsten Anzeichen von Gefahr ein Spezialeinsatzkommando durch das Dachfenster springen würde, doch Yago würde wohl kaum einen weiteren Bluff schlucken. Er schwieg einige Sekunden lang und fragte dann einfach weiter.

„Warum bist du mir in den *Monte de El Pardo* gefolgt? Warum bist du mir heute gefolgt?“

„Das habe ich schon gesagt. Ich interessiere mich für Goya, und Saramú war Goya-Expertin. Sie hätte nicht sterben dürfen.“

„Du lügst mich an. Ich weiß, wer du bist, Oleroy“, sagte Yago lachend. Er lehnte sich sanft gegen den Kühlschrank, der wieder zu vibrieren begonnen hatte.

María machte einen Schritt zurück und schwieg, während sie angespannt auf seine nächste Handlung wartete. Die Tür lag hinter ihr, und mit noch einem Schritt könnte María sie theoretisch erreichen. Einige psychisch Gestörte glaubten fest an ihre Wahnvorstellungen, andere nicht. Und wiederum andere taten dies nur gelegentlich. Die Grenzen einer psychischen Störung waren schwer festzumachen. Doch dieser Mann hatte in seiner Besessenheit alle Grenzen überschritten. Er hatte eine falsche Theorie aufgestellt und Menschen manipuliert und getötet, um die Kontrolle an sich zu reißen. Doch wer gerade die Kontrolle hatte, war nicht sicher. María hatte ihm die Maske abgenommen, er hatte sie ebenfalls durchschaut. Sie musste einen Weg finden, die Kontrolle vollständig an sich zu reißen.

„Ich habe euch von Anfang an auf Twitter beobachtet, dich und diesen Chatoy-Typen, was für lächerliche Namen. Beim Schießstand im *Monte de El Pardo* hatte ich bereits die Vermutung, dass du es warst. Der Zufall war einfach zu groß. Und heute hat sich diese Vermutung bewahrheitet. Glaubst du, dass nach einem Mord wie dem an Saramú plötzlich merkwürdige Profile auf Twitter auftauchen, ohne dass der Täter darauf aufmerksam wird? Glaubst du, du bist klüger als ich?"

„Ich glaube, du hast mehr getan, als uns nur auf Twitter auszuspionieren. Du hast uns eine Aufnahme geschickt."

„Es war ganz leicht, seine Adresse herauszufinden. Chatoy", er sagte den Namen mit deutlich vernehmbarem Spott in der Stimme. „Der talentierteste IT-Spezialist der gesamten Madrider Polizei, bei einem schweren Unfall verletzt, schnüffelt mir hinterher. Eingesperrt in seinem Haus in Ávila. Ihr wart sehr unvorsichtig."

María musste ihn nicht fragen, wie er Tomás' Identität herausgefunden hatte, denn seine Geschichte hatte in der Zeitung gestanden. Dieses Ungeheuer hatte sich informiert. Sie wusste, dass er wahrscheinlich überdurchschnittlich intelligent war und diesen ganzen Intellekt für seine Obsession aufwendete, aber auch, dass er an einer extremen Form von Narzissmus litt. Nur im Spiel konnte der Spieler verlieren.

„Du wolltest es wie einen Selbstmord aussehen lassen."

„In gewisser Hinsicht war es Selbstmord. Sara spielte die Hinrichtung einer Frau nach. Und die Frau starb. Weil sie liberal war. Damit hätte sie rechnen müssen."

„Und der Bettler? Wollte der auch sterben?"

„Goya hat niemanden um Erlaubnis gebeten, sie zu zeichnen. Wieso sollte ich es tun?", erwiderte Yago. „Kunst ist Kunst."

Er richtete sich auf und bewegte sich ein paar Zentimeter auf sie zu. María ging rückwärts in Richtung Tür. Würde er sie plötzlich angreifen, hätte sie noch eine Chance zu entwischen.

„Zuerst hast du ihn für den Mord an Saramú benutzt, doch der Mann hat dich erkannt. Du bist psychisch krank, wie er, und deshalb hast du ihn getötet. Du versuchst vergeblich, Künstler zu sein, aber du bist nur ein Wahnsinniger. Und ein Manipulator." In diesem Augenblick klingelte ihr Telefon. Es war das alte Handy, dessen Nummer nur Eloy hatte. María und Yago sahen einander an. Sie zog das Handy ganz langsam aus der Tasche, wirbelte dann ruckartig herum, um durch die Tür zu fliehen, doch Yago war schneller und blockierte den Ausgang.

„Du wirst nicht rangehen", sagte er. „Und du wirst auch nicht entkommen."

48

Sie hätte auf Yago hören und nicht drangehen können. Hätte den verletzten Jungen raushalten können, der allein in einer stickigen Hütte kauerte. Hätte ihr iPhone statt des alten Klotztelefons geklingelt, so hätte sie zumindest auf die Hilfe Lunas oder Estebans hoffen können, doch nun war Eloy ihr einziger Ausweg.

„Es ist mein Neffe", sagte sie, „ich muss da rangehen." Yago schaute sie an und packte ihren freien Arm. Die Kälte seines Blickes und der Druck seiner Finger machten deutlich, dass er keine Spielchen tolerieren würde.

„Hallo?", meldete sich María gezwungen entspannt.

„María?"

„Ja, ja, ich bin's. Wie geht es dir?" Yago grub die Finger noch tiefer in ihren Arm.

„Können wir uns treffen …?"

„Hast du schon etwas gegessen?" María unterbrach ihn und versuchte, so lässig zu klingen wie möglich. „Ich habe alle Hände voll zu tun und kann noch nicht nach Hause kommen, aber ich habe dir Essen vorbereitet, geh einfach zu mir und mach es dir warm. Ein gebratenes Hühnchen, bei dem dir das Wasser im Mund zusammenlaufen wird. Es ist schon im Ofen. Ich komme etwas später nach."

Eloy schwieg einige Sekunden lang. Glücklicherweise war seine Wortkargheit diesmal hilfreich.

„Du weißt doch, dass ich kein …"

„Ich muss auflegen. Geh einfach zu mir nach Hause. Und wenn du deinen Schlüssel nicht dabei hast, geh zu Martín, meinem Nachbarn auf der Dachterrasse, er macht dir dann auf. Wir sehen uns später."

Sie legte auf. Yago nahm ihr sofort das Telefon aus der Hand. Er schloss die Tür ab, steckte den Schlüssel in seine Hosentasche und führte sie in den hinteren Teil des Raumes, wo er auf ihre Schultern drückte, bis sie sich setzte.

„Du bewegst dich nicht vom Fleck. Wie rührend, dass du dich um deinen Neffen kümmerst und für ihn kochst. Es scheint doch noch einige normale Menschen zu geben."

Sie schwieg. Wäre es die Norm, Hühnchen zu braten und sich um die Familie zu kümmern, würde man auf diesem Planeten kaum noch normale Menschen finden. Allerdings war es auch ganz sicher nicht die Norm, mit einer Eule, einem brummenden Kühlschrank und einer Gasflasche zusammenzuleben.

„Du hast mir immer noch nicht gesagt, wer du wirklich bist. Wärst du Polizistin, hättest du sicher Verstärkung dabei."

Auch auf diese Frage gab sie keine Antwort, denn das hätte nur bedeutet, eine weitere ihrer Schwächen preiszugeben, von denen er sowieso schon zu viele kannte. Sie umschlang ihre Knie mit den Armen, rollte sich auf dem Boden zusammen und sah ihn an. Sie musste ihre Situation genau analysieren. Wenn Yago diesen Lagerraum in die Luft sprengen wollte, hatte er zwei Möglichkeiten: María entweder tot oder lebendig mit hochgehen zu lassen. Im ersten Fall könnte er sie ohne viel Federlesen umbringen. Er war größer und stärker als sie, und selbst wenn er keine Waffen hatte, könnte er sie einfach erwürgen. Würde er sich für die zweite Option entscheiden, müsste er sie fesseln und knebeln, um in Ruhe seinen Plan fortzuführen. Und er hatte wahrscheinlich weder Seile noch Klebeband. Vielleicht hatte er noch nicht einmal alles, was er für seinen ursprünglichen Plan brauchte. In jedem Fall blieb ihm nicht viel Zeit.

Eloy war clever genug, um zu verstehen, dass sie in Schwierigkeiten steckte, doch sie erwartete nicht, dass er aus dem kryptischen Anruf ihren genauen Aufenthaltsort ableiten könnte. Noch weniger erwartete sie, dass er mit seinem verwundeten Fuß vom *Casa de Campo* zur *Calle Saavedra Fajardo* 32 eilen würde, um diesen Martín zu finden, den sie erwähnt hatte. Und ihn dann noch davon zu überzeugen, dass seine Freundin irgendwo in der Nähe in Schwierigkeiten steckte.

Doch ihr blieb noch ihr Smartphone. Wenn dieses verdammtes iPhone so gnädig wäre und nicht klingeln würde, während Yago durch den Raum irrte, hatte sie noch eine Chance. Die Katze lief auf sie zu und strich ihr um die Beine, doch María streichelte sie nicht. Sie mochte keine Katzen.

Sie betrachtete die vier Wände und die Dachschräge. Das Fenster, das den Lagerraum erhellte, bestand hauptsächlich aus Milchglas, in dessen Mitte ein kleiner Glasstern eingelassen war. Die Möglichkeit, dass Tom Cruise mit einem Sondereinsatzkommando überraschend von dort in den Raum stürmen würde, war wenig wahrscheinlich. In der Zwischenzeit hatte sich Yago, ohne die Augen von ihr abzuwenden, an seinen Tisch gesetzt und seinen Laptop eingeschaltet. Damit hatte María nicht gerechnet.

Nora tippte auf ihrem Laptop, als das Telefon klingelte. Das Foto von „Edu Dragona“ erschien auf dem Bildschirm. Sie war gerade dabei, einen Artikel über den letzten Eintrag von Yagos Blog zu beenden, dem die Überschrift noch fehlte. Luna hatte auch noch keinen Text geschrieben. Mit einer Berichterstattung über den Polizeieinsatz im Prado würden sie den Täter unweigerlich verschrecken. Doch wenn weiterhin nichts passierte, würde der Titel schlussendlich lauten, dass die Polizei gescheitert war. Dieser Yago spielte mit ihnen. Sie ging ans Telefon.

„Hallo, Nora."

„Mach schnell, Edu. Ich arbeite gerade."

„Bist du immer noch an diesem Jungen interessiert, nach dem du mich neulich gefragt hast, Eloy?"

„Selbstverständlich." Nora nahm ihre Finger von der Tastatur und richtete sich auf. „Was ist los?"

„Es ist irgendwie seltsam. Der Junge ist auf der Suche nach der Polizei."

„Eloy *flieht* vor der Polizei, er sucht nicht nach ihr", entgegnete Nora.

„Jetzt gerade sucht er nach ihr. Aber nicht nach irgendjemandem. Er ist auf der Suche nach einem gewissen Martín. Er hat hier in der Dragona Leute angerufen, die Kontakte zur Polizei haben, und gesagt, es sei dringend. Dass sie ihm helfen müssen. Nun wissen sie nicht, was sie tun sollen. Wenn sie es der Polizei sagen, werden sie ihn festnehmen. Und da hab ich an dich gedacht, du hast doch einen Freund bei der Polizei, oder?"

„Ruhig, Edu, ich kenne einen Martín bei der Polizei."

„Ist er ein Freund deiner Freundin?"

„Ja. Und das sind gute Menschen."

„Polizisten sind nie gute Menschen."

„Hör auf mit dem Unsinn. Hast du Eloys Nummer? Ich kümmere mich darum."

„Aber hör zu, Nora. Wenn dem Jungen etwas zustößt und sie herausfinden, dass ich dir die Telefonnummer gegeben habe …"

„Ja?“

„Dann werde ich als Spitzel gebrandmarkt.“

„Und wenn du mir die Nummer nicht gibst, Edu, dann wirst du als Scheißkerl gebrandmarkt. Es geht hier um einen verdammten Mörder. Wenn Eloy nach Martín sucht, dann ist das wichtig. Gib mir sofort seine Nummer.“

„Aber du hast sie nicht von mir, okay?“

Nachdem sich Nora die Nummer notiert hatte, legte sie auf. Sie sollte schnellstens mit Luna darüber reden. Sie hatte sich zum Schreiben in die Küche zurückgezogen, während Luna im Wohnzimmer ein Nickerchen machte, doch als sie sich umdrehte, stand der alte Journalist bereits vor ihr und hatte offensichtlich jedes Wort mitverfolgt.

„Ich rufe María an“, sagte er.

„Nein. Wenn der Junge nach Martín sucht, stimmt etwas nicht mit María. Ich rufe Martín an und gebe ihm Eloys Nummer.“

„Dann gebe ich Esteban Bescheid.“

Sie taten beide ihre Anrufe. Später, wenn sie den Artikel schreiben würden, wäre jeder wieder auf sich gestellt. Aber die Story sollte, wenn möglich, dasselbe glückliche Ende haben. Beide nahmen einen tiefen Atemzug und klopften auf Holz.

Esteban war noch immer im Prado, als Luna anrief. Die erste Ablösung war bereits eingetroffen, und die neuen Beamten hatten sich unter die Touristen gemischt, ohne etwas Auffälliges zu bemerken. Er war müde. Der Mörder hatte sie an der Nase herumgeführt und der ganze Fall entglitt ihnen immer weiter. Es hatte angefangen, als sie den Stalker-Professor festgenommen hatten und war weitergegangen, als sie nichts über den toten Bettler hatten herausfinden können, außer dass er eine Visitenkarte von Comisaria Ruiz bei sich trug. Das Ungeheuer würde wieder zuschlagen und sie hatten nichts gegen ihn in der Hand. Abgesehen von der Warnung, dass er Leocadia Weiss retten wollte, deren Porträt unversehrt im Raum mit den schwarzen Gemälden hing. Er musste einfach hierher kommen, es gab keine andere Möglichkeit.

„Was gibt's, Luna?", sagte Esteban.

„Hör mir gut zu. Ich bin mir sicher, Yago hält María gefangen. Glaub mir."

Esteban blickte auf den Bildschirm, der das Porträt von Leocadia Weiss zeigte. Den ganzen Morgen lang hatte er sie schon angestarrt.

„Was genau weißt du?", fragte er.

„Genug. Sie hat mir gesagt, dass sie zur *Quinta del Sordo* wollte."

„Was ist das?"

„Verdammt, Esteban, was weißt du eigentlich? Das war Goyas letztes Haus in Madrid. Die *Quinta* gibt es nicht mehr, und das weiß sie eigentlich, aber irgendwie wollte sie trotzdem dahin. Und erinnerst du dich noch an Eloy? Der Junge, der von zu Hause weggelaufen ist und mit Sara Muñoz befreundet war? Er ist dringend auf der Suche nach Martín. Er weiß noch mehr, María hat ihm wohl eine Nachricht zukommen lassen. Du musst alle Einsatzkräfte zusammentrommeln, Esteban."

„Und wo ist diese *Quinta*? Hast du nicht gerade eben gesagt, sie existiert nicht mehr?"

„Na, dann such nach ihr, Esteban! Ich weiß, dass sie damals an den Ufern des Manzanares stand. Ganz in der Nähe der beiden

Tatorte. Wir müssen herausfinden, wo diese verdammte *Quinta* war. Ich fahre sofort dorthin. Ich hoffe, wir sehen uns dort."

„In Ordnung. Ich schicke ein paar Leute rüber."

Nora hatte die *Quinta* natürlich schon auf ihrem Handy geortet. Diese beschissene Internet-Generation, dachte Luna verdrießlich. *Calle Saavedra Fajardo* 32. Auch Martín hatte sie bereits kontaktiert, der dann hoffentlich sofort Eloy angerufen hatte. Sie machten sich auf die Suche nach einem Taxi.

„Wie schaffst du es eigentlich, alles sofort auf deinem Handy zu finden?", fragte Luna, als sie im Wagen saßen.

„Alles? María haben wir immer noch nicht gefunden. Beziehungsweise ihr Handy. Das nennt man Standortbestimmung. Martín kümmert sich darum."

„Seit wann weiß Martín, wie man den Standort von Handys bestimmt?"

„Er hat gesagt, dass er sich darum kümmern wird."

Marías Kehle brannte vor Durst. Sie wusste nicht, ob sie auch noch Hunger hatte, denn ihr Magen war mittlerweile genauso zusammengeschrumpft wie sie selbst auf dem Boden dieses Lagerraums. Die Hitze war unerträglich. Die Zeit verging schleppend und sie wusste weder, welchen Plan Yago verfolgte, noch wie lange sie schon eingesperrt war, aber es wurde langsam dunkel. Die Katze trank von Zeit zu Zeit aus ihrem Napf und drehte sich mehrmals im Kreis, bevor sie sich miauend vor die geschlossene Tür setzte und sich gelangweilt die Pfoten leckte. Die Eule war still.

„Warum hast du sie?", fragte María.

„Wen?“, gab Yago zurück.

„Die Eule. Warum hast du eine Eule in einem Käfig? Ist das auch so ein Spiel?“

Yago schmunzelte.

„Nein. Du kannst dich entspannen. Sie ist ein Haustier und gefällt mir. Die Eule spielt eine bedeutende Rolle in der Zeichnung: *Der Traum der Vernunft gebiert Ungeheuer.* Hast du schon einmal davon gehört? Das einzige Mal, dass Goya die Wahrheit gesagt hat.“

„Was meinst du damit?“

„Kennst du die Zeichnung oder nicht?“

„Natürlich kenne ich sie. Aber was meinst du damit, dass es das einzige Mal war, dass er die Wahrheit gesagt hat?“

„Goya war verrückt. Und dies ist das einzige Werk, in dem er das auch zeigt. Die Vernunft hatte ihn im Stich gelassen. Ohne sie werden wir von Ungeheuern beherrscht und schlussendlich überwältigt.“

Das war offensichtlich. Und genauso offensichtlich war es, dass die Herrscher über die gegenwärtige Situation – Yago selbst, die Katze und die Eule – alles andere als die Vernunft repräsentierten.

„Weißt du, dass es noch andere Versionen davon gibt?“ Yagos Augen leuchteten.

„Nein.“

„Es gibt mehrere Skizzen. In einer Version malte er sich selbst. In einer anderen hat er sich wieder aus der Zeichnung herausgenommen.“

„Warum, glaubst du, hat er das getan?“, fragte sie.

„Zweifellos hat er mit der Zeichnung seine eigene Situation

dargestellt. Er litt an einer schweren Krankheit. Einige sagen, er sei bipolar oder manisch-depressiv gewesen, aber meiner Meinung nach war er einfach irre. Die Art und Weise, wie er Schönheit und Schrecken, Farbe und Finsternis, all diese Gegensätzlichkeiten in seine Werke einbaute, deutet darauf hin, dass sie auch in ihm selbst existierten. Tatsächlich sind sie in uns allen vorhanden."

Ich wünschte, es gäbe eine solche Gegensätzlichkeit auch in dir, dachte María. Dass sein Wunsch, zu zerstören, durch irgendeinen entgegengesetzten Impuls in Schach gehalten würde. Wie Yin und Yang. Er klang hasserfüllt und strich sich das glatte Haar, das exakt in der Kopfmitte geteilt war, hinter die Ohren. Sein Körper bebte vor Emotionen, was María an die fieberhaften Ausführungen von Professor Salas denken ließ. Vielleicht konnte sie Saramú sogar ein bisschen verstehen – zweifellos hatte sie in ihm etwas Außergewöhnliches gesehen, ahnungslos, dass er ihren Tod herbeiführen würde. Sowohl Saramú als auch Salas und Yago waren Kunstliebhaber, und alle drei waren einer seltenen, allumfassenden Leidenschaft verfallen. Bei einigen konnte sie das Gleichgewicht stören und zum Wahnsinn führen, zum Stendhal-Syndrom, einer Art genieverschuldetem Delirium. Bei dem Professor hatte diese gemeinsame Leidenschaft im Bett geendet. Yago hatte sie zu seiner Interpretation des Werkes Goyas gebracht, die schließlich im Tod mündete. Zudem hatte Saramú in Yago einen attraktiven Mann gefunden, der imstande war, seine psychische Störung hinter enormer Intelligenz zu verstecken, und dessen Egozentrik ihn vor jeglichen Selbstzweifeln beschützte. Wie oft begegnete man schon einem Seelenverwandten, der die gleiche tiefe, wenn auch seltsame Leidenschaft für etwas hegte? María konnte verstehen, dass es eine ganz besondere Erfahrung gewesen sein musste.

„Saramú hatte eine Eulentätowierung", sagte sie.

„Wir haben sie gemeinsam machen lassen, ja." Yagos Blick trübte sich etwas, doch in seiner Stimme schwang Stolz mit. „Wir haben die Tätowierung gemeinsam ausgewählt. Eigentlich alle ihre Tätowierungen."

„Vermisst du sie?"

Er antwortete nicht.

„Was wirst du mit mir machen?", fragte María. Yago stand auf, ging ein paar Schritte durch den Raum und stellte sich vor sie.

„Willst du es jetzt gleich wissen?"

„Ja."

„Erst einmal bleibst du hier. Ich muss noch ein paar Dinge besorgen. Wenn du versuchst zu fliehen, wenn du schreist, oder wenn du irgendetwas anderes machst, das mir nicht gefällt, dann sehe ich das." Er wies auf den Computer, an dem eine kleine Kamera leuchtete wie ein wachsames Auge in der Dunkelheit. „Und mach dir keine Hoffnungen, denn ich bin gleich wieder da. Dir bleibt keine Zeit für irgendwelche Mätzchen."

María schwieg. Auch wenn er nicht lange wegblieb, würde sich ihr vielleicht doch irgendeine Möglichkeit bieten, zu entkommen. Dass er ein paar „Dinge" besorgen wollte, bedeutete nicht nur, dass er von Klebeband, Stricken und Handschellen bis zu einer Kettensäge alles mitbringen könnte, sondern eben auch, dass er eine Weile dafür brauchen würde. Zum Glück war das iPhone in ihrer Hosentasche noch immer still.

Sie würde es verteidigen – selbst, wenn er ihr ein Loch ins Bein schoss. Sie schaute zum Computer. Wenn sie den Stecker zog, würde er es sofort bemerken und binnen weniger Minuten zurückkehren. Ihr blieb also nur, jemanden anzurufen und darauf zu hoffen, dass ihre Freunde vor ihm ankommen würden.

Die Katze miaute vor der Tür. Dieses Mal hatte Yago Mitleid mit ihr und ließ sie hinaus. Ohne María aus den Augen zu lassen, sagte er: „Du hast mich gehört. Eine Bewegung", er zeigte auf die Kamera und auf sein eigenes Handy, „und du bist tot."

Yago verließ die Abstellkammer. María hörte, wie er den Riegel vorschob und das Schloss von außen zusperrte. Sie war allein und der Angstschweiß stand ihr auf der Stirn. Er war sicher noch immer vor der Tür und beobachtete ihre Bewegungen auf seinem Handy. Also wartete sie kurz. Die Kamera war auf sie gerichtet. Wenn sie aufstand oder ihr Handy zu früh herausholte, würde er sofort zurückkommen. Ihr Zeitrahmen umfasste die Minuten, die er für seinen Trip brauchte, wo auch immer der hinführte – zum Baumarkt, zu seinem Auto – und den sie auf fünf, zehn, höchstens zwanzig Minuten schätzte.

Es war nicht viel, doch sie musste es einfach versuchen.

„María, konzentrier dich."

Sie zählte eine Minute. Und eine weitere. Wenn sie auf ihrem Handy nach der Uhrzeit schauen würde, hätte sie verloren. Noch eine Minute. Und noch eine.

In diesem Augenblick ließ sie ein plötzliches, lautes Geräusch aufschrecken, das von irgendwo über ihr kam. Sie dachte fast, sie hätte es sich nur eingebildet, bis sie sah, dass auch die Eule ihre Flügel ausgebreitet und die Federn aufgeplustert hatte, als fühle sie sich in ihrer Lethargie gestört. María wollte genauer hinsehen und gleichzeitig keinen Verdacht erregen. Das Geräusch ertönte wieder. Laut aber flüchtig, als ob jemand kurz mit einem Messer gegen etwas klopfte. Sie schaute vorsichtig nach oben. Das Geräusch kam zum dritten Mal. Jemand war dabei, das Glas zu zerschneiden. Auf der anderen Seite war eine menschliche Gestalt zu sehen.

María wandte den Blick ab und nahm einen tiefen Atemzug. Es war heiß und stickig in diesem kleinen Raum, und bis zu diesem Moment hatte sie nicht bemerkt, dass ihr Sauerstoff gefehlt hatte. Nun drang von oben eine frische Brise herein. Trotz ihrer Nervosität sah sie nochmal zum Fenster. Zwei kleine Hände schoben sich zwischen die offenen Schlitze im Fenster und zogen die Glasscheibe im ganzen heraus. Sie konnte sehen, wie Blut aus den Handflächen quoll. Es waren Eloys Hände. Frische Luft strömte ungehindert herein.

Eloy schaute sie besorgt von oben an und schien zu überlegen, wie er María am besten dort rausholen könnte. Sie zeigte auf die Kamera und hatte den Eindruck, dass er es verstanden hatte. Auch sie versuchte, die Situation zu analysieren. Wenn Eloy runter in den Raum sprang, würde er riskieren, mit ihr eingesperrt zu werden und das würde sie nicht zulassen.

Und wenn sie versuchen sollte, herauszukommen? Gab es eine Möglichkeit, das Fenster zu erreichen? Das Dach war schräg und von ihrer Position aus viel zu hoch. Es gab einen Stuhl, einen Tisch, doch auch die waren nicht hoch genug, sonst hätte María längst den Laptop umgeworfen und es versucht. Es gab noch den Kühlschrank. Er stand zwar nicht genau unter dem Fenster, aber immer noch nah genug. Ihr blieben also zwei Optionen: Entweder konnte sie versuchen, alle weiteren Fluchtmöglichkeiten dort unten vom Boden aus zu analysieren, oder sie konnte es riskieren. Ohne länger zu warten, stand sie auf, klappte resolut den Laptop zu und warf ihn zu Boden, stellte dann den Tisch an den Kühlschrank und kletterte hinauf. Eloy streckte seine Arme von oben nach ihr aus, doch sie waren nicht lang genug. Der Kühlschrank hatte zu summen begonnen und die Eule schlug verwirrt und nervös mit den Flügeln.

„Eloy, ich kann dich nicht erreichen." María spürte, wie ihr Tränen in die Augen schossen und sie sah das Blut auf Eloys Händen, die sich nach ihr ausstreckten. „Du bist verletzt."

„Das ist völlig egal."

María schaute auf den Rahmen, aus dem er die Glasscheibe sauber herausgeschnitten hatte. Eloy war ein Profi. Die scharfen Kanten würden wahrscheinlich trotzdem noch ihre Arme zerkratzen, aber ansonsten war der Schnitt makellos. Und groß genug war die Öffnung auch. Schlimme Verletzungen waren also nicht das Problem, aber sie konnte das Fenster einfach nicht erreichen.

„Halte durch, María", sagte Eloy. „Wir holen dich da raus".

„Wir haben keine Zeit. Yago hat mich über den Laptop beobachtet, und wird sicher schnell zurückkommen. Er wird mich umbringen." María holte ihr Handy aus der Tasche, um schnell irgendjemanden anzurufen, doch da hörte sie ein Geräusch an der Tür. Sie war verloren.

„Nimm das Handy, Eloy. Darin ist die Nummer von Martín. Von Luna. Von Esteban. Sag ihnen Bescheid. Ruf einfach alle an."

„Ich lass dich nicht allein hier zurück, María." Eloy war kreidebleich, Wut zeichnete sich in seinem Gesicht ab. Von der Tür her kamen noch immer Geräusche.

María kniete sich auf den Kühlschrank. Nachdem sie mehrere Stunden zusammengekrümmt in einer Ecke dieses Lagerraums ohne Wasser, frische Luft oder Nahrung verbracht hatte, war ihr durch die plötzliche Anstrengung schwindelig geworden. Sie setzte sich. Gleich würde sich die Tür öffnen und Yago würde eintreten. Sie schloss die Augen und bedeckte ihr Gesicht. Sie hörte lautes Krachen, das sie in Panik versetzte.

„María!" Der Schrei erweckte sie wieder zum Leben.

„Comisaria!"

Es waren vertraute Stimmen. María öffnete die Augen. Zwei Polizisten hatten mit einem langen Rammbock, den sie immer noch in den Händen hielten, die Tür aufgebrochen. Neben ihnen stand Esteban. Und Martín. Er war auf den Tisch geklettert und half ihr herunter. María schaute nach oben. Eloy war verschwunden.

„Wo ist Yago?", fragte sie.

„Du bist in Sicherheit, Ruiz. Wir kümmern uns um alles weitere."

„Wo ist Yago? Und Eloy?"

María hastete aus dem Lagerraum in Richtung Dachterrasse. Die Sonne war bereits untergegangen und die frische Luft des späten Abends tat ihr gut. Die trockenen Kleider hingen noch an der Leine und die Zigarettenstummel lagen auf dem Boden neben den kaputten Stühlen. Sie hörte ein Keuchen und drehte sich um. Yago stand mit dem Rücken zur Wand und hielt Eloy fest gepackt. Die Fensterscheibe war auf den Boden der Terrasse gefallen und er hatte sich ein Stück herausgebrochen, das er Eloy nun an die Kehle hielt. Der Junge stand reglos da, unerschrocken aber kreidebleich.

„Du bist erledigt, Yago, lass ihn los", sagte María mit ruhiger Stimme.

„Wenn du noch einen Schritt näher kommst, töte ich ihn." Yago machte ein paar Schritte rückwärts und zog Eloy mit sich. María stand still.

„Gib mir den Jungen und wir lassen dich gehen", sagte María. „Das ist der Deal."

Doch Yago ging weiterhin rückwärts. Eloy war barfuß und trat auf die Glasscherben. Auch sein Hals hatte zu bluten begonnen. Gemeinsam näherten sie sich dem Rand des Daches.

„Lass den Jungen los", wiederholte María laut. „Und hör zu, Yago …"

Sie kam nicht dazu, den Satz zu beenden. Ein einzelner Schuss traf Yago und ließ ihn auf das zerbrochene Glas fallen. María rannte los, um Eloy in die Arme zu nehmen. Der Junge blutete leicht am Hals und zitterte.

„Ganz ruhig, Eloy, ganz ruhig. Gleich geht's dir besser."

María strich über seinen schlecht geschnittenen Pony. Das hatte sie schon tun wollen, als sie ihn zum ersten Mal gesehen hatte. Der Junge drückte sich an sie wie ein kleines Kind.

„Du bist unglaublich, Eloy, wie du mich gefunden hast, um mich zu retten."

„Ich habe bei Saramú versagt. Ich wollte nicht auch noch bei dir versagen."

„Und wie du auf die Idee gekommen bist, das Glas zu zerschneiden, damit ich durch das Fenster klettern kann."

„Ich bin ein Profi, María, ich weiß, wie man in Gebäude eindringt. Das war nichts. Und außerdem hab ich dich am Ende ja gar nicht gerettet, sondern sie." Er zeigte auf die Polizisten.

Martín stand aufgeregt da, schaute die beiden an und wartete ungeduldig darauf, endlich seine Freundin und Chefin in die Arme schließen zu können. Esteban hatte das erste Mal jemanden erschossen und hielt starr vor Schreck die Waffe in der Hand. Doch sein Schuss hatte einen Menschen vor dem Mörder gerettet, und das war das Wichtigste. Im Gegensatz zu Marías Einmischung in den Fall würde das ganz leicht in einem Bericht zu rechtfertigen sein. Sie war es gewesen, die sie in die mysteriöse *Quinta del Sordo* geführt hatte, wo es weder eine *Quinta,* noch einen *Sordo* – einen Tauben –, noch eine Leocadia Weiss zu retten gab, sondern nur Comisaria Ruiz selbst.

Martín ging zu ihr hinüber und umarmte sie erleichtert. Viel mehr würde María von ihm nicht erwarten können. Keine Entschuldigung dafür, dass keiner sie auf dem Laufenden gehalten hatte. Höchstens vielleicht noch einen Toast in Erinnerung an Carlos.

„Ihr alle habt mir das Leben gerettet", sagte María.

„Sei keine Idiotin." Martín umarmte sie noch einmal. „Du hast den Fall gelöst, nicht wir."

„Woher wusstest du, dass ich hier bin?"

„Der Junge hat uns alarmiert und gesagt, du seist in Gefahr. Du hattest erwähnt, dass du zur *Quinta del Sordo* wolltest. Und, dass du noch immer nach Yago suchst."

María schaute ihn erstaunt an. Das erste hatte Eloy aus ihrem Anruf gefolgert. Das zweite hatte sie Luna gesagt. Und das dritte hatte Oleroy zu Chatoy gesagt.

„Und woher wusstet ihr …", begann sie zögerlich, „woher genau wusstet ihr, dass ich in diesem Lagerraum bin?"

„Standortbestimmung", sagte Martín schlicht. Jeder wusste,

dass ein Handy mit aktivierter Standortbestimmung quasi ein GPS-Chip war, aber eben auch, dass man für die Standortbestimmung nicht nur die richtige Ausrüstung, sondern auch die notwendigen Fachkenntnisse brauchte.

María ging zum Rand der Terrasse und betrachtete die düster vor ihr liegende Landschaft. Von hier aus war es nur eine Ansammlung von Sonnendächern mit steifer Kleidung auf Wäscheleinen. Der Madrider Frühling war stets windstill. Im Hintergrund war der Königspalast zu sehen, den Goya gezeichnet hatte, als er noch seinem eigentlichen Zweck gedient hatte. Martín ging zu ihr. Seine eigene Terrasse war in Sichtweite und der Rollstuhl stand noch immer dort, wie ein seltsamer Gast unter den anderen Möbeln. María presste die Lippen aufeinander.

„Erzähl mir bitte nicht, dass der Rollstuhl deiner Großmutter gehörte."

„Es ist der Rollstuhl von Tomás, ja."

„Warum hast du mir nichts gesagt?" María schaute ihn vorwurfsvoll und verletzt an.

„Tomás braucht Zeit, María, er braucht einfach Zeit", antwortete Martín verunsichert.

Er drehte sich weg und wischte sich die Tränen aus den Augen. Dann wandte er sich ihr wieder zu und versuchte, sie zu umarmen, aber María war noch steifer als die luftgetrocknete Kleidung.

„Warum hast du mir nichts von Tomás gesagt?"

„Er ist plötzlich an dem Tag, an dem wir uns alle getroffen haben, bei mir aufgetaucht. Deshalb konnte ich euch auch nicht nach oben einladen. Er hat gesagt, dass er ein wenig Abstand braucht und darum gebeten, bei mir bleiben zu dürfen. Er will kein Mitleid. Nicht von seinen Eltern, nicht von dir. Ihr seid die Menschen, die ihm am meisten bedeuten. Und denen er am meisten bedeutet. Er kann es nicht ertragen, sich selbst als Krüppel zu sehen. Wir sollten versuchen, ihn zu verstehen."

„Ich will nur bei ihm sein. Ich will ihm nicht wehtun."

„Es schmerzt ihn aber, dich zu sehen, Ruiz. Und das musst du respektieren."

María weinte. Dicke Tränen liefen über ihre Nähte, doch sie merkte es nicht einmal. Martín packte sie an den Schultern und nahm sie fest in die Arme. Als er sie wieder losließ, blickten sie gemeinsam über die Dachlandschaft.

„Er hat gesehen, wie ein Mann meinen Hund von der Terrasse entführt hat, ohne etwas dagegen unternehmen zu können. Alles, was er tun konnte, war, mir Nachrichten zu schicken. Er dachte, der Mann hatte ihn nur stehlen wollen, weil es so ein schöner Welpe war. Er hat ihn sich geschnappt und ist mit ihm über die Dachterrasse geflohen. Kurz darauf hat Tomás ihn auf der Straße gesehen und mir geschrieben, in welche Richtung er gegangen ist. Aber ich kam, wie du weißt, zu spät."

„Scheiße … das war Tomás?"

„Als Sara Muñoz ermordet wurde, hast du angefangen, von Goya zu sprechen. Ich hätte die Sache mit dem Hund niemals mit all dem in Verbindung gebracht. Aber du hattest recht, und Tomás hat dir geglaubt. Er hat sich in meiner Wohnung versteckt und dir von dort aus geholfen. Tomás hat uns die ganze Zeit geholfen, Ruiz."

„Und warum hast du mich heute angelogen? Du hast gesagt, du seist im Prado, aber ich konnte dich von hier aus sehen. Warum hast du das gemacht?"

„Weil du immer zu mir nach Hause kommen wolltest, Ruiz. Ich dachte, du hättest Verdacht geschöpft und wusste nicht mehr, wie ich dich von ihm fernhalten konnte. Entschuldige bitte."

Plötzlich hörten sie ein lautes Geräusch. Sie drehten sich zur Tür. Mehrere Beamte waren gerade dabei, den Tatort zu fotografieren, Markierungen zu setzen und die Leiche abzudecken. Ein anderer hatte den Eulenkäfig auf die Terrasse gebracht. Esteban rief ihnen zu: „Kommt schon, kommt schon." Martín lief sofort zu ihm. „Im Kühlschrank liegt ein Schädel, und wenn er nicht mehrere gesammelt hat, muss es der vom Bettler sein." Doch María war das längst klar gewesen und sie wollte nicht zurück in den Lagerraum. Sie starrte die Eule an. Der emotionslose Wächter der schlafenden Vernunft, des von Ungeheuern getrübten Willens, der Zeuge einer geistigen Verirrung und Boshaftigkeit.

Sie war versucht, das Tier freizulassen, doch sie tat es nicht. Sie suchte nach Eloy, doch er war längst verschwunden.

49

Am nächsten Tag ging María zu der Baracke am Vargas-Palast. Sie war verschlossen. Die Polizei hatte die Eingänge abgeriegelt und durchsuchte Yagos Habseligkeiten. Inzwischen wussten sie, dass sein richtiger Name Telmo Ortiz war. Ein gewöhnlicher Buchhalter, der sich als Arzt ausgegeben hatte und dessen einziger Kontakt mit dem Beruf ein Kurs in Gerichtsmedizin gewesen war, den er nie abgeschlossen hatte. Er hatte immer versucht, den anderen Kursteilnehmern etwas beizubringen. Später wurde er in psychiatrische Kliniken eingeliefert, wo er sich den anderen Patienten gegenüber als Arzt ausgegeben hatte, bis er sich eines Tages dazu entschlossen hatte, von einem Spaziergang nicht zurückzukehren. Die Irrenanstalten, wie es sie zu Goyas Zeiten gegeben hatte, waren Geschichte. Menschen konnten nicht mehr so leicht ihrer Freiheit beraubt werden.

María gelang es, die Hütte zu öffnen. Die grünen Overalls hingen immer noch an den Haken, aber es gab keine Spur von Eloy. Das alte Telefon, das sie benutzt hatte, um mit ihm zu kommunizieren, war von der Polizei beschlagnahmt worden, und die Nummer ihres iPhones kannte er nicht.

Sie saß eine Zeit lang auf dem schmutzigen Boden. Da war ein Blutfleck, vielleicht von Eloy. Sie nahm ihren Rucksack ab und holte nacheinander die Energieriegel heraus, die noch immer zusammen mit dem Desinfektionsspray und dem Verbandszeug darin lagen.

„Ich kann auf mich selbst aufpassen."

Der Junge hatte es ihr viele Male gesagt. Und es stimmte wahrscheinlich, aber sie konnte nicht verstehen, warum das unbedingt bedeuten musste, zu verschwinden, wegzulaufen, keine Zuneigung zuzulassen.

„Seine Eltern suchen nach ihm. Wenn er auftaucht, weiß er, dass sie informiert werden. Und er will nicht zu ihnen zurück."

Nora war in der Dragona gewesen und hatte es ihr so erklärt. Eloy würde nicht zurückkommen, er wollte das Land verlassen. Mindestens, bis er achtzehn war und seine Eltern nicht mehr über ihn bestimmen konnten.

María suchte einen Zettel in ihrem Rucksack und schrieb ihre Telefonnummer und Adresse auf. „Eloy, komm, wann immer du willst."

María verließ den Ort. Diese verdammte Gewohnheit, Menschen so schnell ins Herz zu schließen. Je älter sie wurde und je mehr Falten sie um ihre Augen bekam, desto mehr taten ihr die Menschen weh, die ihr wichtig waren.

50

Nora hatte den Exklusivbericht als Erste unterbringen können. Sie hatte vor allen anderen – auch Luna – den letzten Blogeintrag gelesen, der von Yago vorprogrammiert worden war. Rodrigo Tesón hatte es María erzählt, als er in Madrid gewesen war, um als Zeuge in ihrem Disziplinarverfahren auszusagen. Sie hatten sich für ein Treffen kurz vor der Anhörung verabredet.

María ging ihren Kleiderschrank durch, aber diesmal zögerte sie nicht: Jeans, T-Shirt und Turnschuhe. Sie würde es all jenen, die an dieser Farce beteiligt waren, zeigen. Heute gab es keinen kurzen Rock und keine hohe Absätze, um sie zu erfreuen. Sie trafen sich vor der Tür und Rodrigo umarmte sie herzlich. Er trug einen Anzug.

„Du siehst wie immer umwerfend aus, Comisaria." Er drückte sie fest an sich.

„Ich bin nicht deine Comisaria", sagte María streng, aber mit einem Lächeln auf den Lippen.

„Hast du ihn gelesen? Seinen letzten Eintrag? Den sechsten?"

„Ehrlich gesagt, habe ich genug davon, Rodrigo. Ich will nichts mehr mit ihm zu tun haben."

„Da bist du wirklich einem brutalen Ungeheuer entwischt. Er ist auf einmal nicht mehr nur Gerichtsmediziner. Im letzten Eintrag bezeichnet er sich auch als Experten für Phrenologie. Erinnerst du dich? Die Pseudowissenschaftler, die im Gehirn nach Spuren der Seele gesucht haben?"

„Ich weiß nur, dass wir sein Gehirn nicht untersuchen werden. Ich hoffe, dass er eingeäschert wird und nichts von ihm übrig bleibt."

Sie spazierten durch einen nahegelegenen Park. Rodrigo hatte sie zum Mittagessen, Abendessen, einem Spaziergang, in die Oper oder einfach nur zum Frühstück in sein Hotel einladen wollen. María lächelte und ließ ihn weiterreden.

„Was erwartest du von der Anhörung?"

„Alles ist noch viel komplizierter geworden. Der Fall Goya hat den Fall Claire Jones bereits überschattet. Es wird sehr schwer sein, mich aus der Sache rauszureden. Und wahrscheinlich ist es unmöglich, mich wieder zu rehabilitieren."

„… bleibt dir nur noch ein Gerichtsverfahren. Wir müssen einfach abwarten."

„Darauf kannst du Gift nehmen."

„Ich werde dich immer unterstützen, Ruiz. Du kannst auf mich zählen."

„Ich weiß."

Und das wusste sie wirklich. Dass Loyalität manchmal auch Rückzug bedeutete, auch wenn es schwer fiel. Und das man manchmal unglaublich viel davon hatte. Ihr fiel Comisario Carlos ein. Er hatte immer das perfekte Maß gehabt. Aber ihn gab es nicht mehr. Sie dachte an all diejenigen, die noch da waren. Eine unbewaffnete Polizeibeamtin namens María. Ein alter Journalist, der das Handtuch werfen wollte. Ein IT-Experte mit Behinderung, den sie nicht mehr umarmen durfte. Und ein Regierungsbeauftragter, der sich hartnäckig um sie bemühte, auch wenn er sie eigentlich nur rumkriegen wollte. Das war das gesamte Team. Und Nora und Martín.

Und gemeinsam würden sie immer noch Großartiges leisten, darauf verwette sie ihr Leben.

María ging ohne klackernde Absätze in den Anhörungssaal.

Als ich ihn zum letzten Mal sah, war er tot. Tatsächlich war er schon vor langer Zeit gestorben, vor einundsechzig Jahren, um genau zu sein, und der Leichnam sollte schließlich zur Beerdigung mit militärischen Ehren nach Madrid überführt werden. Als ich das hörte, ging ich auf den Friedhof, um dessen Zeuge zu sein.

Der Körper war nicht vollständig. Von den Knochen, die aus Bordeaux, wo er gestorben war, geschickt worden waren, fehlte das vielleicht Wichtigste: der Schädel. Es war seltsam, ihn so zu begraben, doch es musste schließlich sein.

Man hatte ihm den Kopf abgetrennt, um das Gehirn zu untersuchen. Dieser Mann hatte es gewagt, die Menschheit zu porträtieren, seine Zeitgenossen, egal ob reich oder arm, auszunutzen, sie nach Belieben zur Schau zu stellen und lächerlich zu machen; er hatte ihre Seelen geplündert; das Innerste aufgedeckt, um die Menschen ihrer Geheimnisse zu berauben. Er hatte sich in Irrenhäusern, in Palästen und Bordellen frei bewegt und alle getäuscht, von Königen und Herzoginnen bis hin zu einsamen Wahnsinnigen. Nun war es für ihn an der Zeit, dem Rest der Welt etwas davon zurückzugeben. In Form von Wissen. Von Wissenschaft. Wie sein Gehirn wohl aussah, welche Aspekte seiner Persönlichkeit das Licht erleuchten würde, in welchen Winkeln und Ritzen seine Kriminalität beherbergt war, welche Anomalien die einzelnen Lappen zeigten, wo seine Störung, die andere als Genialität betitelten, verborgen lag. Eigentlich war es eine großartige Idee.

Also beschloss ich, mich auf die Suche nach seinem Schädel zu begeben. Schließlich habe ich als Arzt, als Gerichtsmediziner, viel zu sagen. Ich hatte bereits Leocadia Weiss gerettet. Ich hatte der Welt bereits gezeigt, wozu ich fähig bin. Nun wollte ich seinen Schädel untersuchen. Ich wollte den Betrachter betrachten, Jagd auf das Raubtier machen. Und schließlich wollte ich mich von den Ungeheuern befreien, die seine Vernunft hervorgebracht hatte, als sie eingeschlafen war.

Danach würde ich endlich ruhen können.

„Die Kunst Goyas steht für mich für eine Realität, die so gegenwärtig wie Tag und Nacht ist. Und deshalb wollte ich sie in einen Roman sichtbar machen."

Berna González Harbour

Goya ist für Berna González Harbour zu einer Art Besessenheit geworden, wie die Schöpferin der Comisaria María Ruiz im Interview verrät. Es sind insbesondere die „Pinturas Negras", die „schwarzen Gemälde", welche es der Autorin und Journalistin angetan haben.

Wie kam María Ruiz zu ihrem Namen?
Ganz einfach: María Ruiz war der Name meiner Großmutter. Sie hieß María Ruiz Pfeiffer und ihr Großvater war ein deutscher Schneider, der sich in Kantabrien, im Norden Spaniens, niedergelassen hatte. Der Spitzname meiner Großmutter, „Oberst", zeigt schon ganz gut, was für eine Art von Frau sie war. Ein Leben lang war sie stets von Männern umgeben: Ihre Mutter starb bei der Geburt und sie wuchs mit Vater und Bruder auf, dann heiratete sie und bekam fünf Söhne. Sie musste sich also immer durchsetzen, war für alles zuständig und eine richtige „Macherin". Hätte sie studieren können, wäre sie meiner Meinung nach Polizeikommissarin geworden. María Ruiz steht also für all die Frauen, die viel erreicht hätten, wenn ihnen die Chance dafür gegeben worden wäre.

María und Nora sind beides starke Frauen im Roman. Sind sie ein Spiegelbild der Frauen in Spanien?
Sie sind ein Spiegelbild zweier verschiedener Generationen, denen jeweils die Chance gegeben wurde, mehr zu erreichen. Die Frauen

aus Noras Generation, also die der jüngeren, haben zwar die Möglichkeit, sich zu beweisen, doch oft stehen sie noch im Schatten ihrer männlichen Kollegen und müssen mehr leisten, um akzeptiert zu werden. Bei Marías Generation, die gleichzeitig auch meine eigene ist, ist das sogar noch ein bisschen extremer. Hier müssen Frauen wirklich zeigen, dass sie hundert Prozent ihrer Energie in die Arbeit stecken und sich nicht von ihrem Privatleben ablenken lassen.

María hat schon einiges erlebt und einige Bekanntschaften gemacht – welche Ereignisse haben maßgeblich zur Entwicklung ihres Charakters beigetragen?
Die größte Entwicklung kam mit dem Tod ihres Mentors Carlos, der vor den Ereignissen in „Goyas Ungeheuer" starb. Diese Erfahrung hat sie sehr mitgenommen und lässt sie sich dauernd fragen: „Was hätte er gesagt?", „Wäre er mit mir zufrieden gewesen?", „Hätte er es auch so gemacht?" Nun muss sie alles allein entscheiden, doch in ihrem Inneren hört sie noch immer die Stimme ihres Mentors.

Im Roman spielt auch Marías Freund Luna, ein klassischer Journalist der alten Schule, eine große Rolle. Wurde er von anderen Journalisten oder Kollegen inspiriert?
Tatsächlich habe ich einen Kollegen, der für mich immer ein großes Vorbild war und von dem ich sehr viel gelernt habe. Er klaubt sich seine Informationen nicht aus den Medien zusammen, sondern ist selbst aktiv und hat seine ganz eigenen Quellen und Informanten, die ihm in verschiedensten Bereichen helfen können. Ich glaube, vielen Journalisten heutzutage wurde nicht beigebracht, dass es beim Journalismus letztendlich darum geht, über eine Realität zu berichten, die manche lieber im Dunkeln lassen würden. Und

dafür braucht man eben Quellen, die mit dieser Realität in Kontakt stehen. Für mich verkörpert Luna jemanden, der solche Prinzipien noch lebt, selbst wenn er von denen, die sich die Modernisierung zu Nutze machen, dafür belächelt wird.

Warum ausgerechnet Goya?
Wie für gewisse Charaktere im Roman wurde Goya auch für mich zu einer Besessenheit. Ich liebe Kunst und besuche oft das Prado Museum. Dort wurde ich dann auf Goyas schwarze Gemälde aufmerksam, die er in den letzten Jahren vor seinem Tod an die Wände seines Hauses malte. Sie waren also nicht für kommerzielle Zwecke, sondern nur für ihn selbst. Sie repräsentieren zweierlei Arten von Monstern: jene, die in seinem eigenen Kopf hausten und jene, die er in Spaniens Gesellschaft sah. Es ist seine Wandlung, die mich an ihm am meisten fasziniert – wie er, als er jung war, in farbenfrohen Gemälden die Schönheit und Lebhaftigkeit Spaniens festhielt und 35 Jahre später dann das desillusionierte und dunkle Spanien in seinen Werken zeigte. Es waren die gleichen Motive, aber wie durch andere Augen gesehen. Und eben das wollte ich auf unsere Zeit beziehen. Mein Ziel war es nicht, einen historischen Roman zu schreiben, sondern jemanden aus der Moderne mit der Vergangenheit zu konfrontieren. Der Leser sollte nicht zu Goya reisen, sondern Goya sollte zum Leser kommen. Nach „Goyas Ungeheuer" entstand noch ein Essay über ihn, das ich 2022 veröffentlichte.

„Goya en el país de los garrotazos" – Goya im Land der Knüppel. Warum dieser Name?
Eines der schwarzen Gemälde ist das „Duelo a garrotazos". Es zeigt zwei Männer, die sich gegenseitig mit Knüppeln verprügeln. Goya

hat damit die Auseinandersetzungen in dem Spanien von damals dargestellt, doch es findet auch heute Relevanz – im Kataloniens Bestreben nach Unabhängigkeit, in den Ultrarechten … Goyas Gemälde beschreibt eine Realität außerhalb seiner Zeit.

Kann man Spanien also auch heutzutage noch als „Land der Kunst und Knüppel" bezeichnen?
In gewisser Weise, ja. Spanien ist ein Land der Kontraste, sowohl der Schöpfung als auch der Zerstörung. Diese Kontraste, die bereits Goya so sehr beeinflusst haben, sind auch heute noch zu sehen. Spanien ist ein Land voller Freuden: Kunst, Farben, Lebenslust, Genuss. Gleichzeitig ist es auch ein Land voll Finsternis: Armut, Hass, Diskriminierung. Sowohl Goya früher, als auch ich im Hier und Jetzt, wollte dies reflektieren – mit unseren „Ungeheuern". In meinem Buch ist das Ungeheuer ein Mann, der Goya sowohl bewundert als auch verachtet, dessen Besessenheit ihn zugleich etwas erschaffen und zerstören lässt.

Wie kam es zum Originaltitel „El sueño de la razón"? „Sueño" kann ja sowohl „schlafen" als auch „träumen" bedeuten. Was ist es eher – der Traum der Vernunft, oder der Schlaf der Vernunft?
Auch hier haben wir wieder eine Dichotomie Goyas: Er nannte seinen Kupferstich „El sueño de la razón", ohne je zu erklären, ob er damit den Schlaf an sich meint oder das Träumen. Stattdessen überlässt er es einem jeden selbst, dies zu entscheiden. Und diese Ambivalenz wollte ich auch in meinem Titel wiederspiegeln.

Auch die Polizei wird von zwei Seiten gezeigt: Die ehrlichen Beamten, aber auch diejenigen, die selbst Leichen im Keller haben. Wie kam es, dass María von einer Polizeipsychologin zur Kommissarin wurde?
Als María bei der Polizei anfing, war sie dort als Psychologin tätig und hatte mit einem Polizisten zu tun, der Leute misshandelte. Sie erklärte ihn für dienstunfähig, was ihr natürlich seine Abneigung einbrachte. Und ausgerechnet jener Mann wurde später ihr Vorgesetzter.

Ein Vorgesetzter, der einst Leute misshandelte, sagt einiges über die Verhältnisse bei der Madrider Polizei aus. Ist der Vorfall tatsächlich an die Realität angelehnt?
Ja. Es gab es einen Polizisten, der als Folterer in Madrid verurteilt war, später aber vom damaligen Regierungschef José María Aznar begnadigt wurde. Er nahm danach seine Karriere wieder auf, wurde Polizeichef in Kantabrien, meiner Heimatregion im Norden Spaniens, und ging bis vor ein paar Monaten, als er in den Ruhestand ging, noch seinem Amt nach. Man sieht, wie nahe sich Literatur und Realität manchmal kommen …

(Die Fragen stellte Martha Ergo.)

Danksagungen

Für die Arbeit an diesem Roman waren mir das Museo del Prado und die Academia de Bellas Artes de San Fernando eine große Hilfe. Beide sind wahre Zufluchtsorte der Vernunft, wenn sie denn wach ist.

Auch möchte ich mich bei allen Personen bedanken, die mich zu dieser Geschichte inspiriert und mir bei der Recherche geholfen haben, wie zum Beispiel Manuela Mena, Mónica Alberola, Palmira Márquez, Gerardo Marín, José Manuel Matilla, Guillermo Rosewarne, Fernando Porras, Esteban Navarro, Anna Soldevila, Carlos Zanón, Juan Carlos Galindo und Alba Fité.

Ein großer Dank gilt auch den vielen guten Büchern, insbesondere *Goya* von Robert Hughes, ein ebenso emotionaler wie fundierter Lobgesang auf den Künstler, der am besten unsere heutige Zeit beschreibt. Und der Beweis dafür, dass gute Bücher das beste Gegenmittel gegen den Schlaf der Vernunft sind.

Die Fehler sind, selbstverständlich, nur mir anzulasten.

Verzeichnis der Bildwerke Francisco de Goyas

Urheberrechte für die in diesem Buch abgedruckten Bildwerke von Francisco de Goya:

Die Originalausgabe erschien unter dem Titel „El sueño de la razón“ bei Editorial Planeta, S. A. (2019)

Pendragon Verlag
gegründet 1981
www.pendragon.de

Deutsche Erstausgabe
Veröffentlicht im Pendragon Verlag
Günther Butkus, Bielefeld 2022

Lektorat: Lea Dunkel, Rabea Jörger
Umschlag und Herstellung: Uta Zeißler
Motiv: Francisco de Goya, „Ein toter Truthahn“
© Museo del Prado, Madrid
Satz: Pendragon Verlag auf Macintosh
Gesetzt aus der Adobe Garamond
ISBN 978-3-86532-730-7
Gedruckt in Polen